LA SOMBRA DE JULIO CÉSAR

Andrea Frediani

La sombra de Julio César
Dictator I

Traducción de Juan Carlos Gentile Vitale

ESPASA

Obra editada en colaboración con Editorial Planeta – España

Título original: *L'ombra di Cesare*

© 2021, Andrea Frediani
Publicado de acuerdo con MalaTesta Lit. Agency y The Ella Sher Lit.
Agency

© 2022, Traducción: Juan Carlos Gentile

© 2022, Mapa del interior: Àlvar Salom

© 2022, Editorial Planeta, S. A. - Barcelona, España

Derechos reservados

© 2022, Editorial Planeta Mexicana, S.A. de C.V.
Bajo el sello editorial ESPASA M.R.
Avenida Presidente Masarik núm. 111,
Piso 2, Polanco V Sección, Miguel Hidalgo
C.P. 11560, Ciudad de México
www.planetadelibros.com.mx

Primera edición impresa en España: marzo de 2022
ISBN: 978-84-670-6506-0

Primera edición en formato epub en México: marzo de 2022
ISBN: 978-607-07-8461-3

Primera edición impresa en México: marzo de 2022
ISBN: 978-607-07-8442-2

Impreso en los talleres de Litográfica Ingramex, S.A. de C.V.
Centeno núm. 162-1, colonia Granjas Esmeralda, Ciudad de México
Impreso en México - *Printed in Mexico*

¿Qué te basta, si Roma no basta?

Lucano, *Farsalia*

I

Así, se produjo un verdadero combate entre enemigos, el primero en Roma, ya no con el aspecto de una sedición, sino realmente con trompetas y enseñas según las reglas de la guerra.

APIANO,
Las guerras civiles, 58, 259

ROMA, 88 A. C.

Estruendo. No, no el habitual estruendo de los carros en la Suburra, de las peleas y riñas callejeras, de los vendedores que presumen de la calidad de sus mercancías. Estruendo que sabe a miedo, gritos que transmiten agitación, un ansia que impregna a los habitantes apenas despiertos del sórdido barrio a los pies del Viminal y el Esquilino.

El muchacho, saltando repentinamente de la cama, imagina de qué miedo se trata.

Es un miedo que Roma nunca ha vivido, más que en

el pasado: el de un ejército en armas en marcha hacia la ciudad.

Pero sí, piensa el muchacho, quizá se sintieron así sus conciudadanos tres siglos antes, cuando los galos de Breno, vencedores en Alia, se disponían a caer sobre la Urbe. Pero esos eran bárbaros. Un enemigo natural al cual los dioses podían conceder acaso la victoria en una batalla, pero nunca en la guerra.

Pero ¿a quién concederían la victoria los dioses en una lucha entre romanos?

El muchacho oye que la gente vuelve a casa, a pesar de que ha amanecido hace poco. Regresan todos precipitadamente, suben las escaleras con la respiración afanosa, golpean las puertas gritando a sus familiares que no asomen ni siquiera la nariz fuera de las ventanas.

Están llegando.

Sila está llegando.

Y con seis legiones a sus espaldas.

—Cayo, hoy no vas donde el *magister*, como es natural...

La madre del muchacho ha entrado en su cuarto. También ella, nota Cayo, está agitada. Sus hermosos rasgos están tensos, contraídos y endurecidos. La preocupación la devora. El hijo advierte que en su hermoso rostro no hay rastro de maquillaje. Raras veces la ha visto así. Pero nunca, por otra parte, Aurelia ha vivido una situación semejante: Sila viene a desafiar a su cuñado.

Cayo Mario.

Cayo Mario, triunfador de Yugurta, de los cimbrios y los teutones. Cayo Mario, seis veces cónsul. Cayo Mario, el hombre que había pretendido quitar a Sila, cónsul designado, el mando de la guerra contra Mitrídates del Ponto.

—Claro, mamá —respondió el muchacho. No. No iría donde el *magister*. Aquel no era un día para ir a la escuela. Pero estaba muy decidido a aprender algo, de todos modos. Esperó a que la mujer saliera de la habitación, luego se ajustó la túnica a la cintura, se puso la toga pretexta y se encaminó, resuelto, hacia la puerta de casa.

—¿Adónde vas? —preguntó la madre, viéndolo abrir la puerta.

No obtuvo respuesta. El muchacho había salido sin dignarse a mirarla. Ella lo persiguió por las escaleras. Pero ya estaban en la planta más baja, aquella con las viviendas más amplias y mejor servidas. Cayo permaneció fuera del portal un instante. Aurelia volvió dentro y se asomó. Lo vio alejarse a paso veloz hacia los muros.

—Cayo Julio César, cuando se lo diga a tu padre...

Pero no supo cómo concluir la frase: incluso el padre se rendía la mayoría de las veces ante la titánica voluntad de su hijo, a pesar de que tenía únicamente doce años.

Solo podía esperar que no le ocurriera nada.

No era fácil localizar a alguien a quien pudiera pedir información. Los pocos que aún se encontraban por la calle iban demasiado deprisa para que pudiera detenerlos. Pero el joven Cayo no era tímido.

—¡Quieto! —gritó a un viejo curtidor, apenas salido de una *insula* con una vasija llena de orina, que estaba cargando en el carro. Aquel no contestó ni lo miró; es más, espoleó al mulo para que emprendiera la marcha. César se puso delante de la bestia, corriendo el riesgo de ser arrollado. El viejo se vio obligado a tirar de las riendas.

—¿Qué quieres, chiquillo? ¡Déjame marchar o perderé mi carga! —aulló con voz excitada.

—¿Qué sucede? ¿Los cónsules están a las puertas de la ciudad?

El tono de César, por el contrario, era imperioso y firme.

—El cónsul Sila está aquí dentro. Está intentando forzar la puerta Esquilina. El cónsul Quinto Pompeyo, en cambio, bloquea la puerta Collina. Si Cayo Mario no organiza bien la defensa, entrarán pronto. ¡Y ahora apártate!

El muchacho se desplazó. Habían ido rápido, entonces. De Nola a Roma en un tiempo apenas superior al empleado por los mensajeros —y por los disidentes de la armada de Sila— para avisar a la ciudad y a Cayo Mario. Habían ido tan rápido que no le habían dado el tiempo suficiente a su tío para organizar una defensa adecuada.

Bien, al menos las puertas debían de tener una guarnición, se dijo César. Y él tenía la suerte de encontrarse precisamente junto al punto en que Sila estaba realizando el asalto a los muros. Podría observar, al fin, el primer combate de su vida.

Casualmente, era también el primer combate entre romanos a lo largo de los muros de la Urbe.

—¡Entró! ¡Sila entró con dos legiones!

Gritos y trompetas a su derecha. Volteó. Vio a un soldado corriendo hacia él. Luego, otro, y otro más detrás de ellos, sobre el fondo recortado por la muralla. Los legionarios del cónsul marchaban en orden compacto: sobre los yelmos descollaban las enseñas de las distintas unidades. Los precedía el sonido de los cuernos, las trompetas y las bocinas.

Soldados en armas dentro de los muros de la Urbe. Y no para una ceremonia triunfal. Nunca se había oído desde tiempos inmemoriales.

Oyó estruendo también a su izquierda. Volteó de nuevo. Un grupo de soldados iba hacia él. Soldados, pero también ciudadanos armados con palos, mazas y piedras: una horda desordenada e indistinta de voluntarios.

Por lo visto, su tío había conseguido organizar una especie de defensa. Parecía que iba a ver el primer combate por las calles de Roma. No una sedición, sino una verdadera batalla, con trompetas y enseñas de guerra.

Y él estaba justo en medio.

Al muchacho le bastó un rápido vistazo: los hombres de Mario no tenían ninguna esperanza contra los legionarios de Sila. Los soldados, los de verdad, aplastarían cualquier obstáculo sin ni siquiera aflojar su avance. Incluido él. Miró a su alrededor, buscando un recoveco donde refugiarse. No, de qué le serviría un recoveco, concluyó. Necesitaba un sitio elevado desde el que observar la batalla. O la masacre en que parecía que iba a transformarse.

Se dio cuenta de que no estaba solo en aquella incómoda y peligrosa situación. Desde un rincón, a su izquierda, asomó otro chiquillo, más o menos de su edad. Cerca de él, la chusma de los seguidores de Mario blandía hoces y palos, y algunos gladios, las características espadas cortas romanas, y algunas lanzas. El muchacho se dirigió al lado opuesto de la calle, hacia un carro abandonado al cual estaba aún enganchado un buey: el carretero debía de haber escapado a toda prisa en cuanto vio a los primeros soldados aparecer en el horizonte.

El chico aferró al animal por el cabestro, intentando que se moviera. Pero la bestia mugía, y no se movió de allí. Trató de arrastrarlo hacia un callejón lateral. Eran solo unos pocos pasos, pero la obstinación del buey, nervioso por el alboroto de los soldados que se aproximaban, parecía imponerse. Sin embargo, observó César, el muchacho no se daba por vencido, pese a que podría ser arrollado por la multitud o triturado por la presión de las dos formaciones.

Luego, de pronto, el animal pegó un salto y con una cornada golpeó al chico, que acabó en el suelo, aparentemente aturdido. César miró a la derecha, luego a la izquierda. Los hombres de Sila estaban cerca, los de Mario muy cerca.

Cuestión de segundos. Lo iban a pisotear.

Se echó sobre el muchacho. Le pasó los brazos por debajo de las axilas y lo ayudó a levantarse. El otro lo secundó con pasividad, pero una vez de pie, mientras César lo empujaba en dirección al callejón lateral, tendió débilmente el brazo hacia el carro, señalándole así que quería detenerse.

—¿Estás loco? Ven conmigo.

—Pero... la mercancía de mi padre está ahí arriba... —respondió el muchacho, con la voz pastosa y débil.

—Tu padre estará más contento si vuelves tú a casa

—replicó, decidido, César, arrastrándolo lejos con mayor decisión.

En un instante estuvieron en un lado del callejón. César aún tuvo tiempo de examinar a uno de los facinerosos de la primera fila que pasaron justo después de él.

—Quédate aquí y preocúpate de alcanzar tu carro solo después de la contienda. Yo tengo cosas que hacer —dijo César, separándose del muchacho.

—No. Esperaré a que hayan pasado todos. Si el enfrentamiento se desarrolla un poco más adelante, lo intentaré de nuevo.

El chiquillo parecía completamente recuperado.

Estruendo de armas. Gritos de dolor y de ferocidad asesina.

El combate había comenzado. Y era justo allí donde se enfrentaban las dos formaciones.

El muchacho hizo un gesto de fastidio. Luego miró a César.

—Supongo que tengo que darte las gracias. Quizá tengas razón. Me hubieran masacrado.

—No te preocupes. De todos modos, yo no me pierdo este enfrentamiento.

—Yo tampoco.

—Entonces, sígueme. Busquemos un lugar elevado, desde el que podamos verlo sin correr riesgos inútiles —concluyó César, mirando a su alrededor. Luego se dirigió, muy decidido, hacia un bloque de toba aún no edificado, que surgía junto a una *insula* de solo dos plantas, a su vez adyacente a una de ocho. Subió, seguido por el otro muchacho, y desde allí alcanzó el balcón de la vivienda.

—¿Cómo te llamas? —preguntó a su nuevo compañero.

—Tito. Tito Labieno.

—¿Eres del barrio?

—Desde hace poco. Mi familia y yo nos trasladamos aquí hace un año. Venimos del Piceno. ¿Y tú quién eres?

—Cayo César, de la familia de los Julio.

Lo dijo con displicencia, sabiendo que así haría aún más efecto. *Siempre* hacía efecto.

—¡Un patricio! ¡No pensaba que los hubiera aquí, en la Suburra! Estás de paso...

—No. Vivo aquí.

—Entonces te va mal...

César había llegado a la terraza que hacía de cobertura parcial del edificio. Alargó una mano hacia Labieno para ayudarlo a subir, pero se detuvo.

—Estoy muy bien. Es solo que hace tiempo que no tenemos magistraturas. Y son ellas las que traen dinero. Pero estamos entre las familias más antiguas de Roma. Descendemos de Eneas y, por tanto, de Venus. Tenlo en mente —precisó con orgullo.

El otro asintió, y solo entonces César le dio la mano y lo subió. Se miraron en silencio, estudiándose. César era sin duda más alto; sus rasgos, notablemente aristocráticos, eran delicados y agradables. El cabello, muy cuidado, castaño y suave, enmarcaba un rostro más redondo que ovalado. El otro tenía rasgos apenas más marcados, un rostro bien ovalado y un cuello largo, pero no tanto como el de su interlocutor. Tenía la nariz igual de pronunciada, pero más ancha. Por la cabeza descendían indisciplinados rizos rubios; sus cejas eran espesas y algún fugaz indicio de vello surcaba sus mejillas. Tenía los ojos oscuros y penetrantes como los del patricio, pero carecían de la autoridad que caracterizaba la mirada de César.

—Pero... espera un momento —dijo de repente Labieno—. Si eres de la *gens* Julia, eres parte en esta disputa. ¡Eres pariente de Cayo Mario!

—Sí. No deberías dejarte ver conmigo, si quieres un consejo desapasionado. No me parece que mi querido tío político tenga los medios para oponerse a las legiones de los cónsules —respondió César, echando un vistazo fugaz hacia abajo, donde la fuerza de choque de los legionarios parecía, sin embargo, en apuros en aquellos espacios restringidos.

Labieno se quedó pensativo un instante.

—No importa. Me salvaste. Y, además, quiero ver la pelea. Subamos un poco más.

César asintió y se dirigió hacia el borde opuesto de la terraza, que limitaba con el edificio más alto. Desde allí resultó muy fácil acceder a la otra *insula* y seguir subiendo. Las azoteas, entre tanto, se iban llenando de curiosos. También las ventanas, que, lejos de estar cerradas, alojaban cada una a varios espectadores. Pero César quería estar más alto que todos, tener una visión de conjunto de lo que sucedía como un estratega que necesitara ver todo el tablero para mover sus peones.

Una escalera exterior llevaba hasta el tejado. Una vez encima, no tenían más que estar atentos y mantenerse en equilibrio sobre la superficie inclinada y sobre las tejas. Desde allí se veía todo.

También las otras zonas de la ciudad. Y César notó enseguida que había otras tropas legionarias acercándose, pero desde una dirección distinta de la puerta Esquilina. Pronto se abalanzarían desde atrás sobre sus adversarios.

Concentró la propia atención en el combate que se libraba bajo él. Una refriega furibunda, en la cual los legionarios no conseguían liberar su fuerza de choque. Es más, incluso parecían tener dificultades. Frente al incontenible contraataque enemigo retrocedían, en vez de avanzar. Buscó a Mario, buscó a Sila.

Su tío no estaba. O, al menos, no se le veía. No se lo imaginaba, de todos modos, con casi setenta años, en medio de la multitud, dando mandobles con el gladio contra hombres con la mitad de sus años y el doble de su corpulencia. Si Mario hubiera conseguido arrebatar el mando de la campaña de Oriente a Sila, el muchacho no dudaba que habría observado los combates desde una posición privilegiada, sin ofrecer ningún estímulo a sus hombres.

En este sentido, el hecho de que fuera Sila contra Mitrídates era sin duda una ventaja para Roma: estaba en la plenitud de los años, y aún sediento de gloria militar. Lo vio, al fin. Vio al enemigo de su familia, a lomos de un magnífico alazán, en medio de la propia formación. Pero sí, debía de ser él. No se veían oficiales, aparte de los centuriones con la cresta traversa, entre las filas legionarias. César había oído decir que solo un tribuno había secundado al cónsul, siguiéndolo hacia la Urbe. Todos los demás se habían desmarcado. Y aquel comandante a caballo, con el amplio *paludamentum*, la cresta sobre el yelmo y la armadura anatómica dorada, de la que colgaban tiras de cuero, solo podía ser él.

Sus hombres no se limitaban a retroceder. Un portaestandarte de la primera fila que había quedado desarmado de pronto intentó huir, temiendo quizá perder la enseña. Sus camaradas lo vieron y, espantados, hicieron lo mismo: en breve, la sección más avanzada del ejército silano se disgregó.

—Parece que al cónsul le está yendo mal... —comentó Labieno.

César no respondió. En el fondo, le disgustaba. Sabía que debía desear la victoria de su tío, pero... Sila había sufrido una evidente injusticia. Había sido legalmente elegido cónsul, y también legalmente le había sido asignado el mando en la guerra mitridática. Luego, tras abandonar Roma, Mario se había hecho conferir el mando de la campaña de Oriente.

El cónsul demostraba agallas al venir a recuperar lo que le habían quitado en su ausencia. Y no había tenido escrúpulos para violar el *pomerium*, el sagrado suelo de Roma, y reivindicar sus propias razones, ni tampoco se había dejado intimidar por el pasado militar de Mario ni desalentar por la opinión contraria de sus oficiales. Es más, incluso había conseguido convencer a los soldados de nada menos que seis legiones para marchar con él, en su defensa, contra la patria. ¡Qué hombre! ¡Y qué dilemas había debido de superar!

Deseó que los dioses no lo pusieran nunca frente a elecciones de ese tipo.

Su mirada cayó de nuevo sobre Sila. Lo vio abrirse paso entre los soldados en desbandada y cabalgar oblicuamente hacia el portaestandarte que había dado inicio a la derrota. Cuando lo alcanzó, le arrancó la enseña de la mano y volvió a cabalgar hacia delante, incitando a los otros a seguirlo.

—¡Ese sí que es un comandante! —exclamó Labieno, admirado.

César habría querido decir lo mismo, pero no podía.

Los soldados detuvieron su fuga y, poco a poco, reanudaron el avance. Labieno decidió picar a su nuevo amigo:

—Claro, estas cosas también las hacía Cayo Mario, en los tiempos de los cimbrios y los teutones.

Estaba hablando de un cuarto de siglo antes.

César volteó apenas y lo miró de reojo. Se daba cuenta también él de que el tiempo de Mario había pasado hacía rato. Lo cierto es que, después de estar toda la vida en los campamentos militares, su tío nunca había sabido adaptarse a la vida civil, y en la política había rendido pésimos servicios a la causa de los *populares*, de la que era un defensor muy poco idóneo. El padre de César sostenía que hubiera sido mejor que se retirase definitivamente de la vida pública, y su hijo compartía esa opinión. Pero ahora era de la familia, a pesar de que sus miserables orígenes no encajaban con la noble vetustez de los Julio: había que apoyarlo hasta el final, porque de él, al menos, seguro que no vendría ningún mal.

—¡Y también es un gran estratega! —continuó Labieno, señalando el centro de la ciudad. César comprendió enseguida qué quería decir: otro contingente de legionarios, que evidentemente había entrado por una puerta más al norte, avanzaba contra los de Mario. En breve, estos serían atrapados en una pinza y estarían condenados. Además, entre tanto, las tropas de Sila, alentadas por su jefe, habían reanudado su avance.

Alguien debía de haber advertido a los seguidores de Mario. De repente, las últimas filas se fragmentaron y se dispersaron con increíble rapidez. Se decía que el tío de César incluso había prometido la libertad a los esclavos que se enrolaran bajo sus enseñas. Pues bien, si se había presentado alguno, era probable que estuviera entre los primeros en escapar.

En apenas unos segundos, la voz de la llegada de las otras legiones alcanzó también a las primeras filas de los marianos. Los hombres comenzaron a desperdigarse en todas direcciones, introduciéndose entre los bloques de pisos, entrando en las *insulae*, tratando de alcanzar vías y calles distintas a las que estaban tomando los soldados de Sila en su avance.

El público, que entre tanto había ido aumentando en las ventanas, los balcones y los tejados de las casas, estaba consternado. Un momento antes, había podido comprobar la aparente superioridad de los marianos. Sobre todo, en la Suburra, barrio popular por excelencia, donde no había nadie partidario de Sila. Pero en otras partes la situación no era muy distinta, después del sacrilegio que había cometido el cónsul y que, presumiblemente, había escandalizado incluso a sus aristocráticos partidarios.

En apenas unos minutos, los legionarios de Sila se hicieron dueños del terreno. El comandante impidió que se dispersaran persiguiendo a los fugitivos. Solo quiso que esperasen a los soldados provenientes del norte para su reagrupación. Volvió a compactar las filas y salió para disponerse frente a la primera línea. Daba la impresión de que quería dar un discurso.

Una piedra golpeó su caballo. El animal relinchó, levantó las patas anteriores e hizo oscilar al cónsul, que corrió el riesgo de caer desmontado. Inmediatamente después cayó una teja, que rebotó en el suelo a pocos pasos de distancia. El segundo proyectil había partido de la terraza que había bajo el tejado en el que estaban César y Labieno.

Luego, durante un momento, nada. Asombro por parte de los soldados, desconcierto por parte de los espectadores. De repente, gritos, insultos y nuevos proyectiles. Una lluvia de proyectiles. Desde los edificios empezó a volar de todo: piedras, vasijas, tejas y palos se abatieron sobre las cabezas de los soldados, algunos de los cuales empuñaron sus jabalinas y las apuntaron hacia arriba. Pero los ciudadanos se escondían detrás de los antepechos y los alféizares, o se estiraban sobre los tejados y no ofrecían un blanco fácil.

Algunos soldados se separaron de la formación y se dirigieron hacia la entrada de la *insula* más cercana, quizá con la intención de hacer una redada. Sila se lo impidió, ordenó a los centuriones que formaran testudos y a los jinetes que se dispusieran en círculo en torno a él, con los escudos en alto para protegerlo. Por último, ordenó a los demás que marcharan hacia el centro de la ciudad.

—¿Y tú? ¿No tiras nada?

Labieno insistía en provocar a su compañero.

—Me parece un gesto inútil y ridículo, lanzar piedras contra unos soldados. Cuando combata, será con armas de verdad. Hazlo tú, si quieres.

—¿Para qué...? Soy del Picenum, y el otro cónsul, Quinto Pompeyo, también lo es. Y él está con Sila.

Durante unos instantes permanecieron en silencio, mirando el muro de escudos que se había formado sobre las cabezas de los soldados. Los objetos contundentes seguían cayéndoles encima, pero sin ningún efecto.

—Eres un noble muy extraño, tú —concluyó Labieno—. Desciendes de Venus, pero vives en la Suburra. Eres pariente de Cayo Mario, pero no pareces darle tu apoyo. Eres un fanfarrón, pero no mueves un dedo...

César no dijo nada. Se inclinó y arrancó una teja. Miró abajo. Los soldados marchaban lentamente, manteniendo compacto el techo de escudos que, sin solución de continuidad, los protegía sobre la cabeza y a lo largo de los lados. Volteó hacia Labieno. Lo miró. Apretó la teja en el puño. Levantó apenas el brazo.

Labieno comprendió que estaba a punto de golpearlo. Alzó a su vez los brazos para parar el golpe; luego advirtió que César se ponía rígido de repente. Contracciones y espasmos a lo largo del brazo que apretaba la teja, luego también a lo largo de la pierna. Empezó a castañetear los dientes, después la baba salió de su boca. Los ojos estaban desorbitados, ya no lo veían. César no parecía darse más cuenta de nada. Sudaba copiosamente. Se mordía los labios, y regueros de sangre acompañaban a la baba. Labieno sintió unas flatulencias, y luego vio una mancha de humedad formándose a la altura del pubis.

Por último, César se desplomó en el suelo. Pero el tejado estaba en pendiente. Las tejas debajo de él cedieron y su cuerpo empezó a deslizarse hacia abajo. Labieno se agachó con agilidad a lo largo de la parte superior del techo y tendió los brazos. Consiguió aferrar la mano de su compañero, que aún apretaba la teja, antes de que se precipitara hacia abajo. Mientras procuraba mantener la estabilidad, trató de levantarlo. César era más alto, pero él más robusto. En poco tiempo, logró atraerlo hacia sí, devolviéndolo a la parte superior, donde pudo mantenerlo recostado sin que hubiera peligro de que resbalara de nuevo.

No sabía qué más hacer. Nunca había visto nada semejante. Lo observó. Los ojos del patricio seguían desorbitados. Se preguntó si no debía ir por agua, pero tenía miedo de dejarlo solo.

De pronto, lo vio estremecerse. Entendió de inmediato: se estaba ahogando en su propia saliva, quizá también con el moco. Después de un instante de vacilación, lo agarró y lo puso de lado. Funcionó: vio que se relajaba. También, que la mirada de César estaba recuperando la vitalidad. Suspiró, aliviado. Se distendió poco a poco, dejó caer finalmente la teja que aún tenía apretada en el puño y sacudió la cabeza. Pero continuaba en un estado de sopor, y se resignó a esperar.

Ese chiquillo debía de estar maldecido por los dioses, se dijo. Por eso era tan extraño... Era un aristócrata, pero no estaba con los aristócratas. Estaba con el pueblo, pero no se comportaba como un plebeyo. Parecía no pertenecer a nada, y ahora, ese extraño ataque... que parecía no tener nada de humano. Pero no, quizá no estaba maldito por los dioses, quizá *pertenecía* a los dioses. Por otra parte, ¿no había dicho que descendía de Venus? ¿Y qué sabía él, Labieno, de los asuntos de los dioses? ¿De lo que tendrían reservado a aquel muchacho?

No supo decir cuánto tiempo había transcurrido. Se percató de que César lo miraba. Buscó un rastro de conciencia en sus ojos. Lo encontró, y esto lo alentó a hablarle.

—Te ha sucedido... algo —dijo, articulando las palabras.

César intentó levantarse sobre los codos. Lo consiguió, pero con esfuerzo. Sintió el agrio sabor de la sangre en los labios y la humedad entre las piernas. Asintió. Luego trató de hablar también él.

—¿Cómo... me las he arreglado?

Labieno se sintió incómodo.

—Ehm... Te agarré antes de que te precipitaras, y luego te puse de lado para evitar que te ahogaras...

Silencio.

—¿Ya te había sucedido?

—Sí —respondió César, débilmente y la voz pastosa.

Labieno se animó.

—¿Qué es?

Debió esperar aún unos instantes. El tiempo de que César volviera en sí.

—La llaman... enfermedad sagrada...

—¿Algún demonio te posee?

—¿Demonio? Qué va a ser un demonio... Entonces, también Alejandro Magno habría estado poseído por los demonios...

La voz de César volvía a ser imperiosa.

—¿Qué tiene que ver Alejandro Magno?

—Tiene, ¡y mucho! También él la sufría.

—¿Y entonces? ¿Quieres hacerme creer que estás destinado a ser como él?

—Puede ser.

Labieno reflexionó. El muchacho descendía de Venus. No parecía que pudiera ser clasificado en ninguna categoría humana. Tenía el mismo mal de Alejandro el Macedonio. Y poco antes le había salvado la vida.

Quizá de veras había conocido a alguien elegido por los dioses.

—Bien —dijo César, poniéndose de pie con una vitalidad impensable solo un momento antes—. Si alguna vez hago algo grande, lo haremos juntos.

—¿Qué quieres decir?

—Está claro. Acabamos de conocernos, yo te he salvado la vida a ti, y tú me has salvado la vida a mí. Esto es una señal divina. Los dioses quieren hacer de nosotros una sola persona. Para que donde no llega uno llegue el otro. Es más, estoy seguro de que haremos grandes cosas: los dioses te han puesto en mi camino para que me completes, para que pueda alcanzar objetivos que a los otros le son vedados. Mañana preséntate con tu padre y visita al mío. Encontraré el modo de que se conviertan en nuestros clientes.

Le tendió la mano. Labieno lo miró, sin decir nada. Por un instante, pensó que quizá estuviera loco. Que los demonios lo poseían de verdad. Pero luego lo miró a los ojos. Loco o no, si había alguien capaz de transformar la locura en grandeza, ese era él.

Le estrechó la mano con fuerza.

II

Así, aun pudiendo, como he dicho, quedarse tranquilo, marchó hacia el monte Erminio y ordenó a aquellos que habitaban allí que descendieran a la llanura, aduciendo la excusa de que no quería que ellos, sirviéndose de aquellas alturas, ejercitaran el bandolerismo.

Dion Casio,
Historia romana, XXXVII, 52, 3

Esíaña noroccidental, 60 a. C.

El propretor estaba sentado en la silla curul. Dos lictores lo flanqueaban, uno a cada lado, exhibiendo, como una especie de admonición para los vencidos, los haces de varillas con las hachas encima. El magistrado vestía una magnífica coraza anatómica dorada, cuyo esplendor no era en absoluto ofuscado por el hollín que aleteaba en el aire. Su amplia capa escarlata caía a lo largo del respaldo de la silla.

La musculatura bien delineada de la armadura acentuaba la majestuosidad del comandante, cuyo hermoso rostro solemne apenas empezaba a ser surcado por alguna arruga.

Estaba en la plenitud de la madurez y el vigor: era un hombre de cuarenta años que representaba bien la autoridad de la que era expresión. Todo, en él, tendía hacia arriba. El cuello, muy largo, parecía querer impulsar la cabeza por encima de los presentes, que estaban en pie. El rostro, un óvalo incluso demasiado lleno, parecía querer alcanzar el cielo para mirar a todos de arriba abajo. Sobre la frente, muy amplia, caían unos pocos cabellos canosos, peinados hacia delante y aplastados a lo largo del cráneo, como si no pudieran resistir a la fuerza ascendente.

En torno, desolación. Nada más que desolación, en medio de escarpadas montañas que habían alojado a las más orgullosas e irreductibles poblaciones lusitanas. Cabañas incendiadas, carroñas de animales envueltas por enjambres de insectos, campos diseminados de cadáveres, y no solo de guerreros. Pequeños grupos de legionarios marchaban en orden disperso al fondo, peinaban las cabañas aún en pie y comprobaban que los muertos lo estuvieran realmente. Unidades compactas de soldados estaban alineadas en semicírculo en torno al comandante, exhibiendo la potencia de Roma.

Un viejo con la ropa hecha jirones y el rostro ennegrecido por el humo, en curioso contraste con la barba y el pelo, ambos largos y canosos, estaba frente al magistrado, en actitud suplicante: la actitud de quien había sufrido una derrota inapelable. Detrás de él, otros ancianos, igualmente andrajosos y ahumados.

—Noble Cayo Julio César, te pido con humildad, en

nombre de mi pueblo, que nos ahorres más sufrimientos y pongas fin a las operaciones de tus soldados —dijo el viejo con voz grave, alargando los brazos.

Había intentado decirlo mirando directamente a los ojos a su interlocutor. Pero no era fácil sostener la mirada de aquel hombre.

La respuesta de César se hizo esperar. Solo llegó después de que el viejo se hubiera cansado de tener los brazos levantados y los hubiera dejado caer a lo largo de las caderas.

—No hasta que todas sus aldeas de montaña estén vacías. Habrían podido evitar todo esto simplemente obedeciendo la orden de hacerlo solos.

Su voz era de aquellas capaces de dar peso a cada palabra. Lenta y clara, nunca aburrida. Baja y profunda, nunca ronca.

—Pero... tú nos pediste que abandonáramos nuestras casas sin que te hubiéramos dado motivo alguno de queja. Y, si me permites decirlo, sin que estuviéramos obligados a obedecer, pues no formamos parte del territorio comprendido en las provincias de Roma. Ni de la España Ulterior, ni de la Citerior...

César se puso de repente de pie, haciendo vibrar la silla.

—¿Cómo te atreves? Hace al menos ochenta años que ustedes, los lusitanos, son asunto nuestro, ¡aunque estén fuera de los límites de la provincia! —exclamó indignado—. ¡Hemos truncado todos sus intentos de rebelión, y yo no seré menos que mis predecesores! Al contrario, seré aún más despiadado, ¡y no terminaré mi encargo sin haber dejado una Lusitania pacificada a mi sucesor!

—Pero nosotros no nos hemos rebelado, ni hemos molestado el territorio romano... —intentó decir el viejo.

—¿Quieres negar la evidencia? Hace mucho tiempo que utilizan sus bases en el monte Arminium como escondite después de las aventuras que emprenden en el valle. ¡No podrá haber paz mientras puedan escapar del justo castigo que merecen sus acciones de bandolerismo!

—Quizá antes, noble propretor..., pero no durante tu mandato...

—No estoy aquí, desde luego, para discutir contigo sobre los tiempos y modalidades de sus incursiones. Me resulta suficiente saber que les he ordenado construir asentamientos en la llanura, donde Roma los pueda controlar, y que ustedes no han obedecido. Para mí, es suficiente para castigarlos...

El viejo extendió de nuevo los brazos.

—¿Y qué quieres que hagamos ahora?

—Nos llevarán a todas sus aldeas de montaña y las quemarán ustedes mismos, bajo la supervisión de los legionarios. Luego, tú y cada uno de los ancianos más influyentes de cada aldea se entregarán a mí como rehenes hasta el fin de mi mandato, junto con un hijo de cada comandante militar. Entregarán, además, todas las armas, y sus herreros se pondrán al servicio de mi ejército. Y quiero la mitad del oro y la plata que tengan.

El viejo tragó saliva. Se encorvó sobre sí mismo, como oprimido por una carga insostenible.

—¿Y si... si los comandantes no aceptaran estas condiciones?

—Si hacen todo lo que les ordeno, se pondrán a su disposición las tierras cercanas al territorio de los vectones y vivirán en paz sin más demanda que el pago de los habituales tributos. De otro modo, serán exterminados.

El viejo volteó hacia los ancianos, que gemían a sus espaldas. Pidió permiso para consultárselo y se unió a ellos. Mientras, un soldado se acercó a César y le susurró algo al oído.

—Bien. Manda llamar a Labieno —ordenó mientras se sentaba. Su mirada se mantuvo sobre los ancianos, que acompañaban sus discusiones con amplios gestos de desesperación.

Por último, el viejo volvió donde César.

—Bien, noble propretor, los ancianos conseguiremos que nuestro pueblo acepte las condiciones de rendición impuestas por ti, con la esperanza de que esto pueda contribuir a serenar las relaciones entre Roma y las tribus lusitanas.

César apoyaba el rostro en las manos mientras el codo derecho descansaba en el brazo de la silla. Después de algunos instantes de silencio, dijo:

—La situación, entre tanto, ha cambiado. Me acaban de decir que los vectones, instigados por su ejemplo de sedición, están intentando sustraerse a la autoridad romana: abandonan las aldeas y emigran al norte del río Durius. Esto les costará la duplicación del tributo.

—Pero... ¡quieres quitarnos todo lo que tenemos!

El viejo no parecía entender nada.

—Bajo la protección romana prosperarán de nuevo. Los haré acompañar a su fortaleza por una cohorte. Discutirán los términos de la rendición en presencia de mis soldados. Si no trabajan por la paz serán exterminados de inmediato. Y como demostración de buena voluntad, antes de mañana al atardecer entregarán a los centuriones, a título de anticipo, una cantidad de oro y una de plata equivalentes cada una al peso de un soldado con armamento completo.

Los ancianos solo tuvieron tiempo de intercambiar algunas miradas consternadas, antes de que la unidad de legionarios los invitara rudamente a partir.

César se levantó y fue a esperar a su legado en su propia tienda. No tuvo que aguardar mucho.

—Así que los vectones se han asustado —empezó Labieno apenas hubo entrado.

—Sí. En efecto, confiaba en ello —respondió César sin levantar la mirada de una tablilla de cera que estaba repasando.

—¿Por qué? ¿Los lusitanos no nos bastan?

Labieno nunca pedía explicaciones acerca de la táctica de César. No lo necesitaba. Pero en cuanto a estrategia y política, su brillante mente no lograba seguir el ritmo de la de su comandante.

César levantó la mirada y la posó sobre él. Labieno no carecía de carisma. No era tan alto como él, pero era sin duda más robusto. En el curso de los años, había aprendido a mantener bajo control sus rizos rubios, ahora esparcidos gracias a un cuidadoso y frecuente afeitado. Su color se había oscurecido progresivamente, para luego volver a hacerse más claro con el advenimiento de la ceniza: ahora eran una curiosa mezcla de paja, café y gris, que hacía de digno marco a un par de ojos siempre oscuros y penetrantes.

Ese carisma, que de costumbre hacía mella en todos, solo parecía ofuscarse en presencia de César. Y no únicamente porque este tenía una muy distinta autoridad: el mismo Labieno asumía, de forma deliberada, una actitud más discreta al lado de su comandante.

—No, no es suficiente. Tengo noticias de Roma —respondió César, señalando la carta que había recibido—. Catón ha dado una nueva estocada a Craso. Gracias a su intervención, el Senado no ha aprobado la reducción del precio pagado por los *publicanos* para cobrar los impuestos en las nuevas provincias asiáticas. Acabarán poniéndonos...

—El viejo Craso habrá montado en cólera...

—Y no es todo. También Pompeyo ha capitulado.

—¿Qué quieres decir?

—Parece que Pompeyo ha renunciado a defender el proyecto de ley de Lucio Flavio para la adquisición de terrenos en favor de los veteranos ante el Concilio de la Plebe. Catón y el cónsul Metelo Céler han conseguido que desista, a fuerza de obstruir...

—¿Y todo esto qué tiene que ver con los vectones?

Labieno iba siempre al grano.

—Necesito a los vectones para el triunfo. A los lusitanos los hemos derrotado con demasiada facilidad. Como mucho, podrían concederme una *ovatio*. Pero una *ovatio* no importa nada a nadie. Si, en cambio, nos concentramos sobre los vectones y los exterminamos, los lusitanos creerán que hemos aflojado la presión sobre ellos y pensarán que pueden sorprendernos. Se enfrentarán a nosotros abiertamente de una vez por todas y así, sumando las pérdidas que podremos infligir a los dos pueblos, alcanzaremos los cinco mil muertos que se necesitan para decretar un triunfo. Y pondremos orden en toda el área lusitana, lo cual puede hacernos ganar méritos para la posteridad.

—Pero ¿con qué pretexto atacamos a los vectones? A fin de cuentas, están emigrando fuera del área de control de la Urbe...

—¿Con qué pretexto? Al emigrar se están sustrayendo a sus deberes como aliados de Roma. Que comportan, debo recordarte, un considerable tributo... La suya es una rebelión, y como tal debe ser castigada.

—Está bien, está bien.

Labieno extendió los brazos.

—Exterminamos a los vectones y nos ganamos un triunfo. Pero ¿qué haces con un triunfo? Tú necesitas un consulado, no un triunfo... Y si estás obligado a esperar fuera del *pomerium* a que el Senado autorice el triunfo, no podrás participar en la carrera electoral...

A continuación, se predispuso a escuchar el plan. Porque estaba seguro de que había un plan: nada era fortuito en los movimientos de César.

Y, de costumbre, era ese el momento en que su comandante y patrono más conseguía asombrarlo y despertar en él una admiración incondicional. La clarividencia, la capacidad de detectar cualquier posible relación entre los acontecimientos para aprovecharla en beneficio propio sencillamente moviendo un peón inicial, era extraordinaria. Y Labieno se sentía halagado ante la idea de ser uno de los rarísimos individuos a los que César confiaba sus proyectos.

A veces, Labieno se preguntaba incluso si se podía considerar un amigo de César, aunque fuera un cliente, y a despecho de su diferencia de clase. Pero luego concluía, de manera invariable, que César no tenía amigos, porque no existía nadie semejante a él, nadie que pudiera penetrar en su mente. Sabía que era el hombre en el que más confiaba César, y con eso bastaba.

—Claro que quiero el consulado —precisó César—. El triunfo solo me sirve para contentar al pueblo e inducirlo a que vote por el general que ha puesto a raya a los terribles pueblos ibéricos. Una vez decretado, si el Senado concede que presente mi candidatura al consulado *in absentia*, bien: podré celebrar el triunfo y concurrir a la elección incluso estando fuera de los muros. Pero sin duda, el despreciable Catón hará de todo para crearme dificultades y me obligará a elegir: entonces, renunciaré al triunfo, adquiriendo así más crédito entre el pueblo, que me considerará agraviado en mi derecho y votará más a gusto por mí. Es inútil decir, por otra parte, que el oro que juntemos de los lusitanos servirá para reforzar la convicción de los electores, en el caso de que no estén en especial impresionados por nuestras empresas militares...

Notable, como de costumbre. Labieno ya estaba lo bastante impresionado. Pero sabía que César era capaz de planes mucho más sofisticados.

—De acuerdo. Pero ¿qué tienen que ver Craso y Pompeyo? Si las cosas van como dices, para la elección al consulado puedes prescindir de su apoyo...

—Quizá para hacerme elegir. Pero no para garantizarme una autoridad suficiente que me permita poner en marcha mis proyectos de ley. Ya verás como Catón y compañía hacen lo imposible para ponerme al lado un cónsul que me sea hostil. ¿Acaso quieres que vuelva a encontrarme al lado de ese idiota de Bíbulo, al que ya me ha tocado soportar como edil? Y luego, quiero ganarme un proconsulado en provincias decentes. Y en cuanto Catón sepa que me presento, intentará hacer asignar a los cónsules unas provincias ridículas.

—¿Y cómo piensas ganarte el apoyo de esos dos charlatanes?

Así llamaba siempre Labieno al hombre más rico de Roma y al caudillo más celebrado de su tiempo. Tenía escasa consideración por ambos. Puesto que los juzgaba a todos siguiendo un criterio estrictamente militar, consideraba a Craso un buen general, a lo sumo, que podía vencer a un ejército de esclavos, como el de Espartaco; y a Pompeyo, un caudillo muy sobrevalorado, que siempre había recogido los frutos que otros habían llevado a su maduración: por Metelo en España, por el mismo Craso en Italia y por Lúculo en Asia.

—Sencillo —especificó César—. Para empezar, a los ochenta y tres mil talentos que debo a Craso por haber saldado mis deudas, añadiré considerables intereses, siempre gracias a los lusitanos. Luego, le prometeré que actuaré para eliminar cualquier gasto a sus amigos recaudadores de impuestos. A Pompeyo le aseguraré la aprobación de la ley a favor de sus veteranos, por la cual ha lamido de forma inútil el trasero del Senado durante tanto tiempo. Es una verdadera suerte que esté Catón: si no hubiera sido por él, Pompeyo tendría mucho que agradecerle al Senado, y yo ahora no podría ponerlo de mi parte...

Labieno sonrió. Siempre había pensado que, de no ser por Catón, César habría ascendido con más rapidez a la grandeza a la que estaba destinado. A fin de cuentas, también el tío abuelo de este último casi había conseguido impedir que el jovencísimo Escipión alcanzara el consulado antes de tiempo. Pero se daba cuenta de que César miraba mucho más lejos que Escipión. La hostilidad que mostraba Catón hacia él y hacia cualquiera que intentase emerger del anonimato de la República podía representar, a la larga, más una ventaja que un obstáculo.

—Ahora está todo claro. Pero ¿qué hacemos con los vectones? —dijo, al fin, el legado.

—Como te he dicho, necesitamos una batalla en toda regla. Hasta ahora, con los lusitanos solo hemos tenido acciones de guerrilla. Reúne enseguida toda la caballería disponible y corta a los vectones el camino para el Durius. Persíguelos con un asalto directo y no los escuches si intentan parlamentar. Debe parecer una fuga que hemos conseguido bloquear justo a tiempo. Yo te sigo con ocho cohortes, así los sorprendemos en medio. Verás, será un paseo...

Las riberas del río estaban cerca. Algunos grupos de vectones ya estaban en la orilla septentrional. A más tardar al día siguiente, todo el pueblo habría estado fuera del alcance de Roma. Y a César no le habría gustado.

Escondido en los márgenes del bosque, Labieno optó por un ataque inmediato, como, por otra parte, su comandante le había ordenado. Solo disponía para el ataque de la caballería de una legión, y ni siquiera al completo: únicamente ocho de las diez *turmae* de las que se componía la unidad. Pero la había completado con un contingente de auxiliares celtíberos, tomados de las filas de las poblaciones sometidas: un par de centenares de hábiles jinetes cuyo característico escudo pequeño y redondo, llamado *caetra*, era el único elemento común en un grupo por lo demás nada uniforme.

Prefería comandar la caballería. Sus primeros encargos militares con César habían sido como prefecto de ala. Con el paso del tiempo sus responsabilidades habían aumentado, y también había tenido que ocuparse del mando de unidades de infantería. Pero con la caballería seguía encontrándose más a gusto. Sentía una verdadera pasión por los caballos. Los elegía en persona para sus subordinados y pasaba mucho de su tiempo libre en los establos, con los mercaderes que negociaban la compraventa, o con los suministradores del ejército. Y precisamente en Iberia había descubierto uno de veras magnífico: gris claro de crin dorada, nacido con hendiduras en los cascos de las patas anteriores. Era único, como César. Y había pensado que solo César podía cabalgarlo. Así, se lo había regalado, y desde entonces el caballo no toleraba otro jinete que no fuera el mismo César.

Estudió la situación. Aun con menos de quinientos jinetes, podía hacer mucho por bloquear la retirada de los bárbaros. Buscó a los guerreros en aquella masa compuesta en gran número por no combatientes y ganado. Grupos de jinetes protegían a las mujeres y los niños, que se amontonaban en la ribera a la espera de su turno para subir a las balsas. La infantería estaba alineada en abanico en la retaguardia, como protección contra eventuales agresiones por detrás: con esta última se las vería César.

No parecía que esperaran sorpresas. Quizá pensaban que ya estaban fuera de peligro, o estimaban que ya no constituían una molestia para nadie, fueran romanos o lusitanos. En efecto, muchos guerreros acompañaban a sus respectivas familias en la multitud, reduciendo a la mitad el potencial defensivo del ejército. Labieno se alegró: los civiles entorpecerían la acción de los militares y harían más devastador su ataque.

Se decidió por un ataque en dos frentes. Ordenó al comandante de los auxiliares celtíberos que condujera a los suyos contra la caballería alineada a lo largo del flanco enemigo. Atraería hacia ellos a todos los soldados vectones, dando así ocasión a los romanos de penetrar sin obstáculos en el grueso de su ejército.

La cuña de los auxiliares partió de inmediato después del sonido del cuerno. Ochocientos cascos se movieron a la vez. Se estremeció el terreno, vibraron las ramas de los árboles, aullaron los feroces guerreros a caballo, todos ansiosos por ganar un botín insólito, y no de armaduras y de armas, sino de mujeres y vituallas.

Los jinetes enemigos se dieron cuenta tarde de que eran atacados. Intentaron montar una formación de batalla, pero el impacto los sorprendió en orden disperso. Una vez iniciada la refriega, a Labieno le costó distinguir los aliados de los enemigos: había armaduras con escamas, petos de bronce y simples túnicas, yelmos con y sin penacho, lanzas y jabalinas en ambas formaciones. Sin embargo, lo que contaba era que el enemigo estimase a los celtíberos como el único contingente de ataque, y concentrase en ellos todas sus fuerzas de defensa.

Fue lo que ocurrió. En poco tiempo, el legado vio a toda la formación de caballería vectona convergiendo hacia el punto de ataque. Entre tanto, la gente, espantada, corría hacia el río. En poco tiempo, a lo largo de la ribera del Durius se amontonó una multitud impresionante de individuos de todas las edades, y las balsas apenas llegadas de la otra orilla fueron tomadas por asalto.

Era el momento.

Labieno hizo sonar de nuevo el cuerno. Se puso a la cabeza de la cuña romana y dirigió el segundo ataque. En un instante estuvo encima de la gente que se disputaba un sitio en las balsas. Señaló las embarcaciones a algunos de los suyos. Los soldados condujeron al agua los caballos y se abalanzaron sobre ellas, dando mandobles sobre sus ocupantes. Muchos vectones fueron alcanzados por sus golpes, otros lograron echarse al agua, pero solo para ser pisoteados por los caballos o morir ahogados. Las balsas se vaciaron y los soldados pudieron hacerlas pedazos.

Entre tanto, Labieno atravesaba toda la formación adversaria, abriéndose camino a fuerza de mandobles. Sus golpes encontraron más a menudo la cabeza y los hombros de viejos, mujeres y niños que los de guerreros. Los pocos vectones armados trataban de aferrar las colas o las bridas de los caballos de los romanos para poder bloquearlos y agredir al jinete, pero eran sistemáticamente obstaculizados por la presencia de algún civil.

El legado llegó con rapidez al final de la formación. Ahora él y sus hombres se interponían entre los vectones y el río. Vio a los demás jinetes vectones, alineados de frente, en el ala opuesta a aquella por la que habían penetrado ellos. Detuvo de repente su carrera, ordenando también a los otros que se pararan. Necesitaba dejar entre él y los jinetes enemigos una buena cantidad de gente para que hiciera de escudo.

Pero era preciso que los civiles se alejaran del río. Si César no llegaba pronto, no se podría organizar la pinza. Y sin pinza, los vectones se dispersarían o, peor aún, se reorganizarían y él, con toda probabilidad, acabaría en el agua.

Pero César no llegaba.

El guerrero lusitano tenía una sonrisa burlona. No era la primera vez que César veía esa inquietante mueca en el rostro de un cadáver de ibérico. Y sabía a la perfección de qué se trataba. Después de siglos de feroz resistencia, lo último que querían los íberos aún libres era caer vivos en las manos de los romanos: no había gobernador que no hubiera autorizado las más atroces torturas a los prisioneros con el fin de mortificar el orgullo de esos tenaces combatientes. Iban entonces a la batalla con un frasco de veneno: un extracto de la raíz de una planta local, llamada *Ranunculus sardonia*. Mataba al instante, y contraía los rasgos del rostro en una sonrisa justamente sardónica.

Aquel guerrero había ido demasiado lejos, pero consiguieron rodearlo. No había dudado en ingerir el veneno antes de que pudieran bloquearlo y lo obligaran a revelar cuántos eran los lusitanos que esperaban al modesto ejército romano, formado por solo ocho cohortes.

Los otros bárbaros se mantenían aún a distancia, confiando en el efecto perturbador de sus jabalinas, flechas y, sobre todo, de los proyectiles que lanzaban sus hondas. En efecto, la columna conducida por César había caído en una emboscada. El propretor maldijo: esperaba una reacción de los lusitanos a sus duras condiciones de paz, pero no tan rápido, sin ni siquiera haber resuelto el asunto de los vectones. Además, Labieno ya debía de haber iniciado la acción sobre el Durius: si no le llevaba ayuda de inmediato, la jornada concluiría con dos derrotas, en vez de la victoria que daba por descontada.

El tiro de sus adversarios, por otra parte, no hacía tanto daño. Gracias a su previa experiencia como cuestor en España, nueve años antes, César se había equipado para hacer frente a los temibles honderos ibéricos. Por eso, desde el principio de la propretura, en el curso de los desplazamientos con las tropas, siempre llevaba consigo unas amplias pantallas de piel para protegerse de los disparos durante los enfrentamientos. La rapidez de los legionarios en montar formaciones de testudo hacía el resto.

Las contramedidas se habían revelado eficaces también esta vez, pero el denso tiro de los lusitanos impedía que el ejército prosiguiera su marcha. En efecto, el movimiento hubiera acabado por exponer a los legionarios a los implacables disparos de los honderos. A pesar de que los romanos habían constituido una especie de fortaleza con escudos y pantallas, algún disparo conseguía dar en el blanco de vez en cuando. No por casualidad, a pesar de que estaba protegido por pantallas a ambos lados, incluso César fue rozado por un proyectil. Cayó a pocos pasos de él haciendo corcovear a su espléndido caballo, que dirigió al cielo los cascos anteriores con sus ya célebres hendiduras. Una vez que se sintió estable, César ordenó a su *beneficiarius* que recogiera el proyectil y se lo hizo entregar.

Era una bolita irregular, aparentemente de cerámica. César notó que había algo escrito encima. En latín. «Chúpate esta». Sabía que los honderos tenían la peculiaridad de grabar lemas en sus proyectiles. Y conocía bien su habilidad. En las islas Baleares los niños eran entrenados desde pequeños en el tiro con honda contra piezas de pan apoyados sobre una valla. El blanco constituía su comida: hasta que no le daban, no se les permitía comer.

Antes o después, viendo que no conseguían hacer daño a los romanos, se habrían marchado. Pero César no podía permitirse esperar. Había que hacerlos salir. Llamó al centurión primípilo de la primera cohorte.

—Cayo Crastino, haz caer al suelo, a intervalos de tiempo regulares, a uno de cada cinco hombres, aquí y allá. Deben fingirse muertos o aturdidos. Que el enemigo tenga la impresión de habernos disgregado. Solo así se decidirá a atacar —le ordenó.

El oficial, un experimentado soldado con muchas más campañas a las espaldas que su comandante, hizo circular la orden entre los demás centuriones. Poco después, empezaron a abrirse huecos en las apretadas formaciones romanas. Algunos lusitanos asomaron entonces desde atrás de una roca o un árbol. Luego se oyeron gritos de guerra. Transcurrió más tiempo antes de que los bárbaros salieran al descubierto y, por último, se dispusieran para el ataque.

No eran muchos. Más o menos, como sus soldados: lo que significaba que los romanos estaban en ventaja de al menos dos a uno, en un cuerpo a cuerpo. César pareció alegrarse y llamó otra vez a Cayo Crastino.

—Dejémoslos que se acerquen. Espera a mi señal para dar la orden de levantarse a todos los que están en el suelo y a los demás para que se preparen para el enfrentamiento. Debemos parecer aterrorizados e incapaces de una defensa creíble.

El espectáculo montado por César resultó convincente. Tanto que los jefes de los lusitanos no tuvieron tiempo ni de dar la señal de ataque. Algunos guerreros particularmente exaltados partieron al asalto en pequeños grupos, y los otros no pudieron más que ir detrás. El resultado fue un ataque en orden disperso, que se anunciaba como carente de cualquier fuerza de choque. Los bárbaros aullaban como enajenados empuñando sus *macheire*, las temibles espadas curvas por las cuales eran famosos. Pero no daban miedo: el resultado del enfrentamiento estaba escrito.

Habría sido incluso demasiado fácil, pensó César. El riesgo era, si acaso, que los legionarios se entretuvieran demasiado ensañándose con esos idiotas.

Cuando los bárbaros estuvieron al alcance de los *pila*, el comandante dio la orden.

—¡Ahora! —gritó, levantando el brazo sin apartar la mirada del enemigo, impetuoso.

En un instante, todos los hombres en el suelo se levantaron y ocuparon su puesto al lado de sus compañeros. Ante una nueva señal de los centuriones, lanzaron sus *pila*.

El ardor de los lusitanos se apagó de golpe, y no solo porque muchos cayeron, atravesados: la sorpresa los había abrumado más que la repentina lluvia de jabalinas. El propretor decidió que el encuentro acabaría antes si los romanos asumían la iniciativa: ordenó el contraataque, que los legionarios condujeron desenvainando sus gladios y avanzando, compactos, contra un enemigo ya asustado.

Fue una redada, más que un cuerpo a cuerpo. Los lusitanos ni siquiera escapaban. A menudo permanecían en el lugar, aún petrificados por la sorpresa, mientras los romanos los traspasaban o los degollaban. Cuando César vio que los únicos íberos vivos eran aquellos que estaban a una cierta distancia de los legionarios, pensó que era suficiente. Ordenó el repliegue, hizo disponer a los soldados en columna, cada cohorte en un cuadrado, y reanudó la marcha.

A paso veloz.

Los vectones a sus espaldas estaban todos muertos. La mayoría ahogados en el río. Labieno tenía solo agua detrás. Sus hombres constituían una barrera a lo largo del Durius, pero, en resumen, eran impotentes. Había dado la orden de mantener la posición, sin dejarse tentar por la posibilidad de exterminar a los civiles y a los pocos guerreros que aún se amontonaban delante de ellos. A fin de cuentas, aquella gente era el único obstáculo que impedía a los jinetes enemigos y a los infantes en la retaguardia atacarlos con decisión. Hasta entonces, solo se habían producido algunas escaramuzas, con algunos jinetes vectones que intentaban abrirse paso entre la multitud para desafiar a un romano.

Labieno esperaba noticias del flanco opuesto, donde había dejado combatiendo a sus auxiliares. Pero, sobre todo, esperaba noticias de César. Antes o después, aquella muchedumbre se dispersaría, y entonces los guerreros se concentrarían todos en él y en sus hombres. Y eran muchos, demasiados.

Vio a los jinetes enemigos que avanzaban hacia él por el flanco en el cual había penetrado. No, no eran enemigos. Estaban abriéndose paso entre la multitud masacrando a cualquiera que se pusiera a tiro. Eran los auxiliares celtíberos, y debían de haberse liberado de sus contrincantes. Trataban de alcanzarlo, pero de la manera menos indicada. La multitud se abría a su paso, los muertos se apilaban unos sobre otros y, mientras, se creaba aquel espacio que él habría querido evitar. Hubiera querido gritarles que se detuvieran, que recorrieran la ribera ya despejada y cerraran filas, pero no había manera en aquel tumulto. Sin darse cuenta, estaban preparando el terreno para el ataque adversario.

Desde la silla podía ver en la lejanía, mucho más allá de las cabezas de la gente que aún se congregaba en las inmediaciones. Lanzó una mirada desesperada hacia el final de la columna vectona, esperando entrever sus movimientos. Escrutó largamente, un momento allí, otro hacia el flanco, en dirección a los celtíberos: quería movimiento donde no habría podido verlo, y no lo veía donde hubiera deseado ver aparecer a César.

Ahora se había creado un amplio espacio en torno a su escuadrón. La gente se había alejado. Poco después, vería cómo le caían encima los jinetes de ambos lados y hasta a la infantería de la retaguardia. Y sería imposible sostener el asalto enemigo con el río justo a sus espaldas.

Entonces los vio. Los guerreros vectones de la retaguardia se estaban moviendo.

Hacia él. Hacia los romanos.

César no se preocupó de esconder a sus hombres. Es más, quería que los vectones los avistaran cuando aún estaba lejos. Solo así los induciría a aflojar de inmediato la presión, que, sin duda, estaban ejerciendo sobre Labieno. Y, además, contaba con el pánico que su aparición provocaría entre los no combatientes, haciendo aún más difícil el cometido de sus guerreros.

A medida que se acercaba al enemigo, el propretor hizo ensanchar la formación, hasta que la columna de cuadrados en marcha se transformó en un compacto frente de batalla. Ahora veía con claridad a sus adversarios: una gran masa de gente mezclada con rebaños y con grupos de guerreros que parecían desorientados. Daba la impresión de que no sabían qué hacer y de que se hallaban aún lejos de alcanzar la cohesión necesaria para afrontar la batalla. Esto quería decir que Labieno todavía disponía de fuerzas suficientes para mantenerlas comprometidas en el frente opuesto.

La pinza había funcionado, a pesar de todo.

Estaba a punto de ordenar a los suyos que marcharan expeditos contra aquel revoltijo de gente cuando notó que los guerreros vectones se estaban replegando. Pero solo ellos. Los rebaños permanecían donde estaban. No, en realidad no: empujadas por los pastores, las ovejas avanzaban.

Reflexionó un instante. ¿Querían utilizar las ovejas como pantalla para organizarse? ¿O para dar el golpe de gracia a Labieno? ¿O incluso para completar el cruce del río? O, simplemente, ¿esperaban encontrar la salvación dejando que los romanos saquearan sus rebaños?

Poco importaba el motivo. Lo que debía hacer era frustrar su intento de hacerles perder tiempo. Se desplazó de su posición, sobre la derecha de la formación, y cabalgó hacia el centro.

—¿Ves esas ovejas? —dijo a los dos tribunos más cercanos, señalando el frente enemigo—. Quiero que las rodeen. La mitad de la formación irá a la derecha, la otra mitad a la izquierda, para atacar al enemigo por los flancos. Empújenlos hacia el río. Acabarán en brazos de Labieno.

Los dos oficiales asintieron y pasaron la voz a las demás cohortes. Ante su señal, el ejército volvió a marchar, a paso rápido, pero en oblicuo: cuatro cohortes a la derecha, otras tantas a la izquierda. Los únicos obstáculos que encontraron los legionarios fueron unas ovejas en desbandada, a las que arrollaron sin perder compacidad.

Bastó esto para espantar a los guerreros vectones. Procuraban mantener alejados a los civiles, pero las mujeres y los niños mantenían la ilusión de que junto a ellos estarían más protegidos: así, gritaban y lloraban, agarrándose a los escudos. Algunos guerreros se veían obligados a rechazar a sus propios familiares, como si se tratara de enemigos en una refriega. Pero las mujeres, los viejos y los niños no se alejaban.

No podían.

Había una carga de caballería detrás de ellos.

Caballería romana.

Labieno. César entendió enseguida. Su lugarteniente lo había visto llegar y, en cuanto la atención de los vectones se dirigió sobre sus legionarios, había iniciado el ataque.

Algunas cosas no había necesidad de decírselas.

Ni siquiera los centuriones tuvieron la necesidad de que se les dijera nada más. Una vez cerca de sus adversarios, los romanos atacaron sin vacilar. De repente, los vectones se encontraron con los legionarios sobre los flancos, mientras por detrás la caballería les mandaba encima a los civiles. Delante, estaban sus ovejas cerrándoles cualquier residual vía de escape. Solo un momento antes, imaginó César, había sido Labieno quien estaba bloqueado por todas partes.

El propretor cabalgó manteniéndose alejado de la refriega. Ahora por el aire solo giraban gladios. Aquella masacre ya no le concernía: los hombres no precisaban más estímulos para matar. Intervendría en todo caso para frenarlos: no quería que los territorios de los vectones se despoblaran por completo y dejaran así el terreno libre a los lusitanos.

Buscó a Labieno. Escrutó a lo largo de la refriega en el punto más avanzado de la cuña de la caballería romana. Estaba seguro de que lo encontraría a la cabeza de sus tropas.

Lo localizó. En efecto, era él. Dando mandobles a diestro y siniestro para abrir el camino a los demás. Era un fantástico luchador. Un comandante extraordinario al cual nunca había necesidad de explicarle nada.

Se congratuló consigo mismo: la habilidad de un gran hombre, preferido de la Fortuna y de los dioses, consistía también en saber elegir a colaboradores de valor. Hizo señas a su asistente para que fuera a llamarlo.

No tardó mucho. Los romanos eran dueños absolutos del terreno. Lo vio llegar chorreando sangre. Ajena.

—Bien. Nosotros ya no tenemos nada que hacer aquí. Dejemos que los tribunos y los centuriones terminen la redada y regresemos. Roma nos espera.

—También tú me has hecho esperar...

No había ningún reproche en la voz de Labieno. Solo una sonrisita y la expresión de quien aprovecha la ocasión para divertirse.

—En compensación, he adelantado el trabajo que hubiéramos tenido que hacer después... —dijo César, sonriendo a su vez. Luego hizo girar al caballo y partió al galope.

III

Entrado en Roma, puso inmediatamente en marcha una ingeniosa política que engañó a todos, salvo a Catón: su objetivo era reconciliar a Craso y Pompeyo, que eran los personajes más influyentes de la ciudad. César los reunió y de enemigos los hizo amigos, canalizando en sus manos el poder de ambos. Así, sin que nadie se diera cuenta, con un gesto de aparente humanidad, derrocó la forma de gobierno del Estado.

PLUTARCO,
Historias paralelas. César, 13

ROMA, JUNIO DE 60 A. C.

La Curia Hostilia estaba repleta. Estaban presentes, condición insólita, casi todos los seiscientos senadores. Pero, por otra parte, insólito era el acontecimiento sobre el cual eran llamados a pronunciarse. El senador más anciano, presidente de la asamblea, observó a los padres conscriptos ocupar su puesto en los asientos que se distribuían sobre los largos costados de la estancia. A su lado, junto al ábside, ya estaban dispuestos los dos cónsules, Lucio Afranio y Quinto Metelo Céler, este último con la cabeza velada por la toga y empeñado en la habitual ofrenda sacrificial a los dioses.

En el silencio general, Metelo llenó tres cálices de vino y vertió rítmicamente el contenido en el hogar que ardía sobre el altar. Tres veces la llama subió hacia el techo del edificio. Luego esparció el ara de incienso y elevó plegarias de agradecimiento. Al fin, se descubrió la cabeza e hizo señas al presidente, que pudo empezar a hablar.

—Ilustres senadores, estamos aquí reunidos, con el favor de los dioses —comenzó el anciano senador—, porque hoy vence el último término para la presentación de las candidaturas al consulado del año próximo. Examinaremos, por tanto, dichas candidaturas y, en este sentido, evaluaremos una cuestión que ha sido planteada por el propretor de la España Ulterior, Cayo Julio César. Como se sabe, el propretor ha obtenido el derecho de celebrar el triunfo. Pero también desea presentarse como candidato al consulado, puesto que ha alcanzado la edad necesaria para ello. Pide, por tanto, que se le conceda la facultad de hacerlo *in absentia*, para no tener que entrar de inmediato en la ciudad y presentarse en persona, y perder así el derecho al triunfo. Solicito, por tanto, una votación *per discessionem* en tal sentido. Que los favorables se desplacen a los bancos blancos de mi derecha; los contrarios, a los de la izquierda.

—¡Un momento!

Un senador levantó la mano y reclamó la atención del presidente. Un senador sin túnica, solo con la toga bordada de púrpura que le dejaba descubiertos el hombro y el brazo derecho. Era bastante joven: no había cumplido siquiera la edad para ser pretor. Sin embargo, era uno de los más autorizados.

Marco Porcio Catón.

—Antes de la votación, pido la palabra, ilustre presidente —intervino con el tono irritado de quien sabe que molesta a mucha gente.

—Estás en tu derecho.

—Gracias, ilustre presidente —dijo Catón, bajando los escalones y colocándose en el centro de la sala, donde todos podían oírlo—. Solo quiero destacar cómo, cada vez más a menudo, esta asamblea se encuentra teniendo que debatir procedimientos en contraste con los más sanos principios del ordenamiento republicano. Desde hace ya casi medio siglo, hombres con escaso respeto por las instituciones y ambiciones personales que no tienen nada que ver con el bien del Estado quisieron hacernos caer, a los senadores, los más firmes defensores de la República, en siniestros compromisos, para asegurarse un poder que reclama, no demasiado veladamente, tiempos que creíamos desaparecidos desde la época de la monarquía.

»Ya está lejos la época en que los más grandes caudillos de Roma, de Coriolano a Furio Camilo, de Escipión el Africano a Escipión Emiliano, se conformaban con lo que la Constitución les concedía, y ni soñaban con forzar la mano del Senado para obtener mayores honores. Estos tenían mandatos limitados, tropas limitadas, y, sin embargo, obtuvieron éxitos contra los enemigos más tenaces que haya tenido Roma. Sabían esperar su turno. Llegaban a sus magistraturas a la edad prescrita, y solo circunstancias particulares, como una guerra, podían justificar algunas excepciones, como en el caso de Escipión. *¡Solo en caso de guerra!* ¿Y acaso ahora hay una guerra? En absoluto. No habría una ni siquiera en España, si César no la hubiera provocado de forma deliberada para adquirir méritos a los ojos de los más crédulos de nosotros y del pueblo romano. ¡Y también para saldar las inmensas deudas que ha contraído para ganarse a la plebe!

»¡No bastaba Pompeyo, no! En cuanto el conquistador de Oriente ha dejado de pretender honores mayores de los que corresponderían a cualquier meritorio magistrado romano, aparece este César para reclamar, para *pretender*, es más, erguirse por encima de cualquier otro en Roma. ¿Y por qué, además? Pompeyo, al menos, ha enriquecido considerablemente el erario y ha adquirido para la Urbe un gran número de territorios. Ha celebrado más triunfos y obtenido victorias en África, en Asia y en Europa. Ha erradicado incluso una plaga endémica como la de la piratería. César, en cambio, ¿qué ha hecho de tan extraordinario? Ha guerreado con oscuras poblaciones cerca del Océano. De joven, ganó una corona cívica, como tantos otros ciudadanos romanos, pero en un frente secundario. Por lo demás, ¿qué otra cosa ha hecho, más que constituir una constante espina clavada en el costado de la República? Ha investigado a insignes ciudadanos, solo para conseguir una publicidad fácil. Y ha gastado sumas inmensas, como edil, sumas que no son suyas, para ofrecer a la plebe vacuos espectáculos. Gracias a sus compinches, ha hecho cambiar la *lex domitia* y las modalidades de elección del pontífice máximo, ganando un cargo desde siempre confiado a ciudadanos más respetables, pero que él ocupa con poca diligencia.

Siempre ha sostenido leyes que amenazan la armonía de la República. Con toda probabilidad, ha desempeñado un papel en la conjura para subvertir el Estado promovida hace tres años por Catilina y sus secuaces, pero ha sido tan hábil que ha salido sin ser incriminado. Ha corrompido, manipulado y chantajeado para obtener el cargo de pretor, y no tengo duda de que usaría el consulado para asegurarse unas ventajas que, después, haría aún más difícil desalojarlo de la posición de preeminencia que pretende conquistar. Cada acto, en el arco de todo su *cursus honorum*, está orientado a esto: ¡adquirir preeminencia! ¡Yo los pongo en guardia contra él! ¡No es Cayo Mario, un hombre solo anhelante de gloria! ¡Ni Sila, capaz de renunciar al poder después de haber restaurado la República! ¡Ni Lépido, un individuo con ambiciones superiores a sus cualidades! Ni tampoco es Pompeyo, que sabe doblegarse a las justas demandas del Senado. No. Él es mucho más peligroso, porque solo alberga desprecio por las instituciones y los hombres que las representan. Por tanto, ¡es capaz de cualquier maldad!

La arenga de Catón se prolongaba desde hacía rato, cuando un esclavo fue autorizado por los lictores a referir un mensaje a dos de los senadores presentes. Los alcanzó en sus escaños, que estaban en los polos opuestos de la sala, y les susurró algo al oído. Los dos se levantaron de inmediato, después de haber recibido el mensaje, y salieron de la curia, mientras Catón seguía hablando.

—¡Pero mira a quién tenemos aquí! ¡El recadero de César..., Tito Labieno! —exclamó el más fornido de los dos cuando estuvieron en el exterior del edificio.

Labieno los miró. La diferencia de edad, entre ellos y César, parecía mayor de cuanto era en realidad. La inactividad envejecía, sin duda.

—Salud a ti, Cneo Pompeyo Magno. Y salud también a ti, Marco Licinio Craso —respondió Labieno. Sí, verdaderamente habían envejecido. Por otra parte, el primero estaba quejoso desde hacía dos años, pues no había recogido cuanto esperaba de sus victorias en Oriente. El segundo soñaba desde hacía más de una década con victorias más importantes que la obtenida contra los esclavos de Espartaco. Ambos se consolaban con una extraordinaria riqueza, pero no eran hombres que se conformaran con facilidad.

Y él estaba allí para ayudarlos a vencer sus frustraciones.

—Creo que ha llegado el momento de definir los acuerdos que han esbozado con César en su correspondencia —indicó, sin perder tiempo en preámbulos.

—¿Contigo?

Craso enarcó las densas cejas. A Labieno aquel tipo nunca le había gustado. No tenía ojos más que para el dinero y para quien lo tenía a paladas. Para César, el dinero era solo un medio, pero para Craso era el fin último. Miraba con desprecio a cualquiera que no lo tuviese. Pompeyo, en cambio, le caía más simpático. Era un militar, ante todo, y sabía apreciar a los buenos soldados como él. Y, además, era del Piceno...

—Como puedes comprender, César no puede entrar en la ciudad. Además, no creo que sea oportuno que se les vea a todos juntos, ¿no te parece?

—Para empezar, ¿cuándo tiene la intención de saldar toda la deuda? —lo apremió Craso.

—No ahora, como es natural. Necesitará el dinero para distribuirlo entre los electores. De hecho, estaría bien que le prestaras más. Luego, si consigues para él provincias importantes, te lo devolverá con intereses.

—César aún debe demostrarme que es una buena inversión. Lo que necesito es que los contratos fiscales bajen de precio. Y, luego, también yo quiero una provincia, si bien recuerdas. He ocupado el consulado desde hace diez años; por tanto, podría competir de nuevo por el cargo. Si lo hiciera, también yo me garantizaría una provincia desde la que partir para conquistar nuevos territorios. ¡Y quiero Siria!

—Y tendrás Siria. Si Catón lo permite, se entiende.

Labieno sonrió para sus adentros al pensar que aquel modesto general soñaba con celebrar un triunfo sobre los temibles partos.

—Pero no estoy seguro de que, para ti, sea el momento oportuno para mirar al consulado. Si logramos bajar los costes de las contratas fiscales, ¿qué obtendrán en Siria tus amigos publicanos si hay guerra? Deja que primero se enriquezcan algunos años, luego te ocuparás de tu carrera militar. Como tú mismo has dicho, céntrate por ahora en las contratas fiscales. No está garantizado que lo consigas solo. Entre tres, en cambio, alcanzarás tu objetivo. Mira a Pompeyo: a pesar de sus triunfos, no ha obtenido nada de lo que se propuso. ¿Por qué? Porque estaba solo: solo contra el Senado.

Pompeyo se mostró irritado por la referencia a su fracaso político.

—Esta me parece una discusión inútil —zanjó—. Catón está dando largas para impedir que se vote la resolución a favor de la candidatura de César. Y ese es capaz de hablar hasta el final de la sesión. Si no votamos hoy, César no podrá ser cónsul...

—No te preocupes, su intervención estaba prevista —replicó Labieno—. La cuestión es otra. Sabemos con seguridad que, si César es elegido, Catón se encargará de que se le asigne el proconsulado de los bosques y los pastos de Italia. ¡Cosa de cuestores, no de cónsules! Lo obligará a desarrollar un cargo civil, lo que le impedirá obtener la gloria militar a la que tiene derecho todo cónsul.

—¿Y entonces...?

—Pues bien, ¿estarían dispuestos a sostenerlo, *como sea*, para presionar al Senado para que le reconozca una provincia de su preferencia?

—¿Qué significa «como sea»? —preguntó Pompeyo.

—Sabes bien qué significa. Aquí en Roma tienes un montón de veteranos que van tirando con el dinero del licenciamiento. Gente que estaría muy contenta de tomar las armas para asegurarse unas tierras en propiedad en las que vivir...

Hubo unos instantes de silencio. Por fin, Pompeyo respondió:

—El agro público en Italia es insuficiente para contentar a todos mis veteranos. Son al menos cuarenta mil. ¿Dónde los metemos? Yo me expongo solo si el problema se resuelve definitivamente.

—No te preocupes por eso. César ha pensado también en la compra de otras propiedades privadas en pequeños lotes al precio registrado en las listas de los censores. Y si esto tampoco bastara, desalojaremos a los arrendatarios de las tierras públicas de Campania. Se establecerá que los terrenos sean inalienables durante veinte años, para que los veteranos no los revendan de inmediato y no vuelvan a armar líos...

Pompeyo dudaba, pero estaba tentado.

—¿En Campania? Catón y los suyos intentarían impedirlo...

—César quiere ofrecer a los nombres de mayor peso un puesto en una comisión, digamos de veinte senadores, que se encargue de establecer las modalidades en que se harían las asignaciones. César y ustedes se mantendrían al margen, pero se puede hacer un intento con Cicerón.

—Quizá no sea suficiente... Ya me imagino a Catón, poniendo impedimentos.

—Entonces presentaremos la ley en los comicios y, una vez aprobada por el pueblo, obligaremos a los senadores a jurar que van a cumplir la ley, bajo pena de exilio...

Pompeyo sudaba. No le gustaba presionar al Senado. Si acaso, prefería ser engatusado por los senadores. Labieno temió que se echara atrás.

—Está bien —aceptó, al fin, el conquistador de Oriente.

Pero a Labieno no le bastaba. *A César* no le bastaba.

—La provincia debe ser asignada a César por varios años, no uno solo.

—¡Por Júpiter! ¿Cuántos? —exclamó Pompeyo, visiblemente irritado.

—Digamos, ocho —aventuró Labieno.

—Digamos, tres —intervino Craso, anticipándose a Pompeyo.

—Entonces quedemos en cinco —zanjó Labieno.

Silencio.

—¿Acomodarías a todos los veteranos? —preguntó aún Pompeyo.

—A todos. César te lo garantiza.

—Así sea, pues. Cinco años. Pero es una prevaricación.

Labieno sabía a la perfección que el desdén de Pompeyo era solo fingido. En realidad, le complacía saber que la ausencia de César en Roma iba a prolongarse tanto tiempo. Precisamente con esto había contado para obtener su aprobación.

—Y por lo que se refiere a la provincia, César quiere la Galia Transalpina —añadió con voz átona—. Con tres legiones.

—¿Ah, sí? ¿Y qué más? Quizá al estar en Iberia, César no sepa que ha sido asignada a Metelo Céler...

—Lo sabe. Y, mientras, pedirá Ilírico y la Galia Cisalpina. Pero si, en el momento oportuno, le ocurriera algo a Metelo Céler, sería fácil asignarle *también* la Transalpina...

Labieno sabía hasta dónde podía llegar. El cónsul Metelo Céler había sido un pompeyano convencido antes de que Pompeyo se divorciara de su hermana, Mucia Tercia. Ahora, por despecho, estaba creando bastantes dificultades a su antiguo cuñado, y Pompeyo podría ver con buenos ojos su salida de escena. Más aún sabiendo que el cónsul tenía una mujer, Clodia, de reputación bastante discutible: a ella se le podría atribuir fácilmente el propósito de eliminar a su marido.

Pompeyo apartó la mirada.

—Veremos... —se limitó a decir.

Labieno no podía esperar declaraciones más explícitas. Pero era suficiente. Lo más difícil ya estaba hecho.

Con Craso habría sido más fácil. Él no necesitaba exponerse.

—Yo no tengo tropas, ni quiero exponerme, por otra parte —dijo el hombre más rico de Roma—. Tengo demasiados amigos entre los senadores, amigos con los que hago negocios. Por el consulado, puedo esperar. Pero quiero que César proponga de inmediato una ley para la reducción del precio de los contratos fiscales.

—Bien.

—De al menos un tercio.

—Si el Senado acepta...

—Si no acepta, deberán someter la ley a los comicios. Como la de Pompeyo.

He aquí la antigua rivalidad entre los dos aflorando de nuevo, pensó Labieno ocultando una sonrisa. Si César hubiera conseguido que estuvieran de acuerdo, esa habría sido su obra maestra política. ¡Mucho mejor que acallar las quejas del Senado!

—Hay una última cosa —añadió Labieno. Por primera vez, un cierto embarazo se traslució en su expresión—. César está plenamente convencido de que respetarán los pactos. Pero considera que se sentirán todos más vinculados si reforzamos más sus vínculos. Digamos..., eh..., con un matrimonio.

—¿Un matrimonio? ¿De quién?

Pompeyo receló aún más.

—Tuyo, como es natural. ¿No te parece que, en este momento, Julia, la joven y bellísima hija de César, es el mejor partido de toda la Urbe?

Craso estalló en una carcajada, aunque no había de qué reírse. Por otra parte, nunca había tenido un gran sentido del humor. Pompeyo, en cambio, no se reía. Pero tampoco parecía irritado. Es más, la expresión de turbación y sospecha que había mantenido durante todo el coloquio parecía haberse disuelto de repente. Por otra parte, Julia tenía treinta años menos que él, era realmente guapa y pertenecía a una dinastía con la que cualquiera se hubiera sentido honrado de emparentarse. Sobre todo, un hombre de baja extracción como Pompeyo.

—Podría ser... —musitó, al fin, el caudillo.

—Entonces sea. César, por su parte, reforzará los vínculos con el Senado casándose con la hija de Calpurnio Pisón. Al año siguiente, cuando César asuma el proconsulado, podríamos preparar el consulado para el mismo Pisón y para uno de tus partidarios, quizá Gabinio...

—Veo que César ha pensado en todo... —comentó Craso, aún con la sonrisa en los labios.

—No imaginas cuánto... —murmuró Labieno, sin sonreír en absoluto.

Un dulce perfume de miel se difundió por la habitación. El esclavo estaba esparciendo un ungüento sobre la espalda de un prestigioso huésped de una villa en la Via Flaminia, a pocas millas de Roma. Entró otro esclavo.

—Propretor. Hay una visita para ti. Servilia Cepión quisiera verte.

El huésped se levantó de la cama en la que estaba recostado. No respondió. Hizo un gesto a su esclavo para que lo limpiara; luego se hizo poner la túnica.

—Hazla entrar —se limitó a decir mientras se vestía.

Echó a su esclavo, se peinó y se esparció el cuello de telino, el perfume que usaba habitualmente.

Poco después, un rostro femenino se asomaba más allá

del umbral de la puerta, como un retrato dentro de un marco. Una sonrisa al mismo tiempo temerosa y divertida lo iluminó todo. Era el rostro de una mujer que hacía algunos años que había alcanzado una sensual madurez.

La fascinación y la belleza habían quedado atrapadas en aquellos rasgos, como si no quisieran abandonarlos a pesar del paso del tiempo. A aquel rostro le habían hecho unos regalos magníficos: un óvalo extraordinariamente largo, sin que, por eso, el mentón resultara demasiado saliente. Dos ojos de un verde intenso, como gemas impresas sobre el rostro, a los cuales una sombra azul daba aún más profundidad. Una boca carnosa, con labios de superficie amplia, lisa y pulida. Una nariz recta y regular, prolongada en medio de los ojos por dos marcados surcos verticales, que acentuaban la profundidad de la mirada.

El maquillaje, además, se encargaba de hacer desaparecer cualquier signo del tiempo. Antimonio en abundancia acentuaba el negro de pestañas y cejas. El *fucus*, el extracto de alga, confería a la piel un hermoso color púrpura, sobre el que destacaban los brillantitos, que no eran más que hematita triturada. El retrato era completado por una corona de denso cabello castaño, recogido en un elaborado tocado unido por peinetas, cintas y broches.

—¿César recuerda aún a su Servilia, o las fogosas ibéricas le han hecho olvidar que en Roma se le quiere? —preguntó al fin la mujer, después de algunos instantes de silencio.

—Si no te decides a entrar de una vez, tu recuerdo podría perderse para siempre —respondió, fingiendo una ostentosa impaciencia.

—¿Sabes? Quiero que primero me contemples desde lejos. A mi edad, se corre el riesgo de no producir un buen efecto en las personas que no te ven desde hace mucho... —replicó ella. El temor, en su expresión, había suplantado entre tanto a la diversión.

—¿Mucho tiempo?

Él se aproximó, le agarró la mano y la arrastró con dulzura hacia él.

—Menos de un año no es mucho tiempo...

—Lo es, cuando se tienen cuarenta y cuatro años...

Ahora estaba incómoda.

César le agarró la otra mano. Le escrutó el rostro, luego se acercó y la besó, con delicadeza, apoyando apenas la boca sobre la de ella. Como en el pasado, se demoró un poco en el cautivador labio inferior, esperando que lo envolviera. Cuando ocurrió, imprimió mayor vigor al contacto, abrió la boca y dejó que sus lenguas se buscasen.

—Para mí, sigues siendo la mujer más hermosa de Roma, lo sabes —le dijo luego. Un instante después empezó a rozarle el cuello con los labios, haciéndola estremecer.

—Si supieras qué bien me hace oírtelo decir...

—¡Ah! Casi me olvido de darte las condolencias por la muerte de tu marido...

César se alejó repentinamente de ella.

Servilia estaba habituada a estos cambios súbitos. César era capaz de ser varias personas a la vez, de pensar en un montón de cosas a la vez. No se daba cuenta de cómo podía descolocar a quien intentaba seguirlo. Bien, la mujer se dijo que no había ido hasta allí, ni había esperado tanto, para reprocharle cómo había enrarecido el ambiente de golpe. Total, sabía que él volvería de inmediato a ser tan tierno como antes. Siempre había ocurrido así.

—Hace ya bastante tiempo de eso. Y, como sabes, no me casé con él porque me gustara, o porque lo quisiera...

César le quitó la *palla*, acariciándole lentamente las caderas.

—Y el joven Bruto, ¿cómo está?

—Mi hijo muestra una fuerte inclinación hacia los libros. Estudia. Estudia mucho. Espero que al menos saque provecho de su carrera política.

—¿Y ese insoportable hermanastro que tienes la desgracia de tener? —continuó César, mientras le quitaba también la túnica.

—¿Te disgusta si de Catón hablamos *después*?

Estaba segura de que, para César, hablar de su adversario no tenía ninguna influencia sobre su humor, no lo habría condicionado en la intimidad. Para ella, en cambio, era distinto. Percibir el resentimiento que su amante sentía hacia Catón la habría turbado. Y ya estaba bastante turbada por el temor de que su desnudez desilusionase a César.

Él se quedó mirándola, sin decir nada y sin tocarla. Era buena señal. En el pasado, siempre había empezado así. Cada vez que la veía desnuda, le había explicado, necesitaba algunos instantes para absorber la vista de un cuerpo que, según él, celebraba su modo de entender la armonía y la gracia en un ser humano. Mil veces César había seguido, arrebatado, con la mirada, las ondulaciones de su físico: los hombros amplios y cuadrados, magnífica corona de una cintura estrecha que, a su vez, hacía de regio contraste a las caderas redondas y torneadas, sostenidas por unas largas y sensuales piernas. Los pechos apenas esbozados, casi virginales como los de una niña, y un vientre plano y liso sobre el que el ombligo descollaba como una minúscula barca en un mar sin olas. Y las manos. Las manos ahusadas y elegantes, con esos dedos largos como arbustos por los cuales deseaba uno dejarse envolver.

Quizá nada había cambiado.

No tuvo el valor de decírselo. En todo caso, César sabía mentir muy bien cuando quería. Habría entendido la verdad por el modo en que se desarrollaban las cosas.

—Catón no ha hecho más que hablar mal de ti, mientras estabas fuera.

Ahora podía hablar con libertad de Catón. César no había cambiado por lo que a ella se refería. Había hecho el amor con la misma intensidad de la última vez. Y de la primera vez. Antes o después, los cuatro años más de Servilia pesarían entre ellos de algún modo, pero ese momento aún no había llegado.

César, recostado junto a ella, siguió con la mano la línea de su cuerpo en toda su longitud.

—Catón hablaría mal incluso de sí mismo, si no encontrara a otro de quien hablar mal. Es el ejemplo más apropiado de la decadencia de la República: hostil a cualquier cambio, tenazmente aferrado a la tradición, acérrimo defensor de un Senado que ya no está en condiciones de ejercitar el poder desde hace tiempo. Los senadores, ahora, son del todo incapaces de conciliar a las facciones. Es más, solo saben exacerbar los conflictos. Nadie está en condiciones de construir nada. Pero si no se reconstruye el Estado, estará destinado a ir a la ruina.

—Él diría que, si Roma ha construido un imperio, es gracias a la eficacia de las costumbres de nuestros padres...

César se sentó de golpe. Miró hacia delante, como si ella ya no estuviera.

—Las costumbres de nuestros padres no han conseguido impedir las guerras civiles en las últimas décadas, ni las continuas sediciones, populares o patricias. Y si Roma ha construido un imperio, es gracias al espíritu de iniciativa de grandes individuos. El Senado... ¡Puaj! Si hubiera sido por el Senado, el ejército no estaría ahora liderado por valientes *populares*, gente del pueblo, *homines novi* como Cayo Mario, y habríamos seguido sufriendo derrotas de Yugurta y los germanos. Si hubiera sido por el Senado, cónsules y procónsules tendrían mandatos de una duración ridícula y no habrían tenido tiempo de conquistar nada. Si hubiera sido por el Senado, Pompeyo no habría podido derrotar a los piratas, ni aún menos adquirir Oriente para Roma, con todas sus riquezas. Lo único que le interesa al Senado es mantener una obtusa preeminencia sobre todos los romanos y desactivar cualquier iniciativa que pueda ponerlo en cuestión, ¡incluso si es por el bien de Roma!

—¿Y cómo piensas cambiar las cosas, si obtienes el consulado? —aventuró Servilia.

—Yo *obtendré* el consulado.

César le lanzó una mirada severa. Luego volvió a mirar a lo lejos.

—El Senado ya estaría obsoleto si Sila no lo hubiera apuntalado y hecho más poderoso. Para que Roma siga prosperando, para que alcance finalmente una estabilidad política, el Senado debería ser reducido a solo una asamblea honorífica. Es el pueblo el que cuenta, y si el Senado se enfrenta a mí, llevaré mis leyes a la aprobación de la plebe. Demasiados vínculos, demasiadas ataduras, para cualquiera que quiera traer gloria y lustre a Roma. Cuando no son las guerras civiles, son las envidias, las mezquindades, las rivalidades y el espíritu de facción que quita a la Urbe la energía que necesita para continuar expandiéndose. Y para impedir que todas estas fuerzas negativas minen la potencia de Roma, se necesitan hombres *super partes*. Hombres que se esfuercen por conciliar a las facciones y que colaboren en el común interés de Roma. Por otro lado, la torpeza de tu hermano es sorprendente: si al menos hubiera secundado en parte a Pompeyo, lo habría puesto de parte del Senado. Negándole todo, lo ha echado en mis brazos, obligándolo a recurrir a mi apoyo.

—¿El gran Pompeyo necesita tu ayuda?

Servilia acogió la declaración con escepticismo.

Otra mirada severa. Eso era lo más lejos a lo que César llegaba con ella. Nunca un verdadero gesto de ira.

—En efecto. Su frustración es el clásico ejemplo de cómo el Senado desactiva cualquier iniciativa loable, si no es estrictamente pertinente a sus mezquinos intereses. Decenas de miles de soldados han combatido durante años, obteniendo una victoria tras otra, y el Senado se niega a premiarlos. Tampoco tiene la intención de ocuparse de los miles de pobres que atestan la Urbe pasando dificultades y haciéndola invivible. Pues bien, lo haré yo. Daré a los veteranos y a los pobres tierras para cultivar. Instituiré unos boletines informativos diarios para que el pueblo pueda vigilar la actuación del Senado y los magistrados. El Senado pretende tener siempre, para cualquier asunto, la última palabra, pero de ahora en adelante será distinto. Deberá ser distinto, si queremos poder y estabilidad.

Servilia se obligó a no preguntarle qué quería decir con eso. Temía la respuesta. Además, quería atraer de nuevo la atención de César hacia ella. No deseaba alimentar esa tendencia que tenía su amante a abandonarla en plena intimidad para seguir las múltiples líneas de sus pensamientos.

Había ido a verlo con el temor de no gustarle ya. Con enorme alivio, en cambio, había descubierto que lo que César le había dicho una vez era cierto: la armonía de su estructura física era el mejor antídoto contra el avance de la edad. Ahora estaba segura de que le gustaría para siempre.

Poco importaba que César, justo después de hacer el amor, se hubiera distraído con sus elucubraciones. Eso había pasado siempre. Lo que contaba en realidad era cómo habían hecho el amor: las manos de César la habían acariciado sin pausa, nunca saciadas de las sensaciones que le suscitaba el contacto con su piel. La boca de César la había buscado por doquier, deseosa de esos sabores que ella sabía que le podía ofrecer. La nariz de César se había hundido en ella en la continua búsqueda de los olores y los humores más íntimos de su cuerpo. Los ojos de César la habían mirado constantemente, exaltando, con su mirada profunda, cada parte de ella.

Ahora sabía que ejercía un efecto, si no sobre la mente de César, del todo impenetrable, sí sobre todos sus sentidos.

Y esto la alentaba a proponerle cuanto solo había osado esperar.

También ella se levantó para sentarse. Le sostuvo una mano, y con la otra le acarició el rostro, girándolo con delicadeza hacia sí. Ahora estaban uno frente a otro, y César volvió a contemplarla con una intensidad de la que solo él era capaz.

—¿Sabes? Estaba pensando... Tú te has divorciado hace tiempo, yo soy viuda...

Él callaba. Su expresión no cambió.

—En resumen, no habría ningún obstáculo para nuestro matrimonio, en cuanto termine mi período de luto...

César aún callaba.

—Nuestra unión te ofrecería también ventajas políticas. Quizá mi hermano se ablandaría un poco si fueras su cuñado...

Silencio absoluto de la otra parte.

Entonces calló también ella. Pero no renunció a tratar de interpretar, al menos, la expresión de su amante.

Nada que hacer. Era indescifrable, como siempre.

César se levantó de repente. Sin mirarla, bajó de la cama y se puso la túnica.

Y ella entendió. Entendió que le haría daño.

—Las ventajas políticas que obtendría casándome contigo son mínimas.

Servilia sabía que era inútil insistir. Pero era una mujer: no podía renunciar a ir hasta el fondo, incluso en el dolor.

—¿Y qué esposa puede dártelas, entonces? —dijo con la voz rota.

—La hija de Calpurnio Pisón. Ya me he comprometido con él. Necesito su apoyo. Y además, tiene solo dieciocho años. *Puede procrear.*

Sí, sabía que le haría daño. Pero no imaginaba cuánto. Sin embargo, insistió.

—Pero... mi hijo Bruto es como si fuera también tuyo. Siempre has dicho que te hubiera gustado que lo fuera de verdad...

—Con solo cuarenta años, no puedo cerrarme a la posibilidad de tener mis propios hijos, ¿no crees?

Era una objeción a la que no sabía cómo rebatir.

No *podía* rebatir.

—Esto, como es natural, no cambia las cosas entre nosotros. Para mí esa muchacha no representa nada. Será como cuando me casé con Pompeya —añadió César, atándose la túnica.

Pompeya. La mujer de la que César se había divorciado porque era levemente sospechosa de haber tenido una relación con Clodio. La esposa de César debía estar por encima de toda sospecha.

Por todos los dioses, ¡ella sí que habría estado por encima de cualquier sospecha, de haber sido la esposa del hombre que amaba!

Pero nunca lo sería, por lo visto.

Servilia trató de impedir que la desilusión y el dolor la impulsaran a una reacción irreflexiva. Le hubiera gustado desahogarse, pero eso habría dañado su relación con César. Y no quería ofrecerle pretextos para que se liberara de ella también como amante.

La llegada de un esclavo le evitó la incomodidad de tener que decir algo en ese momento. El hombre anunció a César la llegada de un muchacho que declaraba ser

Quinto Labieno, el hijo de Tito. Requería hablarle con extrema urgencia.

—Que entre —respondió César, sin reparar en la presencia de Servilia, que estaba aún desnuda.

Ahora César ya no le hacía caso. La mujer se catapultó fuera de la cama y se puso precipitadamente la túnica. La entrada del muchacho la encontró aún sin *palla*.

Después de un fugaz gesto de embarazo, el hijo de Labieno se desentendió de ella. Estaba demasiado emocionado al encontrarse cerca de César. Tanto que no se le ocurrió saludar ni a uno ni a la otra.

—Así que tú eres el hijo de Labieno... —dijo César, examinándolo, divertido por la semejanza con su padre. Se parecía mucho a Tito, pero sus rasgos eran más suaves, el rostro más largo y elegante. Sin duda, sería más guapo—. Acabas de dejar la toga pretexta, supongo...

—Hace dos años, César. Y estoy listo para convertirme en soldado.

—Si eres solo la mitad de bueno que tu padre, estaré feliz de tenerte a mis órdenes en el futuro.

—Sería un honor. Espero convertirme pronto en un *tiro*.

—Vamos al grano, Quinto.

El muchacho se sacudió.

—Perdóname, César. Mi padre me envía para decirte que ha llegado a acuerdos, según las modalidades establecidas por ti, pero que difícilmente el Senado votará tu candidatura *in absentia*. Catón tiene la intención de poner trabas hasta el final de la sesión.

—Bien. Ve a decirle al esclavo que venga —respondió

César sin vacilar, despidiéndolo con un gesto de la mano.

Por último, se dirigió también a Servilia.

—Ahora debo marcharme, mi querida Servilia. He de ir a Roma a presentar mi candidatura. Pronto te mandaré a llamar.

IV

En todo el campamento no se hacía más que firmar testamentos. Poco a poco las chácharas y el miedo acabaron contagiando incluso a aquellos que tenían una larga experiencia militar: soldados, centuriones y comandantes de caballería.

César,
De bello gallico, I, 39

Vesontio, Galia, final del verano de 58 a. C.

Había una gran fila frente a las tiendas de los tribunos, en el campamento de la IX legión que había delante de Vesontio. Una fila insólita. Por lo general, los tribunos eran los oficiales con los que la tropa menos tenía que ver: los soldados los consideraban demasiado arrogantes para ser verdaderos camaradas, y demasiado ineptos, militarmente, para aprender algo de ellos.

Tito Labieno acababa de volver de una exploración por los alrededores. Ahora se disponía a la habitual gira de inspección antes de la vigilia. No había legado que no la hiciese, entre las seis legiones de César acampadas en torno a la capital de los sécuanos. Pero su inspección duraba cada vez más que la de los otros, y nunca vio en ella un mero formalismo.

Y ahora había que controlar también aquella insólita fila. De inmediato. Se acercó a grandes pasos al soldado más cercano y lo aferró rudamente por un brazo.

—¿Qué sucede aquí?

El legionario parecía incómodo.

—Legado..., los otros no lo sé, pero yo estoy aquí para hacer testamento.

A Labieno no le pareció tan extraño. Sucedía, a veces, en la vigilia de una batalla importante. Se necesitaba un funcionario público, y en territorio hostil los tribunos hacían en algunas ocasiones de tales. Se requerían cinco o seis testigos, y esto podía explicar la aglomeración delante de las tiendas.

Por un instante, se tranquilizó. Pero solo por un instante. El instinto, o la experiencia, le sugerían que aquello no era todo. Había algo más, lo sentía. Con escrúpulos, preguntó también a los otros qué hacían en la fila.

—Testamento —fue la respuesta que dieron todos aquellos al alcance de su voz.

Testamento. Ningún testigo, pues. O, mejor dicho, quien hacía testamento, una vez que terminaba, se quedaba en los alrededores para hacer de testigo.

Empezó a preocuparse. Una legión en la cual muchos hacen testamento no promete un gran rendimiento en la inminente batalla. Además, con los soldados en fila se corría el riesgo de que influyeran también en aquellos no tan pesimistas.

Y no se trataba de una legión de reclutas.

—¡César nos lleva a morir! ¡Y yo ni siquiera he junta-
do aún el dinero para un sepulcro decente! —oyó gritar
en medio del gentío.

—¿Quién ha sido? ¿Quién ha sido? —reaccionó Labieno, con la expresión torva que sabía que creaba un
efecto sobre sus subordinados.

Ninguna respuesta. Solo murmullos y balbuceos.

—¡Dos veces cobardes, pues!

Intentó provocarlos.

—¿No podemos dejar tranquilos a estos germanos?
¿Por qué hemos venido a provocarlos? ¡Son los guerreros más famosos que existen!

Un soldado salió de la fila y se paró frente a él. Como
era evidente, su insulto le había tocado en lo más hondo.

—¡*Nosotros* somos los guerreros más feroces que existen! Y si no somos más feroces, somos, desde luego, los
mejores. ¡Lo acabamos de demostrar con los helvecios!
—le gritó a la cara Labieno, recordando la gran victoria
con la que César había inaugurado su proconsulado gálico.

Intervino otro:

—¡En absoluto! Los germanos son invencibles. Son
mucho más altos y robustos que nosotros. ¿Cómo se
puede combatir con un enemigo que te mira desde
arriba?

—¿Y quién te lo ha dicho? ¿Los has visto alguna vez?
—replicó Labieno.

—Lo dicen todos los galos en la ciudad. Los mercaderes y los habitantes. Tiemblan con solo hablar de ellos.
Cualquiera que esté en condiciones de inspirar semejante temor debe de ser un enemigo invencible.

—¡Dicen que quienes se enfrentaron a ellos en la batalla no han podido ni sostenerles la mirada, de tan feroz que era!

—¡Y son habilísimos con las armas!

—Y, además, ¡han derrotado a los heduos, aparte de a los sécuanos!

—Y son muchos. ¡Dicen que ciento veinte mil!

—¡Y nosotros somos poco más de treinta mil!

—¡Con dos legiones de reclutas, encima!

Había aires de sedición. En *su* legión. La legión que César le había confiado. Y los tribunos, esos idiotas, estaban ahí redactando testamentos sobre tablillas de cera, acaso sacándose algo de dinero, en vez de calmar a los soldados.

En ese momento, hubiera querido poseer la elocuencia de César. Pero él no sabía hablar como su comandante. Lo que podía hacer, por lo pronto, era dar una muestra de fuerza y de autoridad, no convencerlos. Aferró por el cuello al más cercano y lo atrajo hacia él, gritándole a la cara para que los otros también lo oyeran.

—Son soldados de Roma, por Júpiter. Los demás, todos los demás, les temen. ¡Si supieran qué ralea de mujercitas son! ¡Haré un sacrificio a Marte para que pueda perdonarlos y no se avergüence de estar representado en el campo de batalla por semejantes pusilánimes! ¡Hagan testamento, si así lo desean, pero mañana los quiero listos como siempre ante cualquier orden que les llegue del procónsul!

Dejó a su víctima, tomó la *via principalis* y se dirigió hacia la salida. Debía averiguar en ese preciso instante si aquella especie de enfermedad había contagiado también a las otras legiones. Si era así, sería necesario advertir a César. En caso contrario, se las vería él con sus subalternos. Y, por Júpiter, los pondría a raya como a los demás, y más aún.

Una vez fuera del campamento, se encontró junto al río Dubis, que rodeaba la ciudad. No pudo más que admirar por enésima vez la excelente posición de Vesontio. Los sécuanos tenían una capital de veras inexpugnable: ceñida por tres lados por un río y en el cuarto por un monte, a su vez provista de robustas murallas que la convertían en una fortaleza completamente protegida.

César había hecho bien en apresurarse para llegar, haciéndolos marchar día y noche. Si los germanos del rey Ariovisto hubieran llegado antes, habrían entrado con facilidad, sobre las alas del terror que infundían en sus tributarios sécuanos. Y entonces hubiera sido imposible hacerlos salir. Pero ahora, gracias al procónsul, la ciudad estaba bajo control de los romanos: los legionarios podían contar con una gran cantidad de vituallas y suministros que almacenaban allí.

Y a pesar de eso, tenían miedo.

Los romanos habían iniciado la temporada bélica de la mejor manera, derrotando a un pueblo temible y numeroso como los helvecios. Labieno en persona había liderado el primer enfrentamiento del proconsulado de César, exterminando la retaguardia de los tigurinos, que se había demorado más allá del río Arar, mientras el grueso del ejército había pasado a la otra orilla.

Y a pesar de eso, tenían miedo.

Tenían un comandante en jefe que se había mostrado determinado y competente. En una sola campaña, César se había ganado el respeto de veteranos y reclutas.

Y a pesar de eso, tenían miedo.

Entró en el campamento de la X legión. Se dirigió hacia el *praetorium*, donde contaba con encontrar al legado, Titurio Sabino. Vio a un grupito de soldados en torno al fuego. Miró mejor, se acercó. No era un simple fuego. Era un altar improvisado en el que se quemaba algo que parecía la carroña de un animal. Estaban haciendo un sacrificio. Insólito, por lo menos. En el sacrificio solo pensaba el comandante en jefe, y solo antes de una batalla.

También estos tenían miedo, era obvio. Apresuró el paso hacia el despacho del legado, pero prestó atención a lo que ocurría a su alrededor.

Nada. No ocurría nada. Todo estaba en silencio, y eso también era insólito. En general, a aquella hora, los legionarios se entregaban a pequeñas distracciones: apostaban, a *capita atque navia*, a *par et impar*, a los dados o a las tabas. Alguno tendía a emborracharse, a veces estallaba alguna pequeña pelea. En todo caso, se oían grandes risas, encendidas discusiones, o quizá el ruido provocado por la limpieza de las armas.

Ahora, en cambio, todo era silencio. Tétrico silencio. Otro modo de manifestar el miedo.

Algunos andaban por ahí, pero se ocupaban de sus asuntos. No, había uno que no se ocupaba de sus asuntos. Nunca.

Aulo Hircio.

—¡Labieno! A esta hora deberías estar entre los tuyos, afligiéndolos con tus nimiedades, como de costumbre. ¿Qué haces entre nosotros, los pobrecitos de la X?

El tribuno Aulo Hircio era un hombre de letras, más que militar. El procónsul lo había traído con él de Roma sobre todo porque lo consideraba muy hábil a la hora de obtener informaciones y transcribirlas. Y César tenía la intención de documentar todo lo que hacía.

Labieno detestaba a aquel hombre. Pero era un hombre de César, disfrutaba de su confianza. Y César nunca se equivocaba en la elección de sus colaboradores. Algo de bueno debía de tener, aunque Labieno aún no lo hubiera encontrado.

—Serpentea un cierto temor a los germanos, entre la tropa... —aventuró. Le fastidiaba admitir que no tenía la situación bajo control.

—¿Tienes problemas con tus hombres?

—Me preguntaba si era un temor difuso...

—Aquí está todo en orden. Un poco de tensión, pues nos acercamos a un probable enfrentamiento, nada más. Y nada que legado y tribuno no puedan contener...

Se lo había buscado. No habría debido decírselo a Aulo Hircio.

—¿Titurio Sabino está en el *praetorium*?

Era mejor hablar directamente con el legado. Sería, sin duda, más objetivo.

—No, está donde César, en la ciudad —respondió Hircio con mal disimulada satisfacción—. Estaba a punto de unirme a él.

Entonces había algún problema, si el legado había ido donde César. Pero Hircio nunca lo admitiría.

Hizo un rápido gesto de saludo y se alejó de su inoportuno interlocutor. Debía ir a ver al César. Pero no antes de haber revisado también los campamentos de las legiones reclutadas más recientemente. Si se estaba difundiendo el pánico entre los veteranos, no se atrevía a pensar lo que podía suceder entre los reclutas.

Y no se atrevía a pensar en la reacción de su hijo.

Quinto estaba en la XII. El recluta aún no había participado en ninguna batalla. Por suerte, había un campamento único para las dos legiones de reclutas, la XI y la XII. Si hubieran sido campamentos separados, difícilmente habría podido ir a ver a su hijo sin dar la impresión de parcialidad.

Entró en el campamento. Al menos, pensó, no encontraría gente haciendo testamento. Eran demasiado jóvenes para pensar en ello.

Hubiera querido ir directamente donde Quinto, pero habría sido un mal movimiento. Por lo menos, si no hubiera pasado antes a ver al legado, Sulpicio Galba.

Un grupo de personas. Pero no hacían ruido. Quiso ver de qué se trataba. Entre tanto, había oscurecido, y nadie le hacía demasiado caso.

Un civil, en apariencia un galo adinerado, animaba la reunión.

—Tal cual —decía—. No hay esperanza contra esos demonios. Se alimentan de sangre humana, incluso. Son capaces de arrancar a mordiscos la cabeza del enemigo y de romper sus armas con las manos desnudas. Es casi imposible arañarles la piel con el hierro... Hay muchas probabilidades de que estos sean sus últimos días de vida. Les conviene disfrutar con mis muchachas, mientras tengan tiempo. Al menos, morirán felices y...

Un proxeneta.

Labieno se echó encima de él, lo agarró y lo tiró al suelo con toda la violencia de que era capaz.

—¡Vete, gusano asqueroso! ¡Y no te atrevas a dejarte ver otra vez, ni siquiera en la ciudad, o te degüello en persona!

El proxeneta no se lo hizo repetir dos veces. Se levantó de inmediato y, un instante después, ya estaba fuera de la *porta praetoria*.

—¿Y ustedes pierden el tiempo escuchando a esta gente? ¡¿No se dan cuenta de que los estaba asustando para quitarles el dinero?! —gritó a los reclutas.

—La verdad es que no es el primero que nos habla de los germanos en estos términos. Los galos llevan todo el día poniéndonos sobre aviso... —dijo un joven.

—Solo son rumores que ponen en circulación porque no nos quieren cerca —zanjó Labieno—. Ningún hombre en el mundo puede hacer lo que contaba ese imbécil. ¡Ahora, dedíquense a algo que le recuerde a su comandante que son soldados!

Luego se dirigió al *praetorium*.

Las tiendas de los soldados estaban de camino. No resistió a la tentación de acercarse a aquella que alojaba el *contubernium* de Quinto.

Luego se detuvo. No. No podía entrar. Su presencia perjudicaría a su hijo. Lo considerarían un privilegiado, y eso lo volvería detestable a los ojos de sus camaradas.

—¡Eres un canalla! ¡Así, claro que ganabas siempre! ¡Dados trucados! —oyó gritar en el interior de la tienda. Justo después, un hombre fue lanzado fuera.

Su hijo.

Quinto no tuvo tiempo de levantarse, dolorido, cuando ya tenía encima a dos camaradas y un galo. Labieno reconoció enseguida al celta: era Drapes, el jefe de los auxiliares senones. No era un tipo que pasara inadvertido, por otra parte: superaba en altura a cualquier galo o romano, y era gordo sin estar flácido.

—¿Quién te ha dado esos dados, eh? ¡Devuélvenos el

dinero, canalla! —gritaron los dos romanos, agitando los puños. El galo, en cambio, permanecía impasible.

Fue Quinto quien dio el golpe. Un rodillazo en el bajo vientre del más cercano y un puñetazo, bien asestado, en la nariz del otro.

—No les devolveré nada. Podrían haberse dado cuenta antes de que estaban trucados. ¡Si son tan tontos como para dejarse engañar, merecen perder su dinero!

Por lo visto, disfrutaba haciéndose detestar.

Los otros dos intentaron arrojarse de nuevo sobre él. Pero estaban un poco achispados. Quinto los eludió con facilidad, y con un par de patadas en las piernas los tiró al suelo.

En aquel punto intervino Drapes. Aferró a Quinto por el cuello de la túnica y lo levantó del suelo como si fuera una ramita.

—Quiero mi dinero, antes de que los germanos te degüellen como una cabra, sucio romano.

Quinto no tembló. Es más, consiguió sonreír, incluso en esa posición. Su padre no pudo dejar de admirar su sangre fría, y decidió esperar un momento antes de intervenir.

—Que los germanos me maten, está por verse..., sucio galo —respondió el muchacho. Algunas gotas de sudor resbalaban por sus sienes. Por lo demás, no parecía particularmente turbado.

—No les basta con venir aquí a hacer lo que les da la gana en nuestras tierras. ¡También quieren engañarnos! —insistió Drapes, sacudiéndolo hasta dejarlo casi inconsciente.

El padre decidió que ya era suficiente.

—¡Basta! ¡Legionario, devuelve el dinero a tus camaradas y a este galo!

No podía hacer otra cosa, se dijo. Por el bien del muchacho. Y por su propia credibilidad como legado. El principal comandante subalterno de César debía estar por encima de toda sospecha. De otro modo, habría perjudicado a César.

Y a aquel galo había que tenerlo vigilado. Demasiado rencor hacia los romanos para ser un aliado fiable.

—Pero...

A pesar del aturdimiento momentáneo, Quinto no parecía de acuerdo.

—Déjate de historias. Devuélveles el dinero.

El muchacho bufó, pero no pudo más que obedecer. Entregó a los compañeros la bolsita que tenía en la mano. Los dos romanos dieron al celta su parte, y este se fue echando una última mirada de odio hacia Quinto. Y no solo hacia él.

—Agradezcan a los dioses que, con toda probabilidad, estamos a punto de hacer frente a una batalla difícil, y necesitamos a todos los hombres válidos —declaró Labieno—. Saben que los juegos de azar están prohibidos. En otras circunstancias, los habría denunciado a su legado, Sulpicio Galba.

—¡Nos lo ha propuesto él! —dijo uno de los que habían agredido a Quinto, con la voz aún lastimera por la patada recibida en el bajo vientre.

—¿Y qué otra cosa podía hacer? Lloriqueabas porque tenías que enfrentarte a los germanos y he propuesto echar una partida, para distraerlos. De otro modo —y se dirigió a su padre—, hubiera debido soportar toda la noche sus lamentaciones de mujercitas.

Labieno se complació, interiormente, de que su hijo fuera el único soldado, entre aquellos que se había encontrado hasta entonces, que no temiera a los germanos. Pero no podía aprobar su comportamiento.

—¿Has aprovechado su momento de flaqueza? Deberías avergonzarte, soldado.

—¿Por qué? El más fuerte siempre se aprovecha del más débil. Por otra parte, ¿de qué sirve ser el más fuerte? Quinto no sentía temor reverencial. Ni hacia su padre ni hacia nadie.

Pero no estaban en su casa, pensó Labieno. No podía permitirse discutir con él. Menos aún, delante de la tropa.

—Veo que durante el período de tiro no te han enseñado disciplina. Demasiada fanfarronería para alguien que aún no ha combatido —dijo, y se marchó hacia el despacho del comandante.

—¡Ponme a prueba y verás! —lo oyó decir. Bien. Era la actitud correcta de un soldado de Roma. Y de César. Lástima que hubiera que disciplinarlo un poco.

En el *praetorium*, el *beneficiarius* de Sulpicio Galba le dijo que el legado había sido convocado por César. También él. Evidentemente, el procónsul debía de haber organizado una reunión con el estado mayor. Y era probable que los rumores sobre los germanos fueran la causa. Se dirigió a la ciudad. Atravesó el puente sobre el Dubis, bordeó el río y llegó a los muros de la ciudadela, donde César tenía su cuartel general. Se hizo reconocer por los centinelas de la guarnición y accedió al edificio donde se había instalado César.

Una vez en presencia del procónsul, vio que había bastante gente. Los legados, gran parte de los tribunos y los prefectos, y los centuriones de los primeros órdenes. También había un celta. Parecía un noble heduo: para darse importancia se había presentado con la panoplia completa. Pero no era un misterio para nadie que los he-duos, repetidamente derrotados por los sécuanos soste-nidos por los germanos, luego sometidos a los germanos mismos, estaban en el momento más sombrío de su his-toria. Sin embargo, eran los principales aliados de Roma en la Galia: aliados a los que solo ahora los romanos se decidían a socorrer.

De todos modos, el celta causaba impresión entre esos romanos vestidos solo con la túnica y, como máximo, también una coraza de cuero. Llevaba un yelmo sencillo, con protector de mejilla y de nuca, apenas esbozado. Una túnica de seda roja, con bordes taraceados con moti-vos geométricos blancos, asomaba de la malla de fierro de media manga, que escondía una coraza de cuero. Los pantalones terminaban en las botas cerradas. Una am-plia capa verde de lana, con el clásico diseño en cuadra-dos reproducido en muchas prendas gálicas, envolvía toda la figura. Estaba atado sobre el hombro derecho por un broche de bronce, y los flecos del borde lamían los tobillos. Había dejado las armas, espada, escudo y lanza, fuera de la sala, pero en la cintura llevaba una magnífica funda taraceada y tachonada. Medallones y brazaletes de oro ornaban el pecho, el cuello y las muñecas, procla-mando su rango elevado. Por último, los densos bigotes le conferían un aspecto feroz.

Cuando César vio a Labieno, interrumpió su diálogo con un legado y le hizo señas para que se acercara.

Mientras tanto, un tribuno laticlavio trataba de ha-blar con el comandante.

—César, es demasiado peligroso. Reflexiona: se trata de zonas que no conocemos. El trayecto hacia la residencia de Ariovisto es rico en insidias: pasos estrechos, bosques y todo cuanto sirve a un enemigo para tendernos emboscadas...

Otros asentían.

—Buenas noticias de Roma. Echa un vistazo a esto —dijo César a Labieno, entregándole una tablilla encerada.

—Los soldados refunfuñan. No quisiera que llegaran a rebelarse. Como mínimo, se negarán a marchar contra el enemigo. Será difícil encontrar a alguien que lleve delante las enseñas —opinó otro tribuno.

Labieno trató de concentrarse en la tablilla, pero sabía que era inútil. Solo César sabía leer esos mensajes con rapidez y en medio de la confusión. Él necesitaba tiempo y silencio para interpretar el abstruso código inventado por su comandante. De todos modos, lo intentó: cada vez le resultaba más enojoso no poder seguir el ritmo de César, y siempre temía desilusionarlo. Pero luego se detenía a pensar que el procónsul era hasta demasiado consciente de su propia superioridad. Se complacía incluso de ello, y quizá le hubiera resultado incómodo encontrarse a alguien a su altura.

César no respondió a los tribunos que se lamentaban. Llamó a un asistente y le ordenó:

—Trae aquí a ese galo.

Luego se dirigió a su *beneficiarius*:

—Escribe: «Querido Pisón: Ahora que los huesos más duros han decidido dejarnos un poco en paz, es oportuno hacer que nuestro querido Pompeyo no vuelva a tener ganas de ser el centro de atención. Asegúrate de que el matrimonio con mi hija Julia vaya de la mejor de las maneras y utiliza el oro que te será entregado para subvencionar a Clodio...».

Se interrumpió.

—¿Qué piensas? —preguntó a Labieno, presumiendo que ya había leído la carta.

Pero Labieno aún iba por el encabezamiento.

«*Fdur lhphur*», había leído. O sea: «Querido yerno». Y la carta era larga. Probablemente, en el lapso de tiempo que César le había concedido, no hubiera podido leerla toda ni siquiera estando escrita de manera normal. Para César, en cambio, aquel era un tiempo suficiente para leerla al menos dos veces.

Labieno habría querido decirle que nadie estaba en condiciones de leer transponiendo cada letra de aquel texto abstruso en la cuarta precedente a ella. Incluso los secretarios del procónsul estaban obligados a escribir normal bajo dictado, y luego a reescribir el texto con el código. César, más tarde, se hacía entregar la redacción original y la destruía para que no quedara rastro de ella. Dijo, en cambio:

—No consigo leerla toda...

—Espera un momento —respondió César, sin descomponerse. Hizo una seña a otro secretario, que estaba listo con su tablilla encerada.

—Tú, escribe: «Querido Clodio: Roma es tuya, de momento. Me congratulo contigo por la sabia decisión de confiar a un hombre integrísimo como Catón la administración de una provincia rica y delicada como Chipre. Su gestión será seguramente irreprochable, lo cual procurará una gran ventaja al pueblo romano. Y estoy seguro de que, a su regreso, harás que rinda cuentas de su actuación, sobre todo financiera, a fin de que no surja ninguna controversia y no se lo pueda acusar de malversación».

Se interrumpió de nuevo.

—¿Ves, Labieno? —dijo, dirigiéndose a su lugarteniente—. Tú decías que no conseguiríamos quitar de en medio a Catón. Y, en cambio, al igual que Cicerón, también él está fuera de juego, al menos durante un par de años, gracias a la ley propuesta por Clodio. ¿Ese hermano tacaño de Tolomeo Aulete no ha querido recompensarnos a mí, a Pompeyo y a Craso por haber reconocido su derecho al trono de Chipre? Pues bien, no se ha necesitado mucho para declararlo caducado y para transformar la isla en una provincia romana, confiándole la regencia a Catón. No hemos obtenido dinero con este asunto, pero, en compensación, hemos encontrado el modo de darle una vuelta a nuestro favor, ¿no crees?

—Pero Clodio es imprevisible. Soy muy escéptico sobre su fiabilidad, podría gastarnos alguna mala pasada... —comentó Labieno.

César no respondió. Se dirigió, en cambio, al secretario que escribía la carta a Pisón.

—«Se entiende que las cifras que entregarás a Clodio deberán serle abonadas poco a poco, y eventualmente suspendidas en el caso de que se comportara de modo demasiado independiente. Te dejo a ti la gestión de los pagos. Saluda a tu querida hija y a mi dilecta esposa Calpurnia. Tuyo, etc.»

—Y con esto te he respondido —declaró, dirigiéndose esta vez a Labieno.

Entró el asistente al que César había ordenado que fuera a buscar al celta. Este último estaba muy maltrecho. Ropas desgarradas, rostro lleno de cortes y moratones. Grumos de sangre en el largo cabello. Parecía que le hubieran dado una paliza.

O torturado.

—Señores, miren bien a este individuo —indicó César en voz alta. Luego, volvió a dirigirse al secretario que escribía a Clodio.

—«Pasemos ahora al querido Pompeyo. Si quieres continuar disfrutando de la mayor libertad posible, te conviene que mi suegro esté aún lejos de Roma, disfrutando de su merecido reposo. Por consiguiente, podrías encontrar el modo de organizar un falso atentado contra su vida. Solo un pequeño susto, en uno de los días en que se encuentre en el Senado, lo suficiente para sugerirle que olvide, por el momento, cualquier veleidad de ocupar de nuevo un cargo público. Estoy seguro de que sabrás elegir la mejor solución. Tuyo, etc.»

—Volviendo a nosotros, estimados comandantes —declaró entonces, dirigiéndose a todos los demás, a los cuales se había unido, notó Labieno, también Aulo Hircio—. Sus miedos y los de la tropa son irracionales. Este galo al que he hecho traer es uno de los agentes de Ariovisto. Él, y otros como él, han puesto en circulación los rumores sobre la presunta ferocidad y la peligrosidad de los germanos. El rey tiene como rehenes a varios sécuanos. Sus parientes, pues, están obligados a seguir sus órdenes.

—Por tanto, ¿Ariovisto les habría ordenado que nos infundieran miedo? —preguntó uno de los tribunos.

—Es como les acabo de decir. Y que la tropa haya caído en la trampa puede ser comprensible. Pero que se la hayan tragado también algunos de ustedes, no lo tolero —respondió César. Cuando quería seducir, era afable como ningún otro. Pero cuando quería hacer valer su inmensa autoridad, adoptaba un tono despiadado. Muchos bajaron la cabeza, avergonzados—. Si Ariovisto usa esos medios, está claro que es él quien tiene miedo de nosotros. Marcharemos de inmediato contra él y lo pondremos bajo presión. Si acepta someterse y respetar el título de amigo del pueblo romano, que le he concedido durante mi consulado, lo perdonaré. En caso contrario, no debemos temer el enfrentamiento: estos germanos han sido batidos por los mismos helvecios a los que derrotamos el mes pasado, y han vencido a heduos y sécuanos solo gracias a argucias como las que Ariovisto está usando ahora contra nosotros, no por su valor.

—Por desgracia, César, la tropa ya está aterrorizada. Costará convencerla de que avance contra Ariovisto. Cuando no se conoce al enemigo, los soldados recurren a los relatos que circulan sobre él. Poco importa que sean verdaderos o falsos —comentó Titurio Sabino, el legado de la X legión.

—No te equivocas —admitió César. Reflexionó durante un instante—. Pues bien, dirán a los legionarios que, si en ellos prevalece el temor frente al sentido del deber y de la vergüenza, partiré solo con la X legión, sobre cuyo coraje no tengo ninguna duda. Será mi cohorte pretoria.

Notable, pensó Labieno. Él había estado en el campamento de la X. Los legionarios tenían tanto temor como los otros. Pero semejante testimonio de estima los enorgullecería, empujándolos a dejar de lado el miedo. Y eso avergonzaría a todas las demás legiones, induciendo también a estas a arrinconar todo temor.

César era verdaderamente bueno en estas cosas. Y en mil más.

El procónsul se dirigió, luego, al heduo.

—Entonces, Diviciaco, serás tú quien nos guiará hacia Ariovisto a través de lugares seguros. ¿Puedes asegurarnos para mañana por la noche los dos mil jinetes que me habías prometido?

—Desde luego, César. Estaré de vuelta con ellos mañana, a más tardar a primera hora de la tarde.

César despidió a todos, también a los secretarios, ordenando solo a Labieno y Aulo Hircio que permanecieran.

—¿Ese galo era de verdad un agente de Ariovisto? —preguntó Labieno.

—Por supuesto que no —respondió César, sonriendo—. Pero estos sécuanos están de veras aterrorizados por los germanos, y algo debía inventarme para vencer los temores de los oficiales. Ya has visto también tú que hasta los tribunos estaban muertos de miedo. Este es uno de los inconvenientes de la presencia de tantos retoños patricios ansiosos solo de adquirir algún mérito militar, para luego alardear de él ante el pueblo mientras, en el curso de su carrera política, los perjudican. Ahora, quiero que tú, mañana por la mañana, des una vuelta entre las legiones para valorar su estado de ánimo. Alinearemos las unidades donde haya el mayor número de dubitativos en las posiciones más marginales, durante la batalla.

—¿Estás tan seguro de que habrá una batalla?

—Claro. ¿Por qué crees que he concedido a Ariovisto el título de aliado y amigo del pueblo romano? Para inducirlo a acrecentar su soberbia y creerse autorizado para hacer lo que le parezca y plazca. Ahora tenemos el pretexto para llamarlo al orden y, como no obedecerá, para hacerle la guerra. No tengo la intención de terminar el primer año de mandato sin haber comunicado a Roma que he asumido el control también de esta parte de la Galia.

Nada que hacer. Con César, nada era nunca casual. Tenía una estrategia para cualquier cosa.

—Y ahora volvamos a ti, Aulo Hircio. Antes de partir, quiero que redactes un primer borrador de este asunto para mis *Commentarii*. Luego yo lo desarrollaré. No cites el expediente del agente galo de Ariovisto: podría ser mal visto. Insistamos, más bien, en mi capacidad de persuasión. Transcribe lo que he dicho sobre la X y sobre la superioridad de los helvecios sobre los germanos. Y escribe que Ariovisto ha traicionado nuestra confianza, pero que, a fin de cuentas, a los germanos ya los derrotamos, con Cayo Mario, en los tiempos de los cimbrios y los teutones. Insiste, por favor, sobre mi tío. Que la gente sea llevada a hacer un paralelismo entre los éxitos de Mario y la inevitabilidad de mis propios éxitos.

Aulo Hircio asintió. Labieno sentía que lo detestaba cada vez más. Y, sobre todo, detestaba que César lo informara de todo aquello que mantenía en secreto a los otros comandantes. Se preguntó si Hircio correspondía a su sentimiento hostil.

Encontró su mirada.

Lo correspondía.

V

César no quería que el coloquio fuera anulado
con un pretexto, pero tampoco se atrevía a
confiar su integridad a la caballería gala. Esta-
bleció, por tanto, que lo más conveniente sería
sustituir a los jinetes galos por legionarios de
la X legión, que tenían toda su confianza, haciéndolos montar a caballo.

CÉSAR,
De bello gallico, I, 42

El sol brillaba sobre el amplio claro rodeado de pendientes boscosas que Ariovisto había elegido para enfrentarse a César. Hacía calor. Un calor que los germanos toleraban mal. Como los camaradas que tenía al
lado, a Ortwin le costaba mantener a raya a su propio
caballo. Todos pateaban, relinchaban y bufaban, has-
tiados de la larga inmovilidad a la que los obligaban
sus jinetes. Pero el rey quería impresionar al procónsul
con una formación ordenada a lo largo de la línea del
horizonte. Que el romano pensara que tenía enfrente

un ejército disciplinado y listo para el combate. Y, sobre todo, bajo el pleno control de su comandante supremo.

Ortwin vio que César se estaba acercando. El rey se complació consigo mismo y recibió las congratulaciones de sus subalternos. El procónsul estaba dejando de lado su soberbia y acudía él mismo a negociar la paz, acompañado por los cuatro mil jinetes que el rey germánico le había impuesto como escolta.

Jinetes galos, como le había pedido.

Un comandante romano acompañado por desleales y cobardes galos. Ariovisto dijo que podría comérselo de un solo bocado, si quisiera. Y quizá lo haría. Dependía del resultado del coloquio. Envió a un mensajero: que César avanzase sobre la pequeña altura que se erguía entre las dos formaciones, acompañado por solo diez hombres y un intérprete galo. Él haría lo mismo.

Esperó a que el mensajero alcanzase al procónsul. Lo vio regresar después de algunos instantes. El jinete le hizo una señal de asentimiento con el brazo aun antes de alcanzarlo. Entonces Ariovisto avanzó, lentamente, exhortando a Ortwin y los otros diez jinetes que tenía a su alrededor a seguirlo.

Del lado opuesto, la silueta de César se hizo cada vez más nítida. La amplia cresta del yelmo superaba su cabeza, haciendo al procónsul mucho más alto que los jinetes que lo rodeaban. De su armadura dorada salían resplandores cegadores. Cuando estuvo más cerca, Ortwin notó también su amplio manto color bermellón.

De él emanaba una cierta autoridad, no había duda. Pero en realidad estaba desnudo, sin sus hombres.

Miró más de cerca. Los diez jinetes que lo acompañaban parecían romanos.

*Eran romano*s.

Sus yelmos, armaduras y escudos eran los de la caballería romana. Se había dado cuenta también Ariovisto. ¿Cómo se atrevía, gritó, a contravenir sus disposiciones? El rey mandó a uno de los suyos a detenerlo y pedirle explicaciones. El guerrero cabalgó rápido rodeando la colina y regresó de inmediato.

—Dice que ha respetado tu solicitud. Pero que no puedes pretender encontrarte con él cara a cara sin que haya ni siquiera un romano en los alrededores —comunicó la estafeta.

Ariovisto pensó un instante.

—Cierto, ¿qué diferencia hay? —declaró, y ordenó al jinete que autorizara al procónsul a continuar.

El calor era casi insoportable. Ortwin había engañado a algunos camaradas que habían acudido con sus pieles encima, con la convicción de que así impresionarían aún más a sus adversarios.

Por su parte, había decidido presentarse con el torso desnudo, solo con los pantalones, el escudo redondo de jinete y las dos jabalinas de ordenanza. Sus largos cabellos rubios estaban recogidos en un nudo sobre la sien derecha. Esto le procuraba un poco de alivio en la nuca, al menos cuando se elevaban leves ráfagas de viento.

Los dos grupos alcanzaron la cima de la colina casi al mismo instante. Había una meseta lo bastante grande como para alojar a todos los congregados. Pero el espacio era estrecho. Tan estrecho que un germano podía sentir la respiración de un romano.

Y no había respiración que no fuera afanosa. La tensión los envolvía a todos allí arriba. Los dos comandantes se quitaron los yelmos en el mismo momento. Luego se escrutaron en silencio, largamente, y los otros los imitaron. Ortwin no pudo menos que notar que lo que se decía de los romanos era cierto: eran flacuchos y bajos de estatura. Se preguntó cómo se las habían arreglado para conquistar medio mundo.

Ariovisto abrió por último la boca.

Pero fue César el primero en hablar.

Parecían en verdad tan robustos como se decía. Tito Labieno no estaba en condiciones de ver el grueso del ejército que seguía a Ariovisto, alineado por lo menos a un tercio de milla de él. Pero sí que podía distinguir las siluetas de los diez hombres que habían escoltado al rey. Algunos estaban con el torso desnudo: parecían estatuas, tan definida y esculpida era su musculatura.

Cerca de ellos, los diez jinetes que César había elegido como guardias de corps hacían una muy pobre figura. Y eso que llevaban yelmos y lorigas. Por otra parte, el procónsul había elegido los diez soldados menos robustos de la X legión para que los germanos pensaran que podían tenerlo fácil en una eventual batalla.

Alineado al costado derecho de los cuatro mil jinetes, Labieno se mantenía atento a la señal del procónsul. Antes o después, los germanos se darían cuenta de que algo no marchaba. Y si no se daban cuenta, ya pensaría él en hacérselo notar.

Solo se trataba de esperar: una provocación de ellos, o la señal de César.

—Gran rey, solo el año pasado el pueblo romano te ha honrado con su amistad, una amistad espontánea que habitualmente no ofrece a muchos —empezó César—. Lo cierto es que no la ofrece a quien no le ha procurado algún beneficio. En tu caso, en cambio, yo en persona, en calidad de cónsul, he decidido depositar en ti mi confianza. El respeto que Roma alberga hacia los propios amigos y aliados es absoluto, y esto vale para *todos* los amigos: también los mismos heduos que tú has provocado y sometido. Por este motivo, estoy aquí para decirte que Roma no puede tolerar que uno de sus aliados más fieles, antaño la nación más próspera y poderosa de la Galia, haya sido reducido a una condición de sometimiento por otro pueblo. Un pueblo, por añadidura, que también puede presumir de la amistad del pueblo romano. Por tanto, te pido que te comprometas a no provocar más a los heduos y ya no les hagas la guerra. Devuélveles sus rehenes, y detén el paso de más germanos al otro lado del Rhenus, puesto que Roma no tolerará nuevas amenazas a sus amigos.

Cuanto más oía hablar a César, más fascinado estaba Ortwin por él. De latín solo tenía nociones, y no conseguía comprender todas las palabras. Pero lo que más le impresionaba era el tono profundo del romano y ese modo de mirar directamente a los ojos de su interlocutor. No le asombraba que aquel hombre hubiera alcanzado una posición preeminente en Roma. Parecía haber una especie de predestinación en él. Una predisposición al mando y al dominio que podría atribuir con más facilidad a un dios que a un ser humano. En comparación, Ariovisto, un guerrero imponente y carismático al que siempre había reputado como el más autorizado, parecía un don nadie.

Pensó entonces que, con independencia de lo que decidiera su rey, no sería fácil desembarazarse de César. Desde luego, no tan fácil como estimaba Ariovisto.

Labieno hubiera querido estar allí, al lado de César, estudiando a Ariovisto para descubrir qué clase de adversario era. Solo con mirarlo a los ojos, ya sabría si se lo iba a poner difícil a los romanos. Pero se daba cuenta de que era mucho más útil a su comandante manteniéndose a distancia, junto a los jinetes.

Junto a los cuatro mil *romanos*.

César no acababa de confiar en los galos. Tampoco de los heduos, que, no obstante, habían ido a pedirle ayuda, y que contaban con su intervención para recuperar su antiguo poder. Y no quería saber nada de confiarles su propia seguridad. Pero tampoco quería perjudicar las negociaciones con Ariovisto: un ataque directo a los germanos no lo beneficiaría tanto como uno efectuado solo después de haber intentado firmar la paz.

Así que tuvo una idea de las suyas. Había pedido a Titurio Sabino cuatro mil hombres de su legión. La misma X que había alabado en público. Luego había llamado a Diviciaco, el jefe de los heduos, y a otro aliado galo, Drapes, el comandante de los senones, para que prestaran a los legionarios de la X sus cabalgaduras, sus ropas y hasta las armas.

Al final, se había presentado al encuentro propuesto por Ariovisto, pero con cuatro mil romanos disfrazados de galos, liderados por su legado Sabino, pero también por Labieno: el primero mantenía el mando del grueso del contingente; el segundo encabezaba la unidad encargada de provocar a los germanos.

Labieno aún no conseguía habituarse a las nuevas ropas de sus camaradas. La malla de hierro era la misma que la de los jinetes y los soldados de infantería romanos, también el yelmo era muy similar. Las espadas eran apenas más largas que aquellas a las que estaba acostumbrado a ver en manos de sus compañeros. Lo que difería eran los escudos, hexagonales con los bordes inferior y superior más cortos, muy distintos tanto de aquellos redondos de la caballería romana como de los rectangulares de la infantería. Y los mantos, cuyo típico diseño a cuadros en toda la superficie no tenían nada que ver con el *sagum* militar romano.

¡Y luego, esos bigotes postizos! César quiso que la ficción fuera completada con los amplios mostachos que caracterizaban a la mayor parte de los galos. Por eso, muchos caballos se habían encontrado con una parte de la cola cortada.

Labieno miró a sus camaradas y, una vez más, reprimió una sonrisa. Supuso que ellos estaban haciendo lo mismo. Es más, algunos no se molestaban en ocultar la diversión. A fin de cuentas, era él quien debía mantener la reputación de hombre terriblemente serio.

Echó de nuevo un vistazo a la colina donde se celebraba el encuentro. Todo parecía tranquilo. Y aún ninguna señal por parte de César.

—Procónsul de Roma, me parece extraño que tú vengas a decirme cosas que ningún derecho de gentes consideraría lícitas —respondió Ariovisto al largo discurso de

César—. A mí no se me ocurriría ir a tu zona de pertenencia para pedirte que renuncies a tus conquistas. ¿Qué es lo que no te gusta de mi conquista? No he venido a la Galia por iniciativa propia, sino llamado por los galos en apoyo de sus luchas internas. Luego se han unido contra mí y yo los he vencido en un único combate, demostrando sobre el terreno que los germanos son superiores a los galos.

—Y a los romanos, seguro —añadió uno de los que estaban con él. Ortwin vio que su rey parecía molesto por la interrupción, pero no por la idea que expresaba: no por casualidad, no reprendió al subalterno. César, en cambio, no parecía en absoluto turbado. Se rascó la cabeza y no cambió de expresión.

—Como todos los vencedores, tengo derecho a pretender un tributo de los pueblos a los que he sometido, y acepto como prenda de garantía a los rehenes que han querido entregarme —continuó el rey—. Si ya no quieren pagar el tributo, que vayan de nuevo a la guerra y desafíen a la suerte. Pero sin el apoyo de Roma. ¿De qué me sirve el título de amigo del pueblo romano si no me da ningún beneficio, al contrario, si incluso me perjudica? Y, además, no me parece que Roma haya movido un dedo por sus amigos heduos cuando no tenía nada que ganar...

La señal había llegado. César se había rascado la cabeza. Era el momento de actuar, deprisa. Después de haber buscado el asentimiento de Sabino, Labieno hizo un gesto a los veinte hombres que había elegido para que lo siguieran. Cabalgaron hacia el ala extrema de la formación enemiga, rodeando la colina con un pequeño trote. A medida que se acercaba a los germanos, Labieno pudo ver que se ponían nerviosos, parloteaban entre ellos y lanzaban algunos alaridos en su dirección. No obstante, la posibilidad de un ataque le parecía remota: él y los suyos eran demasiado pocos para representar una amenaza, frente a miles de hombres desplegados en armas.

Lo único que quería era hacerse notar. Hacer surgir en los germanos la sospecha de que no se encontraban ante unos auténticos galos.

Se detuvo, con prudencia, poco más allá de la distancia de tiro de las jabalinas. Esto, sin embargo, no los ponía a resguardo de las flechas, si los germanos decidían usar los arcos.

—Sucios bárbaros, rueguen a sus dioses para que Ariovisto acepte las condiciones de rendición, ¡o de lo contrario los echaremos más allá del Rhenus sin ningún esfuerzo! —aulló.

—¡Siempre que alguno de ustedes quede vivo, después de haber probado nuestras espadas! —gritó un camarada.

—¡Claro que seguirán vivos! ¡En cuanto desenvainemos los gladios, pondrán tierra de por medio! ¿No ves que son unas mujercitas? —añadió otro.

Probablemente los bárbaros no habían entendido nada. Pero la actitud provocadora de Labieno y de los suyos era evidente. Dos jinetes germanos salieron de las filas y fueron al encuentro del escuadrón de romanos, deteniéndose a pocos pasos de ellos. Agitaron las lanzas y les gritaron, desafiándolos a combatir uno contra uno.

Era suficiente. Labieno giró el caballo y ordenó a los suyos que regresaran. Alcanzó a la formación romana y esperó que el proceso que había iniciado siguiera su inevitable curso. Pasó muy poco tiempo: una cincuentena de jinetes germanos los había seguido y ahora los guerreros estaban allí, frente a ellos, escrutándolos. Examinaban toda la formación romana.

Entonces entendieron.

Uno lanzó un alarido. Los otros lo imitaron. Un escuadrón cabalgó hacia la colina, los otros se quedaron allí y adoptaron una actitud provocadora. De nuevo, hicieron gestos de desafío. Invitaron a algunos jinetes romanos a salir de las filas, pero, siguiendo las órdenes, nadie se movió. Los germanos parecían de veras terroríficos, como sostenían los galos. Algunos eran particularmente belicosos: lanzaban aullidos salvajes, con los ojos inyectados de sangre, los poderosos músculos tensos hasta el espasmo, la estatura superior a la de cualquier romano. Los rubios cabellos anudados sobre la cabeza los convertían en seres intemporales y sin sexo; las densas barbas, semejantes a animales, la piel enrojecida por el sol parecía haberlos transformado en demonios de fuego. Labieno temió que sus hombres huyeran.

Miró los rostros de los romanos. Bajo los yelmos, expresiones asustadas, temerosas y desorientadas. No los habituales rostros decididos de los legionarios, aquellos que, más que cualquier otro, infundían terror al enemigo.

Los demonios germanos se acercaban. En cualquier momento podría oírse algún disparo. Labieno ordenó a los más próximos de entre los suyos que mantuvieran los escudos levantados. Justo a tiempo. Uno de los germanos lanzó una jabalina hacia un romano, luego desenvainó la espada y esperó la reacción. El tiro impactó con violencia sobre el escudo, haciendo vacilar al jinete. De inmediato salieron otras jabalinas. Los romanos consiguieron pararlas todas con los escudos, alguna cayó al vacío, pero al menos un par dieron en los caballos, haciendo caer a los jinetes.

Los germanos, ahora, habían desenvainado las espadas y esperaban a que los romanos avanzaran en busca del cuerpo a cuerpo. Las órdenes eran claras: mantenerse a la defensiva. Sin embargo, Labieno temía que sus hombres se desbandaran. Si en su lugar hubiesen traído reclutas, ya habrían desaparecido.

Los miró de nuevo: no, no los reconocía. Y no era porque tuvieran bigotes postizos y ropas galas. No era porque fueran de la X legión, y no de la IX. Era el temor lo que los paralizaba, no las órdenes.

Pronto, ese mismo temor los induciría a la fuga.

A menos que...

A menos que él mismo aceptara el desafío de uno de los germanos.

Era el único modo de alentar a sus hombres. Apuntó al enemigo que le pareció más terrorífico: el más corpulento, el más salvaje. Extrajo la espada y cabalgó hacia él.

El germano emitió un gruñido de satisfacción y fue a su encuentro blandiendo su espada. En un instante las hojas impactaron: el ruido y las centellas que liberaron dieron vida a los alaridos de incitación de los respectivos camaradas.

Bien, tuvo tiempo de pensar Labieno. Su iniciativa, al menos, había sacudido a los romanos de su pusilánime letargo.

Empezó a golpear, y a golpear, y a golpear. Sus mandobles acababan todos en el escudo oval del adversario, a veces cruzaban de nuevo su hoja. No surtían ningún efecto, pero obligaban al germano a mantener una actitud defensiva. Y eso era justo lo que necesitaba para demostrar a los romanos que no se estaba enfrentando a un demonio, sino a un simple hombre.

Pero se dio cuenta de que no podía permitirse bajar la guardia un solo instante. El otro parecía no tener nunca necesidad de recuperar el aliento, y reaccionaba a las largas secuencias de golpes de Labieno con repentinos contraataques, que el romano esquivaba balanceándose sobre la silla.

Labieno comprendió que no podría resistir demasiado. Se cansaría antes que el adversario, no había duda. Hacía falta una estocada resolutiva. Debía arriesgar el todo por el todo. Aquel pequeño desafío no ponía en juego la vida o la muerte de uno de los dos contendientes, sino la compacidad de todo el ejército romano y, por tanto, la seguridad de César.

Bajó apenas el escudo para invitar al adversario a golpear. Labieno calculó con precisión los tiempos y, justo en el momento en que el golpe del germano bajaba hacia él, levantó el escudo con un rápido movimiento, dándole en el antebrazo a su enemigo con el borde superior del artilugio. El bárbaro lanzó un alarido de frustración y de dolor a la vez, dejó caer la espada y se sujetó instintivamente la parte lesionada con la otra mano. Fue entonces cuando el romano contraatacó, lanzando, con toda la fuerza de la que aún era capaz, un mandoble transversal sobre el escudo del adversario.

Fue suficiente. Un instante después el germano, tras caer de la silla, estaba en el suelo.

De pronto, sus compañeros callaron. Los romanos, en

cambio, lanzaron un alarido de triunfo. Ahora ellos parecían los demonios. Bien. Había recuperado el control de la situación.

Pero ¿por cuánto tiempo?

Mientras el rey hablaba, Ortwin notó un movimiento en el ala más extrema de las formaciones. Parecía como si los escuadrones de jinetes se desplazaran uno frente al otro. Estaba sucediendo algo. Y no debía de ser nada bueno.

Ariovisto estaba demasiado enfervorizado y concentrado en exponer las propias razones a César como para darse cuenta. Pero entonces un grupo de jinetes germanos se acercó a la colina, y también el soberano se fijó en ellos.

—El ejército del procónsul... ¡son todos romanos, no galos! —gritó uno de los jinetes.

Ariovisto se interrumpió. Una vez que el otro estuvo delante de él, le repitió el mismo mensaje.

—¿Estás seguro? —preguntó, echando una mirada de odio a César.

—Absolutamente. Con toda probabilidad no hay ni un galo.

Ortwin creyó interpretar la voluntad del rey haciendo avanzar un paso el caballo y desenvainando la espada. Los otros hicieron lo mismo, y en el mismo momento. Ahora que se había unido a ellos el escuadrón llegado de la formación, los germanos estaban en clara superioridad numérica.

También los hombres de César extrajeron las espadas. Pero no César, que, al contrario, hizo señas a los suyos de que estuvieran tranquilos.

—Los míos dicen que has traído contigo a romanos, no a galos. ¿Qué es esta historia? —inquirió Ariovisto, furioso, dirigiéndose a César.

—Eso no influye en absoluto sobre mi voluntad de llegar a un acuerdo. Es solo por mi seguridad.

—Me has engañado. Me has hecho creer que eran galos. Si quieres combatir aquí, ahora, sabes que no tienes salvación.

—¿Habrías aceptado recibirme si te hubiera dicho que no tenía la intención de traer galos? Lo he hecho porque quería negociar contigo. Y no te he tendido ninguna trampa: he venido a verte, como ves, y estoy en inferioridad numérica.

Entre tanto, el ala opuesta a aquella dirigida por Labieno, liderada por Titurio Sabino, se había acercado progresivamente a la colina.

También Ariovisto se percató. Estaba a punto de hacer señas a los suyos de que avanzaran, pero César reclamó su atención.

—Me parece, en cambio, que eres tú quien me ha tendido una trampa. Por lo que veo, un grupo de los tuyos está atacando a mi formación. No veo razón, por tanto, de proseguir las negociaciones, ni tengo la intención de combatir. Me marcho. Espero que traigas al orden a tus hombres. De otro modo, ni siquiera tus dioses podrán nunca perdonarte por haberte atrevido a violar el derecho de gentes.

Justo después, el procónsul hizo señas a los suyos para que abandonaran la altura y dirigió el caballo hacia el escuadrón de Titurio Sabino. Los romanos bajaron por la pendiente con circunspección, mirando a sus espaldas y manteniendo las espadas desenvainadas. De todos modos, ninguno de los germanos lo siguió. Ortwin se preguntó qué haría su rey: ¿daría la orden de ataque a toda la formación, o reclamaría al escuadrón de provocadores que aún hacía presión sobre los romanos?

Labieno temió perder algunos hombres en cualquier momento. Había ordenado a los soldados que bajaran de sus caballos y constituyeran un muro de escudos con el que cubrirse. Los germanos continuaban atacándolos sin pausa, y pronto la barrera acabaría por ceder. Los romanos, en realidad, habrían podido vencer fácilmente a los adversarios, si las órdenes hubieran contemplado una reacción. Pero César había sido taxativo al respecto: ninguna réplica, aun a costa de perder hombres.

Es más, algunos muertos servirían de pretexto mucho más que la simple provocación.

Labieno se preguntó si no debía dar, de todos modos, la orden de reaccionar. A fin de cuentas, el primer asalto lo habían ganado con claridad los germanos, y César tenía ya un pretexto indiscutible y límpido. Quizá fuera ahora más oportuno salvar algunas vidas, vidas que podrían resultar útiles en la batalla propiamente dicha.

Titubeó aún. Le costaba contravenir una orden de César. Nunca lo había hecho. Tenía iniciativa y, de hecho, se había tomado muchas libertades, pero solo cuando su comandante le había delegado la responsabilidad de dirigir ciertas operaciones.

El ruido de las espadas germánicas sobre los escudos romanos se hacía cada vez más fuerte. Pronto los listones de madera que componían su estructura se romperían, o se abrirían, y los soldados no habrían tenido manera de protegerse.

Decidió dar la orden.

Pero, justo antes de abrir la boca, vio llegar a otro escuadrón de germanos. Los recién llegados, en vez de participar en el combate, reclamaron la atención de sus camaradas con la intención de que abandonaran la lucha. Se necesitó un rato para que estos últimos les hicieran caso. Siguió una encendida discusión, tras la cual todos los germanos volvieron a montar a caballo y regresaron a sus líneas.

Labieno miró hacia la colina, que desde hacía algún tiempo había perdido de vista. César había bajado, y se encontraba reunido con Titurio Sabino.

Todo había ido según lo previsto.

Era el momento de unirse a ellos.

VI

Al día siguiente [Ariovisto] llevó a sus tropas
más allá del campamento de César y acampó a
dos millas de distancia, con la intención de in-
terceptar los suministros enviados por los sécuanos y los heduos.

CÉSAR,
De bello gallico, I, 48

No hacía falta un espectáculo semejante. No hacía falta
por los reclutas, sobre todo. Pero también para los veteranos era un duro golpe. Ver a los propios camaradas
quemados vivos en una pira, en medio de una selva de
guerreros semidesnudos que alababan a su dios Wotan,
no era la mejor introducción para una batalla campal.

La moral de la tropa era baja. Y los alaridos desgarra-
dores de los prisioneros sacrificados no hacían sino de-
primir a los hombres aún más.

Deprimirlos, no inducirlos a una venganza.

Y la situación estratégica era aún peor.

Era precisamente de este último aspecto de lo que estaban hablando los comandantes, mientras la tropa se angustiaba por el destino de los romanos que habían caído en manos del enemigo después de las primeras escaramuzas.

—Para ser un bárbaro, ese Ariovisto no es ningún idiota —comentó Aulo Hircio, observando el rostro preocupado de César.

—¡Nadie piensa que todos los bárbaros sean idiotas! —replicó Labieno, convencido de interpretar el pensamiento de César.

Por suerte, la mirada torva de Hircio fue acompañada por el comentario de Titurio Sabino, que se declaró de acuerdo con él:

—Al contrario: ¡hay que ser un jefe de gran valor para mantener unido a ese revoltijo de fieras e inducirlas a obedecer!

—Y su jefe demostrará que sabe superarlo en valor y habilidad —declaró César.

Labieno sabía que la consideración de Titurio Sabino lo había tocado en lo más vivo. César no toleraba ser segundo de nadie.

—El problema es serio, César. Hace cinco días que no recibimos suministros —anunció Galba, el legado de la XII—. Al desplazar su campamento a nuestras espaldas, ese demonio ha encontrado el modo de aislarnos de nuestros aliados galos.

—Es más, no acepta enfrentarse a nosotros y está encerrado en su campamento de carros —añadió Titurio Sabino. En efecto, nada menos que cinco veces los legados habían llevado fuera de los campamentos a sus legiones y las habían alineado para el combate. Pero Ariovisto no había picado.

—Está claro. Le basta esperar. ¿Por qué debería combatir, si puede vencernos con el hambre? —intervino Hircio.

La situación era grave. Muy grave. Por primera vez desde que estaba a su lado, Labieno sabía que César estaba en dificultades. Lo podía comprobar por el tiempo que tardaba el procónsul en comunicar sus disposiciones. De costumbre, si se demoraba era porque se estaba ocupando de otras cosas simultáneamente. Pero esta vez solo estaba dudando.

Quizá se había exigido demasiado a sí mismo. Cualquier otro comandante se habría conformado con terminar la temporada bélica con la gran victoria obtenida sobre los helvecios un mes antes. Más aún, si tenía otros cuatro años de mandato proconsular a disposición. Y, en cambio, César había querido aprovechar también ese último retazo de verano. Labieno se preguntó qué habría impulsado al procónsul a esta nueva empresa. ¿El riesgo de que otros germanos cruzaran mientras tanto el Rhenus e incrementaran el ejército de Ariovisto era de veras una motivación suficiente?

La migración de los helvecios era una efectiva amenaza para la provincia de la Galia Transalpina y, por tanto, para Roma. Pero Ariovisto, no. No en un futuro inmediato, al menos. Como era obvio, una fuerte presencia de germanos en la Galia hubiera puesto en riesgo una ulterior expansión de Roma: una cosa era hacer frente a distintas naciones en guerra entre sí, otra era combatir a esas mismas naciones reunidas bajo el dominio de un líder cada vez más poderoso.

Pero sí, al año siguiente habría sido aún más duro. César tenía razón: por la gloria y el esplendor de Roma, era preciso actuar antes de que el poder de Ariovisto se consolidara. Él, Labieno, no había sido nunca tan clarividente. Pero él no era César, concluyó, y por más bueno que fuera en el campo de batalla, nunca había poseído la intuición de su comandante.

Si había un hombre que podía conseguir poner a toda la Galia bajo el dominio de Roma, ese era César. Solo él sabía mirar más allá de su propia nariz, solo él se atrevía a aquello que una mente convencional consideraría propiedad exclusiva de los dioses.

Por eso tenía siempre más opciones a su disposición. Lo que los otros descartaban como pura locura, él lo consideraba, e incluso era capaz de ponerlo en práctica. Labieno se quedó a la espera de que César, también esta vez, lo asombrara. Cuando vio que al final iba a hablar, estuvo seguro de que había encontrado la solución.

—Pues bien, hagámoslo de modo que la táctica de Ariovisto se vuelva en su contra —propuso el procónsul.

Silencio. Nadie entendía. Pero era normal, pensó Labieno. César veía siempre más allá. Demasiado más allá para los comunes mortales.

—Quiero decir: ¿no quiere salir de su campamento? ¿No quiere combatir? Bien. Esto nos dará ocasión de superar su barrera y de montar otro campamento a sus espaldas. De este modo, obtendremos dos resultados. Labieno, estoy seguro de que tú ya sabes decirme cuáles —dijo, dirigiéndose a su lugarteniente.

Labieno se sentía siempre orgulloso de sí mismo cuando recibía este tipo de investidura frente a los demás. No pudo menos que lanzar una mirada a Aulo Hircio: el tribuno estaba furioso por la manifiesta preferencia de César hacia él, pero también esperanzado de que el legado lo decepcionara.

Labieno, sin embargo, no tenía ninguna intención de decepcionar a su comandante. Era a Aulo Hircio a quien, en todo caso, deseaba decepcionar.

—Bien, el primer objetivo, evidente, es que restableceremos las líneas de suministro con los heduos y sécuanos. El segundo..., el segundo es que así será Ariovisto quien se encuentre entre dos fuegos. Y no podrá más que dar batalla, al fin.

Y con esto Aulo Hircio estuvo derrotado. Antes de buscar el asentimiento de César, Labieno dirigió otra mirada al tribuno. Comprendió que, si antes era solo blanco de su antipatía, ahora se había convertido en un enemigo.

—Muy bien, Labieno. Quiero que, de inmediato, tomes el mando de la caballería de los heduos y los senones. Dos horas antes del alba, abrirás el camino a dos legiones. Irás tú, Sulpicio Galba, con la XII, y luego quiero una legión de veteranos: tú, Claudio Pulcro, con la VII. Construirán un campamento con muralla y foso en cuanto estén a una distancia segura del campamento germánico. Es todo.

Labieno salió enseguida del pabellón del comandante junto a los otros. Los comandantes subalternos ya habían recuperado la confianza. Una vez más, habían bastado las firmes disposiciones de César.

Pero ¿la tropa? La estudió. Echó un vistazo al perímetro del campamento y vio que los soldados aún observaban, desde las gradas, a sus compañeros quemados vivos. Estaban destrozados.

Deseó fervientemente tener la capacidad de César de infundir seguridad a los legionarios. Esperaba transmitírsela en el campo de batalla. César lo conseguía solo con palabras. Él había entendido, durante el encuentro entre el procónsul y Ariovisto, que podía tener éxito con el ejemplo.

Un canasto de mimbre. Una *dolabra*. Un *pilupe murale*. Una herramienta para romper los terrones. Quinto Labieno no podía creerlo: esos eran los instrumentos que usaría durante la batalla.

Llegaba, al fin, el combate, o algo muy similar. Y a él le tocaba cavar trincheras y erigir terraplenes, en vez de enfrentarse al enemigo. Y menos mal que era el hijo del lugarteniente predilecto de César: su padre debería haberle procurado ocasiones para distinguirse. Y, en cambio, si las cosas seguían así, los otros acabarían pensando que Tito Labieno en realidad lo protegía.

Protestó, ante su padre, tras saber que su legión iba a estar en tercera fila, construyendo el nuevo campamento. Labieno había ido al grano: a la legión de los reclutas le correspondía estar en la retaguardia. No se podía correr el riesgo de que toda la operación saliera mal porque quienes combatían en primera fila fueran presas del pánico.

Quinto no había sabido cómo decirle que se equivocaba. Sus camaradas tenían miedo. Y estaban contentos de haber sido puestos a cavar trincheras. Pero él no. Él quería combatir. Y no quería esperar a que llegara su turno.

Dejó de cavar y levantó la mirada para ver cómo iban las cosas en primera línea. El padre, al mando de la caballería, los había llevado hasta allí, mientras protegía los flancos contra los ataques de los jinetes enemigos. Con el tiempo, el número de germanos había aumentado. Ahora eran varios miles. Pero las dos legiones ya habían alcanzado el punto elegido para trazar el campamento.

Las diez cohortes de su legión, la XII, habían sido puestas a trabajar. Frente a ellos, para hacer de pantalla, la otra legión, la VII, formada en dos órdenes, cinco cohortes delante y cinco detrás, con los jinetes sobre los flancos para extender la alineación.

No distinguía demasiado. Lo que le impedía la visión era la disposición compacta de la segunda fila de la VII y el nubarrón de polvo que se elevaba más adelante, donde el combate se hacía más intenso. Cada tanto entreveía algún movimiento, alguna espada que giraba más allá del polvo. A veces despuntaba fugazmente un bárbaro, que quién sabía cómo había conseguido penetrar en la primera alineación. Pero de inmediato desaparecía, fagocitado o rechazado por los legionarios de la segunda línea.

Sintió una punzada en su espalda.

—¿Entonces? ¿Piensas disfrutar del espectáculo todo el día o quieres echar también tú una mano?

Era su centurión, que aún acariciaba el *vitignum* con que lo había golpeado.

Se llamaba Cayo Crastino. Era uno de los veteranos más estimados, un oficial influyente incluso en el estado mayor. Había estado con César y con su padre en España. Sobre él circulaban rumores de todo tipo: se decía que había salvado a César en el curso de una emboscada tendida por los lusitanos mientras acudía a salvar a Labieno, que había sido él solo quien se había salvado, sin escudo y cubierto de heridas, nadando hasta la tierra firme de una isla en el Océano, donde el ejército enviado por el comandante había sido masacrado.

Crastino era una especie de leyenda entre los legionarios. Las cicatrices que le surcaban el rostro eran un testimonio de sus gestas y del crédito que había conquistado entre la tropa y los comandantes. Podía permitirse estar en la retaguardia, como en aquel caso, sin que nadie lo considerara un cobarde. Todos mostraban un gran respeto por él. Todos, salvo Quinto Labieno. Nada hacía efecto en el joven si no lo veía en persona. Y hasta entonces, Crastino solo lo había impresionado por sus diatribas y por su notable tendencia a abatir el *vitignum* sobre la espalda de los subalternos.

—Claro que quiero echar una mano. ¡Por eso precisamente no sé qué hacer con esto! —respondió Quinto, tirando al suelo la *dolabra* y extrayendo el gladio de la funda. Recogió el escudo y se precipitó hacia delante, sin atender los gritos de su superior.

Impresionante, el modo de combatir de los germanos. Si bien hacía frente a sus escaramuzas desde hacía cinco días, Tito Labieno aún no había encontrado una solución táctica eficaz contra aquel tipo de asalto.

Ahí llegaban, de nuevo. Una nube de jinetes, cada uno con un soldado de infantería al lado, agarrado a la crin del caballo. Jinete e infante conseguían, increíblemente, mantener el mismo paso y entrar en contacto con la formación romana en el mismo instante. Y aún juntos lograban huir antes de que los legionarios estuvieran en condiciones de reaccionar a su ataque.

Eran unos verdaderos corredores, esos infantes, entrenados para mantener el paso de los caballos y aferrar sus crines con tanta firmeza como apretaban las jabalinas en el otro puño. Por otra parte, notó Labieno, sus caballos eran decididamente más pequeños que los de los romanos. En cada asalto, el legionario se encontraba encima a dos adversarios, dos jabalinas de las que defenderse al mismo tiempo. Solo la solidez de la formación, un escudo al lado del otro, protegía a los romanos de una penetración. Pero a veces uno de los dos golpes daba en el blanco, y se abría un paso, y la pareja de enemigos intentaba infiltrarse. Era entonces cuando la segunda fila tomaba el relevo, y para los germanos, aislados en las líneas enemigas, no había salvación.

Mientras tanto, el tiempo pasaba y los caídos romanos aumentaban. Por más que víctimas y legionarios que consiguieran cosechar también en terreno germánico, la clara superioridad de los hombres de Ariovisto volvía las pérdidas bárbaras menos graves.

Y se trataba de pérdidas insuficientes para dar confianza a los romanos. Era preciso que un germano lograra colarse en las líneas de los legionarios para que alguien consiguiera abatirlo. En cualquier otra forma de combate, contra cualquier otro enemigo, un legionario dejaba que este lanzara la jabalina, paraba el golpe con el escudo y luego pasaba al contraataque, prevaleciendo en el cuerpo a cuerpo. Pero ahora, en cambio, después de haber arrojado su arma, el infante germánico se agarraba a la crin del caballo y se hacía arrastrar lejos, fuera del alcance de la reacción romana.

No había esperanza de alcanzarlos, aunque los romanos seguían intentándolo. A veces, algún infante quedaba atrás, o le costaba agarrarse a la cola del animal. Ocurría entonces que los cascos del caballo lo pateaban, tirándolo en los brazos de los legionarios. En todo caso, la consigna era mantener firme la barrera de protección del campamento: el objetivo de la jornada era montar una base más allá de las líneas germánicas.

Sin embargo, pensaba Labieno, este sería un resultado estéril si el combate confirmaba la sensación de impotencia que los romanos albergaban con relación a los germanos. ¿Los legionarios estarían en condiciones de defender sus posiciones, en los días siguientes, haciendo frente a los nuevos y más decisivos enfrentamientos con semejante temor reverencial? Había que reaccionar de alguna manera.

Había que dar ejemplo.

Los auxiliares galos, más aún que los romanos, estaban paralizados por el terror. Ellos ya se habían enfrentado a los germanos en una batalla campal. Aunque coaligados, arvernios, sécuanos, heduos y otros habían salido derrotados. Y ahora, no había uno solo de los galos que Labieno llevaba consigo que encontrara el valor de lanzarse contra aquellos asaltos. Los observó. Con él estaban los senones de Drapes y algunos sécuanos. En el ala opuesta, estaban alineados los heduos de Diviciaco. Lo que leía en los ojos de Drapes, en realidad, no era terror, sino indiferencia: indiferencia por la suerte de los romanos y desprecio por ellos, sin duda. Pero en los otros había terror, ¡y qué terror! Tan fuerte que escondía, si acaso, la indiferencia y el desprecio que quizá compartían con su jefe.

Labieno sentía que un ejemplo era la única solución táctica posible. Ellos, los jinetes, estaban a los lados de la formación romana. Lo que deberían hacer era frenar los asaltos atravesando horizontalmente el frente para embestir a las parejas de germanos sobre el flanco. Si hubiera conseguido crear un movimiento continuo de jinetes de un lado al otro de la alineación, para los enemigos habría sido cada vez más difícil entrar en contacto con los legionarios.

Pero había que hacerlo con convicción. Si no galopaban decididos, los arrollarían sin ninguna duda. Miró una vez más el rostro de los auxiliares que estaban con él. Y no estaban en absoluto convencidos.

Un ejemplo. Hacía falta un ejemplo.

Dirigió la mirada a los asaltantes. Incansables, continuaban yendo y viniendo entre sus líneas y las romanas. Sin mirar atrás, hizo señas a sus hombres para que lo siguieran y partió al galope.

Quinto Labieno llegó a la altura de la segunda fila. Y no se detuvo. Pasó por los espacios que habían dejado libres las cohortes sin aflojar el paso, ni siquiera cuando un centurión le gritaba atrás o intentaba detenerlo aferrándolo por un brazo. Los oficiales estaban desorientados. ¿Quién era ese simple *miles* que avanzaba solo entre sus filas? ¿Quién era su responsable? ¿A qué unidad pertenecía? ¿A qué centuria? ¿A qué cohorte? ¿A qué legión? ¿Debía de llevar un mensaje a uno de los oficiales de la primera fila? ¿Habría sido reclamado por un comandante en posición avanzada por algún motivo?

En otras circunstancias, se le habría dado más importancia. Pero frente a unos adversarios considerados verdaderos demonios, los motivos de preocupación para oficiales y tropa eran muy distintos. Quinto no encontró a nadie que lo detuviera, o que le dedicase atención durante más de un momento.

Llegó cerca de la primera fila. Trató de ver qué ocurría justo detrás del denso muro de escudos constituido por sus camaradas. Vio polvo, antes que nada. Pero también combatientes. Parejas de infantes y jinetes que se agitaban a poca distancia de los romanos, aullando y arrojando algunas jabalinas.

Y ningún legionario que reaccionase.

Luego vio a un jinete cortar horizontalmente el frente. Un solo jinete, romano. Tenía la loriga anatómica, el manto escarlata, una alta cresta sobre el yelmo. Era un oficial. Un oficial más alto en grado que un prefecto.

Y el único oficial superior romano que había asumido el mando de los auxiliares, por cuanto sabía, era su padre.

Por añadidura, se trataba de los senones, liderados por aquel Drapes en el cual no se podía confiar del todo. Miró detrás de Tito Labieno. Solo unos pocos galos lo habían seguido. No resultaría fácil llegar indemne al ala opuesta. A menos que..., a menos que combatiera del mismo modo que los germanos.

Tito Labieno no sabía cuántos lo habían seguido. No tenía tiempo para verificarlo. *Temía* verificarlo. Ante sí, tenía dos parejas de infantes y jinetes germanos, listos para lanzar sus jabalinas contra la formación romana. Y otros, más atrás, listos para alternarse con ellos.

No podía aflojar ni distraerse. Debía correr hacia ellos, conseguir arrollarlos y continuar la carrera hacia el ala opuesta. Los germanos advirtieron su llegada. Cambiaron de objetivo. Apuntaron las jabalinas contra él. Labieno esperó que no golpearan al caballo. Si le daban, se encontraría a su merced.

Entró en su radio de tiro. Llegaron los primeros dos lanzamientos. Uno desde abajo y otro desde arriba. No demasiado precisos. Uno de los dos, sin embargo, lo obligó a desplazarse de la silla para evitarlo. El caballo osciló peligrosamente de costado, pero no cayó ni lo hizo caer. Labieno mantuvo los ojos fijos en sus adversarios, observando los movimientos para entender cuándo tirarían otra vez.

Y el nuevo doble lanzamiento llegó inmediatamente después. Esta vez los adversarios estaban más cerca, y fueron más precisos. El romano regateó con un rápido movimiento del busto la jabalina del jinete, de trayectoria más previsible, pero no la del infante. Se encontró el arma clavada en la silla de cuero. Por suerte, esta era lo bastante gruesa para impedir que la punta atravesase también el lomo del caballo.

Prosiguió su carrera sin aminorar la marcha. Acabó encima de la pareja de adversarios. Arrolló al infante. Los cascos de su caballo lo pisotearon hasta destrozarlo. Con el escudo empujó silla abajo al jinete enemigo y luego lo atravesó con la lanza. Vio que otra pareja de germanos iba a su encuentro, siempre con las jabalinas en la mano. Los cadáveres de los dos hombres a los que acababa de matar y su caballo obstruían el camino. Esperó que los auxiliares galos lo hubieran seguido: en caso contrario, no habría ninguna esperanza de salvación.

El padre de Quinto estaba bloqueado. Y sus galos, esos cobardes, se habían movido con retraso. Con retraso y lentamente, hasta el punto de permitir que otros germanos se le echaran encima. Ahora había menos presión en la línea de los legionarios, al menos sobre una mitad del frente. Pero los jinetes estaban en dificultades.

Su padre estaba en dificultades.

Quinto Labieno se abrió paso entre sus camaradas de la primera fila. Los legionarios no esperaban una presión desde atrás y cuando reaccionaron él ya estaba fuera de la formación. Solo.

Cara a cara con el enemigo, gladio en el puño y escudo a lo largo del brazo.

Fue hacia su padre. Estaba rodeado: una pareja de adversarios, dos cadáveres, un caballo sin jinete. Y los suyos aún estaban lejos. El bárbaro de a pie intentaba que se bajara del caballo, empujándolo con la jabalina. Labieno se defendía con el escudo, y con la espada mantenía a distancia al jinete que tenía delante. Pero pronto llegarían otros germanos: estaban más cerca que los galos.

Quinto alcanzó el caballo de su padre y corrió hacia el lado opuesto a aquel en que actuaba el infante enemigo. Se agarró a su crin y la usó como palanca de apoyo para lanzarse contra el jinete. Este, comprometido en el duelo con Tito, se dio cuenta demasiado tarde del asalto de Quinto. El joven recluta se levantó de golpe lo suficiente para alcanzar con el gladio en el costado del adversario.

Atravesado, el germano cayó del caballo, y Tito Labieno pudo ocuparse del infante: en un instante, también este se encontró con la cadera traspasada.

El legado miró a su auxiliador. Le costó reconocerlo, y no solo porque llevaba el yelmo: era la última persona que esperaba encontrar a su lado en aquel momento.

Reprimió un movimiento de ira. Si su hijo se encontraba allí, era porque no había respetado las consignas. Era un insubordinado. Pero ahora no había tiempo que perder. Debía proseguir. Y hacer que Quinto subiese al caballo también, si quería salvarlo.

Como Quinto lo había salvado a él.

Miró atrás. Los galos habían reunido coraje tras su pequeña hazaña. Ahora se estaban liberando de los enemigos y pronto los alcanzarían. También esto se lo debía a Quinto, a fin de cuentas. Le tendió el brazo y lo invitó a subir.

—No. Ve. Si lo hacen los germanos puedo hacerlo también yo —respondió el muchacho.

Al principio, Labieno no entendió. Vio que Quinto se agarraba a la crin del caballo. Espoleó y partió al trote, pues temía que el galope fuera una marcha demasiado sostenida para su hijo.

—¡He dicho que vayas! ¡Así sería capaz hasta mi madre! —gritó Quinto.

Tito espoleó más el caballo, que empezó a galopar. Quinto aguantaba bien. Pero el frente todavía era largo, y delante de ellos aún había muchas parejas de contrincantes que se agitaban junto a la formación romana. Y además, Quinto tenía puesta la loriga y el yelmo. Y el escudo. Pronto se quedaría sin aliento, su padre estaba seguro.

En efecto, lo vio jadear. Lo exhortó a tirar al menos el escudo, pero el muchacho no lo oyó. O fingió no oírlo. Espontáneamente, pensó en frenar el caballo, aun sabiendo que, de este modo, se entregaría a los enemigos. Tampoco podía contar con un eventual contraataque de los legionarios: su tarea era proteger la construcción del nuevo campamento, no socorrer a la caballería.

Volteó un momento. Los auxiliares venían detrás de él, por fin. Ahora ya habían partido todos, pero era difícil que los alcanzaran antes de que los germanos estuvieran sobre ellos.

De hecho, estaban acabados. A menos que abandonara a Quinto.

Por un instante, un instante apenas, pensó que por César lo habría hecho, quizá.

Luego, vio que, desde el ala opuesta, la que tenía delante, había partido la otra mitad de los auxiliares galos. Y ya estaban barriendo a las parejas de germanos más cercanas a la formación romana.

Pronto, todo el frente sería recorrido por escuadrones de jinetes aliados, y para los bárbaros sería finalmente imposible acercarse a los legionarios. Estaba hecho, pensó Labieno.

Su táctica había surtido efecto.

Su ejemplo había surtido efecto.

—Nada ha cambiado. Nada —se lamentó Aulo Hircio en el curso de la reunión del estado mayor.

—Nada, no diría. Hemos restablecido las líneas de conexión con los aliados y ya no corremos el riesgo de morir hambrientos. Ellos, sí, en cambio —rebatió César.

—Sí. Pero Ariovisto continúa rechazando la batalla. Incluso ahora. ¡Desde que está montado el nuevo campamento, dos veces hemos tenido a las tropas alineadas bajo el sol durante toda la mañana, sin que ese cobarde se dignara a enfrentarse a ellas! —intervino Titurio Sabino, indignado.

—¡Pero sí que lo ha hecho! Precisamente hoy ha intentado atacar el campamento menor mientras hacíamos entrar en él a las tropas. Sin éxito, gracias a los dioses —indicó Labieno. Se había tratado, en realidad, de poco más que una escaramuza. Pero los legionarios habían conseguido matar y capturar a varios enemigos, y esto, junto al cambio de la situación táctica, al fin había infundido en ellos una cierta confianza.

La intervención de Labieno despertó a Aulo Hircio de su letargo.

—Haces bien en agradecer a los dioses, justo tú, que solo gracias a la intervención de tu hijo estás aún vivo. ¡Un hijo tan insubordinado que ha pasado de una unidad a otra sin tener en cuenta las órdenes de sus superiores!

Labieno no pudo ocultar su incomodidad. El detestable Hircio había puesto el dedo en la llaga. Se sintió de inmediato en el deber de justificarse con César.

—Al respecto, César... Sé que el recluta Quinto Labieno ha hecho una tontería, pero está tan ansioso por combatir y por hacer su propia contribución... —farfulló.

César calló durante un momento. Luego dijo:

—Siempre he pensado que el ardor de un combatiente no debe ser frenado. Por otra parte, si tu hijo hubiera respetado las consignas, ninguno de nosotros sabría hoy lo valioso que es. Ni siquiera su padre. Y nos privaríamos de su plena aportación, una aportación sin duda estimable. Este muchacho ha salvado la vida de un ciudadano romano. Un ciudadano que, además, es también su padre. Estoy seguro de que a todos ustedes este episodio les habrá recordado cuánto fue capaz de hacer Escipión, con apenas diecisiete años, en la batalla del Ticino contra Aníbal. También él le salvó la vida a su padre, ¿no? Y según tú, Aulo Hircio, ¿un acto semejante debe ser castigado? No. Yo digo que debe ser premiado, como cualquiera que salve a un camarada. A Quinto Labieno le corresponde la corona civil. Luego, si acaso, lo mandamos a limpiar letrinas como castigo.

Todos asintieron, un poco por adulación a su comandante, un poco persuadidos por su discurso. Solo dos se quedaron sin palabras, pero por motivos opuestos: Aulo Hircio y Tito Labieno.

—César, yo... —balbuceó Labieno. Hubiera querido decirle que semejante honor corría el riesgo de atraer la hostilidad hacia el muchacho, y también hacia él. Alguien lo vería como una excesiva gratificación debida al particular vínculo entre el procónsul y el padre del recluta. Pero no podía decirlo delante de los otros. No, desde luego, delante de Aulo Hircio. Por otra parte, si César lo había decidido así, nunca se echaría atrás en su decisión.

—No es necesario que digas nada, Labieno —indicó César, convencido evidentemente de que solo quería darle las gracias—. Está claro que, si su insubordinación no hubiera tenido ningún resultado, o peor, si hubiera comportado consecuencias negativas, habría sido castigado, y con extrema severidad. De todos modos, el asunto del día no es el premio a tu hijo. Es cómo inducir a Ariovisto a librar una batalla. Y, respecto a este tema, hay novedades.

Todos permanecieron en silencio. César no era un comandante al que le costara llamar la atención de los subordinados.

—He hecho interrogar a los prisioneros. Parece que Ariovisto no acepta entrar en batalla porque estima que es la mejor solución táctica. Son sus sacerdotisas las que lo aconsejan —informó.

—¿Quién? —fue un coro casi unánime.

—Las mujeres. O, mejor, algunas mujeres a las que los germanos consideran dotadas de particulares virtudes proféticas y capaces de hacer de intermediarias entre el hombre y la divinidad. Parece que le han dicho que su victoria será segura si combate con la luna nueva...

—Si es así, no podemos hacer nada. Si pretende respetar la voluntad de sus dioses, nada lo moverá a hacerlo de otro modo... —comentó con amargura Titurio Sabino.

—Y para la luna nueva aún faltan diez días. Entre tanto, por lo que sabemos, el ejército germánico podría duplicar sus efectivos... —añadió Aulo Hircio, igual de desconsolado.

—Y ahora ya son muchos más que nosotros...

Tampoco Sulpicio Galba renunció a su personal contribución a la desilusión general.

El único comandante superior que permaneció en silencio fue Labieno. Conocía lo suficiente a César: el modo en que había introducido el discurso significaba que tenía un plan.

—He dicho que la luna nueva dará a Ariovisto la certeza de la victoria. No que el período anterior le diera la certeza de la derrota —precisó, en efecto, César—. Él está ya muy confiado debido a las pasadas victorias contra los galos y su superioridad numérica. Y es un hombre realista, no un bárbaro crédulo. Sin duda, los dioses le han dado una respuesta en total consonancia con su propósito de esperar a los refuerzos. Por tanto, debemos tirarle un cebo e inducirlo a que nos crea tan débiles como para imponerse sobre nosotros incluso sin disponer de todos los hombres que desea. Como ha dicho antes Labieno, hoy nos ha atacado cuando le ha parecido que estábamos más débiles...

—¿Y cómo hacemos para sacarlo de su campamento?

La pregunta la hizo Titurio Sabino, pero podría haberla hecho cualquier otro.

—Sencillo. Hoy nos ha atacado no con todo el ejército y, con toda probabilidad, basándose en una intuición extemporánea. Si le hacemos creer que el campamento menor está vigilado de manera insuficiente, lo atacará. Quizá solo para conquistarlo, aislarnos de nuevo y aplazar el enfrentamiento definitivo a la luna nueva. Por tanto, mañana saldremos de aquí no con cuatro legiones, sino solo con dos. Cuando hagamos ver que volvemos, él atacará de nuevo, esta vez con el grueso del ejército, para no correr el riesgo de fallar. Entonces, y solo entonces, saldrán también las otras legiones de ambos campamentos. Y ahora, señores, si no tienen preguntas, tengo correspondencia que despachar.

Los despidió dándoles la espalda y yendo a sentarse a la mesa donde tenía sus papeles. Al salir, Labieno notó que encima de la pila había una tablilla envuelta en seda azul.

Era el modo en que Servilia Cepión le hacía llegar sus cartas.

VII

César confió el mando de cada legión a los respectivos legados y cuestores, para que los soldados tuvieran en ellos testimonios del propio valor. Él mismo dio batalla desde el ala derecha, porque había notado que el frente enemigo se presentaba mucho más débil de ese lado.

César,
De bello gallico, I, 52

Habían caído de lleno. César, a caballo en una pequeña altura desde la que podía observar el campo de batalla, asintió con la cabeza a aquellos miembros del estado mayor que no habían tomado posiciones junto a sus respectivas unidades. Bastaron dos únicas legiones frente al campamento mayor y una frente al menor, y luego hacer ver que las retiraba, para que Ariovisto hiciera formar a todo su ejército para la contienda.

Resultaba obvio que el rey bárbaro consideraba que esa iba a ser la batalla definitiva por la disposición tanto de los combatientes como, sobre todo, de los carruajes con los que había defendido su campamento. Los grupos y los clanes de los germanos pululaban fuera del recinto de los carros y se disponían en un amplio frente, dejando espacios entre una formación y otra. Casi al mismo tiempo, los carros eran desplazados y dispuestos detrás y al lado de cada alineación, casi en semicírculo, como para querer impedir que los hombres retrocedieran o se alejaran de la propia formación.

Ariovisto, por lo que parecía, tenía la intención de dejar a sus guerreros una sola posibilidad: el ataque.

Nada de retirada, nada de fuga, ninguna desbandada. Solo asalto y resistencia a ultranza. A los germanos no se les concedía otra cosa. Quizá *no querían* otra cosa. César aguzó la mirada y vio a las mujeres en los carros. Muchas mujeres. Se agitaban, gritaban y hacían amplios gestos hacia los romanos. Parecía en verdad que incitaran a sus hombres a atacar.

Las líneas de los germanos daban una impresión de ser muy compactas. Los guerreros estaban todos uno junto al otro, en columnas cerradas, como una falange, apretados sobre los flancos de los carros. César recordó lo que le había contado su tío Cayo Mario mucho tiempo antes: en las batallas ganadas contra cimbrios y teutones en las Aquae Sextiae y en los Campi Raudii, los germanos se habían enfrentado a los romanos encadenados los unos a los otros, formando una muralla humana. Pues bien, Ariovisto había encontrado otro sistema, no menos eficaz, para mantener a los suyos unidos en falange.

Sería durísimo. Eran muchos más que los romanos. Habían conseguido infundir a los legionarios un sagrado temor a su ferocidad. Vivían para la guerra. Venían de una larga serie de victorias que no habían hecho más que aumentar su confianza. Tenían un buen comandante.

Y su única alternativa era la victoria.

César se estremeció. De todos los desafíos a los que se había enfrentado hasta entonces, ese era, de hecho, el más difícil. Había sido osado, muchas veces, tanto en la vida civil como en la militar, y Venus, la Fortuna y los dioses siempre se habían mostrado de su parte. ¿Y por qué lo habían secundado, si no para prepararlo para afrontar empresas aún más comprometidas? Había llegado únicamente a cónsul, y obtenido victorias militares de modesto alcance: solo su influencia había permitido que fueran juzgadas dignas de un triunfo. Un cónsul, como muchos otros centenares de romanos. Ni más ni menos. No podía haber intrigado y trabajado tanto solo para obtener lo que muchos, muchísimos otros, habían obtenido, a menudo con menos esfuerzo.

Sus anteriores éxitos no podían ser más que la preparación para triunfos de mucha mayor envergadura. Triunfos dignos de conseguir que su nombre pasase a la posteridad no como el de un gran romano, sino como el del más grande de los romanos.

¿No era esto, acaso, lo que le habían predicho los arúspices, cuando montó por primera vez su caballo predilecto? ¿No habían acaso declarado que aquella extraña bestia, nacida en su casa, con los cascos diseñados como dedos, estaba destinada a ser la cabalgadura solo de quien iba a dominar el mundo? El animal había muerto hacía tiempo, en España en tiempos de su cuestura, pero César había encontrado el modo de que nadie subiera a su silla durante todos sus años de vida.

Una vez más se preguntó si no había sido demasiado

osado. Si no sería mejor conformarse, aquel año, con la victoria sobre los helvecios y esperar momentos más propicios para procurarse nuevas ocasiones de gloria. Tuvo la tentación de responderse como respondía habitualmente a sus interlocutores: razones estratégicas imponían asestar un duro golpe a Ariovisto antes de que fuera demasiado fuerte y pudiese reunir bajo su propio dominio a toda la Galia. Si había para Roma alguna esperanza de someter a toda la región, residía en la fragmentariedad tribal que siempre la había caracterizado: solo manteniendo a los galos luchando unos con otros podrían conquistarla.

Pero la verdad era otra. Y nunca la confesaría a nadie. A nadie, quizá, más que a Servilia. Ni siquiera a Labieno, que, no obstante, estaba seguro, lo conocía bastante como para intuirla. La verdad era que tenía más de cuarenta años. No le quedaba mucho tiempo para ser el más grande.

Alejandro Magno, a su edad, ya había muerto después de haber conquistado el mundo. Y Pompeyo... Pompeyo se había convertido en Magno con una carrera precoz, aprovechando la complacencia de Sila y los resquicios abiertos para un hombre ambicioso por las guerras civiles, en las cuales las limitaciones impuestas por la ley romana contaban poco o nada.

Si quería ser el más grande, debía tener más osadía que cualquier otro. Quemar etapas. Recuperar el tiempo perdido eludiendo los obstáculos puestos por la ley romana, desenvolviéndose en las disputas políticas, manteniendo a raya a adversarios como Catón, Cicerón y Bíbulo, movidos por una serie infinita de prejuicios. Él no había tenido guerras civiles de las que aprovecharse para ganar honores y poder, ni la riqueza y las clientelas necesarias para reclutar ejércitos, que Pompeyo había recibido en dote de su padre. Tampoco la potencia de una Grecia reunida bajo su propio cetro, que Alejandro había heredado de Filipo de Macedonia.

No, él había tenido que hacerlo todo solo, partiendo casi de cero. Su familia, su padre, solo le habían dejado un nombre. Un nombre que no le habría servido de nada si no hubiera intrigado para dotarlo de influencia, poder y dinero: todas las cosas que, por otra parte, podía perder en un instante si no seguía teniendo la osadía necesaria para consolidar su posición.

—Fortuna, tú que siempre me has sostenido, demuéstrame una vez más que soy tu hijo predilecto y concédeme la victoria incluso en estas circunstancias, que pueden hacer de mí el primero de los romanos en conseguir dos grandes éxitos en tierras extranjeras en un solo año. Y tú, Venus, que finalmente has concedido a tus descendientes que salieran del anonimato, dame la fuerza de realizar gestas que testimonien tu grandeza. Y tú, Marte, sostén mi acción y premia mi audacia —gritó, elevando los brazos al cielo y dejándose oír por sus asistentes.

Echó un último vistazo a la formación enemiga. Ariovisto había cometido un error: alineando las tropas desde la derecha, también había empezado a disponer los carros de ese lado. Y a la izquierda no habían quedado suficientes para circunscribir las cuñas de los guerreros.

Si había un sector que los romanos podían confiar en romper estaba justo allí, a la izquierda.

Luego observó a sus legiones, dispuestas en dos alineaciones debajo de él. Se preguntó, solo por un instante, si había conseguido inculcar en sus soldados la determinación necesaria para hacer frente a un enemigo tan terrible.

No. Aquel no era el momento de plantearse semejantes preguntas. Lo hecho, hecho estaba. En el caso de que los legionarios aún se sintieran intimidados, había una sola manera de estar seguros de que lucharían con todas sus fuerzas. Ya había dispuesto que todos los legados y cuestores estuvieran al frente de sus respectivas unidades. Labieno le había enseñado que un comandante a la cabeza de sus tropas es el mejor estímulo para los soldados.

Ahora solo faltaba uno de los comandantes en primera línea.

Dio la orden al *cornicen* y al *tubicen* que estaban en las inmediaciones para que tocaran el avance hacia el enemigo. Enseguida, el sonido de los instrumentos resonó de unidad en unidad. Otra legión salió de repente del campamento mayor reforzando a las primeras dos formaciones. Todos los legionarios avanzaron a paso veloz. Pero no tan veloz como para que su comandante en jefe, Cayo Julio César, no tuviera tiempo de descender, cabalgar a su lado y, escoltado por dos portadores de escudo, ganara la primera fila del ala derecha.

Todos adelante. A paso veloz. Listos para lanzar los *pila* en cuanto los germanos estuvieran a tiro. Pero los bárbaros no les dieron esa oportunidad.

Esto, y solo esto, fue lo que Quinto Labieno tuvo tiempo de pensar antes del impacto entre las dos formaciones. Su cohorte, gracias al prestigio de Cayo Crastino, se situaba en la primera de las tres líneas en que estaba dispuesta la legión, en el ala izquierda del frente romano. Él estaba en la tercera fila. Veía a la perfección lo que sucedía. Y lo que veía era a los germanos avanzando hacia ellos con una rapidez incluso superior a la de los romanos, que, no obstante, se habían movido primero.

Como él, también otros camaradas más inexpertos habían visto avanzar a los bárbaros. Y algunos se habían desanimado y habían aflojado el paso, haciendo perder cohesión a las formaciones. Ante ellos se estaban materializando, cada vez más distinguibles en la nube de polvo que los envolvía, unos verdaderos gigantes, en su mayoría con el torso desnudo, cubiertos de signos que debían de ser tatuajes o cicatrices, o quizá las dos cosas. Muchos tenían la cabeza descubierta, con el pelo teñido de rojo. Entre aquellos que llevaban un yelmo, algunos lo habían elevado añadiéndole calaveras de animales.

Suficiente para desmoralizar a cualquier adversario. Por primera vez, por lo que sabía Quinto, las legiones romanas llegaban al choque menos compactas que las alineaciones enemigas. Un par de veces vio aflojar a los hombres que lo precedían. Chocó con ellos, luego los empujó hacia delante cubriéndolos de insultos. Pero la verdad era que también él se sentía aterrorizado. Trató de ignorar esa sensación, pero a medida que se acercaba al enemigo sentía una presión en la boca del estómago cada vez más fuerte.

El choque fue devastador. Sus cinco sentidos se vieron implicados: a pesar de que no se encontraba delante, sintió los tímpanos casi lacerados por el ruido de cuerpos, armas y alaridos en el impacto. El cuerpo se sacudía por el choque con quien lo precedía y con quien lo seguía. La vista se nublaba por la confusión, el paladar agrio por el sabor de la sangre salpicada de los labios y la lengua, que no había podido menos que morderse. Y la voz, la voz de repente desaparecida después del alarido que le había subido a la garganta para dar valor a los demás y a sí mismo.

Los legionarios no habían podido extraer los gladios. Casi todos tenían aún ambas jabalinas en la mano, y con ellas se vieron obligados a afrontar el cuerpo a cuerpo. Si bien los *pila* estaban concebidos también para la estocada, no era aquel el modo en que un legionario rendía al máximo. La refriega estaba hecha para los gladios, más cortos que las espadas adversarias.

Algunos soldados tiraban al suelo la jabalina para extraer la espada. Pero mientras llevaban su mano a la empuñadura un germano ya lo había atravesado. Los bárbaros, ellos sí, estaban habituados a combatir en el cuerpo a cuerpo con sus *framee*, las lanzas cortas con la larga punta de hierro, y se estaban aprovechando de ello. No todos lo conseguían: la refriega era tan cerrada que a muchos guerreros no les quedaba más opción que liberarse de las armas y usar las manos, los puños o recurrir a las patadas. Quinto vio a un germano estrangular con las manos a un legionario, a otro dar puñetazos a un romano hasta dejarle la cara hecha papilla. Se quedó de piedra observando a otro bárbaro clavar en el cuello los colmillos a un camarada suyo y luego echarse atrás con la boca chorreando sangre, mientras la víctima se desplomaba en el suelo con las venas del cuello cortadas.

Sí, eran verdaderamente fieras, como los habían descrito los galos.

Los legionarios se sentían torpes. Muchos de ellos se empeñaban en usar las jabalinas, pero eran demasiado lentos y no tenían ningún efecto sobre los germanos, que paraban cualquier golpe con sus escudos. Muchos romanos, superados por la corpulencia de sus adversarios, acababan en el suelo después del choque, y solo podían protegerse con el escudo de la andanada de golpes de los enemigos. Pero antes o después el escudo se perforaba, y también su loriga. En poco tiempo, a lo largo de la línea donde se había producido el impacto, se formó una pila de cadáveres, la mayoría romanos.

Quinto intentó liberarse de las dos jabalinas. Estaba presionado por sus compañeros, pero en cuanto pudo girar a la derecha, lanzó un *pilum* y luego el otro, hacia delante, en el montón, limitándose a esperar que acabaran en medio de la alineación enemiga. Luego extrajo el gladio y trató de abrirse camino entre los camaradas muertos, heridos o aún en condiciones de combatir.

Bastaron unos pocos pasos para encontrarse frente a un germano. El romano que lo precedía había caído de repente, atravesado por una lanza, y el bárbaro apareció delante de él, inesperado, con una espada apretada en el puño, listo para asestar un nuevo golpe. Quinto aún tenía la guardia baja. El instinto de supervivencia lo impulsó a levantar al menos el escudo, pero se dio cuenta de que era demasiado tarde: no conseguiría evitar que la hoja lo alcanzase.

Pero no lo alcanzó. Otra espada atravesó a su adversario bajo la axila. El germano se quedó petrificado un instante y luego se derrumbó al suelo. Quinto miró a su derecha, de donde había llegado el golpe. La cresta sobre el yelmo era transversal. La armadura cubierta de condecoraciones. La funda del gladio colgaba sobre el lado izquierdo. Un centurión. *Su* centurión.

Cayo Crastino.

Cayo Crastino le había salvado la vida.

El centurión no se dignó a mirarlo y siguió combatiendo. Como una furia, se abalanzó sobre los otros germanos cercanos, arrastrando con su ejemplo a los legionarios que estaban justo detrás de él. Quinto tuvo un gesto de ira: ahora le debía la vida a aquel hombre odioso. Odioso sobre todo porque pretendía ponerlo a raya. Pero además debía demostrarle que su gesto había merecido la pena.

Se lanzó también a la lucha con la cabeza gacha.

Tito Labieno salió de la refriega. Había arrastrado consigo a sus hombres de la IX, guiándolos a la carrera hacia el impacto. Se había enfrentado a esos colosos en el cuerpo a cuerpo, matando, según le había parecido, al menos a tres. Había exhortado a los soldados a resistir, los alentó con las palabras y con la acción.

Todo inútil.

Los germanos estaban haciendo retroceder a los romanos y abriendo pavorosos vacíos en su formación. El peligro de colapso era alto. Altísimo. Labieno ignoraba cómo iban las cosas en otros sectores. Probablemente allí, en el ala izquierda, los romanos se estaban llevando la peor parte.

El único modo de contener el previsible colapso era ordenar a la tercera formación que interviniese. La línea más retrasada, que César había querido mantener de reserva. Pero, desde su posición, no podía saber qué había sido de esta línea de retaguardia. Si César, en el lado opuesto de la alineación, también se veía en dificultades, era probable que ya hubiera recurrido a ella. Y si no lo había hecho, no estaba excluido que pronto la necesitara.

En todo caso, Labieno debía darse cuenta de la evolución general del combate. Por eso, había salido de la refriega, dejando al mando al cuestor. Cubierto de polvo, sucio de sangre ajena, con el yelmo abollado y la coraza arañada, alcanzó corriendo al *beneficiarius* que tenía su caballo.

Montó y cabalgó de inmediato hacia una altura, de lado al frente de ataque. Vio que la reserva estaba aún en la retaguardia, inmóvil junto al campamento. Buena señal. César no la había necesitado. Trató de entender cuál era la situación en el ala derecha. La lejanía y el polvo no le permitían hacerse una idea precisa, pero notó al menos que el frente, en aquel sector, había avanzado. Incluso bastante. Parecía que el combate se estaba desarrollando cerca de los carruajes bárbaros. Esto significaba que los romanos habían hecho retroceder a los germanos. Al menos allí, como mínimo, estaban imponiéndose.

El panorama que se ofrecía a su mirada le mostraba un frente ya oblicuo: la parte derecha más avanzada; la izquierda, de la que provenía, incluso retrasada. Si no encontraba la manera de hacer avanzar el sector que César le había confiado, la acción del procónsul sería inútil.

Habitualmente, su comandante seguía la batalla desde una posición que le permitía observar la evolución del enfrentamiento y mover sus peones en consecuencia. En esta ocasión, en cambio, César había sentido más que nunca la necesidad de responsabilizar a los hombres con la presencia de los comandantes en primera línea: una regla de la que no había querido sustraerse ni siquiera él.

En aquel momento, por tanto, el procónsul se encontraba a la cabeza de sus hombres victoriosos, y no tenía manera de valorar el desarrollo general del combate.

Le correspondía a él, Labieno, tomar las medidas que habría decidido César si hubiera estado fuera de la batalla. Lo habían acordado juntos, la tarde anterior, cuando el procónsul lo puso al corriente de su intención de dirigir a sus hombres.

Pero no podía dejar a su unidad sin jefe por el mismo motivo que César no podía dejar el ala derecha. Giró el caballo y galopó hacia el ala izquierda. Superó el flanco y alcanzó a la caballería. Se trataba de los auxiliares heduos. A los senones, menos fiables, César los había ubicado protegiendo el ala opuesta. Su tarea era molestar el flanco de la alineación germánica. Si bien lo estaban haciendo, con continuos asaltos contra los guerreros más externos de las formaciones enemigas, la caballería germánica conseguía construir una pantalla suficiente que garantizaba, de todos modos, la cohesión de la infantería.

Buscó al prefecto Publio Craso. Era el hijo de un hombre al que no estimaba, pero parecía capaz. No por casualidad, lo vio empeñado en primera persona en los asaltos. Debió esperar algunos instantes a que retrocediera para proveerse de jabalinas. Solo entonces pudo hablarle.

—Es el momento de llamar a la reserva. Ve tú y diles que refuercen el frente en este sector. Del otro lado, las cosas van bien.

Craso hizo una señal de asentimiento, luego empezó a cabalgar hacia la retaguardia.

Labieno, por su parte, hizo solo un breve trayecto al

galope. Dejó el caballo a su *beneficiarius* y se lanzó una vez más a la refriega.

Colosos. Colosos con el cabello teñido, por doquier. La reserva debería aparecer pronto.

César ordenó a uno de los dos escuderos que se alejara. Ya no necesitaba estar tan protegido. Cabalgaban a su lado desde el inicio del ataque e, inevitablemente, estorbaban los movimientos de su alazán. Pero ahora los romanos parecían haber roto las filas enemigas, y eran los germanos los que debían preocuparse por su integridad.

Durante mucho tiempo, antes de transformarse en una derrota, la de los germanos había sido una feroz resistencia a ultranza. Cuando se hallaron en dificultades, los bárbaros se dispusieron en grupos de pocos centenares de guerreros, apretados el uno al otro, con los escudos cerrados casi en testudo. Imposible hacer penetrar ni siquiera una sola punta de jabalina en aquella muralla.

Al menos, hasta que los romanos encontraran el modo de socavarla.

César vio al enésimo legionario arrojarse encima de las cabezas de los enemigos. Alguien había tenido la idea y los otros, de inmediato, lo emularon. Por desgracia, no tendría su recompensa: había muerto atravesado, lo que no había disuadido a sus camaradas. Los soldados romanos eran capaces de trepar sobre los cuerpos de los caídos y lanzarse sobre los escudos de los germanos para arrancárselos y dejarlos expuestos a los golpes de gladio de quien tomaba el relevo. Muchos habían quedado ensartados en las *framee* bárbaras, pero otros había conseguido recuperar la posición y volver a atacar.

Favorecidos por la escasa presencia de yelmos entre las filas germánicas, los legionarios trepaban por la muralla humana y apuntaban directamente a la cabeza de sus enemigos, picándolos como un melón con una estocada de punta. Una espada normal no lo habría permitido, pero el gladio, con su hoja corta, lo hacía más fácil. Si los germanos parecían colosos, los romanos parecían arañas que se encaramaban por doquier. A la fuerza, contraponían la agilidad; a la potencia, su dinamismo. Los grupos de germanos eran como muchas pequeñas fortalezas asediadas y tomadas por asalto.

Había asistido a un número extraordinario de actos de valor, se complació César. Y todo gracias a su presencia al lado de los soldados. Protegido por sus escuderos, el procónsul también había intercambiado algunos golpes contra los jinetes enemigos, tratando de mantenerse siempre junto a la infantería para que los soldados notaran su armadura dorada y su inconfundible caballo.

Los carruajes, ahora, estaban cerca. Obstruían las vías de fuga de los germanos. Sería una masacre. Aquel sistema los estaba casi entregando a los romanos: los legionarios estaban atravesando a más hombres por la espalda que por el pecho. Vio a las mujeres, e incluso a los niños, erguirse fuera de los carros y gritando en dirección a los combatientes. Imaginó que estaban exhortando a sus hombres a resistir. Pero algunos guerreros las habían casi alcanzado.

Un bárbaro montó en un carro y aferró las riendas. Parecía que quería huir en dirección al Rhenus, al menos a seis millas de distancia. La mujer, quizá su esposa, lo atravesó con un puñal. Luego, al acercarse los romanos, usó el arma contra sus propios hijos y, al fin, contra sí misma.

Pero no todas eran tan decididas. Un legionario, entre los más veloces y hábiles para desembarazarse de sus enemigos, llegó a otro carro. La mujer no le impidió subir y, aun así, la atravesó y después se puso a buscar el botín. César se prometió que pediría el nombre a su centurión y que lo sancionaría de algún modo. Los prisioneros que podían ser hechos esclavos y proporcionar algo de dinero no debían matarse.

Otros carros se movieron hacia el Rhenus, con guerreros en el pescante o solo con mujeres. Otros huían a pie, perseguidos por los romanos.

—Se ha corrido la voz de que Ariovisto está huyendo. Sus guerreros no ven razón para no imitarlo —le informó un mensajero.

Ariovisto. Ahora, él era su objetivo. Si lo capturaba, la suya sería una victoria aún más grande: finalmente un gran rey que exhibir en un futuro triunfo. Pero antes había que saber cómo iban las cosas del otro lado de la formación. César no dudaba de que los germanos huían también de ese lado: la derrota parecía total. Tanto si Labieno había recurrido a la reserva como si no, estaba seguro de que su más hábil lugarteniente había aprovechado de la mejor manera la delegación del mando que le había confiado.

Ya había visto bastante. Ordenó a sus escuderos que lo siguieran y cabalgó hacia el lado opuesto del frente.

De pronto, el progresivo repliegue cesó. Es más, los legionarios volvieron a avanzar. Hasta entonces, Quinto, como todos sus compañeros, no había hecho más que retroceder, cuidando sobre todo de sustraerse a las agresiones y los asaltos de aquellas fieras feroces. Había asestado algunos golpes, de vez en cuando, y no todos en vacío. Pero la multitud que lo rodeaba y la presión a que era sometido no le permitía ver si también había sido eficaz. Por lo que sabía, en la confusión podría haber golpeado incluso a un camarada.

Nunca creyó que llegaría a percibir tal número de olores. Ni siquiera en la Suburra, en los momentos de mayor afluencia. Una bocanada de sudor, un aliento que sabía a vino, a cerveza, a hidromiel o solo a dientes podridos, incluso efluvios de heces y orina, se alternaban continuamente, embistiéndolo con la misma frecuencia con que chocaba con el cuerpo de alguien, no sabía si muerto o vivo, si romano o bárbaro.

Luego, la presión frontal, que lo había empujado cada vez más atrás, había sido contenida por una presión igualmente fuerte, que lo empujaba esta vez hacia delante. Y después de algunas ondulaciones, el ejército romano había vuelto a avanzar. La intervención de la reserva había dado un nuevo impulso a los legionarios de las primeras filas, abatidos o empujados solo por la desesperación, y la suerte de la batalla en el ala izquierda se había invertido.

Pero la refriega era siempre cerrada, y Quinto no conseguía ver más allá de los colosos y los escudos que lo rodeaban de cerca. Cuando se empezaron a crear algunos espacios a su alrededor, se dio cuenta de que estaba entre los carros enemigos. Algunos legionarios los volcaban, ya fuera para ver qué había dentro, ya fuera para liberar el camino y perseguir a los germanos que los habían superado.

Fue más allá también él. Traspasó a un germano subido a un mulo enganchado a un carro, luego partió el yugo y subió él mismo sobre el animal. No era un caballo, pero serviría para su propósito: estar entre los primeros en la persecución de los fugitivos. Acaso de los fugitivos más importantes.

César necesitaba capturar a Ariovisto. Así lo había declarado la tarde anterior a todos los legados, y estos habían transmitido la orden a los cuestores, los tribunos y los centuriones. Una vez iniciada la fuga de los germanos, el objetivo era la captura del rey, en esto el procónsul había sido claro. Ni siquiera tomó en consideración una posible derrota, sino solo la posibilidad de que Ariovisto pudiera salirse con la suya.

Así, cuando se dio cuenta de que la intervención de la reserva había determinado la victoria romana, Tito Labieno montó a caballo. Luego alcanzó de nuevo a Craso y le ordenó que lo siguiera con toda la caballería. Destino: el Rhenus, donde, en efecto, confluían los fugitivos con la intención de atravesarlo y ponerse a salvo en territorio germánico.

Ante sí veía a muchos jinetes bárbaros que cabalgaban hacia el río. Entre estos, podía estar el soberano. Pero también veía guerreros a pie, perseguidos por los legionarios, y carros: carros llenos de gente, lanzados en una loca carrera hacia la salvación, como en una competición de cuadrigas, con las bestias de carga azotadas hasta provocar que sangraran.

No pensaba que Ariovisto fuera un cobarde o que hubiera sido presa del pánico. Simplemente, el rey meditaba una revancha y, después de perder las esperanzas de victoria, había ordenado un repliegue para preservar al máximo la integridad de su ejército. Pero había actuado tarde: los romanos, sobre todo del lado de César, habían avanzado demasiado, y la retirada se había transformado de inmediato en una derrota, y el combate en una masacre. Muy pocos guerreros germanos llegarían vivos a las riberas del Rhenus.

Entrevió el río en el horizonte. Más que nada, dedujo la presencia de la fila de siluetas humanas que se extendían en línea recta delante de él: eran los prófugos, que se iban amontonando a lo largo de la orilla. Y quizá también los primeros romanos que habían llegado, probablemente empeñados en aprovechar la barrera del río para acabar con cualquiera que se pusiera a tiro.

Esperó que Ariovisto siguiera ileso. En el frenesí, los legionarios habrían podido tomarlo por cualquier otro noble germano y matarlo sin plantearse ni siquiera su identidad. Si había un momento en que los legionarios olvidaban las órdenes, era el de la persecución: entonces, sobre todo entonces, sus pulsiones más bestiales, sus instintos de revancha, las tensiones acumuladas antes y durante la batalla los convertían en fieras despiadadas sin raciocinio alguno. Con mayor razón en aquella circunstancia, después de haber temido durante tanto tiempo al enemigo.

César, en cambio, quería prisioneros: le caían bien aquellos germanos, y deseaba reclutar a los mejores y más valientes como auxiliares de caballería. Estaba seguro de que le serían muy útiles en los años venideros. En perspectiva, los consideraba mucho más fiables que los celtas: había una gran diferencia entre quienes estaban ligados a Roma y se veían obligados a combatir por ella, y quienes, por el contrario, pertenecían a un pueblo libre. Al menos, de los germanos reclutados como mercenarios no debería temer traiciones y rebeliones.

Pero, entre tanto, había que inducirlos a rendirse. Y no sería fácil. Parecía que preferían huir o morir, antes que entregarse a los romanos.

Quinto no sentía ninguna vergüenza cabalgando un mulo. A fin de cuentas, era él quien perseguía y esto le daba ventaja sobre todos sus camaradas. Una ventaja que pretendía aprovechar para procurarse más méritos que cualquier otro recluta.

No miraba hacia delante. Desplazaba la mirada ora a la derecha ora a la izquierda, y cada vez que localizaba a un fugitivo, fuera guerrero, mujer o niño, hacía desviar al mulo y lo agredía, asestándole un mandoble. Golpeaba siempre, oía un alarido de dolor, pero nunca se detenía a ver si había matado a su víctima. Sabía que no debía hacerlo, que era inútil, peor aún, perjudicial para su propósito principal, pero al mismo tiempo sentía la necesidad: era el único modo de descargar la tensión acumulada en aquella jornada, y también en las anteriores. Si no lo hubiera hecho, quizá habría enloquecido.

De pronto, divisó el Rhenus. Una amplia extensión de agua apareció frente a él en cuanto levantó la mirada, hasta entonces extendida a la búsqueda de presas. Nunca había visto un río tan grande, tan ancho. Apenas entreveía la otra ribera, delimitada por un denso boscaje y nada más.

Por otra parte, había un gran movimiento en la orilla que se disponía a alcanzar. Algunos romanos lo habían precedido. Los veía incluso bajar de los carros. Pero los germanos, combatientes o no, aún tenían una superioridad numérica, y de lejos. Muchos cadáveres ya se amontonaban a lo largo de la ribera o flotaban en el agua. También vio algunas barcas en la orilla, poco más allá del límite del río. Algunos habían conseguido ponerlas en el agua y subir encima antes de que los romanos se lo impidieran. Un grupo de heduos cabalgaban a lo largo de la orilla, empuñando la espada, decapitando a los que aún empujaban una balsa al agua. De todos modos, la embarcación se alejaba de la costa, pero sin nadie a bordo.

Quinto pensó que debía hacer su contribución para obstaculizar la fuga de los germanos. Sobre todo, había que matar: aunque las órdenes fueran hacer prisioneros, era mejor un germano muerto que uno libre más allá del Rhenus, donde siempre habría podido volver. Y era también una excelente excusa para continuar descargando la tensión. Además, mientras los romanos estuvieran en inferioridad numérica, por lo menos entre los combatientes, hacer prisioneros no solo era imposible, sino también peligroso.

No prestó atención a los blancos. Hundió el gladio en todo lo que se movía. Pocos se defendían. Notó que los guerreros tendían a converger todos sobre un único punto.

Empezó a imaginar por qué.

VIII

Ariovisto tenía dos esposas, una sueva, que
había traído consigo de Alemania, y la otra
nórica, hermana del rey Voción, a la que había desposado en la Galia, enviada por su
hermano: ambas perecieron en aquella fuga.
Dos hijas: de estas, una fue muerta y la otra
capturada.

CÉSAR,
De bello gallico, I, 53

Había un apéndice de la batalla en curso. Y se desarro-
llaba en la ribera occidental del Rhenus. Por doquier, a lo
largo de la orilla, los germanos solo intentaban escapar
de la furia de los perseguidores. Pero en aquel punto, los
guerreros se habían alineado. Para proteger del embar-
que de algún pez gordo, como era evidente.

El más gordo.

Los germanos habían creado dos filas de guerreros,
perpendiculares al río, un corredor dentro del cual podían acoger al rey. Filas espesas, cerradas. Había que es-

perar a más soldados para tener la potencia de choque necesaria para romper aquella barrera. Tito Labieno no pudo más que aguardar. Frenó a sus heduos. Incluso cuando vio llegar a un convoy escoltado: jinetes y dos carros más grandes que los otros.

Ariovisto.

Detrás del convoy, otros jinetes. Pero romanos, o, mejor, galos. Eran los senones de Drapes.

Labieno decidió interponerse entre el corredor y el rey. Hizo señas a los heduos para que lo siguieran. Cabalgó hasta la embocadura del canal humano, tratando de crear una barrera. No funcionó: los jinetes germánicos que hacían de escolta al rey no detuvieron su carrera y, simultáneamente, los guerreros ya alineados impidieron que los romanos mantuvieran cerradas las filas, molestándolos desde atrás. Los hombres del legado no ofrecieron una oposición eficaz: muchos fueron obligados a desplazarse, algunos incluso arrollados. Ariovisto y los suyos, seguidos por los dos carros, se introdujeron en el corredor.

No todo estaba perdido, pensó Labieno. Desde los flancos estaban llegando otros romanos, legionarios que acudían al río en otros puntos y que ahora convergían en el lugar de la batalla. Y, además, eran los perseguidores: galos, romanos, jinetes e infantes. No estaba claro que aquel corredor aguantara. Sin embargo, a Ariovisto le bastaba con resistir un poco: el tiempo suficiente para que pudiera embarcarse con su familia.

Labieno vio que estaba llegando también César. Mejor así: los hombres se empeñarían al máximo para procurarle, ante su mirada, este último laurel.

Un muro de escudos. Todavía un muro de escudos. Y, esta vez, aquellos germanos iban a vender cara la piel para salvar a su rey. César tuvo un gesto de ira cuando vio a Labieno casi desmontado y arrollado por la escolta real, que había entrado con ímpetu en el corredor de guerreros que llevaba al río.

Miró a su alrededor en busca de otro oficial al que pudiera confiar el asalto. Vio a Cayo Crastino. Entre los centuriones, era del que más se fiaba. Sin perder tiempo para hacerlo llamar, galopó directamente hacia él.

—Cayo Crastino, ¡bloquéame al rey y te hago rico! —le gritó para atraer su atención—. Agarra una centuria y trata de romper el muro de escudos hasta el fondo, justo sobre la ribera.

El centurión no vaciló ni un instante. Empezó a reunir hombres y, cuando consideró que tenía suficientes, los alineó en forma de cuña, se puso a su cabeza y apuntó decidido hacia allí donde el agua lamía los tobillos del último bárbaro alineado para proteger el convoy real.

Tito Labieno comprendió enseguida qué había que hacer. Ordenó a los jinetes que siguieran acosando a toda la columna bárbara, luego reunió a su vez un centenar de hombres, bajó del caballo y los condujo contra los germanos, a la misma altura de la cuña de Cayo Crastino, pero del lado opuesto.

Un ataque en pinza hacia el mismo punto del corredor. Como dos hojas que confluían para cortar una articulación.

Quinto Labieno se encontró en la columna liderada por su padre. Pensó, divertido, que su padre ni siquiera lo había reconocido. Pero estaba también furioso: había visto frustrados sus esfuerzos por llegar primero, y ahora sería uno de los tantos participantes en la captura del rey germánico.

Si lo capturaban.

Salpicaduras de agua se levantaron de repente bajo el ataque concéntrico de las dos columnas romanas. Con perfecto sincronismo, las dos cuñas embistieron el muro paralelo de escudos, lo sacudieron, lo hicieron ondular, pero no consiguieron quebrantarlo.

Y, mientras tanto, César veía los carros del rey acercándose a la orilla. Y a las barcas que representaban la salvación.

Crastino, por una parte, y Labieno, por la otra, ordenaron a sus hombres que se replegaran. Lo hicieron al mismo tiempo, no porque pudieran comunicarse, sino porque era lo único que podían hacer.

Era necesario un nuevo impulso. Y un nuevo choque.

Otros legionarios se sumaron a las dos cuñas. El impacto esta vez sería más masivo. Tampoco los germanos podían reforzar el sector sometido a ataque: todos los demás componentes del muro estaban bajo presión gracias a la caballería auxiliar de Diviciaco y Drapes.

Las dos columnas de ataque no partieron en el mismo instante. No podían verse ni coordinarse. Se movió primero Crastino: un nuevo impacto, de nuevo sin resultado. El asalto de Labieno llegó demasiado tarde para hacer eficaz el del centurión. Pero esta vez nadie se replegó. Los romanos permanecieron encima de los germanos, intentando quebrantar las sólidas defensas. Parecía imposible que aquellas dos filas paralelas de germanos, ahora rodeadas por miles de romanos y con el río sobre el flanco, no cedieran ni un paso. César, mientras, se estremecía. Ariovisto había alcanzado las embarcaciones. Si aún no había subido era porque esperaba a los demás en los carros, probablemente a los miembros de su familia: sus dos esposas, una germánica y la otra celta, y sus dos hijas.

La presión romana solo había restringido el corredor, obligando a los germanos a estar espalda contra espalda. Esto, al menos, demoraba la carrera hacia la salvación de la familia real. El convoy se encontró partido en varias secciones, con los mismos guerreros bárbaros obstruyendo el paso. Y el tiempo trabajaba a favor de los romanos.

Pero Ariovisto estaba cerca de las barcas. Labieno había creído verlo entre la selva de cabezas que se interponían entre él y el lecho del río. Se preguntó qué podía hacer para detenerlo.

Una sola posibilidad. El ejemplo. Siempre el ejemplo.

Pegó una patada al cadáver de un legionario delante de sus pies, haciéndolo rodar a los pies de los germanos. Tomó impulso y en tres pasos se colocó sobre él. Luego hizo una especie de zambullida hacia delante, que le permitió pasar por encima de los escudos de sus adversarios e incluso de sus cabezas. Cayó justo en medio del corredor.

Solo podía esperar que los otros lo imitaran. O que atacaran de inmediato a los germanos impidiéndoles darse la vuelta y reducirlo a papilla.

Quinto vio a su padre volando sobre las cabezas de los germanos y desaparecer en el interior del corredor. No podía creerlo. A tanto podía llegar el valor de un hombre. Y aquel hombre era su padre, por añadidura. Deseó no ser menos, deseó salvarlo, deseó que todos lo admirasen y temiesen como a Tito Labieno. Se abrió paso entre los camaradas más adelantados, tiró al suelo a un legionario, montó encima de él de un impulso y, en un instante, se encontró también más allá del muro de escudos.

Sorprendentemente, los germanos no la habían tomado con su padre, ni tampoco estaban haciéndole demasiado caso. Todas sus fuerzas se dirigían a intentar mantener a raya a los legionarios en el exterior. Quinto se levantó y trató de atraer la atención de Tito. Quería hacerse reconocer, más que nada. Vio a su padre atravesar por la espalda a un bárbaro. Temió distraerlo y decidió dejarlo pasar. Ariovisto debía de estar poco más allá de su posición. Miró hacia el río: había algunos hombres en torno a las barcas, pero no parecían tener la intención de zarpar. Miró del lado opuesto: germanos, solo germanos, y un carro con algunas mujeres.

Claramente, era el carro que estaba esperando Ariovisto.

No lo dudó más. Se encontraba allí para quitar ladrillos de aquel muro impenetrable. Apuntó el gladio hacia la espalda de un germano concentrado en los asaltos externos. Pero antes de hundirlo un peso terrible le llovió encima. Se encontró otra vez en el suelo, y miró hacia su costado. El hombre que le había caído encima era un romano. Aún tenía puesto el yelmo. La cresta estaba atravesada. Un centurión: había visto volar a Labieno y había decidido imitarlo.

Cruzaron sus miradas.

Cayo Crastino.

¡Maldición, se lo encontraba siempre al lado! Crastino le sonrió y después hundió el gladio en su dirección. Por instinto, Quinto amagó con apartarse, pero luego se dio cuenta de que el golpe, que había dado en el blanco, estaba destinado a un germano que había abandonado su posición para dedicarse a quien había entrado: su *framea*, apuntada hacia el costado del joven romano, cayó al suelo de inmediato después de la estocada de Crastino.

Quinto se sintió en el deber de decir algo al oficial que le había salvado la vida por segunda vez. Pero aquel volteó enseguida hacia la espalda de otro bárbaro. Lo atravesó en el momento en que, sobre la lanza del germano, apuntada hacia lo alto, se desplomaba un legionario, cuyo salto a imitación del centurión había sido demasiado corto.

Quinto dejó de dudar: atravesó también él a un germano entre las escápulas, luego a otro. Era incluso demasiado fácil: mientras estuvieran empeñados frontalmente, los bárbaros no podían reaccionar a los ataques por la espalda.

Los romanos empezaron a penetrar en el corredor sin necesidad de saltar sobre los germanos. Pronto ya no hubo espacio entre las dos columnas de bárbaros, que, en el sector junto al río, fueron sustituidas por una refriega indistinta entre las dos formaciones. Quinto vio que el camino hacia el río era inaccesible. Pero no para los carros. También allí había gente a la que era preciso capturar.

Se arrojó contra los carros, en torno a los cuales arreciaba más intenso el combate. Una nube de guerreros constituía su cinturón protector. No eran los componentes del corredor, que ya no existía, sino la escolta real. Los guerreros más valientes, de físico más imponente y más hábiles en el uso de las armas. Combatían como furias, haciendo girar las espadas y usando los escudos para rechazar a los romanos, cada vez más numerosos.

No importaba. Era hora de salir de las filas del anonimato. Era hora de construirse una reputación. Era hora de arrancar vidas que contaran.

Era hora de hacerse temer por todos. También por sus camaradas.

Ortwin sabía que había terminado. Era inútil cortar cabezas y articulaciones, inútil abrir la panza de los romanos, inútil rechazar sus asaltos. Por más legionarios que matase, otros tantos, si no más, llegarían a atacarlo inmediatamente después.

Y era inútil tratar de salvar a las mujeres de Ariovisto: él y sus compañeros ya no conseguirían abrirse camino hacia el río, donde el rey, con encomiable coraje, se demoraba en zarpar para poder poner a salvo a su familia.

Habían huido demasiado tarde del impetuoso contraataque enemigo. Hasta el final, el rey había esperado ganar la batalla, y solo cuando todo estaba perdido había decidido replegarse más allá del Rhenus. Y con ello no había conseguido poner entre sí y los perseguidores un espacio suficiente que le garantizase la salvación.

Pero él no dejaría que las mujeres de Ariovisto se convirtieran en esclavas de los romanos sin derramar hasta la última gota de su energía. Si debía morir, entonces moriría con honor, con la conciencia de haber servido de la mejor de las maneras a su rey, que le había confiado la integridad de su familia.

Ortwin atravesó el cuello de un legionario que blandía el gladio frente a él, lo levantó usando su larga espada como palanca y lo arrojó sobre otro romano que lo seguía. Inútil. Dos enemigos ya estaban encima de él por el lado del escudo. Los rechazó con un poderoso empujón. Inútil. Los golpes recibidos habían agrietado el artilugio: se rompería de un momento a otro.

Oyó las voces de las esposas de Ariovisto que incitaban a los guerreros. Inútil. Los hombres iban cayendo uno tras otro, aplastados por la presión de los romanos, y sin conseguir adelantar los carros un solo paso. Y el número de los enemigos aumentaba por momentos. Aprovechó su altura para ver más allá de los yelmos de los adversarios. Ahora la formación de los romanos se extendía hasta donde llegaba la vista: parecía que todo el ejército de César se había trasladado sobre las riberas del Rhenus. Por el contrario, se veían pocos germanos vivos: reunidos en pequeños grupos atrincherados detrás de sus escudos, estaban destinados a ser aniquilados por los enemigos que los rodeaban.

Dio un paso atrás para sustraerse de una estocada más eficaz que las otras. Fue a dar contra el costado de un carro. El escudo, ya partido en dos, se le cayó al suelo. Por instinto subió al vehículo, aferrándose al parapeto con el brazo izquierdo. En precario equilibrio, siguió manteniendo alejados a los legionarios agitando la espada con el otro brazo.

Otros guerreros lo imitaron. En poco tiempo, los laterales de los carros estuvieron todos ocupados por combatientes llenos de heridas y cubiertos de sangre. Entonces los romanos más cercanos, ante el sonido del corno, se detuvieron de repente. Se alinearon el uno al lado del otro, con los escudos cerrados, en varias filas profundas. Ortwin entendió cuál era su propósito. Miró a su alrededor: una ilimitada extensión de cadáveres cubría el terreno desde el río hasta el interior en un radio de centenares de pasos. Miró hacia el Rhenus. Buscó a Ariovisto. Vio que los romanos perseguían una embarcación, en el agua, lanzando imprecaciones, arrojando jabalinas, en vano.

Aguzó la mirada. Ariovisto había zarpado. Incólume.

Volteó. Observó la expresión feroz de la esposa germánica y de su hija, que se habían asomado por la cobertura de cuero para seguir el combate. Y pensó otra vez en la fuga del rey. No, quizá no era una fuga, sino solo algo necesario. Fuera lo que fuese, sintió que se le subía a la garganta un nudo de decepción.

Oyó de nuevo el sonido del cuerno. Miró a los romanos que tenía delante. El oficial con la cresta atravesada acababa de dar la orden.

Respiró hondo y se dispuso a sostener el choque.

Cayo Crastino necesitaba a los más robustos en primera fila. Había que volcar los carros y se requería potencia, ante todo. Pero Quinto se había abierto camino a codazos para adelantarse a los otros, y al final se había encontrado también él en primera fila. Nadie le había disputado el puesto: a sus camaradas no les importaba correr el riesgo de hacerse aplastar entre los laterales de los carros y los compañeros que los seguían en el asalto.

El centurión ordenó el avance y encabezó él mismo la fila. Corrieron todos con los escudos bien pegados al cuerpo, poniéndose de perfil a medida que se acercaban al objetivo. Poco antes del impacto, Quinto puso rígida la parte izquierda del cuerpo, apretó con fuerza el escudo y luego cerró los ojos. Cayo Crastino le había dicho que mantuviera las rodillas levantadas para permitir que el escudo hiciera palanca sobre el lateral del carro.

Fue como chocar contra un yunque golpeado por un martillo. En un impacto entre formaciones, el adversario contra el que se luchaba, por más que estuviera fuertemente armado, siempre terminaba cediendo. Había en todo momento un mínimo de juego que permitía absorber la ola de los compañeros. Nada de esto podía ocurrir contra una superficie rígida como la de un medio de transporte. Quinto se sintió arrollado por los camaradas. Casi tuvo la impresión de que eran ellos los que lo hacían estrellarse contra el carro.

Se sintió casi ahogado. Sin embargo, después de algunos instantes se dio cuenta de que no había chocado contra la madera. Algo mullido había atenuado el golpe.

Carne.

Lo que había oído partirse, quebrarse ante el impacto, no eran las tablas ni las vigas del carro.

Eran huesos.

Los huesos de aquellos indómitos guerreros que aún rodeaban los carros, y de aquellos que estaban montados encima de ellos.

Una lluvia de sangre roció los escudos de los romanos. Hombres machacados contra los costados, devastados por el choque, desmembrados por el aplastamiento. Los bárbaros, solo un momento antes colosos indestructibles, se rompieron como los carros que habían ceñido con sus cuerpos estatuarios. Bajo el poderoso impulso producido por el esfuerzo común de los legionarios, los carros, destripados, se volcaron, chafando a los germanos que se encontraban en el lateral opuesto, o al menos a aquellos que no consiguieron escapar a tiempo.

Como los demás participantes en el asalto, Quinto se encontró sobre lo que quedaba del costado del carro, ahora tumbado sobre el terreno. La carcasa del vehículo envolvía con sus tétricas espiras cuerpos machacados y legionarios aturdidos. En torno, estruendo de armas: los germanos supervivientes y no implicados en el vuelco de los carros seguían oponiendo resistencia.

Intentó desplazarse: una viga partida le presionaba en el costado. Los huesos le dolían, y se dejó caer de nuevo. Inmediatamente después se sobresaltó: delante de su rostro había una cabeza. La cabeza de una mujer. La mitad del rostro se le había deformado por la colisión, y profundas grietas en la piel dejaban entrever la carne viva.

Horrorizado, Quinto apartó la mirada, que fue a posarse en los caballos aún enganchados al carro, tendidos sobre un costado. Estaban vivos, relinchaban y pateaban peligrosamente en el inútil intento de levantarse y liberarse. Una pezuña llegó a tocar su yelmo.

Pero lo que atrajo su atención no fueron los caballos, sino el cuerpo de una mujer que yacía junto a ellos.

Estaba de espaldas sobre el terreno. Aún se movía. Apoyaba los codos en el suelo tratando de levantarse.

Pero incluso aunque hubiera tenido éxito en su intento, difícilmente habría podido evitar una de las patas del caballo más cercano.

Era una empresa con la que podría distinguirse. Todas las mujeres de la familia real, probablemente, habían muerto en el vuelco de los carros. Todas, salvo aquella.

Quinto actuó impulsivamente. Controló que aún tuviera un agarre firme sobre el propio escudo, luego aferró otro: era de un germano que ya no lo necesitaba. Avanzó a gatas hacia la mujer, usando un escudo para protegerse de las pezuñas de los animales. Sintió llegar los primeros golpes. Eran fuertes: al menos le abollarían el yelmo, si lo alcanzaban, y correría el riesgo de sufrir una lesión en la cabeza.

Se encontró justo al lado de las patas posteriores de la bestia. Los golpes se hicieron más potentes. Cruzó los brazos y superpuso los dos escudos para resguardarse, luego se impulsó con las piernas hasta la mujer. Ella seguía boca arriba. Todavía intentaba levantarse sobre los codos, pero el largo cabello, rubio y polvoriento, le caía sobre el rostro, impidiéndole ver a qué se enfrentaba. Cuando su cabeza estuvo al alcance de las patas enloquecidas del caballo, Quinto la protegió con el escudo.

Justo a tiempo. El animal pateó; el artilugio absorbió el golpe, pero se deslizó del brazo de Quinto, que sintió un dolor agudo en la articulación, doblada de manera innatural. El joven reunió la fuerza suficiente para empujar más lejos a la mujer, luego siguió haciéndola rodar sobre el terreno. Finalmente, consiguieron ir a un lugar seguro, a distancia de la bestia.

Miró a la mujer. Estaba despierta y lo observaba sin hablar. Sin expresión. Sin entender, quizá.

No era una mujer. Era una muchacha.

Muy joven.

Y muy hermosa.

Uncido a un yugo como una bestia de carga. Habría sido mejor morir, pensó Ortwin mientras lo arrastraban atado por el cuello con los otros prisioneros. ¿Por qué Wotan no había querido que muriese? No obstante, no había hecho nada, absolutamente nada por sobrevivir. Había sentido que los romanos, formados en testudo, se le echaban encima; lo aplastaron contra el carro, se volcó con él, se le cayó una viga sobre la cabeza y un gladio sobre el pecho, cerca de la axila. La hoja había penetrado un palmo y le provocó un ancho desgarro del que brotaba, copiosa, la sangre.

A pesar de todo, había empuñado la espada e intentado blandirla hacia el romano más cercano. Lo último que recordaba era haber sentido un entumecimiento en la mano, que lo había obligado a aflojar el agarre: la espada se le había caído, y el romano se había echado a reír. Luego, debía de haber perdido el conocimiento.

Sin embargo, no había muerto. Lo habían medicado y vendado, puesto de pie y atado a los demás prisioneros, otros guerreros en condiciones no mucho mejores que las suyas.

¿Qué motivos tenía para permanecer con vida?

Miró a su alrededor. Había otras filas de germanos que seguían a los romanos con la mirada apagada y los hombros hundidos, las ropas laceradas y el cabello desgreñado. Pasaban por encima de los muertos, sus muertos, sin prestar atención, sin mirarlos ni respetarlos.

Eran la imagen de la derrota.

Decidió que él no se comportaría así. Hinchó el pecho desgarrado, levantó el busto y caminó con el mentón alto, vigilando dónde ponía los pies y evitando cuidadosamente pisar los cadáveres.

No entendió adónde lo estaban conduciendo hasta que vio al procónsul. Estaba sobre su espléndido caballo casi blanco, la armadura dorada aún intacta, el manto ya no rojo escarlata, sino opaco por el polvo de la batalla.

César se quitó el yelmo y observó un largo rato a los prisioneros, en silencio. Buscó su mirada, uno a uno, como si quisiera escrutar dentro de ellos, leerles el ánimo. A diferencia de cuando lo había conocido, Ortwin ahora lo veía de abajo arriba, desde la posición del derrotado. Pocos días antes, en aquella colina, le había sostenido sin dificultad la mirada, si bien esos ojos oscuros y profundos no eran nada comunes. Esta vez le costó. La mirada del vencedor tenía una muy distinta intensidad.

Después de un examen que le pareció interminable, César se dirigió al intérprete galo. El mismo que había utilizado en el encuentro con Ariovisto. El celta refirió a los prisioneros lo que le había dicho el procónsul, dando por supuesto que todos los germanos, instalados desde hacía tiempo en la Galia, conocían su lengua.

—El procónsul les ofrece una gran oportunidad. Él reconoce su valor y su habilidad militar, y desea que se pongan a su servicio. Aunque Ariovisto se ha salvado, después de esta pesada derrota es improbable que pueda amenazar de nuevo a la Galia. Ya no encontrará a tantos guerreros dispuestos a seguir a un perdedor. César les propone, por tanto, que sigan a un jefe vencedor, capaz de asegurarles, si así lo merecen, los privilegios y la riqueza que su comandante ya no puede ofrecerles.

»El procónsul necesita jinetes de confianza que desarrollen para él la función de guardias de corps, y a los cuales tiene la intención de confiar tareas de gran responsabilidad. Al menos al principio, estarán bajo el mando de un prefecto romano, y tendrán una paga correspondiente a dos tercios de la de un legionario. En las ocasiones en que el procónsul lo estime oportuno, les será también consentido procurarse su parte del botín. A cambio, espera de ustedes fidelidad y disciplina contra cualquier enemigo al que tengan que enfrentaros por la gloria de Roma. Quienes acepten, levanten la mano y serán de inmediato liberados. Los guardias de corps de César no deben estar encadenados.

Ortwin miró a sus compañeros. Todos los germanos se miraron entre sí. Estaba claro que cada uno esperaba que otro fuera el primero en levantar la mano. Reflexionó. Como cualquier otro germano, nunca había seguido a un jefe perdedor. Un jefe, por añadidura, huido del campo de batalla mientras abandonaba a su familia. Sus esposas. Sus hijas. Sobre todo, a Veleda, por la que él, Ortwin, siempre tuvo predilección.

Hubo un tiempo en que había deseado distinguirse en la guerra solo para inducir al rey a elegirlo como esposo de Veleda. Su ilusión era conseguir elevar su rango solo por su valor. Más tarde, descubrió que para Ariovisto sus hijas servían para consolidar los vínculos con las tribus que tenía bajo control. Nunca lo habría considerado como un posible marido para Veleda. Así, se había limitado a admirar a la muchacha en silencio, permitiéndose, como máximo, un discreto juego de miradas que ella parecía secundar, aunque no sabría decir si por simple diversión o porque correspondía a sus sentimientos.

Pero, de un modo u otro, al final el rey se la había confiado. Como guardia de corps durante la fuga. Y él no había podido protegerla. Los otros guerreros le aseguraron que las esposas del rey habían muerto aplastadas cuando el carro había volcado. Había fracasado. Había fracasado en toda la línea.

En vez de responder a César, volvió a preguntarse por qué Wotan había querido mantenerlo con vida.

De pronto, la vio. Otra columna de prisioneros civiles. A la cabeza estaba ella, Veleda, escoltada por dos soldados romanos. A diferencia de los otros, no estaba atada. Sabían quién era, pues, y la trataban con la deferencia que correspondía a la hija de un rey.

Wotan le había respondido. Seguiría protegiéndola. Levantó la mano. Sus compañeros lo imitaron.

César tendría la escolta germánica que tanto deseaba. Y Veleda seguiría teniendo su personal guardia de corps.

Quinto Labieno estaba muy satisfecho de sí mismo. Lo estaba a tal punto que casi no hacía caso del brazo roto, que un médico le había entablillado. Nadie hubiera podido negar que su contribución había resultado decisiva para la victoria. Y había mantenido con vida al menos a un componente de la familia real. La sostenía con fuerza, a aquella muchacha. En aquel momento, hubiera deseado ser un bárbaro y poder considerarla parte de su botín personal. Nadie se la habría negado.

Pero sabía a la perfección que debía entregarla a los comandantes. Y ya que estaba obligado a hacerlo, tenía la intención de entregarla a su padre. Para estar seguro de que su empresa no fuera silenciada ante César. Mientras tanto, de todos modos, se cuidaba mucho de hacerse publicidad deteniendo a cada camarada que se cruzaba y pregonando sus presuntos méritos.

Y cada vez eran más grandes.

—¿Ves a esta? Creo que es la hija de Ariovisto. ¡Y la he

salvado yo! ¡Y es la única, en la familia real, que todavía está viva!

—¿Aún tienes el escudo? Quieres decir que no has hecho nada. ¿Sabes por qué ya no lo tengo? ¡Porque estaba en primera línea y un caballo me lo ha quitado, machucándome el brazo!

—¿Dónde estabas cuando casi hemos bloqueado a Ariovisto? Yo estaba entre los que han volcado el carro en el que estaban huyendo sus familiares. Es más, estaba en primera fila en la formación. Se puede decir que esos carros los he volcado yo...

—He matado a un montón de bárbaros. No está mal para un recluta en su primera verdadera batalla, ¿no?

—Pronto he perdido la cuenta de los germanos que he matado. Mi gladio se hundía con tal frecuencia en los cuerpos de los germanos que contar los muertos se ha convertido en una operación demasiado complicada. Dejo esos jueguecitos a los pusilánimes que liquidan a uno cada tanto...

—Incluso he desenganchado un mulo de un carro para llegar antes que el rey al río. No he conseguido alcanzarlo por un pelo. Ese cobarde corría más rápido que una liebre...

Algunos camaradas lo miraban con compasión. Sobre todo, los veteranos. Los otros reclutas, que habían permanecido en su mayor parte en la retaguardia y habían llegado al río cuando todo había terminado, reaccionaban de distintas maneras: algunos estaban bastante impresionados, otros incluso envidiosos, otros más visiblemente fastidiados.

Cayo Crastino fue a su encuentro. También tenía palabras para él.

—¿Ves, centurión? Has hecho bien en salvarme. Sin mí, difícilmente habrían podido detener a la guardia de corps del rey. Y luego mira: también he salvado a una hija de Ariovisto. ¿Quién de ustedes habría tenido las agallas de desafiar los cascos de los caballos para salvar a una desconocida?

Por lo que él sabía, en realidad podía ser una sirvienta de la familia real. Pero le gustaba pensar que era una princesa. En efecto, tenía la belleza y la arrogancia de una mujer de sangre noble. En ningún momento, desde que la había salvado, había gritado ni hablado ni llorado, y su expresión no era asustada.

Cayo Crastino no dijo nada. Dio otro paso hacia él. Levantó el *vitignum* y empezó a golpearlo, sin perdonar ni siquiera el brazo herido, hasta que Quinto se encontró de rodillas.

—Pero... ¿por qué me pegas después de haberme salvado la vida? —consiguió decir el muchacho tras recuperar el aliento. El instinto lo habría llevado a reaccionar, las fuerzas lo obligaron a permanecer de rodillas.

—Dos motivos —respondió el centurión—. Eres el más nuevo, y no eres capaz de ninguna discreción. Un montón de gente ha hecho tanto e incluso mucho más que tú en esta batalla, pero deja que sean los legados, los cuestores, los tribunos y los otros oficiales los que hablen de su valor. Tú no has hecho nada que no te hayan permitido hacer los otros. Deberías agradecérselo, en vez de sentirte superior.

Luego, el centurión aferró a la muchacha y se la llevó consigo.

—¿Y el segundo motivo? —preguntó Quinto, con un

hilo de voz, levantando la mirada sobre la muchacha, que lo observó con desprecio.

Cayo Crastino ya estaba a algunos pasos de distancia. Volteó:

—No he olvidado que me desobedeciste cuando dejaste los trabajos en el campamento. Tendrás incluso una corona cívica gracias a los buenos oficios de tu padre. Pero para mí eres un insubordinado que necesita un buen escarmiento. Y si no lo pienso yo, lo pensará algún enemigo, antes o después... El valor no cuenta nada, si está acompañado por la estupidez.

Quinto se quedó allí, de rodillas, mucho rato. No sabía decir si le hacían más daño los golpes que había sufrido, sobre todo en el brazo herido, o la humillación. La humillación ante los compañeros a los que había mortificado con sus fanfarronadas, y que pasaban a su lado, riendo, pero sin decir una palabra. La humillación frente a aquella muchacha a la que, en cambio, estaba convencido de haber causado impresión, salvándola.

La mirada de ella le había hecho aún más daño. No vio en ella ningún disgusto por lo que le acababa de suceder a su salvador. Ni tampoco indignación. Esto lo irritó. Él la había salvado. La había atendido, limpiado y tratado con respeto. Había procurado tranquilizarla, comunicándole con gestos que no le haría ningún daño. Lo había hecho también porque le gustaba, desde luego: el cuerpo menudo pero proporcionado y esbelto, ese rostro de rasgos delicados, la nariz estrecha y esculpida a la perfección, los ojos grandes y de un azul claro como el mar, que tanto contrastaban con las facciones duras de las demás mujeres germánicas, le habían impresionado, y mucho.

170

Y ella seguía ignorándolo. Como si no existiera. Bonito agradecimiento.

Se aseguraría de que ella se fijase en él. Se lo juró a sí mismo, y a los dioses.

IX

César, después de haber llevado a cabo en un solo verano dos grandísimas guerras, recondujo al ejército a los cuarteles de invierno, en el territorio de los sécuanos, un poco antes de lo que la estación requería, confió el mando a Labieno y partió hacia la Galia Citerior para celebrar las sesiones judiciales.

CÉSAR,
De bello gallico, I, 54

Tito Labieno llegó frente a la vivienda de Vesontio que César había elegido como *praetorium*. Una casa grande con muros de cañizos revestidos de arcilla. Quizá la había puesto a su disposición el vergobreto de los sécuanos. Como era obvio, no transmitía la misma impresión que una *domus* romana, a diferencia de los muros de las ciudades gálicas que, en cambio, resistían egregiamente la comparación con las fortificaciones en suelo itálico. Pero ahora aquella larga temporada bélica, caracterizada por dos duras guerras, había llegado a su fin. Pronto el procónsul se marcharía, y aquel edificio volvería a su legítimo propietario.

173

Tal vez César querría hablar de esto en la reunión a la que se estaba dirigiendo. Sabía que su comandante estaba ansioso por volver al sur de los Alpes. Oficialmente, para celebrar las sesiones judiciales en la provincia de la que era gobernador, la Galia Cisalpina. En realidad, para restablecer las relaciones con sus socios en Roma y reanudar los hilos de la política capitolina, que en parte —pero nunca del todo— había descuidado para poder construir su fama de gran caudillo.

Solo era finales del verano. Pero César ya había hecho bastante aquel año como para que quedase más que justificado un regreso anticipado a la provincia meridional. Ni sus más pertinaces detractores podrían cuestionárselo después de los éxitos obtenidos y el oro que había hecho llegar a Roma, tanto para el erario como, de forma extraoficial, para pagar favores de quienes consideraba que podían serle útiles.

Solo quedaba ver qué quería hacer con la parte de la Galia sustraída de la esfera de influencia germánica.

La presencia de dos guardias germánicos en la puerta de los alojamientos de César le arrancó una sonrisa. El procónsul no había perdido el tiempo: había encontrado enseguida el modo de emplear a los nuevos reclutas en tareas no estrictamente ligadas al campo de batalla. Labieno estaba seguro de que no era solo un modo de ponerlos a prueba: unos centinelas que aún no sabían una palabra de latín no podrían entender, ni espiar, lo que los comandantes planificaban en sus consejos.

Los dos bárbaros lo reconocieron de inmediato. Uno de ellos entró en la estancia de César y lo anunció, pronunciando su nombre de una manera gutural, que lo hizo sonreír de nuevo. Luego lo hicieron entrar.

Estaba solo César en la estancia, grande, despojada y austera.

Se asombró. Esperaba encontrar a una parte de los otros comandantes.

—¿No has convocado un consejo, procónsul? —preguntó, curioso.

—De hecho, sí. Los otros llegarán pronto. Pero antes quería hablarte en privado —contestó César, sin levantar la cabeza de las tablillas enceradas y de los papiros que estaba consultando.

Por una vez, sin Aulo Hircio. Menos mal, pensó Labieno.

—Quiero que sepas que te estoy muy agradecido por haberme permitido ganar la batalla. Sin tu prontitud habría sido difícil. Quizá imposible. Ya he dispuesto que una parte del oro que hemos hallado en el campamento de Ariovisto sea expedida a tus libertos en Roma.

Labieno estaba seguro de que se trataba de una cantidad ingente. César era generoso con quien lo satisfacía. Y con él siempre lo había sido.

—Solo he hecho lo que habrías hecho tú en mi lugar si te hubieras encontrado en primera línea —respondió, convencido—. Habías preparado la intervención de la reserva con sabiduría. Solo se trataba de activarla. El joven Craso ha sido muy rápido en alcanzarla.

—He aquí, es precisamente del joven Craso de quien quería hablarte.

¿Un ligero rastro de incomodidad en su voz?

—Tú sabes cuánto necesito el sostén de su padre. En este momento, por más que pueda parecer extraño, estoy mucho más seguro del respaldo de Pompeyo que del de

Craso. Mi yerno, según me dicen, parece enamorado de verdad de Julia, y no me perjudicaría de ningún modo. Craso, en cambio, está siempre con quien le conviene, y ahora que estoy empezando a saldar mis deudas con él, podría decidir que ya no precisa mi apoyo.

Labieno permaneció en silencio.

—Pues bien, ese hombre da mucha importancia a su reputación militar. La suya y la de su familia. Por eso, tengo la intención de valorizar mucho al joven Craso que, por otra parte, ha demostrado un notable talento militar. Y sería un buen principio si se corriera la voz de que fue él quien llegó a la reserva. En resumen, si se supiera que fue él quien nos hizo ganar la batalla, la vanidad del padre quedaría satisfecha y ya no habría necesidad de rogar al viejo Craso para tener su apoyo...

César esperó la respuesta de Labieno. Que no se hizo esperar.

—Entiendo. Puedes contar con mi discreción. Me basta haberte servido del modo que más te ha satisfecho.

No era del todo cierto: había dejado escapar a Ariovisto, y se sentía culpable por eso. César habría podido pedirle más, aprovechando su estado de ánimo.

—Bien. Que sepas entonces que en mis comentarios haré escribir a Aulo Hircio que fue Publio Craso quien nos hizo ganar la batalla. Ahora pasemos a otras cosas —dijo César, liquidando el asunto. En su corazón, Labieno le agradeció que no hubiera subrayado la fallida captura del rey. Y, como es natural, el premio, que consideraba inmerecido.

—Yo debo regresar de inmediato a la Galia Cisalpina. Quiero que tú asumas el mando de las fuerzas que dejaremos en la Galia libre. No podemos permitir que Ariovisto u otros reyezuelos germánicos intenten pasar de nuevo el Rhenus para aprovechar las discordias entre heduos y sécuanos. Yo tengo otros objetivos y no quiero estar haciendo de niñera de nuestros aliados el año próximo. Te quedarás aquí, en Vesontio, con cuatro legiones, mientras las otras dos estarán ubicadas en la Narbonense. Pero no deberás limitarte a esto.

Era obvio. De otro modo, no habría sido César.

—¿Qué tienes en mente para el año próximo?

Él podía permitirse preguntárselo. Y sabía que estaba entre los pocos que recibiría una respuesta sincera.

—Pronto los galos se cansarán de nosotros, como han hecho con los germanos, a los que, no obstante, habían llamado ellos. Y entonces recurrirán a la ayuda de los belgas, sus vecinos septentrionales. Pero no nos dejaremos sorprender por una revuelta sostenida desde el exterior. Mejor golpear primero. Naturalmente, con un pretexto, que tú deberás proporcionar.

—¿Debo idear algo o ya lo has programado todo?

Era una pregunta retórica. Con toda probabilidad, César ya había programado sus movimientos de allí a un quinquenio.

—No será difícil. Algunos procesos son inevitables una vez iniciados. Yo me llevo a los germanos, pero te dejo a los auxiliares celtas. Haz circular el rumor de que consideramos a los belgas una amenaza. Puedes estar seguro de que irán a referírselo de inmediato. Los belgas se movilizarán, constituirán una coalición y se dispondrán para una eventual guerra. En ese punto, tú me enviarás una carta, digamos a mediados del invierno. Yo no estoy dispuesto a pasar tantos años en la Galia con solo seis legiones. Necesito otras unidades. Tu carta me dará la excusa para enrolar al menos a un par, con o sin la aprobación del Senado. Después de lo cual, la guerra será inevitable. Igual que nuestra victoria, por otra parte.

Labieno habría deseado estar tan seguro de ello como César. Había oído decir que los belgas, y la nación de los nervios, en particular, eran guerreros valerosísimos. Coaligados, podrían constituir un verdadero peligro. Pero había algo divino en la aparente soberbia de César. Como si quien hablase no fuera él, sino la Fortuna, o Venus misma, que lo hubiera elegido como portavoz. De ser así, entonces realmente no podía fracasar.

Empezaron a afluir los otros comandantes. Primero llegó Aulo Hircio, con su habitual diligencia. A Labieno le pareció leer despecho en su rostro cuando lo vio con César: estaba seguro de que se consideraba el depositario de la confianza y los secretos del procónsul.

Luego llegaron sus secretarios, los legados, los tribunos y los primeros centuriones. Incluso Diviciaco y Drapes, los jefes de la caballería auxiliar, y el vergobreto de los sécuanos.

—Señores, después de estas dos grandes victorias, el ejército y sus valerosos comandantes se han ganado un reposo anticipado.

Estas fueron las primeras palabras de César. Labieno lo había imaginado: era un César distinto el que estaba hablando ahora. No el César calculador y cínico que sabía modelar el curso de los acontecimientos, sino aquel afable y generoso que sabía modelar a los hombres.

—Para muchos de ustedes, no es ni siquiera necesario que se sometan a largas marchas para alcanzar los cuarteles de invierno. Se quedarán aquí, en Vesontio, a fin de impedir que a los germanos se les ocurra volver. Solo la VII y la XI regresarán a la provincia. Pero estoy seguro de que todos pasarán un invierno tranquilo, reponiendo fuerzas y disfrutando de los frutos de las grandes gestas que han realizado por la gloria de Roma. Se deberán encargar también de gratificar a los soldados, dividiendo entre ellos el dinero y el oro que obtendremos de la venta de los prisioneros a los mercaderes de esclavos. Para ustedes, como es natural, ya he provisto con cuentas en Roma...

Luego se dirigió a uno de los *beneficiarii* que estaban sentados a su lado, a la espera de las habituales disposiciones. Habló en griego para que ni Diviciaco y Drapes lo entendieran:

—Tú escribe al vergobreto de los vénetos: «Noble...», infórmate de su nombre, «las inclinaciones comerciales de tu nación son loables y hasta admirables. Tu laboriosa actividad contribuye a hacer prosperar la Galia que se asoma al Océano, y esto solo puede hacer más civilizadas las naciones que mantienen con ustedes relaciones comerciales y se benefician de sus productos. Sin embargo, en la Galia se ha iniciado una nueva época. Una época en la que Roma tiene la intención de cuidar con más atención de sus intereses y los de sus aliados, que desde hace tiempo confían en su protección y pueden preciarse de su amistad. Por eso, espero que sus actividades no interfieran con nuestras exigencias y no provoquen trastornos que nos obligarían, antes o después, a hacernos cargo de manera activa de la estabilidad del sector del cual nos hemos hecho garantes. El procónsul de Roma, Cayo Julio César», etc.

Volvió a dirigirse a los comandantes.

—Sugiero que ustedes, los legados, mantengan una presencia discreta entre la población local, limitando cualquier exceso de los soldados. No interfieran en los procedimientos judiciales y procuren respetar, salvo que esto se oponga a los intereses de Roma, la autoridad de los magistrados locales. No pidan nunca contribuciones superiores a la indemnización por la protección contra los germanos, que estableceremos con el vergobreto de los sécuanos.

Se dirigió al otro secretario. De nuevo en griego:

—Escribe al vergobreto de los mediomátricos: «Noble... (infórmate sobre el nombre), Roma, en la persona de su representante, el procónsul de la Galia Narbonense, Cayo Julio César, quiere ofrecerles su amistad y protección. Sabemos que a menudo tu nación ha debido sufrir las prepotencias de sus vecinos tréveros, que tienden a aprovechar sus mayores recursos para sustraeros partes de territorio. Quiero que sepas que Roma está dispuesta a asegurar a tu pueblo ayuda y protección, siempre que lo consideres oportuno. Por tanto, acepta este don personal como señal de buena fe y confianza». Firma como de costumbre y acompaña la carta con una carga de oro de dos talentos.

¡Y bien programado que tiene el próximo quinquenio!, pensó Labieno.

—Eh..., César. Está la cuestión de la hija de Ariovisto...

Aulo Hircio se aventuró a intervenir:

—¿Queremos usarla como rehén para obligar a su padre a secundarnos?

—Dudo que su padre pueda hacernos ningún tipo de daño. No creo que sirviera de mucho —respondió César, con una cierta displicencia. No parecía un tema que le interesara.

—Entonces, démosla como esposa a algún pez gordo galo... —propuso Titurio Sabino.

César asintió.

—¿Por qué no? A fin de cuentas, es una noble. No tenemos necesidad de hacerla una esclava.

—¡Entonces la quiero yo! —gritó el senón Drapes.

Labieno no conseguía imaginar un marido más desagradable para aquella hermosa muchacha de mirada altiva. Además, era una ramita, en comparación con aquel energúmeno embebido en cerveza.

—No. Pienso que es oportuno darla a uno de los nobles sécuanos.

César se dirigió al representante de la nación que los alojaba.

—Elige tú cuál. Estoy seguro de que le placerá casarse con la hija del hombre que los ha subyugado.

El vergobreto de los sécuanos no tuvo nada que decir. Al contrario.

—Es un gesto de gran sensibilidad de tu parte, César. Yo mismo me encargaré de que tenga un marido digno.

—¡No es justo! ¡Los míos y yo hemos venido a combatir en esta guerra que no nos concernía en absoluto! ¡Merecemos un premio! —protestó Drapes, alzando la voz.

El tono de César, sin embargo, no cambió. Continuó siendo el mismo que había usado con el más afable sécuano.

—Puedes estar seguro de que tendrán un buen premio. César no olvida que lo han servido con fidelidad. Su aportación ha sido fundamental para la victoria, y hay oro asignado para ustedes.

Drapes no pareció satisfecho. Balbuceó algo, pero tuvo el sentido común de controlarse. Aquel hombre, antes o después, daría problemas, pensó Labieno. Y estaba seguro de que también César lo pensaba.

El procónsul, entre tanto, había vuelto a dictar cartas.

—Escribe al vergobreto de los remos: «Noble... (infórmate del nombre), como bien sabrás, Roma ha obtenido una gran victoria sobre los germanos del rey Ariovisto y los ha expulsado más allá del Rhenus, a sus tierras. Durante el tiempo que consideremos necesario, permaneceremos en los territorios de nuestros aliados para tutelar sus intereses y protegerlos de eventuales propósitos de revancha de los derrotados. Esto no debe inducir a las naciones de los belgas, y en particular a ustedes, los remos, que son los más cercanos, a temer cualquier intromisión de Roma en su esfera de influencia. Roma quiere vivir en paz, a menos que sea provocada. Es más, confío que mis legados podrán contar con tu plena colaboración en el caso de que cualquier amenaza pese sobre sus cabezas. A tal fin, quiero darte una prenda de la confianza que pongo en tu pueblo y te envío dos talentos de oro para que sepas que Roma los quiere entre los amigos, y no entre los enemigos». Firmado, etc.

Labieno volvió a sonreír para sus adentros. Siempre para sus adentros. Difícilmente su boca se ensanchaba en una verdadera sonrisa. El curso de los acontecimientos ya había empezado. Todo seguiría su curso inevitable. César ya estaba dividiendo a los belgas. Sí, esta estrategia ya era una media victoria. Era en realidad la Fortuna quien lo guiaba. O Venus.

O ambas.

La batalla. La cuenta de los caídos, los prisioneros y el botín. La convocatoria de César. El consejo de los comandantes. Había sido una jornada pesada, pero Labieno aún tenía que hacer otra cosa. Una cosa que habría hecho antes, si hubiera tenido la posibilidad. Todavía no había ido a comprobar el estado de su hijo.

Sabía que había sido herido. En el físico y en el orgullo. Se hablaba mucho de él entre la tropa. Y no demasiado bien, a decir verdad. Era preciso hablar con él. Era valiente, pero también impulsivo. Y César no apreciaba a los impulsivos. Tampoco él, en verdad. Menos todavía si se trataba de su hijo.

Entró en el campamento de la XII con determinación. Igual de rápido, alcanzó el *contubernium* de Quinto. Se preguntó si aún serían ocho. Muchas unidades habían sufrido pérdidas significativas. Sobre todo, aquellas situadas en la parte de la formación que había cedido. Se asomó a la tienda sin dejarse advertir. Contó cinco hombres. Pero Quinto no estaba.

—¿Dónde está Quinto Labieno? —preguntó a los legionarios, que estaban medio dormidos.

—Por lo que a mí respecta, haciéndose tragar por el Hades —respondió uno de ellos, y los demás hicieron muecas o gestos de desprecio.

No insistió. No era el momento. Salió y miró a su alrededor. El sol acababa de ponerse. Vio una silueta a pocos pasos de la tienda, enroscada sobre sí misma, sentada en el suelo, con la cabeza inclinada. Estaba jugueteando con un escudo que tenía apoyado sobre las rodillas. Parecía como si lo estuviera limpiando.

Se acercó. El brazo izquierdo estaba entablillado y vendado.

—¿Quinto? —susurró.

—¿También tú has venido a echarme la bronca? —respondió el muchacho.

Quinto estaba furioso. Enojado con todos. Con la muchacha, que no se había dignado a ninguna consideración. Con Cayo Crastino, que lo había humillado delante de todos y, en particular, de aquella bárbara. Con los camaradas, que no habían hecho nada por ocultarle su desprecio, empujándolo incluso a salir de su tienda. Hasta con su padre, que parecía ignorarlo, y también con César, que no le había dado ninguna oportunidad de distinguirse.

Había mostrado más valor que cualquier otro, y todos lo despreciaban.

Tal vez precisamente por esto. Estaban envidiosos. Sabían que no valían tanto como él y lo detestaban. Es más, lo odiaban. Sus empresas ponían en evidencia los límites ajenos. Incluso de César, que habría querido toda la gloria para él.

Cada tanto se decía que todo eran tonterías. Que quizá exageraba. Pero luego volvía a rumiar y era de nuevo presa de la frustración. Sobre todo, a causa de aquella muchacha. Había quedado en ridículo delante de ella. Cayo Crastino lo había humillado porque sí. Si no hubiera tenido el brazo dolorido ya habría visto aquel idiota. Tuviera el rango que tuviese.

No conseguía sacarse de la mente la mirada, distante e indiferente, con que la muchacha lo había dejado. Era evidente: estaba aturdida cuando la había salvado, pero bien despierta cuando había sido humillado. La impresión que se había hecho de él no debía de ser demasiado halagüeña. Y todo por culpa de Cayo Crastino.

No soportaba que hubiera ocurrido. No delante de

ella. ¿Había tenido que elegir el centurión precisamente aquel momento para castigarlo por una falta que había cometido dos días antes? ¿Una falta, además, que le había permitido ganar una de las condecoraciones más deseadas, la corona cívica?

Su pensamiento volvía con insistencia a la muchacha. Ni siquiera se le había ocurrido preguntarle el nombre. Ni decirle el suyo. Por supuesto, podría pedirle a su padre que intercediera por él y se la hiciera dar como esclava... en vez del premio en dinero, claro.

Justo estaba pensando en él cuando Tito Labieno se le apareció delante, emergiendo de repente de la oscuridad.

—¿Cómo va el brazo, ante todo? —preguntó su padre por toda respuesta a su provocación.

—¿Cómo quieres que vaya? Me lo he roto para brindar un servicio a César y a Roma, pero parece que no le importa a nadie... —se lamentó.

—Eres un estúpido. Debes aprender que la discreción y la sobriedad son esenciales en el ejército. Los dioses no soportan la soberbia, y la castigan, a menudo a través de los hombres.

—¿Ah, sí? ¿Y Cayo Crastino, entonces, sería el instrumento de los dioses? ¿Y César? ¿Cómo no castigan a César, que parece el más soberbio de los mortales? Ah, ya, para ti que le lames siempre el culo no es un mortal...

—Por lo que veo, has decidido hacerte detestar por todos...

—¿Por qué? ¿No es cierto que tú no haces nada si no te lo ordena César? Eres su recadero, lo dicen todos, en Roma y también aquí. No tienes voluntad propia: solo eres el brazo de la voluntad de César.

—¿Y si fuera así? Es mi comandante y mi patrono. Se

lo debo todo, y harías bien en respetarlo también tú. Es también tu patrono, además de tu comandante supremo. ¡Deja de buscarte problemas, de otro modo echarás a perder lo bueno que has demostrado que sabes hacer!

—No se puede tocar a tu César, ¿verdad? Pero ¿qué tiene de tan extraordinario? Ha venido hasta aquí solo por su ambición: lo decían todos antes de la batalla. Ahora, en cambio, todos los soldados proclaman que es un gran caudillo solo porque una lluvia de sestercios le caerá encima. Pero, entre tanto, si no fuera por ti, habría perdido la batalla, y aquí estaríamos contando otra historia. Admitiendo que aún estuviéramos vivos para hacerlo...

—Tú has dicho que solo hago lo que me ordena César. ¿No te estás contradiciendo? No habría hecho intervenir a la reserva si no lo hubiera planificado él. Ha ganado dos grandes guerras en pocos meses. ¡Claro que es un gran caudillo!

—No se construye una reputación de gran caudillo en pocos meses. Se necesitan años y años de victorias en varios frentes y no solo contra poblaciones bárbaras. Pompeyo, ese sí que es un gran caudillo. Ganó guerras por doquier desde que tenía mi edad. Preferiría mil veces combatir para él, antes que para César. Pero mi padre es el recadero de César, y tendré que estar siempre entre estos apestosos galos quién sabe durante cuántos años más...

—Has dicho bien —dijo con tono terminante Tito Labieno—. No se construye la reputación de caudillo en pocos meses. Como no se construye la reputación de gran soldado en pocos días. Por tanto, deja de hacer alardes y de jactarte de tus supuestas empresas. Más bien, trata de respetar a tus compañeros y superiores, si puedes. De otro modo, no combatirás durante mucho tiempo más «entre estos apestosos galos» ni en ninguna otra parte, te lo puedo asegurar. Y en la próxima batalla, no encontrarás a nadie dispuesto a cubrirte y protegerte frente al enemigo.

—En la batalla, no necesito que nadie me proteja...

Quinto sabía que había dicho una tontería, pero su naturaleza lo obligaba a tener siempre la última palabra, y no se le había ocurrido nada mejor.

De todos modos, su padre ya había dado media vuelta para marcharse. Pero había una última cosa que quería decirle.

—¡Espera! —le gritó Quinto. Aguardó a que se diera la vuelta—. Esa muchacha a la que he salvado... Es la hija de Ariovisto, ¿verdad?

—Exacto —respondió su padre, glacial.

—He aquí... Yo... Se dice que César distribuirá a los soldados premios ingentes por estas victorias. No me disgustaría tenerla como esclava...

Tito Labieno no dijo nada.

—...Acaso en vez del dinero. No pretendo ambas cosas. Aunque, con mis empresas... —y allí se detuvo. No era un tema que impresionara a su padre. No después de lo que Labieno le había dicho.

—César ha decidido dársela como esposa a un noble sécuano. Si quieres una esclava, elige una en el mercado de esclavos, cuando los prisioneros sean puestos en venta.

Y esta vez el padre se alejó de verdad.

¡Casada con un galo! Quinto se quedó rumiando, frotando cada vez más distraídamente el escudo, ahora reluciente, que había agarrado de un compañero muerto. ¡Ya no tendría la posibilidad de verla! ¡De demostrarle que era quien la había salvado, no el que se doblegaba de rodillas bajo los golpes de su superior!

De demostrarle que era un hombre.

No podía permitirlo. No soportaba la idea de que el recuerdo de su encuentro desapareciera de la mente de aquella muchacha. Ella lo había embrujado. Quizá fuera cierto que las mujeres germánicas tenían algunas virtudes particulares, la capacidad de entrar en contacto con los espíritus. Quizá le había hecho un maleficio. Lo había embrujado castigándolo a él, entre todos los romanos, por haber exterminado a su familia y haberla separado de su padre.

No podía tolerar su indiferencia. El odio, quizá, pero no la indiferencia. Y no podía tolerar haber quedado como un imbécil a sus ojos.

Pronto pondría remedio a todo esto.

X

...Y cuando muere el jefe de una familia de noble origen, si su muerte parece sospechosa, los
parientes se reúnen y someten a interrogatorio
a su esposa, como si se tratara de una esclava y,
en el caso de que resulte culpable, la matan después de someterla a la tortura del fuego y de
toda clase de tormentos.

CÉSAR,
De bello gallico, VI, 19

Veleda hubiera querido gritar. Sabía que su padre se
avergonzaría de ella, si dejara traslucir su desesperación.

«La hija de un rey debe mantener intacto el propio orgullo en cualquier circunstancia», le decía siempre. Pero
su padre, a fin de cuentas, la había abandonado. Las había abandonado a ella, a su madre y a su hermana, y de
pronto sus pretensiones le parecían ridículas.

¿O no? Aunque fuera la hija de un rey que no había
sabido estar a la altura del propio papel, continuaba
siendo una princesa de sangre real: también ella tenía un

papel. Sobre todo, con relación a sus súbditos. Miró a los dos compatriotas que los romanos le habían concedido como escolta hasta la casa donde iría a vivir, quizá durante el resto de sus días. Si se iba a dejar llevar por la desesperación, decidió, no sería delante de ellos.

Habían estado a su lado incluso durante la ceremonia nupcial: aquel absurdo e incomprensible ceremonial en el que había participado como espectadora, aunque era la protagonista.

Sobre todo, ese Ortwin —¿se llamaba así?—, que no la había dejado sola un instante. Parecía haberse tomado muy en serio su papel de guardia de corps que, en su día, Ariovisto les había asignado a él y a otros que ahora estaban muertos. Los vivos, por su parte, parecían haber olvidado que habían formado parte del ejército suevo, tan orgullosos estaban de acompañar al procónsul romano.

Ortwin no le había dicho nunca una palabra. Esto no significaba que la ignorase. Al contrario. La miraba a menudo, pero siempre desde lejos y con respeto. Lo había hecho también en el pasado, en realidad. Quizá debería hablarle ella, después de todo: en su nueva condición, no podía permitirse conservar la arrogancia a la que su familia la había acostumbrado.

Y, además, si no hablaba con él, ¿con quién podría hacerlo? Seguro que no con su esposo, cuyo idioma a duras penas conocía, y al que además había visto por primera vez durante el rito del matrimonio. Más tarde, había incluso desaparecido. Le había dirigido la palabra solo para explicarle que se reuniría con ella en casa, después del crepúsculo.

No es que estuviera ansiosa por conocerlo mejor. Era mucho más viejo que ella, gordo, su aliento apestaba a cerveza y tenía casi todos los dientes podridos. Hacía tiempo que se había resignado a la idea de que tendría que casarse con alguien sobre la exclusiva base de consideraciones políticas, y no esperaba ninguna satisfacción del matrimonio. Pero al menos habría querido que quien eligiera al marido fuera su padre. Difícilmente un galo, por añadidura siervo de los romanos, la trataría con el respeto debido a la hija de un rey.

Aún era la hija de un rey, pero de un rey derrotado. Además, de un rey que había acosado a los galos durante años. Era inútil hacerse ilusiones: su destino no sería muy distinto del de una esclava.

Era eso lo que le gustaría discutir con Ortwin. Habría querido desahogarse con él, buscar consuelo en sus respuestas y en aquella mirada cálida e intensa.

—Te agradezco que me hayas escoltado hasta aquí —fue lo único que consiguió decir al hombre que caminaba a su lado, siempre a una respetuosa distancia.

Ortwin pareció desconcertado. Lo cierto es que no esperaba que ella le dirigiera la palabra. Pasó un momento antes de que respondiera:

—Es un honor. Quisiera poder hacer más, pero ahora soy de César, y es él quien dispone por mí.

No le dijo que, en realidad, había pedido al prefecto que le dejara escoltarla durante todo el día del matrimonio para que no se sintiera de pronto abandonada.

La respuesta formal desilusionó a Veleda. De manera espontánea, lo provocó.

—¿*Ahora eres de César?* ¿Pasas de un amo a otro con tanta facilidad?

—Paso de un comandante al que ya no estoy en condiciones de acceder a uno que ha merecido mi estima —precisó él, en absoluto aludido.

A ella le disgustó que no lo estuviera. Era siempre tan serio, controlado... Insistió con las provocaciones, aun sabiendo que, de ese modo, hacía que la conversación tomara un giro del todo distinto del que necesitaba.

—Es solo una cuestión de dinero, sin duda...

Se arrepintió de inmediato, pero ya estaba dicho.

Ortwin no se descompuso. Ni respondió. Por otra parte, ahora su trayecto había concluido. Se detuvo, desmontó del caballo, ayudó a bajar a Veleda y la depositó con delicadeza en el suelo.

—Bien —repuso, al fin, el guerrero—. Hemos llegado. Mi tarea acaba aquí. Pero si necesitas ayuda en el futuro, no dudes de preguntar por mí.

No esperó a que ella se despidiera. Volteó, montó en la silla y se marchó, sin darle tiempo de articular una palabra o un saludo. Tampoco Veleda habría sabido qué decirle: estaba demasiado frustrada por su actitud respetuosa y distante para encontrar palabras más sensatas que las que había pronunciado hasta entonces.

Ortwin cabalgó de nuevo hacia la puerta de la ciudad. César estaba partiendo hacia la península Itálica y esperaba a su escolta germánica más allá del río. Justo a la altura de la entrada, notó a un romano tambaleándose, probablemente borracho. No llevaba yelmo, vestía la sencilla túnica roja de ordenanza y tenía un brazo entablillado. Le pareció reconocerlo: era el hijo del principal lugarteniente de César, Labieno. El que se jactaba de haber salvado a Veleda.

Debería agradecérselo, antes o después. Había hecho lo que le correspondía. No debía de ser un mal tipo, después de todo.

Cuando oscureció, Veleda empezó a añorar incluso la compañía de las dos esclavas que la habían lavado y perfumado. Estaba sola en la gran estancia que alojaba su tálamo nupcial. Le habían dado de comer y luego la dejaron a la espera de su esposo. Poco después, se presentaría aquel energúmeno y le arrancaría en definitiva su pasado, haciéndola mujer de un modo que, estaba segura, no le iba a gustar.

No era lo que había imaginado. Siempre temió que ocurriera en tierras extranjeras, pero estaba convencida de que se casaría con un rey y que su primer día en la nueva casa la pasaría como reina, no como reclusa ni, sencillamente, como una esposa cualquiera.

¡Qué abismo con los propósitos de sus padres! Cuando Ariovisto era solo príncipe de los suevos, la habían alentado a que pensase que llegaría a ser la esposa de otro importante jefe de tribu. Pero desde que su padre se había convertido también en el señor de una parte de la Galia, las perspectivas se habían ampliado hasta comprender, entre los posibles pretendientes a su mano, a los jefes de los belgas, los ilirios o incluso los britanos. En todo caso, había sido educada para ser la esposa de un jefe.

Su marido, en cambio, era solo un noble sécuano. Nunca sería importante, a menos que tuviera ambiciones. Pero ¿qué ambiciones podía tener un hombre tan viejo, y además sometido a los romanos?

No había comprendido ni su nombre.

Estalló en llanto, de repente. Solo lágrimas, nada de lamentos. Las había frenado mucho tiempo, en aquellos días difíciles, y ahora brotaban sin que pudiera hacer nada por detenerlas. *No quería* hacer nada. Si ya no era una reina, no importaba que se comportara como una mujer.

Descubrió que le hacía bien. Una sensación de bienestar la invadió por completo y la predispuso a un mayor optimismo: a fin de cuentas, no había sido vendida en el mercado de esclavos, como otras compatriotas supervivientes. Se secó las lágrimas, comprobó que aún llevaba el perfume y los ungüentos con los que la habían rociado. Se ajustó la elegante túnica que le habían hecho ponerse y se recostó sobre la cama, sosteniéndose con el codo y tratando de adoptar una pose atractiva.

Quería dar una buena impresión; quizá de esa manera su marido se enternecería y no la trataría demasiado mal. Y tal vez en un día no muy lejano llegaría a dominarlo y a convertirse en la verdadera señora de la casa. Y acaso él moriría pronto, y su belleza le permitiría desposar a un vergobreto. Nada le impedía soñar que se transformaba en señora de los sécuanos y así llegaba, si bien por vía indirecta, al papel que le correspondía por nacimiento y sangre.

Consiguió sonreír. Se sentía de nuevo fuerte. Si los dioses le habían reservado un destino distinto del que los hombres le habían preparado, lo afrontaría con aún mayor determinación: se trataba de alcanzar con la voluntad lo que, sin la derrota de su padre, no habría hecho nada por merecer.

Un rumor atrajo su atención. Un rumor, pero no detrás de la puerta. En la ventana.

No podía ser su marido.

Quienquiera que fuese, lo vio entrar. Con torpeza, el intruso saltó el alféizar de la ventana y cayó abajo, sobre la tierra del suelo. No parecía demasiado en sus cabales. Se levantó con esfuerzo. Tambaleaba. Veleda amagó con gritar, pero, precisamente mientras abría la boca, el hombre extrajo un cuchillo del cinturón, extendió la mano y le hizo señas para que no gritara.

La muchacha sabía distinguir las armas. Y aquello era un *pugio*.

Un puñal romano.

Los rasgos del hombre empezaron a delinearse. Y le resultaban familiares. Estaba aún preguntándose quién era cuando sintió que la aferraba por el cuello y la tiraba hacia abajo, de espaldas sobre la cama. Saltó sobre la cama también él. Le soltó el cuello, pero solo para ponerle el puñal en la garganta. El otro brazo parecía inmovilizado y estaba protegido por tablillas de madera. Sin embargo, entre gemidos de dolor y de esfuerzo, el hombre consiguió arrancarle el taparrabos y abrirle los muslos. Luego se desplomó sobre ella. La muchacha se sintió embestir por un aliento fétido. Vino. Debía de haber bebido bastante. Gotas de sudor del hombre cayeron sobre su rostro.

Empezó a sudar ella también. Del miedo. Sentía la punta del puñal clavándosele el cuello. La mano de él le apretaba el pecho. Luego sintió algo entre las piernas. Él toqueteaba entre los muslos, intentaba penetrarla, pero no lo lograba. La mano del hombre dejó el pecho. La sintió hurgando abajo, de un cuerpo al otro. Un dedo la penetró mientras con el resto de su mano el hombre intentaba prepararse para la verdadera penetración.

Veleda solo sentía dolor. Aquel dedo que cavaba dentro de ella, la presión del dorso de la mano y del miembro contra su pubis provocaba su rigidez, y más dolor aún. Él jadeaba, respirándole sobre el rostro, como un animal. Estaba demasiado cerca para poder verle bien la cara, pero seguía teniendo la sensación de que lo conocía.

Luego el dedo salió. Él entró por completo. Entró forzando, lacerando, excavando. Ella se sintió devastada desde el interior, como si una serpiente maléfica se le insinuara en el cuerpo. Y no pudo menos que gritar. Él apretó el puñal sobre su cuello. Quizá solo quería amenazarla, pero en el fragor no consiguió moderarse y la punta penetró en la piel en profundidad, cavó en la carne y se abrió una herida. La sangre se mezcló con el sudor, la desesperación con el dolor.

Una llamarada cálida se difundió dentro de ella, subiéndole en medio de las piernas entre punzadas de dolor. También allí, imaginó, la sangre se debía de estar mezclando con el sudor.

Luego fue él quien gritó. Un alarido ronco, bestial y ferino le resonó en el oído. Se sentía latir con violencia, latidos rítmicos, punzadas constantes, penetrantes, devastadoras, mientras él se abandonaba sobre ella, deslizando el cuchillo a lo largo del cuello y cortándole aún la piel.

Más lágrimas. Le brotaban espontáneamente, copiosas, y le bajaron por los pómulos, sobre el cuello, alcanzaron la sangre y confluyeron en el charco rosa que se había creado, como una aureola en torno a su cabeza.

La vista nublada solo le permitió distinguir la silueta de un hombre que abría la puerta, se detenía un instante en el umbral y se abalanzaba sobre ellos. Asistió como envuelta en un manto de niebla a la lucha encarnizada entre quien acababa de entrar y el hombre que la había violado.

Intentó secarse los ojos, pero continuaban colmándose de lágrimas. Los dos cuerpos estaban entrelazados. Uno tenía el cuchillo con el que la había amenazado y herido, y lo blandía agitándolo en el aire. El otro estaba desarmado y trataba de bloquear los brazos de su adversario. Se estrellaron contra las paredes, varias veces, rodaron sobre el pavimento, se levantaron, cayeron sobre la cama, junto a ella, que aún yacía de espaldas. Oyó sus rugidos de rabia, su jadear salvaje. Luego, de pronto, un rugido más fuerte.

Un rugido de dolor. Uno de los dos se desplomó sobre la cama. Algunos espasmos, largos suspiros, luego nada más. El otro se levantó despacio, se arrastró hasta la ventana, salió tambaleándose.

Veleda se irguió con esfuerzo. Se sentó al borde de la cama. Miró el cuerpo que yacía junto a ella. Se secó una vez más los ojos.

Era el hombre con el que se había casado. De su costado asomaba el *pugio* del hombre que la había violado.

Y, de pronto, le volvió a la memoria el rostro de aquel hombre. Recordó quién era. Lo reconoció.

Sintió la necesidad de gritar. Un grito largo, fuerte y desesperado.

Entraron las esclavas. La encontraron sentada en la cama, como atontada, en un charco de sangre, junto al cuerpo traspasado de su amo.

Quinto se despertó con un gran dolor de cabeza. Y los golpes del *optio* no contribuyeron a hacerlo sentir mejor.

—¿Qué esperas para levantarte? Tus compañeros hace rato que están de pie —le gritó el suboficial.

Se levantó con gran dificultad. Todo giraba a su alrededor, y el *optio* no parecía estar nunca en el mismo sitio.

—Se pusieron una buena borrachera ayer por la noche, ¿eh? Pero ya hace dos noches que se emborrachan, ustedes los *milites*. Que no vuelva a ocurrir —repitió su superior, ya en panoplia completa, la cresta sobre el yelmo y las dos plumas en el contorno.

—Yo... no me siento bien... —consiguió murmurar el joven, con la boca pastosa, la voz átona.

—Date prisa. Tu cohorte ya está alineada para la marcha. Hoy vamos lejos, hacia el Rhenus. Hay tensión en la ciudad, y tu padre, al que el procónsul ha delegado el mando en su ausencia, ha decidido no interferir.

—¿Qué ha sucedido? —murmuró. Su elocuencia no mejoraba.

—Parece que la hija del rey germano ha matado al sécuano con el que se acababa de casar. Según sus costumbres, los parientes la han condenado a ser torturada con el fuego y a morir en la hoguera.

Quinto empezó a recordar algo.

Luego lo recordó todo.

—Hoy no puedo estar en pie. Quisiera descansar —dijo al fin.

El *optio* vaciló un momento, luego respondió:

—No eres el único. Hoy marcharemos en filas reducidas. Pero mañana no quiero excusas.

Dicho esto, se fue.

Una verdadera suerte que no hubiera acudido directamente Cayo Crastino, pensó Quinto. El centurión no habría sido tan tolerante. Con nadie. Aún menos con él.

Una vez solo, trató de ordenar las ideas. ¿Qué había hecho? Había matado a aquel tipo, estaba seguro. Y antes la había poseído a ella. También de esto estaba seguro. Se llevó instintivamente la mano al costado. Luego miró a su alrededor, en la tienda. Solo estaban sus armas.

Estaba el gladio, estaban los *pila* y el escudo. Vio la loriga, el yelmo, las *caligae* y el *cingulum*.

Faltaba el *pugio*.

Los recuerdos se hicieron más nítidos. Lo había usado para obligar a la muchacha a ceder. Luego para defenderse del agresor. Por último, para matarlo. Y allí lo había dejado, en su cuerpo exánime.

Se estremeció. Esta vez la había liado gorda.

Se había comportado como un insubordinado, pero sin que esta vez derivase en un mérito para sí y una ventaja para el ejército.

Y encima, había salvado a aquella muchacha solo para condenarla.

Lo agobió el sentimiento de culpa. Lo había movido el deseo de demostrarle a aquella bárbara que era un hombre. Quería que no se olvidara de él.

Pues bien, no lo olvidaría durante el resto de sus días. Que por lo que parecía no serían muchos.

Recordaba haberle hecho daño. Haberla casi torturado con el puñal. Y solo para entregarla a otros carniceros que le harían cosas aún peores antes de matarla.

Pensó, por un momento, que el asunto ya no le concernía. Había cometido un error, de acuerdo. Es decir, más de uno. Pero, a fin de cuentas, él la había salvado. Si luego moría inmediatamente después, quería decir que los dioses habían decidido que, de todos modos, su destino estaba marcado. Si no hubiera estado borracho, sin duda no se habría pasado de la raya de aquella manera. La habría tratado mejor. Quizá incluso le habría confiado que se sentía atraído por ella hasta el punto de no poder quitársela de la mente. Y acaso ella se le habría ofrecido espontáneamente, sin necesidad de amenazarla.

Habían sido los dioses —sus dioses maléficos— los que lo habían reducido a aquel estado, que habían hecho de él un instrumento del destino.

No podía soportarlo. Saber que iba a causar la muerte de aquella muchacha entre los sufrimientos más atroces le volvería la vida intolerable.

Buscó una tina llena de agua. Se enjuagó el rostro, tratando de liberarse de la resaca. Reflexionó algunos instantes. Basta de gestos instintivos, basta de tonterías, pensó. Era tiempo de razonar.

Sí, ahora tenía un plan.

Veleda no sabía qué pretendían hacer con ella. Pero comenzaba a intuirlo. Sin duda, la consideraban responsable de la muerte de su marido. Había intentado contar qué había pasado en realidad, pero nadie se había mostrado dispuesto a escucharla. Ni ella, por otra parte, había conseguido hilar un discurso coherente. Un poco por la agitación, un poco por el escaso conocimiento de la lengua celta, debían de haber constatado su culpabilidad a los ojos de los parientes de la víctima.

Y ahora se hallaba allí, desnuda, sobre aquello que parecía un patíbulo, en la plaza de la ciudad, atada por las cuatro extremidades a una horca. Debajo se encontraba una pila de leña. Un hombre, a poca distancia, manipulaba unas brasas, sosteniendo en la mano un hierro candente. Un sacerdote, un druida, como lo llamaban ellos, elevaba plegarias a sus dioses Teutates, Esus y Taranis, que para ella no tenían ningún significado. Otros, los parientes, estaban justo a los pies del palco. Alrededor, una buena parte de la ciudadanía no quería perderse el espectáculo.

Por lo que parecía, sus dioses la habían abandonado. En realidad, le habían reservado un destino aún más perverso que el que habían establecido para sus familiares. Ellos al menos habían muerto en el acto.

Solo le quedaba una cosa: el orgullo. Decidió que no daría a los galos la satisfacción de morir chillando como un pato. No había podido vivir como una reina, moriría como una reina.

Miró a los ojos a su carnicero mientras se acercaba apuntándola con el hierro candente. Reprimió el miedo que aquel hierro le infundía, reprimió el terror cuando percibió el salvaje calor agrediendo su cuerpo, reprimió un grito cuando el hierro le rozó la piel del vientre.

Entendió que no querían que se desmayara, sino que sufriera. Solo que sufriera todo el tiempo posible antes de quemarla viva.

Se encorvó solo un instante. Luego volvió a la posición erecta, el mentón alto, la mirada fija en el verdugo. No, no solo sobre su verdugo. Detrás de él había movimiento. Un jinete lanzado al galope hendía la multitud.

Hacia el patíbulo.

Hacia ella.

El carnicero, atraído por el ruido, volteó. El jinete ya estaba allí, y blandía una espada. Era un galo. Sin bajar del caballo, subió los tres peldaños que llevaban al palco. Dio una patada al verdugo, que se precipitó abajo del patíbulo con su hierro candente. Cortó las cuatro cuerdas que la mantenían atada a la horca, lanzó la espada, la ciñó por la cintura con el mismo brazo y la tiró hacia arriba, colocándola detrás de sí. Luego hizo girar al caballo, bajó los peldaños y otra vez se abrió paso entre la multitud, apuntando hacia la entrada de la ciudad.

Nadie osó detenerlos. En la plaza había sobre todo mujeres, viejos y niños. Los pocos hombres presentes, si bien iban armados, estaban demasiado sorprendidos o temían poner en riesgo la vida de sus familiares presentes si reaccionaban. A pie hubiera sido otra cosa. Pero a caballo salieron de Vesontio sin encontrar obstáculos.

El misterioso jinete no había dicho una palabra. Continuó al galope también cuando estuvieron lejos de la ciudad, sin detenerse. Veleda se sentía débil. La quemadura en el vientre le hacía daño, aún más cuando se frotaba contra el cuerpo de su salvador, al cual debía mantenerse abrazada. Además, había perdido bastante sangre la noche anterior por la herida en el cuello, curada y vendada de manera chapucera y apresurada.

Se vio obligada a separarse del jinete. El dolor provocado por la quemadura se había vuelto insoportable. Su equilibrio se hizo entonces precario y corrió el riesgo de caer. Por instinto, tendió una mano hacia el largo cabello rubio del hombre y trató de aferrarlo.

Se le quedó en la mano.

No cayó. Con el otro brazo, Veleda consiguió mantenerse abrazada al vientre de él y, haciendo fuerza con los muslos, recuperó la estabilidad.

Ya notaba menos el dolor. Alargó la mano hacia el rostro del hombre, que continuaba mirando al frente sin decir una palabra. Tenía amplios bigotes. Le bastó con tirar un poco de ellos. También se los quitó.

Alargó el cuello y se tendió hacia delante, al lado de él, para poder observarle el rostro.

Lo vio de perfil.

Un perfil inconfundible, ahora. Lo había tenido junto a su rostro durante largos, larguísimos instantes, la noche anterior.

Su salvador en el Rhenus.

Su violador en Vesontio.

De nuevo, su salvador.

—Y ahora, ¿qué debería hacer, en tu opinión? —planteó Tito Labieno, después de haber escuchado la versión de los hechos que su hijo había reconocido.

—Pero... no sé. Nada, creo. Los galos estarán convencidos de que ha sido uno de ellos..., y ella puede ser a la perfección mi esclava —respondió el hijo.

En efecto, todos los camaradas involucrados en la marcha lo habían tomado por un galo. Sus ropas, por otra parte, hablaban por sí solas: túnica corta y pantalones de diseños cuadrados.

En todo caso, la idea de hacer de la muchacha su esclava lo atraía terriblemente. Y no porque deseara tener una esclava. Deseaba *tenerla a ella*.

Tito Labieno lo miró. Luego miró a la muchacha, a la que acababa de dar un trapo para cubrirse.

—Eres de veras un inconsciente —dijo, disgustado por la estupidez de su hijo—. ¿Crees que nadie la reconocerá? Los auxiliares galos la verán de inmediato, y hasta el más obtuso será capaz de sumar dos más dos. ¿Y a quién crees que vendrán a pedir explicaciones? El jefe de los senones, Drapes, la quería para él. ¿Cómo crees que se lo tomará? César me ha confiado la seguridad de estos territorios, y me ha recomendado que no provocara a los galos. Sobre todo, heduos y sécuanos, ¡de cuyo apoyo tenemos mucha necesidad!

Quinto no había considerado todos estos aspectos. Le había parecido que había ideado un buen plan y lo había llevado a cabo sin pensar demasiado en las consecuencias. Sabía que la caballería auxiliar aún no había sido despedida, y en aquel momento estaba en marcha con el ejército. Así que había aprovechado para penetrar en su campamento y apoderarse de algunas prendas galas; luego había pasado por los establos del campamento romano para decirle al *calo* que tenía un mensaje urgente que transmitir al legado Labieno. De esta forma, había conseguido que le dijeran qué dirección había tomado el ejército. El resto había sido todavía más fácil: no quedaban guerreros en Vesontio. Por último, a su padre le había referido todo, salvo, como es obvio, que él había sido la causa de la condena de la muchacha.

No supo qué decir.

—Además, ¿crees de verdad que tus camaradas tolerarían que el hijo de un legado de César, un simple *miles*, un simple recluta, tuviera una esclava personal?

Quinto se sintió mortificado. Creía haber reflexionado bastante, por una vez, y en cambio no había tenido en cuenta ni la mitad de las cosas que debería.

Inclinó la cabeza y quedó a la espera de la decisión de su padre. Entre tanto, desde lejos, todos los soldados en marcha lo miraban. A él, a Tito Labieno y, sobre todo, a la muchacha. Se preguntó si la habrían reconocido. Y si lo habrían reconocido a él.

—Debería castigarte. ¡Los dioses saben que buena falta te hace! Pero correría el riesgo de que se supiera este asunto. No quiero que lo sepan los galos, y no quiero que lo sepa César. Por tanto, no lo debe saber tampoco la tropa —indicó Labieno, que luego llamó al *beneficiarius*.

Le entregaron una tablilla encerada y el estilo. Redactó la carta él mismo, la cerró y se la entregó a su hijo. Luego llamó de nuevo al *beneficiarius*, lo miró de la cabeza a los pies, asintió y dijo:

—Tienes la misma complexión. Id detrás de aquellos árboles. Dale tu equipamiento y ponte su ropa. Me encargaré de que te llegue un nuevo armamento al campamento.

Cumplieron la orden después de algunos instantes, y Quinto volvió con yelmo, coraza, gladio, *pugio, pila* y escudo. Tito le pidió a su asistente que le procurara un nuevo caballo.

Luego, el legado se dirigió a su hijo:

—Entregarás esta carta al legado de la XI, en Vienna, Francia, en la provincia. Te pondrás a su disposición. Ahora estás destinado en esa legión. Lo más lejos posible de aquí. Cuando vuelvas, el año próximo, todo este asunto estará olvidado.

Quinto respiró, aliviado.

—¿Y ella? —preguntó, señalando a la muchacha.

—Ella irá contigo. En la carta está escrito que sea asignada al legado para que entre a formar parte del parque de esclavos de la legión.

No era en realidad lo que Quinto había esperado, pero estaba bastante cerca. Podría seguir viéndola. Cuando llegó el segundo caballo, el joven intentó murmurar algunas palabras de agradecimiento a su padre. Pero Tito no le dio la posibilidad y lo exhortó con rudeza a que se fuera. Quinto no insistió. Había obtenido incluso demasiado de su padre: los hechos contaban mucho más que la actitud. Ayudó a la muchacha a subir al caballo; también él subió y se alejó.

Solo al cabo de algunas millas, ya fuera del alcance visual de los legionarios, aflojó la marcha e indujo también a la muchacha a detenerse. Se le había ocurrido algo.

—¿Cómo te llamas? —le preguntó.

Ella lo miró sin entender. Aún tenía aquella expresión indiferente. Pero se la haría cambiar, antes o después, pensó.

—¿Cuál es tu nombre? ¡Yo soy Quinto! *¡Quinto!* —reafirmó, señalándose a sí mismo con amplios gestos y silabeando las palabras.

—Veleda —respondió ella, sin sonreír.

Quinto tuvo un estremecimiento. Era la primera vez que oía el sonido de su voz. Y le gustaba. Le enseñaría latín durante el viaje, y también después. Se convenció de que pronto le arrancaría también una sonrisa, espoleó el caballo y reanudaron juntos el camino hacia la provincia.

XI

Pero los enemigos, habiendo entendido, por el movimiento que hubo en el campamento durante la noche y por la vigilia prolongada, que se había decidido a partir, dispusieron en los bosques una celada en dos frentes en un lugar escondido y oportuno a unas dos millas de distancia mientras esperaban la llegada de los romanos.

CÉSAR,
De bello gallico, V, 32

SAMAROBRIVA, GALIA, 54 A. C.

Aulo Hircio trataba de orientarse en la ilimitada mole de despachos que se había amontonado sobre la mesa de César. No era una tarea fácil, la suya: recordar los conceptos esenciales de cada uno de ellos y referírselos al procónsul. Su comandante se ocuparía de ellos en persona, pero estaba empeñado en dictar otra correspondencia, que los *beneficiarii* redactarían luego en su código personal.

—Bien, Aulo Hircio, hazme un resumen de la situación —solicitó de repente César. Y lo dijo demasiado pronto: su asistente aún no había analizado ni memorizado todos los datos. Por suerte, el procónsul terminó de dictar una carta antes de dejarlo hablar.

—«...Te agradezco, querido Cornelio Balbo, por las condolencias por la muerte de mi amada Julia, a la que no veía desde hace años y a la que ya no veré. Su desaparición, además de llenarme el corazón de dolor, amenaza con minar la estabilidad del pacto que renové hace solo un año con Pompeyo. El momento es muy difícil. Sé perfectamente que algunos, en Roma, con Catón a la cabeza, van diciendo que la expedición a Britania ha sido un fracaso, que la Galia está lejos de estar bajo el control de Roma y que masacré a los germanos usípetos y téncteros sin motivo. Todo esto surge de la envidia que mis empresas han suscitado en la Urbe: empresas que no tienen igual en la historia de nuestra República, puesto que nunca nadie, en un quinquenio, ha extendido tanto el poder de Roma. Por tanto, usa el dinero que pongo a tu disposición para exhortar a los senadores más cercanos a ti a fin de que den un justo tributo a mis gestas, y a los tribunos de la plebe sobre los que tienes influencia para que recuerden al pueblo qué ventajas podrá extraer de ellas. Pon pregoneros en cada esquina que proclamen que de Britania afluyen considerables tributos, que cada sedición aquí, en la Galia, es aplastada al nacer y que los germanos cruzaron el Rhenus y sometieron a sangre y fuego la región.

»Te pido, además, que prestes mucha atención a los próximos movimientos de Pompeyo, que ahora, libre de vínculos de parentesco con mi familia, podría ser inducido a unirse al coro de mis detractores. Desde hace demasiado tiempo no realiza gestas militares dignas de la fama que ha conquistado, y temo que la envidia pueda impulsarlo a albergar sentimientos hostiles contra quien, como yo, ha conquistado muchos laureles en los campos de batalla en los últimos años. En efecto, no es necesario que te recuerde los éxitos que han distinguido mi proconsulado en el último año. Pero es bueno que lo haga, para que tú puedas dar que hablar a los pregoneros: que recuerden a la gente mis victorias sobre los helvecios y sobre Ariovisto en el primer año, sobre los belgas en el segundo, sobre los vénetos en el tercero, sobre los germanos y los britanos en el cuarto, y de nuevo sobre los britanos en el quinto apenas concluido. Y que recuerden, además, que César ha sido el primer caudillo romano en llevar a los ejércitos de Roma más allá del Rhenus y a Britania...».

—¿Ninguna mención a la masacre de Titurio Sabino y Aurunculeyo Cota? —aventuró Aulo Hircio para ganar más tiempo. Era consciente de que la aniquilación de una legión y media por parte de los eburones, de la que acababan de tener noticia, podría alimentar la oposición a César en Roma. Además, no conseguía entender cómo se las arreglaba César para ocuparse también de su carrera política en un momento tan dramático: el más dramático, sin ninguna duda, desde que estaban en la Galia. Y vaya si habían pasado momentos difíciles en aquellos cinco años...

—No, por ahora no. Lo haremos cuando también tengamos alguna buena noticia que transmitir. O cuando hayamos vengado la masacre. Espero que pronto, por tanto. Y ahora cuéntame.

—De aquella masacre se sabe algo más. Parece que Cota no quería abandonar el fuerte. Pero esa serpiente de Ambiórix, el maldito rey de los eburones, al que tanto hemos gratificado en el pasado, se ha trabajado a Titurio Sabino. Le dijo que los rebeldes estaban todos convencidos de que tú ya estabas al sur de los Alpes, y que habían concebido un plan para atacar a la vez todos los cuarteles de invierno de los romanos. Le sugirió que se reuniera con Labieno para hacer frente a un próximo ataque y él picó. Así, la XIV legión y las cinco cohortes agregadas se pusieron en marcha. El mismo Ambiórix y sus eburones esperaron a que alcanzaran un valle que resultara idóneo para una emboscada e iniciaron la masacre. Algunos han conseguido escapar hacia el campamento de Labieno, y gracias a estos hemos tenido algunas noticias. Otros lograron volver al campamento, pero solo para suicidarse.

—¡Ese imbécil de Titurio Sabino! ¡No debí mandarlo a él entre los belgas! ¿Se sabe algo de los dos legados?

—Parece que, después de los primeros enfrentamientos, Ambiórix propuso un encuentro con Titurio Sabino para acordar la rendición. Sabino aceptó, pese a que Ambiórix se había demostrado desleal, y ese galo lo mató en persona. Cota, en cambio, murió empuñando las armas.

—Escribiremos que Cota, al menos él, ha rechazado volver a encontrarse con Ambiórix. No quiero que se diga que solo tengo idiotas a mis órdenes. Ahora, la situación general.

—La sublevación se ha extendido a toda la Galia septentrional. Parece que el instigador es Induciomaro. Sus tréveros están estrechando el asedio de las legiones de

Labieno junto con los remos. Induciomaro está incluso reclamando a los germanos ultrarenanos.

—Antes nos llamaban a nosotros para liberarse de los germanos. Ahora llaman a los germanos para liberarse de nosotros... Bien, supongo que eso no es todo. Continúa.

—En efecto, no es todo. Labieno no es el único bajo asedio. El campamento de Quinto Cicerón está aún peor. Decenas de miles de belgas están presionándolo. Y debemos preocuparnos también por los carnutos y por los senones, más al sur. Como sabes, los carnutos han matado al rey que les hemos impuesto. Además, los tributos que esperabas de Britania no han llegado, estimo que llegarán ahora que estamos en invierno. Y por último, las reservas de trigo escasean. Ya nadie nos las envía, aparte de los heduos y pocos más.

César se tomó tiempo para reflexionar. Se lo esperaba, por otra parte. No era la primera vez que se veía obligado a afrontar una sublevación, y probablemente tampoco sería la última. La Galia no estaba en absoluto bajo el talón de Roma, como había dado a entender a los romanos. No por casualidad, el año anterior, en Luca, había convencido a Pompeyo y a Craso para que le renovaran el mandato proconsular por otro quinquenio: aún quedaba mucho trabajo por hacer. Tampoco era una casualidad que desplazara a las legiones a no más de cien millas de distancia la una de la otra, a fin de que pudieran prestarse ayuda recíprocamente en caso de ataque. Ni que, por primera vez en cinco años, no hubiera vuelto a pasar el invierno al sur de los Alpes.

Tuvo la tentación de manifestar su desconsuelo. Nunca lo mostraba, ni siquiera en los momentos más dramáticos. Si se sentía abatido, se cuidaba mucho de disimularlo frente a sus subalternos y colaboradores, y más aún frente a sus adversarios políticos. Los primeros ya no depositarían su confianza en él, y su proverbial fama de saber salir airoso de las situaciones más espinosas se habría visto irremediablemente minada. Los segundos, por el contrario, aprovecharían para mostrarse más fuertes y atacarlo con mayor convicción. Y la convicción es todo o casi, en la lucha de la vida.

Pero esta vez..., esta vez era distinto. En la Galia, en Roma, todo se estaba precipitando, y frente a él solo estaba Aulo Hircio. Por un instante, se encorvó sobre sí mismo y se llevó la mano a la frente emitiendo un profundo suspiro. Pero solo por un instante. Entre otras cosas, no había tiempo que perder. Con su celeridad había resuelto muchas situaciones difíciles, y con su celeridad resolvería también esta.

Y con la diosa Fortuna, por supuesto. Esta vez necesitaba su ayuda más que nunca.

—Me parece que el que está en peor situación es Cicerón... Si debemos socorrer a alguien, debería ser a él.

Aulo Hircio había aprovechado su instante de debilidad y se adelantó con una sugerencia. Por otra parte, era lo que César esperaba de él. Pero también había aprovechado para perjudicar a Labieno.

—Pero Labieno está a solo sesenta millas de Cicerón y tiene encima al jefe de la insurrección —objetó César—. Si lo socorremos a él, podríamos conseguir truncar la revuelta extirpándola de raíz. En todo caso, aquí solo tenemos dos legiones, y con la amenaza que se cierne sobre casi todos los acuartelamientos, no puedo permitirme reducir las guarniciones, ni siquiera con una cohorte.

—Pero si el fuerte de Cicerón cae, como has dicho tú mismo, otros podrían ser inducidos a rebelarse. Y el único que puede ayudarnos es precisamente Labieno, que es el más cercano y está menos presionado por el enemigo que Cicerón. Y, además, aparte de nosotros, Labieno es el único que dispone de dos legiones con todos sus efectivos. Pídele que envíe, si puede, una legión en nuestro apoyo. Atacaremos a los belgas con tres legiones.

—Sí, tienes razón. Es a Cicerón a quien debemos socorrer, y de inmediato. Pidamos también una legión de refuerzo a Labieno, aunque dudo que pueda enviárnosla. Ocúpate enseguida de todo. Ambiórix e Induciomaro pagarán cara su traición. No volveré a cortarme la barba ni el pelo hasta que la masacre de Sabino y Cota haya sido vengada.

El asistente reprimió a duras penas una sonrisa. No conseguía imaginárselo, César con barba y cabello largo. Nunca había conocido a un hombre que tuviera más cuidado de su propia persona.

—Ah, Aulo Hircio, otra cosa —añadió el procónsul—. Pasada la crisis, recuerda a los legados que tripliquen los tributos en las respectivas zonas de pertenencia. Debemos hacer creer a Roma que han llegado de Britania. No quiero ofrecer a mis detractores otros motivos para atacarme.

Aulo Hircio se levantó de golpe y salió del *praetorium* para poner en práctica la voluntad de César. Y lo hizo sobre las alas del entusiasmo. Había conseguido poner a Labieno en una posición muy incómoda. Más de cuanto ya estaba a causa de Induciomaro. Si el legado mandaba la legión requerida, se expondría aún más al asalto de los galos. Acaso tendría el mismo fin que Sabino. Si no la mandaba, César quizá le atribuiría a él un eventual fracaso de la propia misión de socorro. En cualquier caso, no estaría contento.

Había hecho un buen trabajo.

Tito Labieno respondió al despacho con el sello de César, suspiró, salió del *praetorium*, llamó a dos soldados como escolta y fue a buscar a su hijo.

Sabía perfectamente que era inútil buscarlo en su *contubernium*. O en cualquier otra parte del campamento. Lo que debía hacer era salir del fuerte. Un comportamiento absurdo en aquella situación de amenaza inminente sobre los romanos, con los tréveros en las inmediaciones, a la espera del momento propicio para lanzar el ataque al campamento, y los habitantes de la ciudad, los remos, de los que no podía confiar totalmente. Sin embargo, era fuera de los muros donde Quinto pasaba la mayor parte del tiempo.

No había mantenido las promesas. Por lo menos, las había mantenido solo a medias. Después de su primera campaña contra los germanos de Ariovisto, en la cual había demostrado ser, sí, impulsivo, pero también valiente, el muchacho se había desmoralizado. En la batalla ya no había buscado al adversario, sino que se había escabullido en los momentos más delicados. En los trabajos se había mostrado el más indolente, al punto de merecer repetidos castigos. No es que tuviera miedo: sencillamente, ya no le importaba nada ser un guerrero.

Ni, aún menos, que su padre estuviera orgulloso de él.

Pero en cambio, Quinto seguía siendo la persona impulsiva de siempre. Insubordinado, pendenciero y buscapleitos, ya no desobedecía para realizar gestas de valor, sino para evitarlas.

Era terrible tener que admitirlo: su hijo era uno de los peores elementos del ejército romano. César, con toda probabilidad, era consciente de ello, pero por respeto a su legado preferido, nunca lo había hecho notar, ni había tomado medidas. Como era evidente, esperaba que lo hiciera su padre. Y, así, Labieno, después del segundo año en la Galia, en el curso de la cual había recibido informes muy negativos sobre Quinto de su comandante, reclamó a su hijo bajo sus órdenes. En vano. Tampoco él logró enderezarlo, hacer emerger de nuevo las notables cualidades que había demostrado poseer.

Se preguntaba incluso si él no era el menos indicado para ponerlo a raya. Él, que tenía fama de ser el más severo, rígido y duro de los comandantes, no conseguía dejar de ser indulgente con su hijo. Ni conseguía infligirle los castigos que merecía y que el despiadado código de disciplina del ejército romano preveía. Durante un largo período, además, Quinto se había relacionado con el joven Cneo Pompeyo, el hijo de Pompeyo Magno, al que el padre había enviado a la Galia para que adquiriera un poco de experiencia. Cneo Pompeyo era igual de impertinente y arrogante y, como en su día con el hijo de Craso, nadie se atrevía a ponerlo en vereda: con la diferencia de que el joven Publio Craso nunca se había aprovechado de los privilegios que le eran concedidos, y siempre había demostrado ser un soldado responsable y disciplinado.

El joven Pompeyo, al contrario, era refractario a cualquier forma de disciplina. Para Quinto, había resultado una compañía en extremo dañina, si bien en las batallas, por lo menos, él había revelado capacidades nada despreciables. Como mínimo, con el hijo de Pompeyo, Labieno habría podido ejercitar plenamente su autoridad, pero había recibido de César precisas disposiciones de que fuera tolerante. Así, no pudiendo limitar los excesos del hijo de Pompeyo, no pudo tampoco intervenir sobre Quinto.

Cuando el joven Pompeyo terminó el período de servicio, intentó restituir a su hijo la dignidad de un legionario. Pero el muchacho le respondió que no podía pretender disciplina de él, si no había sabido obtenerla de Cneo Pompeyo.

Tito Labieno se adentró por las calles de la ciudad con su habitual circunspección. César daba a los remos fundados motivos para considerar a Roma el mejor amo posible. Sobre todo, se los daba a sus magistrados bajo la forma de sustanciosos emolumentos. Sin embargo, Labieno temía que la población fuera de muy distinta opinión, y que permitiera a los tréveros usar sus viviendas para tender celadas a los romanos. Por eso, solo raras veces permitía que sus hombres se aventuraran fuera del fuerte, y siempre por un buen motivo. Más aún desde que se había sublevado Induciomaro. Pero con Quinto no había nada que hacer. Él creía que tenía un buen motivo.

Y gastaba toda su inmerecida paga por ese motivo.

Llegó a donde estaba seguro que encontraría al muchacho. Era un edificio como tantos otros, a los márgenes del poblado. Muros de cañizo, techo de madera. Golpeó. Le vino a abrir un niño. Detrás de él, quizá los padres y otros miembros de la familia en torno a una mesa, cenando. El que debía de ser el jefe de familia le hizo un gesto de bienvenida con la cabeza. Un gesto brusco, nada expansivo. En todo caso, el poco natural silencio de los comensales era bastante elocuente. La presencia de Labieno no era grata.

O, quizá, la presencia de los romanos no era grata.

El galo alargó el brazo e indicó un punto más allá del muro. Sin poner un pie en la casa, Labieno permaneció todavía un instante en el umbral, luego tomó la dirección que el hombre le había señalado. Era un almacén, junto a la casa, donde estaban amontonadas las reservas de trigo que aquella familia de campesinos había recogido durante los meses estivales. Las mismas reservas que, en parte, estaba obligada a entregar a los romanos.

Y era también el lugar donde Quinto iba a dormir por la noche.

Nunca solo.

Esta vez, Labieno no golpeó. Abrió la puerta, que no estaba cerrada. Vio que Quinto estaba comiendo. También ella estaba comiendo.

Ambos estaban desnudos.

—He recibido un mensaje de César —empezó, sin preámbulos—. Quinto Cicerón está bajo asedio. Está yendo a socorrerlo. Quiere que le dé una legión.

—¿Y?

La actitud de Quinto no podía ser más apática. Ni más irritante.

—Aquí no podemos privarnos de un solo hombre. Excepto de uno, que irá a decirle que no podemos ayudarlo.

Quinto continuó mirándolo con expresión obtusa.

—Ese hombre serás tú.

De pronto, el hijo se despertó de su torpor.

—¿Yo? ¿Qué estás diciendo? ¡Yo nunca he hecho de mensajero! ¡Soy un combatiente, no una estafeta! —gritó indignado, poniéndose de pie.

—Hace mucho tiempo que no eres un combatiente. Y, de este modo, al menos serás útil. Dentro de una hora te quiero en el *praetorium*. Te darán un caballo y alcanzarás en el menor tiempo posible el campamento de la XI. Permanecerás allí, tratando de sobrevivir a la espera de que llegue César. Y eso si aún no ha llegado. Conociéndolo, es posible.

Labieno habló con voz átona. Luego volteó y salió, sin esperar respuesta.

Por una vez, se dijo Labieno, se había comportado con él como con todos los otros. Estaba satisfecho, pero solo por poco tiempo. Sintió subir el sentimiento de culpa por haberlo mandado a una misión de un riesgo enorme, en la que la muerte era más probable que la supervivencia.

Pero ¿aquella vida que llevaba Quinto, desde hacía al menos un trienio, no era acaso similar a la muerte?

Y todo por culpa de aquella bárbara. Quinto lo hacía todo deprisa y corriendo, con negligencia y superficialidad. No se preocupaba de tener amigos en la tropa ni de hacerse querer por los superiores. Su única preocupación era volver hacia ella, cada día, lo antes posible, a la casa de aquella familia a la que la había confiado como esclava para los trabajos agrícolas, poniendo incluso dinero de su bolsillo.

No era, claro, el único soldado que mantenía relaciones íntimas con mujeres bárbaras o indígenas. Incluso alguno había tenido un hijo. Pero Quinto era el único que concedía a esa relación una importancia superior a cualquier otra cosa. A cualquier deber hacia el ejército.

Aquella mujer debía de haberle hecho algún sortilegio. Dependía de ella como de una bebida embriagadora. El suyo era un vínculo morboso. No era solo un aspecto de su vida, era su vida.

Hasta entonces, nunca había conseguido separarlo de ella. Ahora, como mínimo, Quinto tendría que pasar algún tiempo lejos de la muchacha. Tito Labieno se daba cuenta de que la misión ponía en riesgo su vida. Pero se había convencido de que era por su bien. Lejos de ella, quizá recuperaría la vitalidad de antes. Acaso se curaría también de aquella enfermedad de la que parecía víctima desde hacía años. Y descubriría de nuevo aquellas habilidades de las que estaba dotado, capaces de garantizarle la supervivencia incluso en las situaciones más desesperadas.

Quinto no se atrevió a perseguir a su padre, arrojarse a sus pies, implorarle que enviara a otro en su lugar. Nunca se humillaría así delante de ella. Además, había visto al legado más resuelto que de costumbre. No albergaba esperanzas de hacerlo cambiar de idea.

Miró largamente a Veleda. Ella lo miró, a su vez, con esa mirada indescifrable que aún, después de cuatro años de convivencia, lo intimidaba. Querría que fuera ella la que se arrojara a sus pies, la que le implorase que no partiera, la que le dijera que no podía soportar estar lejos de él.

Pero sabía que no iba a hacerlo. Era demasiado orgullosa. Fuera lo que fuese lo que sintiera por él, no era de las que lo manifestaba. Se sentía aún una reina y, a veces, él la trataba como tal. Pero solo a veces. Más a menudo, cedía a sus instintos y la tomaba sin preocuparse de nada más, sin preocuparse de lo que ella deseaba. Otras veces, en cambio, se sentía solícito y hacía de todo por complacerla, aunque fuera simplemente para arrancarle una sonrisa. Y cuando lo conseguía, cuando veía las comisuras de su espléndida boca abriéndose paso entre las mejillas, se sentía feliz como nunca.

—Ahora debo marcharme. Espero volver pronto —le dijo cuando terminó de comer. Luego se acercó a ella y la besó en la boca, a pesar de que aún estaba masticando el último bocado. Parte de la comida pasó de su boca a la de ella.

Se apartó, le dio una palmada en el trasero, salió y cerró la puerta a sus espaldas.

Ella se acercó al umbral. Miró un momento la puerta cerrada, luego escupió encima.

El valle que se extendía ante César era ancho, pero quizá no lo suficiente para contener a todos los belgas alineados justo detrás. Los guerreros celtas se recortaban como un denso bosque en las alturas que delimitaban la cañada, a cuya espalda se encontraba el campamento de la XI legión de Cicerón.

—Bien, como mínimo hemos conseguido apartar a los belgas del asedio. Ahora parece que la tienen tomada con nosotros... —comentó Aulo Hircio, interpretando los pensamientos de su comandante, casi irreconocible con la barba hirsuta de días y el cabello desordenado.

—Por fuerza. Serán decenas de miles. Y ven a la perfección que nosotros, en comparación, solo somos un puñado de hombres. Dos legiones en total, y con las filas reducidas. Y es precisamente con este factor con el que podemos contar —respondió César, mirando el inquietante horizonte.

Aulo Hircio no entendía cómo la manifiesta inferioridad numérica podía representar un factor favorable. Esperó explicaciones dirigiendo al procónsul una mirada interrogativa.

—Casi, casi espero que Labieno no nos mande refuerzos —precisó César, provocando un gesto de desilusión de su interlocutor—. Por otra parte, intentar alcanzar a Cicerón bajando al valle significaría entregarse a una muerte segura. Es el campo de batalla ideal para hacerse rodear y masacrar por un enemigo con fuerzas tan superiores. Y, de todos modos, ahora que han retirado el asedio, ya no hay prisa. Todo lo que debemos hacer es inducir al enemigo a creernos aún más débiles de lo que somos en realidad. Debemos convencerlo de que estamos aterrorizados.

—¿De qué modo?

—A simple vista, serán al menos treinta mil. Nosotros, solo siete mil. Debemos enfrentarnos a ellos donde nos conviene a nosotros, o sea, aquí, en la altura.

—¿Y cómo lo haremos para atraerlos?

—Hagamos construir de inmediato un campamento en este punto. Pero que sea de una sola legión. No tenemos bagajes, así que no será difícil apiñar a muchos hombres en un espacio más restringido. Y hagámoslo con una muralla muy alta, prolongando la tierra con andamios de madera, como si estuviéramos aterrados por la amenaza de un asalto. Que los soldados trabajen manteniéndose siempre cerca del perímetro del campamento, y muestren que quieren entrar cada vez que los galos se acerquen. Deben simular miedo en todo momento. Ya verás como acaban atacándonos.

—¿Y con Cicerón? ¿Qué hacemos? Los belgas podrían separar una parte de su ejército para someter a asalto al campamento. Según lo que aquel galo enviado por el legado nos ha dicho, la XI está en las últimas, y no resistirá mucho tiempo...

—Si los belgas se convencen de que somos débiles, no dudarán en centrar todas sus fuerzas sobre nosotros. Es más, esperarán incluso a recibir refuerzos, con tal de infligir una derrota al procónsul en persona, y si puede ser, capturarlo y matarlo. Por el momento, estimo que Cicerón está seguro. En todo caso, no quiero excluir la posibilidad de reunirme con él, o de contactar con él. Si aún tiene hombres válidos, podría ser útil para ejercer una presión desde atrás a los belgas mientras combaten contra nosotros.

Con un gesto del brazo, sin voltear, César llamó al hombre de la guardia germánica del que más se fiaba. Los guerreros que antes habían estado con Ariovisto se alineaban a pocos pasos de distancia de él.

—Ortwin, ven aquí. Lleva contigo a diez hombres, pasa aquel riachuelo y bordea el valle. Trata de encontrar un sendero que nos permita, si es preciso, evitar a los galos y reunirnos con la XI. Si puedes, alcanza al legado y verifica cuántos hombres hábiles para combatir tiene todavía.

El germano se limitó a asentir. Giró el caballo, eligió a los hombres que deberían acompañarlo y partió de inmediato al galope. César lo observó con satisfacción.

Había hecho un buen negocio, se dijo, escogiendo para sí a aquellos guerreros. Eran valientes y más fiables que cualquier galo. Además, en aquellos años, le habían permitido concebir y poner en práctica maniobras combinadas de infantería y caballería que, de otro modo, hubiera tenido vedadas. Lo habían protegido en la batalla y se habían mostrado muy emprendedores en los reconocimientos, permitiéndole a menudo conocer con anticipación la entidad y la ubicación de las fuerzas enemigas.

Aquel Ortwin, en particular, parecía entusiasmado de servirlo. Y era también el más hábil y autorizado de ellos, a pesar de su juventud. Parecía no buscar más que un comandante capaz de merecer su estima. No importaba que fuera germano, galo o romano. Un jefe de ese tipo parecía capaz de hacerse cargo de cualquier empresa. En eso era muy similar a Labieno que, de todos modos, más que él, parecía no poder concebir otro jefe que César.

El procónsul se felicitó. Tener dos colaboradores semejantes era otra señal de la benevolencia de la diosa Fortuna y de Venus.

Ninguna noticia todavía, ni de César ni de Quinto. Y, mientras tanto, los tréveros de Induciomaro se volvían cada vez más amenazantes. Cabalgaban con toda libertad por los alrededores de la ciudad y del fuerte, sin que nadie los molestase. Construían escaleras, techos móviles y hasta torres para alcanzar las escarpas. Pronto, pensó Tito Labieno, asaltarían el campamento. Y él no tenía modo de saber con cuántos adversarios tendría que vérselas. Si Induciomaro conseguía coaligar a otras naciones bajo su mando, las dos legiones no bastarían para defender el campamento.

Pero no tenía ninguna intención de salir del fuerte. Los supervivientes de la masacre de Sabino y Cota lo habían alcanzado cuando las mallas del asedio aún no eran tan estrechas, y lo habían puesto en guardia. Aquella parte de la Galia estaba en plena revuelta, las campiñas bullían de guerreros armados, y salir del campamento con todas las fuerzas supondría exponerse a emboscadas y agresiones.

Los supervivientes de la XIV habían contado a la tropa lo que los galos eran capaces de hacer a los camaradas que no tenían la suerte de caer en la lucha. Hacía años que los belgas esperaban el momento de vengarse de las derrotas y las sucesivas masacres infligidas por César. En las sevicias y las torturas que habían propinado a los prisioneros estaba todo el sentido de revancha que habían ido tramando durante años. Y con los tréveros, Labieno estaba seguro, la cosa no sería muy diferente.

Decidió limitarse a esperar. Esperar noticias de César. O bien el asalto de Induciomaro.

Solo podía hacer una cosa, y no concernía a César. Eligió una escolta más consistente de lo normal y se aventuró de nuevo en la ciudad. No lo había vuelto a hacer desde que había ordenado a su hijo que partiera. Volvió a la misma casa en la que había encontrado a Quinto. Ni siquiera golpeó la puerta. Entró directamente en el almacén, dejando fuera a los soldados. No era época de trabajo en los campos, y estaba seguro de que la encontraría allí.

En efecto, estaba. Dormía. La observó abrir los ojos, despierta por su irrupción. Era hermosa, hermosa de verdad. Podía entender que su hijo se sintiera atraído. Atraído, no embrujado. Ella se levantó, sosteniéndose con un brazo. Hinchó con ferocidad el pecho, haciendo parecer grandes, bajo la túnica, sus pechos inmaduros, y lo miró con su característica determinación.

Quién sabe, tal vez era verdad que lo había embrujado, pensó Labieno. Aquella mirada incluso podía intimidar.

Pero no a él. Él sabía qué debía hacer. En ello se decidía el porvenir de su hijo. Sacó de la cintura una primera bolsa con denarios y se la tiró al lado.

—Aquí tienes una bonita cantidad de sestercios. Esta noche te marchas. Los amos que te ha elegido mi hijo no te lo impedirán. Y si se atreven a hablar de ello con Quinto, tendrán motivos para arrepentirse. Mañana volveré. Si aún te encuentro aquí, te mataré.

No estaba seguro de que pudiera hacerlo: a fin de cuentas, continuaba siendo la mujer a la que su hijo había consagrado la propia vida. Pero confiaba en que no hubiera necesidad.

—¿Has entendido? —añadió. No se preguntó si ella estaba contenta de la posibilidad que le estaba ofreciendo. No le interesaba.

—He entendido —respondió ella. Solo entonces Labieno consideró cerrada la conversación y se trasladó al edificio adyacente. Tenía una buena suma consigo para convencer al campesino remo de que renunciara a la renta fija que la muchacha había constituido para él hasta entonces. Y una mano firmemente agarrada a la empuñadura del gladio, para cerciorarse de que aceptara.

XII

Su desprecio hacia nosotros llegó a tal punto
que, creyendo que podía irrumpir a través de
las puertas, que habían sido bloqueadas aparentemente con una sola fila de terrones, algunos se entregaron a abatir la muralla con las
manos y otros a llenar el foso.

CÉSAR,
De bello gallico, V, 51

Quinto vio al final el campamento romano. El campamento de la XI legión. Se maravilló de no haber encontrado ninguna oposición hasta entonces. En verdad, había
tenido algunos problemas para deslizarse a través de las
amplias mallas de los tréveros presentes en torno al campamento de su padre. Incluso lo habían perseguido durante un largo rato. Pero había conseguido escabullirse y,
con el favor de las tinieblas, alejarse de la zona donde se
iban concentrando los tréveros a la espera del asalto.

Tenía mucha prisa por volver. Si los hombres de Induciomaro asaltaban el fuerte mientras él no estaba,

nadie pensaría en Veleda. Y en los remos no confiaba: si el campamento caía, esos desleales galos podrían incluso entregarla a los tréveros. Y aunque no cayera, ningún romano se preocuparía por su suerte. Se cuidaba mucho de no revelar la identidad de la muchacha, pero si por casualidad alguien se enterara, una presa como la hija de Ariovisto suscitaría el deseo de cualquiera.

Imaginó el propio campamento como un humeante montón de ruinas, y al campesino remo al que había confiado a Veleda entregando a la muchacha a Induciomaro. Tuvo el impulso de volver atrás, pero primero debía encontrar al menos el modo de comunicarse con César con la esperanza de que luego el procónsul no le ordenase que se quedara a combatir con él.

Pero por ahí no veía ni la sombra de las tropas romanas. Y no tenía ganas de esperar, como su padre le dijo que hiciera.

En realidad, se dio cuenta de que no había ni siquiera galos. Estaban sus estructuras de asedio: torres de madera, testudos móviles y fortificaciones dignas de la mejor tradición romana. Aquellos bárbaros habían aprendido rápido, y bastante bien, además. Pero no había rastro del enjambre de hombres que se esperaría alrededor de un campamento asediado.

Solo había una explicación. César había llegado, y los asediadores habían ido a su encuentro. Quizá, en algún punto a poca distancia de allí, estaba arreciando una batalla. Y él no podía permitirse participar en ella, no sin haber puesto a Veleda a resguardo.

En todo caso, debía ir a ver. Razonó. César provenía de Samarobriva, por tanto, del oeste. Miró hacia el sol:

aún estaba en su fase ascendente. Fue en la dirección opuesta. Tomó un sendero a media altura, donde los árboles lo ocultarían de los enemigos. Pero también de los amigos, por los cuales, por el momento, tampoco quería hacerse ver.

Hizo trotar el caballo durante un buen trecho. Trató de no hacer demasiado ruido, y fue gracias a este método como consiguió oír otros cascos y el bufido de caballos.

Varios caballos.

Volvió a aflojar. El rumor provenía de más abajo, un poco más atrás. Lo alcanzarían enseguida. A menos que subiera más. Pero para ello debería hacer trepar al caballo, con el riesgo de dejarlo cojo y de que además lo oyeran. En todo caso, no había elección. Espoleó al animal, dirigiéndolo hacia arriba.

La subida se reveló bastante ardua. Bajó de la silla y prosiguió a pie, tirando de las riendas del caballo. Pero ya había hecho bastante ruido. Oyó que los jinetes se acercaban. Volteó. Sus siluetas ya se vislumbraban entre los árboles. Extrajo la espada, esperando, aun así, que fueran romanos.

Se acercaron. Eran una decena.

Y no eran romanos.

El escuadrón de jinetes apuntó las lanzas hacia él. Instintivamente, el joven se protegió detrás del caballo. Tuvo tiempo de observarlos mejor. No eran romanos, pero tampoco eran galos.

Podían ser los germanos de las fuerzas de César, pero también aquellos que, como se decía, los belgas habían llamado en su apoyo. Y la segunda hipótesis le parecía más probable.

No podía escapar. No podía ganar. Solo podía morir

con honor, como habría querido su padre. Solo esperaba que no lo capturaran. Corría el rumor de que hacían cosas terribles a los romanos capturados, y no estaba seguro de conseguir evitar la humillación de pedir piedad.

Tuvo la tentación de usar la espada contra sí mismo para conjurar el peligro de caer prisionero. Pero no era lo que hubiera querido su padre. Y quizá tampoco Veleda. Sabía que ninguno de los dos lo amaba como habría deseado, sabía que había desilusionado a uno, forzado a la otra. Pero no conseguía comportarse de otro modo. Nunca conseguía hacer lo correcto. En cualquier circunstancia, algún demonio interior lo impulsaba a secundar solo el instinto.

Alejó el caballo, empuñó la espada y dio dos pasos hacia los bárbaros.

—¡Vamos! —gritó.

Los germanos se rieron. Uno de ellos, al que le pareció que ya había visto antes, le respondió en latín:

—Si quieres combatir, hay para todos. Únete a nosotros, hay que ir a socorrer a César. Me llamo Ortwin. ¡Somos sus guardias de corps!

Detrás de ellos, a pie, apareció un puñado de legionarios. En malas condiciones, heridos, sucios y con el equipo incompleto, pero todos empuñando los gladios.

César subió a las escarpas. Los galos eran cada vez más numerosos delante del fuerte. Y gritaban. Gritaban en latín, además de en su lengua. Decían que los galos y los romanos que tuvieran la intención de rendirse y pasar a sus filas tenían hasta la hora tercia. Después, todos los ocupantes del fuerte serían pasados por las armas.

Se lo habían tragado. Creían que los romanos y sus aliados galos estaban aterrorizados. Sin embargo, pensó César, no había llegado ni a la mitad de la obra. Aún debía inducirlos a asaltar el fuerte y, sobre todo, aún debía batirlos, con solo siete mil hombres contra treinta mil.

Esta vez se la estaba jugando. Él, que calculaba cada movimiento, que valoraba sus efectos a una distancia de años, arriesgaba el todo por el todo. No era la primera vez, por otra parte. En su vida, había alternado continuamente el cálculo con el riesgo, la prudencia política con la temeridad militar. Como con los helvecios, los germanos y los belgas, estaba tirando los dados, confiando en el apoyo de la Fortuna, al igual que, como cuando concebía un plan a largo plazo, confiaba en su propio ingenio.

No tenía una gran fe en los dioses. Dudaba incluso de que existieran. Pero la Fortuna sí que existía. Lo sabía, porque se la había creado él mismo.

Estaría a su lado mientras él, con su audacia, lo mereciera. Las metas que se proponía no eran para pusilánimes, indolentes, esclavos de las convenciones creadas a propósito para embridar a los grandes hombres. Y para disfrutar de la ayuda de la Fortuna, debía demostrarse grande. Y audaz.

Cada vez más grande.

Cada vez más audaz.

Dio la orden de que un soldado sí y uno no bajaran de las escarpas. Si ni siquiera este recurso inducía a los belgas a alinearse en batalla, no le quedaría más remedio que abrir las puertas de par en par.

Vio caras perplejas entre sus hombres. Se preguntó si lo consideraban loco. Si salía mal la cosa, los supervivientes lo juzgarían sin duda como tal. Pero, por el momento, cinco años de victorias habían infundido en ellos una confianza suficiente para cumplir, aunque con algunas reservas y sin demasiado entusiasmo, sus órdenes.

La reacción de los belgas no se hizo esperar y dejaron de enviar pregoneros por ahí. En poco tiempo, el ejército dispuesto en el valle comenzó a avanzar al completo. Después de una hora, al vencer el ultimátum, sus formaciones entraron todas al alcance de tiro de las jabalinas.

César oyó que los centuriones ordenaban a los pocos hombres presentes en las escarpas que se dispusieran para el lanzamiento de los *pila*. Era una orden tan lógica que no habían esperado al comandante supremo para darla.

—¡No! —gritó César, perentorio—. Acérquense de dos en dos, más bien, y resguárdense bajo los escudos. ¡Y ustedes, abajo, hagan lo mismo!

Después, hizo señas a su escudero para que lo protegiera.

Dentro del fuerte se hizo el silencio. El pesado silencio de la espera de la muerte. Afuera, en cambio, alaridos salvajes y feroces. Y alaridos ya de triunfo.

Fueron los belgas los que iniciaron el ataque. Sobre el pequeño fuerte cayó una lluvia de proyectiles: jabalinas, lanzas, flechas, guijarros y piedras embistieron a los soldados. Los escudos vibraron, se movieron, se inclinaron, pero resistieron. Algunos legionarios acabaron en el suelo por la violencia del impacto. Algún otro, en cambio, amagó una reacción, tratando de subir a las escarpas para tirar una jabalina. Los centuriones detuvieron a los más impacientes, y todos se prepararon para una segunda oleada de proyectiles.

Llegó, más intensa que la primera. Algunos, esta vez, fueron alcanzados. Al menos dos hombres en las escarpas perdieron el equilibrio y cayeron abajo, y se rompieron el hueso del cuello.

El centurión más cercano a César miró al comandante. Este hizo una señal de negación. Ninguna reacción, todavía.

Los galos se acercaron más. Primero, un poco circunspectos. Luego, viendo que del fuerte no llegaba ninguna réplica, más emprendedores. Algunos empezaron a extraer los terrones de tierra de la muralla, sobre todo los que obstruían las puertas, y a usarlos para rellenar el foso. Pronto se abrirían paso y podrían entrar sin necesidad de abrir una brecha.

Los proyectiles cesaron y, después de algunos instantes, los romanos bajaron los escudos. Los de las escarpas estaban obligados a mirar hacia abajo, pero no podían menos que lanzar miradas suplicantes en la dirección de César. Incluso alguien muy experimentado como el centurión que tenía al lado buscó otra vez los ojos del procónsul.

César, en cambio, observaba a los belgas mientras atacaban la muralla. Los vio separar terrones en cantidad cada vez mayor. En muchos puntos, el foso estaba casi lleno. Pero los enemigos eran tantos que muchos de ellos aún estaban lejos de la fortificación. Y no tenía la intención de dar comienzo al contraataque hasta que todos los galos se encontraran amontonados en torno al campamento, obstaculizándose unos a otros.

Pero la muralla disminuía. Las estructuras de madera encima de ella se derrumbaban. Sobre el foso, muchos terraplenes permitían ya un fácil paso. Columnas de galos empezaron a pulular más allá del foso y a escalar lo que quedaba de la muralla.

César sintió que le aferraban y apretaban el brazo. Era el centurión. Los dos se miraron. César miró abajo.

—Ahora —ordenó.

Las cosas no estaban yendo como a Quinto le hubiera gustado. Aquel Ortwin casi lo había obligado a unirse al grupo de desesperados que se veían capaces de sorprender por la espalda a un ejército inmenso. Él, Quinto, estaba allí en función de estafeta, nada más. Solo debía referir que su padre no estaba en condiciones de mandar refuerzos, y luego volver. También el fuerte de su unidad estaba bajo asedio, y su presencia podía ser más útil a Labieno que a César.

Se lo había dicho a Ortwin, pero el inflexible germano no atendía a razones. Y uno de los centuriones de la XI, salido del campamento para dar apoyo a César, intervino declarando perentorio que cualquiera que se encontrara por ahí debía unirse al combate.

Quinto se preguntó qué podrían hacer diez jinetes y una cincuentena de infantes harapientos y heridos. Los legionarios eran cuanto el legado Quinto Cicerón había podido poner a disposición de Ortwin. Para sí, el comandante había conservado, en caso de nuevo ataque al campamento, algunos soldados más capaces de combatir incluso después del duro asedio sufrido.

El germano no había sabido decirle si la batalla ya estaba en curso. Esperaba que fuera así. En caso contrario, debería entrar en el fuerte donde estaba encerrado César y permanecer allí quién sabía por cuánto tiempo.

Y no había previsto estar lejos de Veleda más de dos días.

Ni siquiera creía que pudiera estar lejos de ella.

Se sentía observado. Ese Ortwin casi no le quitaba los ojos de encima. ¿Qué sabía de Veleda? A fin de cuentas, César había tomado a los guardias de corps de Ariovisto y de su familia: aquel hombre debía de haberse informado sobre el destino de la princesa. Había hecho mal en decirle su nombre y su unidad. Quizá supiese que la muchacha había terminado con el hijo de Tito Labieno.

—¿Puedo hablarte? —oyó que le decían.

Era él, ese Ortwin. Ahora estaba a su lado.

—Claro...

—Tú que eres hijo de un legado... quizá tendrás noticias de la princesa Veleda. La casaron con un noble sécuano, por lo que sé. Pero luego un galo la raptó y no he sabido más de ella...

Ortwin no tenía idea de nada, por suerte. Y si no la tenía él, un compatriota de Veleda, quería decir que la noticia no había trascendido en absoluto.

—No sé nada. Incluso ignoraba que estuviera casada, imagínate... —respondió, simulando una total indiferencia.

Ortwin asintió con gravedad.

—De todos modos, quiero aprovechar esta ocasión para agradecerte que la salvaras durante la batalla en la que fuimos derrotados. Sé que fuiste tú quien la hizo prisionera antes de que alguien la matara. Bien, hiciste mucho más de cuanto conseguí hacer yo...

—Fue casualidad. Yo no hice nada de especial —minimizó el romano.

La escena que, una vez salidos del bosque, se ofreció al pelotón, desplazó la atención hacia dos cuestiones. A la altura de donde debería surgir el fuerte de César, no se podía ver más que los torreones angulares de madera de la estructura. En efecto, una selva inmensa de guerreros se amontonaba en torno a la muralla escondiéndola de la vista. Toda la pendiente era un pulular de hombres, mientras que, con un poco natural contraste, las escarpas que afloraban sobre sus cabezas estaban casi vacías.

—¡Alto! —gritó Ortwin, deteniendo el caballo.

—¿Alto? ¡Cómo! ¡Debemos ayudar a César! Ni siquiera los de la XI estábamos tan mal cuando nos asediaban. ¡Están acabados, si no intervenimos! —exclamó el centurión que había ordenado a Quinto que fuera con ellos. El joven tuvo un escalofrío a lo largo de la espalda.

—Ahora, no —replicó Ortwin, resuelto—. No es lo que quiere César. Por otra parte, no serviría de nada intervenir: desde luego, no podemos entrar en el fuerte, ni podemos atacar por la retaguardia a una masa de hombres que no está encontrando ninguna resistencia delante.

—Y entonces, ¿qué debemos hacer, en tu opinión? —preguntó aún el centurión.

—Esperar. Unos momentos más.

En efecto, la escena cambió en pocos instantes. De pronto, las puertas se abrieron de par en par, haciendo retroceder a los galos que se amontonaban allí. Un torrente de legionarios irrumpió fuera, hendiendo el mar de enemigos. Una, dos, tres columnas, una en cada salida, cortaron la formación de los asaltantes, incapaces de oponer resistencia. Demasiado repentina era la irrupción en el exterior, demasiado potente la penetración, favorecida por la pendiente, para que los belgas pudieran reaccionar. Las primeras filas vieron aparecer adversarios sin preaviso, las últimas se desbandaron por la súbita presión frontal. En un instante, la selva de galos que se amontonaba en torno al fuerte se fragmentó en mil grupitos sin fuerza de choque ni coordinación.

El verdadero enfrentamiento duró muy poco. Enseguida los galos comenzaron a huir en todas direcciones. En cuanto a los romanos, algunos permanecieron en las inmediaciones del fuerte ensañándose con los heridos o, sencillamente, con aquellos que, obstruidos por la multitud, no pudieron darse a la fuga. Otros se entregaron a la persecución, tratando de alcanzar a los galos que se esparcían por el valle.

—¡*Ahora* es el momento! —gritó Ortwin, espoleando el caballo. Los otros lo siguieron con la misma convicción. Todos salvo Quinto, que partió incluso después de los infantes, a pesar de que también él estaba montado. Bajaron al valle, donde los belgas buscaron refugio. Los enemigos, ahora derrotados, corrían en orden disperso, mirando a menudo hacia atrás, sin preocuparse de tener que defenderse frontalmente. Muchos habían tirado el escudo para poder correr más rápido. La mayor parte ni siquiera tenía la armadura.

Carne de matadero.

Ortwin fue el primero en entrar en contacto con los fugitivos. En pocos instantes, desde la silla asestó un número de mandobles suficiente para eliminar a una decena. Los otros no fueron menos. Quinto vio que era fácil. Incluso demasiado fácil. Ya no eran adversarios, sino solo víctimas.

No le interesaba. Aquello no era combatir. Pero le resultaría útil volver a donde estaba su padre cubierto de sangre ajena. Se enorgullecería de nuevo de él, a pesar de todo. Espoleó otra vez el caballo y fue al encuentro de los galos que tenía más cerca.

César observó a Quinto Cicerón al despedirse. Estaba maltrecho, como todos sus hombres. Estaba claro que no había evitado el cuerpo. El campamento mismo estaba en condiciones penosas. Muchas tiendas habían sido abatidas por pesados proyectiles, y ciertos sectores de las escarpas estaban agrietados por el fuego. Algunos cadáveres aún yacían amontonados a lo largo de la muralla. Los heridos —la mayor parte de la guarnición— se pusieron de inmediato de pie en cuanto su comandante supremo entró en el fuerte: incluso los más graves, sostenidos por sus compañeros.

—No se parece en absoluto a su hermano, ¿eh? —observó Aulo Hircio señalando al legado con un gesto de la cabeza.

César esbozó una sonrisa. Entendía perfectamente a qué se refería su ayudante. No era al aspecto físico a lo que aludía. En verdad no se imaginaba a Marco Tulio Cicerón, el famoso orador y abogado, antes cónsul, con la coraza y empuñando el gladio, defendiendo con firmeza y determinación las escarpas amenazadas por decenas de miles de bárbaros.

Su hermano, en cambio, lo había hecho, y de forma brillante. César lo había aceptado para halagar al senador, y se había encontrado con un valiente y hábil legado. Pero ahora su pensamiento se dirigía a otro valiente y hábil legado. El más valiente y el más hábil de todos.

—Labieno no ha mandado refuerzos, como preveía... —comentó César a Aulo Hircio.

—En efecto, así es. Consideró que no podía privarse ni siquiera de una cohorte. Por el contrario, mandó a su propio hijo para avisarnos... —dijo, complacido, Aulo Hircio, silabeando las palabras y señalando al muchacho que esperaba pocos pasos más allá.

—¡No es así! —intervino Quinto, avanzando para hacerse oír mejor.

Tanto Aulo Hircio como César lo miraron. Y no era una mirada tierna. Sobre todo, la de César, al que su aspecto descuidado volvía aún más torvo.

Quinto se dio cuenta de que, de nuevo, se había dejado llevar por el instinto. Pero el tono de Aulo Hircio no le había gustado.

—Perdona mi vehemencia, procónsul —se sintió en el deber de decir, bajando la cabeza en señal de respeto—. Mi padre..., eh..., el legado Tito Labieno no tenía ninguna posibilidad de mandar refuerzos. Los tréveros podrían atacarlo de un momento a otro. Es más, pido permiso para volver a ayudarlo —añadió, pensando en Veleda.

César lo examinó.

—Mira, hijo de Tito Labieno... Veo que también has combatido. Bien. Tu padre estará orgulloso de ti, ahora. No me consta que te hayas distinguido mucho últimamente. En lo que concierne al legado, si no ha enviado refuerzos, habrá tenido un buen motivo...

—¿Y tú se los enviarás a él? —se atrevió a preguntar Quinto.

—No.

Un relámpago de alegría atravesó los ojos de Aulo Hircio.

—¿Cómo? ¡También él está sometido a un asedio! ¿Quieres perder dos legiones? —insistió Quinto.

—Veo que tiendes a subestimar a tu padre, muchacho. Tito Labieno no es Titurio Sabino. Y, de todos modos, no será necesario ayudarlo. En cuanto los fugitivos del ejército belga hayan alcanzado a los tréveros e informen de su derrota, Induciomaro renunciará al asedio.

—¿Cómo estás tan seguro? —preguntó Quinto. Sospechaba que César solo quería vengarse por no haber recibido ayuda.

—Me parece obvio. Si Induciomaro no ha atacado hasta ahora, es solo porque esperaba que los belgas se reunieran con él, y quizá que otras naciones se adhirieran a su revuelta. Pero mi victoria, además de haber disuelto el ejército belga, ha disuelto el ardor de quienes dudaban si unirse a los tréveros. Por tanto, vuelve con tu padre y cuéntale lo que ha ocurrido aquí. Él lo entenderá.

Quinto no perdió más tiempo en discutir. Saludó y montó a caballo, aún convencido de que César quería castigar a Labieno. Pero ahora su mente se dirigía, sobre todo, a Veleda.

También Aulo Hircio pensaba, él con satisfacción, que las acciones de César estaban dictadas por un sentimiento de revancha.

—¿Qué quieres hacer con Labieno, pues? —preguntó, esperando que el procónsul se lo confirmara.

—Llama de inmediato a Ortwin. Que vaya donde Labieno con la mitad de la guardia germánica. Se pondrá a disposición del legado durante el resto del invierno. El objetivo es Induciomaro. Debe ser eliminado como sea. Sin él, los galos tardarán mucho en encontrar un jefe en condiciones de unir a varias naciones. Y, entre tanto, nosotros trabajaremos para mantenerlos separados y en conflicto. Y estate atento: ningún despacho. No quiero que esta disposición caiga en manos equivocadas.

A duras penas, Aulo Hircio consiguió contener la rabia. Pese a la evidente defección de Labieno en aquellas circunstancias, César le confiaba la tarea más importante. Y la consideración del procónsul por el legado, al parecer, se había mantenido intacta.

Sin embargo, después de algunos instantes, se animó. La tarea que le había encomendado no era solo importante, sino también difícil. Encontrar a un jefe galo y eliminarlo le parecía una empresa espinosa. Quizá hasta imposible.

Claro. Labieno fracasaría. Y decepcionaría una vez más a César. Eso sería ya demasiado.

De nuevo, a Veleda le costaba respirar. Corría desde hacía casi un día, descansando muy de tanto en tanto, y llevaba encima solo su propio vestido. Había atravesado amplias extensiones de pastos, con el terror de ser localizada por guerreros errantes por la campiña, y también bosques y florestas, donde lobos y osos podían agredirla en cualquier momento.

Hacía demasiado tiempo que no se detenía. Solo le preocupaba poner la mayor distancia posible entre ella y el campamento que había dejado. Pero alejarse del fuerte, y de Quinto, no significaba necesariamente alejarse del peligro. Lo que le esperaba podía ser incluso peor que soportar al joven romano.

Aquel muchacho, al menos, la había mantenido con vida. Y seguir viva era la condición esencial para convertirse, algún día, en reina, cumpliendo así su destino. Pero en los campos, cualquiera que la encontrara y recogiera, solo la consideraría una esclava fugitiva y la trataría como tal. Y difícilmente pensaría que valía la pena perdonarle la vida. Después de haberse quedado bien satisfecho, por supuesto.

Se desplomó en el suelo. Se le cerraban los ojos, no sabía decir si por el cansancio o por el sueño. Labieno la había dejado huir la noche anterior, y ella había corrido hasta el alba, y luego durante todo el resto del día. Las estrellas le habían indicado la dirección: debía ir hacia Oriente. Allí estaba el Rhenus, más allá del cual, quizá, encontraría la verdadera libertad. Había oído decir que su padre había muerto. Con él no podía volver. Se decía que había sido asesinado en una disputa familiar: alguien, después del fracaso en la Galia, había aprovechado la caída de su prestigio para quitarlo de en medio. Pero su gente no la trataría peor que cualquier romano, o galo.

O tal vez sí. Si había habido, en realidad, una disputa familiar, tal vez habrían eliminado a todos los miembros de su clan. Y para ella no habría salvación, ni siquiera en su casa. Ni siquiera más allá del Rhenus.

Valía la pena intentarlo, de todos modos. Quizá alguien querría vengar a Ariovisto y se pondría al servicio de su hija para devolver al linaje la gloria de antaño. Habría que combatir, probablemente: pero, a fin de cuentas, eso debía hacer una reina. No menos que un rey.

Recordó cuántas veces Quinto se lo había dicho: «Quiero que te sientas como una reina». Le compraba hermosos vestidos, le llevaba manjares exquisitos, ricos en especias y en aromas. Le susurraba un montón de hermosas palabras, la acariciaba, o se limitaba a observarla durante horas, con mirada soñadora, como si fuera la cosa más preciosa del mundo.

Hacía de todo para que se sintiera importante.

Luego, de pronto, cambiaba de expresión, se abalanzaba sobre ella y hacía lo que quería. Podía ser breve, o durar mucho tiempo: en cualquier caso, siempre era una experiencia que la llenaba de amargura. Placer, en ciertos momentos, pero, sobre todo, amargura, y un sentimiento de humillación.

Él debía de percibir su malestar, porque, a veces, justo después estallaba en llanto, como un niño que, tras realizar una travesura, es abrumado por el arrepentimiento. Parecía como si se sintiera culpable. Pero luego el sentimiento de culpa se transformaba en rabia y Quinto desencadenaba su ira sobre ella, dándole bofetadas y puñetazos y patadas, hasta que caía en un letargo que, de costumbre, duraba hasta la mañana siguiente.

No le daba la posibilidad de vivir de otro modo su vida. No toleraba que ella hiciera otra cosa que esperar su llegada, por la tarde.

Hubiera querido matarlo. Pero le había salvado la vida nada menos que dos veces. Estaba en deuda con él, y le dejaba hacer lo que quisiera. Pero pretender que lo amaba era demasiado.

Se dio cuenta de que, por primera vez en años, estaba cerrando los ojos sin tener a aquel hombre al lado. Sin el temor de que él la despertara en medio de la noche para tomarla de la manera que quisiera.

El alivio fue tal que ya no pensó en los peligros, mucho más graves, que podía correr durmiéndose en una floresta, en un país en guerra, atravesado por bandas armadas. Le bastaba con saber que por fin era libre; libre de él.

Perdió el conocimiento sin tener la más mínima idea de qué hora era. Solo sabía que había oscurecido hacía rato, que hacía frío y que tenía poco tiempo antes de que el alba la despertase.

Fue un instante. Más fugaz de lo que imaginaba. Se encontró despierta, con la impresión de no haber dormido en absoluto. Sin embargo, debía de haber dormido: tenues rayos de sol penetraban entre las frondas de los árboles. Pero no había sido la luz la que la había despertado: aún era demasiado débil. Quizá un ruido.

Sí. Bufido de caballos. Cascos sobre el follaje. Cada vez más nítidos. Con un salto felino se puso a gatas, agazapándose detrás del tronco de un árbol. La niebla matutina lo volvía todo indistinto. No obstante, la silueta del jinete ya se entreveía. Habría querido trepar al árbol, esconderse entre sus frondas ya escasas de otoño. No se movió. Lo observó.

Parecía llevar una malla de hierro. Podía ser romano o galo, pues. No tenía escudo. Ni pantalones. Lo más probable es que fuera romano.

Vio el yelmo.

Sí, era romano.

El hombre aflojó la marcha a pocos pasos de ella. Detuvo el caballo. Se desató el pañuelo que tenía atado al cuello, ese que los legionarios llaman *focale*. Luego se quitó el yelmo y se pasó el pañuelo por la frente.

Pudo verle el rostro.

Era Quinto.

Tuvo la sensación de que él podría oír su respiración. ¿Cómo lo habría hecho para encontrarla tan pronto? Si había necesitado tan poco tiempo para seguir su rastro, no tenía esperanza de huir de él.

Ya no pensó en esconderse. Se levantó y empezó a correr. Sin voltear atrás. Corrió lo más lejos posible del punto en que lo había visto. Durante un largo rato, no oyó ruidos detrás de sí. Pero no dejó de correr. Sin parar. Ya no sabía en qué dirección estaba yendo, pero no le importaba. Solo quería estar lejos de él.

Esperó haberlo despistado. Quizá ni había reparado en ella. Quizá se había preocupado demasiado, en resumen: acaso él estaba yendo a ciegas, y no seguía en absoluto su rastro. Tuvo la tentación de voltear, pero no quiso correr riesgos. Continuó corriendo hasta quedarse sin aliento. Por último, aflojó. Tenía la garganta seca, dificultad para respirar y la vista nublada. Caminaba, ahora, cuando volteó.

No vio a nadie.

Se detuvo. Se inclinó sobre las piernas, respirando afanosamente. Ya estaba. Se encontraba muy lejos del lugar en que había visto a Quinto. Si no la había oído, no había posibilidad de que la encontrase.

Entonces, de nuevo. Una pesadilla ya vivida. Bufar de caballos, ruido de cascos. Intentó reanudar la carrera, pero no lo consiguió. Cayó al suelo al tropezar con una rama. Se golpeó con el rostro con el terreno.

Los cascos se hicieron más cercanos. La cabeza le latía por el esfuerzo. Parecía como si los ruidos se hubieran multiplicado. Que fueran decenas, centenares de cascos.

Los oyó a su alrededor. Se quedó boca abajo. Las lágrimas cayeron sobre el suelo ya húmedo. Volvía a ser esclava.

XIII

Entre tanto, la fama de la victoria de César se difundió con increíble velocidad a través del país de los remos y llegó hasta Labieno [...]. Apenas esta noticia llegó también a los tréveros, Induciomaro, que había decidido someter a asedio el campamento de Labieno al día siguiente, huyó durante la noche y recondujo al país de los tréveros todas las tropas.

César,
De bello gallico, V, 53

—¡Tú eres... Veleda!

Detrás de ella, alguien le habló en su lengua.

La muchacha volteó para contemplar mejor la silueta que había entrevisto con el rabillo del ojo. Era un compatriota. Miró a su alrededor. Había otros germanos. ¿Cómo era posible?

—¡Mi señora! ¿No me reconoces? —insistió el germano, tendiéndole la mano para ayudarla a levantarse.

Ella lo observó con mayor atención.

—Soy Ortwin..., ¿te acuerdas de Vesontio? Te dije que podrías contar conmigo...

Veleda recordó. Dejó que ese brazo fuerte y tranquilizador la levantara.

—Claro..., Ortwin..., ¡el que se moría por servir a los romanos! —dijo, retomando la conversación donde la había dejado.

Ortwin ignoró la provocación.

—¿Qué haces aquí, sola?

—Trataba de llegar al Rhenus y pasar a Germania para volver a nuestras tierras...

—Viniendo de Vesontio, diría que diste una vuelta bastante larga...

—No vengo de Vesontio.

Veleda trató de asumir una actitud orgullosa. Habría debido explicar demasiadas cosas embarazosas.

—Estaba en Durocorturum, entre los remos, hasta ayer...

—En efecto, sabía que alguien te había llevado de Vesontio. Cuando pregunté por ti, hace años, me dijeron que habías sido raptada por un galo del que luego se perdió la pista.

—Ya. Digamos que fue así. Luego las cosas resultaron ser diferentes. Hace años que estoy con los romanos.

—¿También tú?

Ortwin no pudo reprimir una sonrisa.

—Sí, pero *no por mi propia voluntad*.

—Así que, en cuanto pudiste, huiste.

—Exacto. Ahora te pido que recuerdes que has servido a mi padre y a su familia.

—Nunca lo he olvidado.

—Por tanto, no tendrás inconveniente en llevarme más allá del Rhenus.

Ortwin miró a sus compañeros. Se intercambiaron miradas de entendimiento.

—Claro que tengo, ¡y cómo!

Veleda lo contempló incrédula.

—¿Y tú eres el que me prometió ayudarme siempre? Desapareciste durante cuatro años; luego vuelves a presentarte, tienes la oportunidad de hacerlo, ¿y te niegas?

—No he dicho que me niegue. He dicho que no te llevaré más allá del Rhenus. Por dos motivos. Primero, tengo órdenes y voy a respetarlas: si saliera de territorio galo, sería un desertor. Y segundo, sé con seguridad que tu padre está muerto, y sus defensores y familiares son pasados por las armas. No es momento de que la hija de Ariovisto vuelva a Germania.

—Y entonces, ¿cómo piensas ayudarme? ¡Oigámoslo!

Veleda puso los brazos en jarras y lo desafió a que dijera algo útil. Por otra parte, esta vez no podía culparlo.

—Yo me dirijo justamente a Durocorturum. ¿No quieres volver allí?

—¡Es obvio que no! Si no, no me habría escapado. Hay una persona a la que ya no quiero ver...

—¿Te hizo daño?

Veleda calló. Era una respuesta afirmativa.

—¿Quién es?

A la muchacha le gustaba la actitud protectora del hombre. Estuvo tentada de darle el nombre de su amante. Estaba segura de que Ortwin habría vengado sus humillaciones. Pero algo la impulsó a no hacerlo. Quizá aquella deuda que sentía que albergaba hacia Quinto.

Calló.

Ortwin entendió que no debía insistir.

—Entonces, escucha lo que haré. Yo debo continuar hacia Durocorturum. Dos de mis hombres te acompañarán a Lutetia Parisiorum, en la región de los parisios. Allí hay una guarnición de germanos con los cuales podrás quedarte hasta que la situación en la Galia, pero sobre todo en Germania, esté más tranquila. Entonces volveremos a considerar la oportunidad de llevarte más allá del Rhenus.

Parecía razonable. Veleda asintió, aunque de manera un poco forzada: hubiera preferido permanecer con él, pero no tenía la intención de dejarlo traslucir. Ortwin comunicó a sus hombres lo que había dispuesto, la ayudó a subir al caballo de uno de los dos guerreros que había elegido para escoltarla, montó y siguió su camino hacia Durocorturum.

A modo de despedida, se limitó a hacerle una señal con la mano, dejándola, por una vez, sin palabras.

En las escarpas, Tito Labieno veía agitarse sombras furtivas en torno al fuerte. No de civiles, sino de guerreros. Guerreros a caballo, con escudo y lanza. Y eran cada vez más numerosos. La bruma del alba hacía que las siluetas resultaran más inquietantes, como espíritus que el hado había puesto en torno a los romanos para recordarles que la muerte estaba al acecho.

El legado estaba listo para combatir, y si acaso para morir. Lo supo la tarde anterior por algunos prisioneros capturados por los *exploratores*: los tréveros atacarían aquella mañana, quizá justo al amanecer. No había conseguido saber nada de César ni de Cicerón. Pero si Induciomaro decidía asaltar el fuerte, quizá las cosas, para los romanos, se pondrían feas.

Descartó que pudiera sucederle algo a César. Quizá algo había salido mal, pero el procónsul no podía estar muerto. ¿Habría sido rechazado? ¿Acaso no habría logrado salvar a Cicerón? Quizá había ocurrido eso. Quizá Cicerón había tenido el mismo fin que Titurio Sabino. Pero no César. No tenía ningún sentido que aquel hombre, capaz de cruzar el Rhenus, alcanzar dos veces Britania, domar a los galos más belicosos, ganara todas las batallas para caer en una expedición de socorro.

De repente, se sintió culpable por no haberle mandado la legión solicitada. Con una legión más, tal vez el procónsul hubiera corrido menos riesgos y obtenido el enésimo éxito. Y poco importaba que él, Labieno, hubiera sido barrido por los tréveros: su vida tenía un peso infinitamente menor que la de César. César estaba destinado a grandes cosas. Su grandeza, en cambio, la alcanzaría ayudándolo.

A toda costa.

Y luego estaba su hijo. Se dijo que debía considerarlo un soldado como todos los demás, pero no podía evitar estar preocupado también por él. No conseguía ahuyentar del todo el sentimiento de culpa por haberle confiado aquella peligrosa misión.

El tribuno le hizo notar que los enemigos se estaban multiplicando. Y también alineando. El ataque era inminente. Labieno dio la orden de cargar las catapultas en las escarpas. Intentaría truncar el asalto de raíz. Sin embargo, por más que temiera el ataque de los bárbaros, su pensamiento seguía volviendo a César.

Los galos ya estaban en formación. Salían de los bosques en masa y se colocaban uno al lado del otro. A lo lejos se veía una selva de lanzas apuntadas hacia el cielo, que justo entonces estaban iluminando los primeros rayos del sol. Pronto avanzarían, y aquellas picas se dirigirían hacia los muros.

Labieno esperó. También sus hombres ya, estaban en posición. Un tercio de las veinte cohortes de las que disponía el legado estaba en las escarpas, listas para reaccionar al avance enemigo. Otro tercio se encontraban justo debajo, listas para tomar el relevo. El último tercio, en fin, constituido sobre todo por aliados remos, estaba de reserva. Todos sabían qué debían hacer. En las unidades bajo su mando directo, cada legionario, cada auxiliar y cada jinete sabía qué esperaba de él su general.

Aguardó aún un poco. El silencio, en el fuerte, era total. Llegaban algunos ruidos de la ciudad. Los remos que no estaban en condiciones de combatir permanecían encerrados en su casa.

Pero los tréveros —admitiendo que se tratara solo de ellos— no se movían. Llevaban largo rato en su puesto. Después, de pronto, dejaron de estar inmóviles. Parecía que había agitación en sus filas. Luego se movieron. Pero no hacia el fuerte. Se dispersaron por los bosques, en desorden, hasta que desaparecieron del todo de la vista de quienes los esperaban en las escarpas.

Los hombres de Labieno se miraron los unos a los otros. Miraron a su comandante, que sabía tanto como ellos. A primera vista, parecía que los tréveros habían renunciado a atacar, al menos por ahora. Sin embargo, el legado no permitió que se bajara la guardia en las escarpas y ordenó que los hombres permanecieran en orden de batalla. Nadie pudo moverse de la posición que le había sido asignada. Nadie, conociendo al comandante, intentó hacerlo.

Labieno se sintió complacido: el suyo era un ejército del que había obtenido una disciplina férrea. De todos, salvo de su hijo.

Luego vio a un jinete. Un jinete aislado que galopaba hacia el fuerte. Provenía del norte, mientras que los tréveros estaban alineados al este. Quizá fuera un negociador.

Viéndolo acercarse a los muros, notó que no parecía un galo.

No. Era romano.

Dio la orden de abrir la puerta, pero envió, de todos modos, más hombres a vigilarla. Siempre cabía la posibilidad de que se tratara de una trampa.

En cuanto el jinete cruzó la entrada, comprendió de inmediato quién era. Por sus gestos, el modo de cabalgar, el modo en que bajó de la silla.

Era Quinto. Estaba vivo. Y había vuelto.

Tuvo el impulso de precipitarse hacia él. Luego se controló y bajó de las escarpas como habría hecho para recibir una información de cualquier otro mensajero.

También Quinto lo vio y fue a su encuentro. Parecía tener prisa. Sin duda, debía comunicarle algo urgente.

Labieno notó que su hijo estaba manchado de sangre, pero no estaba herido. Había combatido, por tanto. Complacido, le tendió la mano, sin darse cuenta de que con cualquier otra estafeta no lo habría hecho. Quinto se la estrechó, distraídamente.

—¿César? —preguntó, de inmediato, el legado.

—Ha vencido. Por completo. Los belgas han sido derrotados.

Un alarido de triunfo se elevó a su alrededor. La voz se difundió por todo el fuerte y, después de algunos instantes, todos gritaron de alegría.

—¿Y Cicerón? ¿Y la XI? ¿Lograron salvarse? —lo apremió Labieno, levantando la voz para hacerse oír por su hijo.

—Sí. Estaban en pésimas condiciones, pero aún vivos.

—Gracias a Júpiter. Gracias a Marte.

Pero, conociendo a César, en su fuero interno añadió también a la Fortuna y a Venus.

—Tú, de todos modos, no debes agradecer nada a César. No continuó hasta aquí su misión de socorro, ni envió refuerzos para ayudarte. Por cuanto le concernía, tú y tus hombres podrían incluso desaparecer... —le dijo Quinto en tono sarcástico.

—No era necesario que lo hiciera. Estaba claro que la noticia del descalabro de los belgas provocaría que Induciomaro desistiera del asedio. Como, en efecto, ocurrió, me parece.

—¡Tonterías! ¿Cómo podía estar seguro? —insistió Quinto, cada vez más encolerizado por la obtusa devoción de su padre a César.

—Por el mismo motivo por el que yo lo sé. Experiencia. Más experiencia que tú.

Quinto no respondió. Inclinó la cabeza, luego volteó hacia la puerta por la que había entrado.

—Ahora debo marcharme.

El padre recordó de repente que debía afrontar otro problema. Con todo lo que había ocurrido en las últimas horas, se había olvidado por completo de la bárbara.

—¿Adónde?

—No te concierne. He cumplido con mi deber. Ahora déjame en paz.

Labieno lo aferró por el brazo y lo arrastró a un punto más apartado, donde los demás no pudieran oírlos.

—No salgas de nuevo, ahora. Aún podría ser peligroso.

—¿Bromeas? He hecho ciento veinte millas en dos días, atravesando las filas enemigas, he combatido contra un ejército inmenso de belgas, ¿y tú me dices que salir es peligroso?

Dio un tirón y trató de liberarse del apretón de su padre. No lo consiguió.

—Ella no está. Ya no está.

Quinto miró a su padre.

—¿Cómo?

—Se escapó. En cuanto te marchaste. En este momento estará lejos, si no muerta, o será la esclava de algún galo.

—¿Cómo lo sabes?

El muchacho tenía un nudo en la garganta.

—Pasé esta misma tarde por la casa de la familia a la que la habías confiado. Necesitaba auxiliares y recluté a los varones en edad de combatir. Me dijeron que había desaparecido.

Quinto se puso a despotricar.

—¡Yo los mato! ¡Los mato! ¡Tenían el deber de vigilarla!

Labieno le apretó el brazo con más fuerza.

—Tú no harás nada. Solo nos falta que tengamos problemas con los remos, los únicos galos con los que podemos contar por ahora...

—Pues entonces iré a buscarla. ¡Déjame! ¡Tengo que irme otra vez! —gritó Quinto, intentando liberarse con más fuerza. Esta vez lo consiguió.

Salió corriendo. El padre no lo persiguió. Llamó a otros legionarios.

—¡Deténganlo!

Los soldados más cercanos hicieron un muro delante del muchacho. Quintó trató con desesperación de abrirse paso. Dio puñetazos y patadas, llegó a morder. Parecía enloquecido. Al principio, los compañeros solo procuraron defenderse, luego le hicieron pagar los golpes que habían sufrido. Y también la antipatía que había suscitado hasta entonces.

Cuando vio a su hijo en el suelo, Labieno se le acercó.

—Llévenlo a la prisión. Que permanezca encarcelado al menos tres días.

Los hombres levantaron en peso a Quinto, agotado más por una repentina fatiga que por los golpes, y se lo llevaron.

—Lo hago por tu bien —le dijo Labieno, cruzando una última vez su mirada.

Quinto no respondió y giró la cabeza.

Los jefes galos entraron en el *tablinium* que César había construido en la casa del vergobreto de los ambianos en Samarobriva. Entraron todos juntos, casi estorbándose mutuamente, impacientes tras aquella larga espera. El procónsul los había dejado en la antesala a propósito. Para empezar, quería que estuvieran todos presentes y que no llegaran en grupitos, ni tampoco una vez iniciada la reunión. Y luego, quería que hablaran entre ellos, que se enfrentaran, para así averiguar, en el transcurso de la asamblea, si habían llegado a adoptar una postura común o si seguía habiendo disensiones sobre qué partido elegir.

Y además no tenía prisa. Mientras no tuviera noticias

de Labieno, no tenía la intención de despedirlos ni de tomar una posición clara. Tras los últimos acontecimientos, muchos jefes se sentían inclinados a aumentar su apuesta por el dominio romano en la Galia, pero César quería hacerlo partiendo de una posición de fuerza, no de debilidad.

Mientras Induciomaro estuviera en circulación, se encontraría en condiciones de coaligar bajo su mando a un gran número de jefes galos, muchos de los cuales estaban presentes allí, en Samarobriva. También ellos, César lo sabía muy bien, esperaban el resultado del enfrentamiento inminente entre las fuerzas que habían afluido donde estaban el jefe de los tréveros y el lugarteniente del procónsul.

En los dos meses transcurridos desde la victoria de César sobre los belgas que asediaban a Quinto Cicerón, todos habían observado con extrema atención los movimientos de los tréveros. Todos los galos. Muchos esperaban que el procónsul se decidiera, de una vez, a invernar al sur de los Alpes, como hacía cada año. Lo esperaba sobre todo Induciomaro, que se había retirado frente al campamento de Labieno solo para ganar tiempo para reunir fuerzas superiores. Y lo esperaban los otros jefes, que se habrían adherido a la revuelta en cuanto la vigilancia romana hubiera aminorado.

Y, en cambio, César los había sorprendido a todos, una vez más. No se había movido de la Galia, permaneciendo incluso en el septentrión, donde el descontento era más fuerte. Y su movimiento había terminado partiendo el frente de la rebelión, acentuando la divergencia entre los más determinados y los indecisos.

César sabía que tenía que trabajarse a estos últimos,

sobre todo. A los indecisos, los pusilánimes y los oportunistas. Con los otros, los más determinados a quitarse de encima el yugo romano, o simplemente los más valientes, no podía hacer más que aislarlos, obligarlos a que reconocieran que no podían disponer de aliados fiables. Por otra parte, solo algunos de ellos estaban presentes: jefes que, estaba seguro, ya habían consentido en que sus hombres alcanzaran a los tréveros. Otros, en cambio, se pusieron a disposición de Induciomaro en persona.

Los escrutó uno a uno mientras tomaban asiento delante de su silla curul, en los escabeles que sus asistentes habían puesto a su disposición. No recordaba los nombres de todos, pero para eso tenía al lado a Aulo Hircio, que en aquel caso hacía de nomenclátor. Pero sabía a la perfección a qué nación representaban.

Al final, todos se sentaron. Pero César no habló. Aún no. Sabía muy bien que su mirada penetrante incomodaba a la gente, y él quería precisamente esto: que se sintieran en una condición de sumisión, de sometimiento. Reprimió una sonrisa mientras veía cómo se acomodaban las voluminosas pieles, que los había resguardado del frío gélido del exterior, se tocaban con nerviosismo los densos mostachos y las largas trenzas, se estiraban los pantalones con las palmas de las manos o jugueteaban con sus amplios collares.

Uno de ellos se levantó.

—¿César nos llamó aquí para humillarnos con su silencio, o tiene algo interesante que decirnos? —preguntó con un tono que no revelaba docilidad de ninguna clase.

César sabía quién era y a quién representaba. Lo había visto a su lado en la batalla varias veces, en el pasado. Como a muchos otros, por lo demás. Aulo Hircio, al oído, le susurró el nombre. Ahora sabía también quién era el más pendenciero de los presentes. He aquí uno que debía ser adulado más que los otros, al menos de momento.

Adulado, o amenazado. Solo hablándole llegaría a saber qué estrategia era la más adecuada.

—Noble Drapes, entiendo que la orgullosa nación de los senones, que tú representas con dignidad, sea poco tolerante hacia cualquier forma de control que no haya dispuesto ella misma. Pero convendrás conmigo que, en una región donde los contrastes entre naciones son casi endémicos, es en interés de todos, tanto de Roma como de los mismos galos, que alguien por encima de las partes trate de mantener la paz. Tú mismo te diste cuenta, y desde que llegué aquí, a la Galia, has colaborado honorablemente a la derrota de Ariovisto. Y estoy seguro de que seguirás sosteniendo mi autoridad con tu valor, que ya has demostrado, y que, como en el pasado, será siempre recompensado de forma adecuada.

—¡Pero tú no estás por encima de las partes! ¡Al contrario! ¡Eres más rapaz que Ariovisto! —respondió Drapes, sin vacilar.

—¡Y tus hombres son más invasivos que los germanos! —agregó otro, al que el procónsul identificó como el representante de los aulercios. Los mismos aulercios algunos de cuyos contingentes, lo sabía bien, se habían unido a Induciomaro.

—¡Sí! ¡Tus legionarios se lo llevan todo! ¡Nuestro trigo, nuestras casas, nuestro dinero, incluso nuestras mujeres! Mientras intentaba hacerlo otra nación, nos defendíamos: ahora, en cambio, solo debemos obedecer. ¿Por qué? —añadió el jefe de los carnutos, otro pueblo que olía a sedición.

La intervención de Drapes había dado rienda suelta a todas las reivindicaciones. César los dejó desahogarse. Por otra parte, ya no se entendía nada. Hablaban o gritaban todos a la vez, algunos en un latín que se volvía más impreciso cuanto más se enfervorizaban, otros directamente en galo.

El procónsul romano no hizo ningún intento de apaciguar los ánimos. Ni trató de tomar la palabra. Habría sido una manifestación de impaciencia y, por tanto, de debilidad. Esperó a que se cansaran de aquella estéril agitación y volvieran a estar pendientes de sus labios. Permaneció impasible frente a la confusión, cada vez más alimentada por las discusiones entre ellos, que poco a poco habían suplantado las protestas que se dirigían a él. Y observó. Observó qué jefes eran más propensos a hacer frente común y qué diferencias estaban surgiendo entre unos y otros. Estudió la actitud de cada uno y se esforzó por detectar las rivalidades, que luego no dejaría de fomentar. Todo servía para mantenerlos desunidos y favorables a aceptar el dominio romano como mal menor.

Se cansaron. A fin de cuentas, estaban enojados, pero también sentían curiosidad. Los últimos en farfullar fueron silenciados por los otros. Finalmente, César pudo hablar.

—Todos ustedes saben que, por desgracia, a pesar de que yo liberé la Galia del peligro germánico, nunca ha habido de veras paz en estas tierras. Cada año una o más naciones se sublevan para tratar de prevalecer sobre las otras, o solo para rechazar la protección que Roma se ha ofrecido a dar a los galos. Pero Roma posee una importante provincia, al sur de aquí, no lo olviden: el procónsul tiene el deber de garantizar su seguridad. Y no puede haber seguridad si los territorios más cercanos a ella están siempre en guerra. Las contribuciones y los sacrificios que Roma les ha pedido en estos años no durarán toda la eternidad. Si les han parecido excesivos es solo porque hemos debido soportar grandes gastos militares por culpa de esta endémica situación de guerra. En condiciones de paz, por el contrario, todos prosperan, y Roma no tiene necesidad de recurrir a gravámenes extraordinarios ni a requisas para sostener su esfuerzo bélico. Así que es de su interés obrar por la paz.

Puesto que nadie se atrevía a interrumpirlo, prosiguió:

—¿Saben, por ejemplo, cuántos costos extra debemos cubrir en estos meses invernales? En vez de estar tranquilos en nuestros cuarteles consumiendo el mínimo indispensable, estamos obligados a enviar contingentes a dar vueltas por la Galia, a lo largo y a lo ancho. Nos vemos obligados a contratar mercenarios, a instituir nuevas unidades en sustitución de las caídas en combate. Estos son grandes gastos. Solo el trigo para los caballos, ¿cuánto debe aumentar para satisfacer todos los desplazamientos que hemos de hacer a la fuerza? ¿Y el mantenimiento de los caminos, que deben estar despejados incluso en esta época en que los cubre la nieve? Ayúdenme a mantener la paz en la Galia, y todos saldremos ganando. Como naciones, e *individualmente*. Mis asistentes están valorando cómo limitar las contribuciones solicitadas a las naciones que representan y cómo reafirmar los acuerdos personales que existen entre el procónsul y cada uno de ustedes. Si me dan más tiempo, comprobarán que las nuevas condiciones les satisfarán. Aplazo, por consiguiente, la reunión a mañana, a la espera de que los borradores de los acuerdos sean corregidos. Entre tanto, por supuesto, permanecerán en la ciudad a expensas del pueblo romano...

Un movimiento de protesta se produjo inmediatamente después del fin del discurso de César. Pero el procónsul no le prestó atención: se levantó de la silla y fue, decidido, hacia la entrada; salió de la habitación lanzando solo un saludo genérico a los convocados. Para muchos jefes galos, era intolerable que ni siquiera aquel día se hubiera concluido nada. Pero, por otra parte, ninguno de ellos se sintió con ánimos de detener a César: también ellos esperaban noticias de Induciomaro para tomar una decisión.

XIV

De repente, Labieno hace salir a toda la caballería por dos puertas, y ordena expresamente que, después de haber espantado y puesto a la fuga a la caballería enemiga —lo cual había previsto que ocurriría, como, en efecto, ocurrió—, buscaran todos solo a Induciomaro y no se empeñaran en el enfrentamiento antes de haberlo visto muerto, porque no quería que, entretenidos por los otros, los nuestros le dejaran la posibilidad de huir.

César,
De bello gallico, V, 58

—Legado, hoy los tréveros y sus aliados eburones y nervios se acercaron mucho más que ayer... —informó Cayo Crastino a Tito Labieno, observando desde las escarpas a los asediadores. Caía la tarde y, como cada día a aquella hora, los galos se estaban retirando hacia el Mosa, tras provocar a los romanos desde el alba para que lucharan.

Labieno contempló a los últimos jinetes enemigos desapareciendo en el horizonte. Luego levantó la mirada al cielo, ahora solo débilmente iluminado por el sol en la duermevela. La claridad lunar amenazaba con ser sofocada por la gran cantidad de nubes que se volvían densas sobre su cabeza. Sería una noche oscura.

La noche adecuada, por tanto.

—Diría que ya estamos. Esperemos a que oscurezca del todo. Dentro de dos horas, como máximo, hazlos entrar por la puerta decumana posterior. Y envía un mensajero rápido a César: mañana resolveremos este asunto de un modo u otro. Que aguarde un día más. Y recuerda: ningún mensaje escrito.

Labieno se desplazó a la parte trasera del fuerte y ordenó a los centinelas que le informaran en el caso de que los galos volvieran sobre sus pasos. Era esencial que ignoraran sus planes. Puntuales, los guardias abrieron la puerta a la hora establecida. Y los jinetes empezaron a afluir. Remos, pero no solo: heduos, parisios, ambianos, sécuanos, tectosages, alóbroges, bituriges y aquitanos, de todas las naciones con las que aún se podía contar. Labieno les había enviado mensajeros a todos ellos solo pocos días antes, y los había dejado esperando al oeste, en las inmediaciones del fuerte, hasta que había intuido que el enfrentamiento era inminente. Y no había advertido a César para evitar el riesgo de que la noticia llegara al conocimiento de Induciomaro.

En poco tiempo, los efectivos del fuerte se duplicaron. Concebido para alojar a dos legiones, o sea, no más de diez mil hombres, ahora estaba repleto de soldados, que no serían fáciles de refrenar.

Por suerte, no tendría que hacerlo durante mucho tiempo.

Sin embargo, Labieno notó las primeras desavenencias. Legionarios y galos no combatían a gusto juntos, pero cuando había que colaborar para acabar con un enemigo, conseguían tolerarse. Allí, en un espacio tan restringido, se pisaban los pies unos a otros —los galos metían también los cascos de sus caballos— y cualquier provocación, de una u otra parte, podría comprometerlo todo.

Mejor dejar las cosas claras de inmediato. Labieno mandó llamar a todos los centuriones y a los jefes galos. Cuando los tuvo delante, no perdió el tiempo.

—Vuelvan a sus centurias y díganles a sus hombres que cualquiera que se vea envuelto en una riña será pasado por las armas. No me interesa quién la haya desencadenado: haré ajusticiar a cualquiera que sea sorprendido peleando o alzando la voz, sea romano o galo.

—Mis hombres no toleran la inactividad. Son guerreros. No puedes obligarlos a estar aquí dentro durante tanto tiempo. Y luego, ¿deberán estar al raso toda la noche, con este frío? —protestó un celta.

—¿Tú quién eres?

—Dumnacos, el comandante de los parisios —respondió el celta, sacando pecho.

—No deberán esperar. Solo te pido que los mantengas tranquilos hasta mañana por la tarde. Y esta noche, tus hombres y todos los galos se alternarán en los alojamientos de los legionarios y los oficiales. Las primeras dos guardias las harán los romanos; las siguientes, los galos.

—Pero mañana los tréveros apuntarán al fuerte.

Lloverá de todo aquí dentro. Y con la multitud que hay, sin duda provocarán algunas víctimas. Y después de los primeros muertos, no creo que consiga impedirles que irrumpan fuera del fuerte para vengar a sus compañeros.

Con ese hacía falta mano dura. Labieno se acercó a él hasta que sus narices casi se tocaban.

—¿Qué clase de jefe eres? ¿No sabes tener a raya a tus hombres durante menos de un día? Nadie saldrá herido, te lo aseguro. Siempre que no causen problemas. En tal caso, yo seré su peor enemigo. Y, ahora, vete antes de que tus hombres hagan algún daño.

Funcionó. El galo bajó de las escarpas y los otros lo siguieron. Poco después, en el fuerte se hizo el silencio, y parte de los soldados se dispersó hacia los alojamientos con aceptable disciplina. Ni un grito, ni un ruido, excepto el de las miles de botas que pisaban el terreno y el bufido de los caballos.

—Haz sacar las pantallas de los *principia*. Y haz montar lo que hemos previsto poner en las escarpas —ordenó Labieno a un asistente.

El legado permaneció mirando a los hombres que ejecutaban sus órdenes. Vio las siluetas de las almenas a lo largo de las escarpas erguirse en altura para ofrecer mayor protección al lanzamiento de los proyectiles enemigos. Induciomaro y los suyos verían las almenas más altas y se convencerían de que los romanos tenían aún más miedo. Y quizá sería suficiente para hacerle bajar la guardia. Luego observó la disposición de las barracas de los legionarios. Aquel galo se preocupaba en vano. No sabía que en cada fuerte romano estaba previsto un espacio entre el muro y los alojamientos a fin de que los proyectiles que superaban el primero no pudieran alcanzar los segundos.

Y él se cuidaba bien de explicarle que esa era la regla. Un día quizá tendría que enfrentarse a él.

Había dispuesto todo de la mejor manera posible. Esperó que Fortuna, siempre al lado de César, lo ayudase también a él. Necesitaba su apoyo. Por otra parte, si estaba combatiendo por cuenta del procónsul, entonces era como si fuera César mismo quien actuara; por tanto, podía confiar en la ayuda de la diosa.

Solo le quedaba un disgusto. Quinto.

Al día siguiente, lo haría combatir también a él. Sería la primera vez, desde que lo había separado de aquella muchacha. Se preguntaba cómo reaccionaría en la batalla. ¿Se mostraría pusilánime, como cuando ella formaba parte de su vida? ¿O abúlico, por la desilusión que aún le leía en el rostro, a pesar de que ya habían transcurrido dos meses desde la fuga de Veleda?

En cambio, se atrevió a esperar que, por fin libre del maléfico influjo de aquella mujer, su hijo revelaría el valor y la habilidad de las que había dado prueba antes de ser embrujado.

Bueno, pronto lo descubriría, pensó, alcanzando el *praetorium* para concederse también él un breve reposo.

—Si Labieno nos dice que todo se resuelve hoy, así será. Haz decir que estoy enfermo y que la reunión se aplazará a mañana —dijo César a Aulo Hircio en el *tablinium* aún vacío.

Aulo Hircio no logró contener un gesto de impaciencia.

—Los galos no tolerarán más dilaciones. Se marcharán, y los perderemos definitivamente. Y todo porque confías a ciegas en Labieno. Como si todo dependiese de él. ¿Y si no consigue vencer en la batalla? A fin de cuentas, combate contra fuerzas superiores. E incluso admitamos que venza. ¿Y si se le escapa Induciomaro? ¿Y si tarda varios días en encontrarlo? ¡Será bueno, pero no es un mago!

Su tono traslucía frustración.

—Aparta a los representantes de los senones y de los arvernios. Son los más alborotadores. Dales oro para convencerlos de que esperen. Si se quedan ellos, se quedarán los otros.

Aulo Hircio no se dio por vencido.

—Estamos tirando un montón de oro para tranquilizar a sus jefes. Pero antes o después deberemos darles una lección de otro tipo, si queremos que dejen de sublevarse. El oro que les daré tendré que quitarlo de los tributos que deseabas mandar a Roma. ¿Cómo lo harás para justificar tus éxitos, si no mandas dinero al erario?

—Aumentaremos las requisas para compensar las pérdidas. ¿Aún no has entendido cómo funciona? Nosotros se lo sacamos al pueblo galo y luego, precisamente para mantener tranquilo al pueblo, entregamos una parte del tributo a sus jefes. El pueblo, exasperado, acaba por quitarlos del medio, como ocurrió con Tasgecio entre los carnutos, y elige a otro jefe. Nosotros empezamos a untar también a este, hasta que se cansan de él. Pero entre tanto nos reforzamos. Puede que la próxima temporada cálida acaben por rebelarse todos. Pero si eliminamos a Induciomaro esto es menos probable, porque tendrán que encontrar un jefe bastante prestigioso para unirlos a todos. Y luego nosotros seremos más fuertes, porque tendré dos nuevas legiones. Es más, tres, porque tengo la intención de pedirle a Pompeyo que me mande una de las suyas.

—¿Y qué te hace pensar que te la dará? ¿Y que el Senado lo aprobará?

—No sería, desde luego, la primera vez que enrolo tropas sin la autorización del Senado. Y aunque Craso esté en Siria, el acuerdo entre él, Pompeyo y yo es aún bastante sólido como para que podamos superar ciertos obstáculos institucionales...

—Ya no tienes vínculos de parentesco con Pompeyo. No es necesario que te lo recuerde. Y la masacre de Sabino ofrecerá a tus detractores un válido pretexto para cuestionar tu actuación en la Galia. La situación ya no es la de antes, y no puedes pretender seguir imponiendo tu voluntad a Roma después de haber estado ausente tanto tiempo. Tus adversarios son cada vez más aguerridos. Se hace cada vez más difícil...

—Lo sé. Y deberemos proveer. Pero, entre tanto, debemos hacer frente a esta crisis. Haz como te he dicho. Todo irá bien.

Aulo Hircio habría querido añadir algo más contra Labieno. Pero después decidió que, si había una ocasión en que el legado corría el riesgo de decepcionar a César, era precisamente aquella. ¿Derrotar a los tréveros, eburones y nervios coaligados con solo dos legiones? Difícil. ¿Encontrar a Induciomaro y matarlo? Imposible. ¿Hacerlo durante aquel día? Impensable.

Esta vez sí que fracasaría. No tenía bastantes hombres para ganar, y menos aún para capturar al más valiente de los jefes galos... Y todo se derrumbaría alrededor de César.

Por culpa de Labieno.

Quinto evitó el enésimo mandoble de un belga, y por enésima vez no reaccionó. Dejó atrás a su adversario sencillamente cabalgando más rápido que él. Echó un vistazo a la derecha y luego a su izquierda no tanto para protegerse de los enemigos como para controlar el comportamiento de sus camaradas y de los aliados galos. También ellos seguían al pie de la letra las órdenes de Tito Labieno: encontrar a Induciomaro sin perder el tiempo en inútiles enfrentamientos.

No era necesario combatir una batalla, había dicho el legado: para poner fin a la guerra era suficiente con eliminar al punto de referencia de la revuelta. Si lo hubiera buscado un solo destacamento, la empresa, con toda probabilidad, habría sido casi imposible. Pero si se dedicaba a ello todo el ejército, el plan, por más desatinado que fuera, podría funcionar.

En cuanto los bárbaros empezaron a aflojar la presión diaria sobre el fuerte, Labieno hizo abrir las puertas. De inmediato, un enjambre de jinetes auxiliares partió al contraataque y barrió en un instante a los belgas que se habían retrasado en torno al fuerte al demorarse con las provocaciones. Y sin dar tiempo al enemigo de organizar una defensa, los auxiliares prosiguieron al galope hacia la retaguardia enemiga, con un solo objetivo: Induciomaro.

Algunos preferían detenerse, hacer prisionero a un belga y obligarlo a revelarle dónde sería más probable encontrar a su jefe. Otros eran tan desafortunados que tropezaban con un grupo de adversarios lo bastante consistente como para obligarlos a entablar batalla. Pero la mayoría proseguían su carrera sin obstáculos.

Entre estos, también Quinto. A la caballería, Labieno había hecho seguir la infantería legionaria, y de esta última debía formar parte su hijo. Pero Quinto no había querido limitarse a un papel de apoyo. Aún tenía el caballo que le habían dado para hacer de mensajero a César dos meses antes, y no perdió el tiempo en montar para unirse a los primeros contingentes salidos del campamento.

Mientras se alejaba del fuerte, lanzó una última mirada a su padre, temiendo que aquella nueva insubordinación lo indujera a detenerlo. Pero luego se dio cuenta de que el legado estaba contento de verlo de nuevo en primera línea, y ni siquiera soñaba en limitarlo. Cayo Crastino, en cambio, le estaba gritando de todo. De un modo u otro, estaba seguro que el centurión se lo haría pagar. A menos, claro, que consiguiera descubrir a Induciomaro.

Le gustaba esa situación: premio o castigo, sin términos medios. Reflejaba su carácter, que solo concebía los excesos. Había sido así, por otra parte, desde su primera campaña. Se sentía en un estado de exaltación que no había experimentado hasta entonces. Tenía fuertes estremecimientos y, a pesar de que hacía mucho frío, sabía que no era el clima el que los provocaba. Deseaba destacar como en los tiempos del enfrentamiento con Ariovisto, y por eso se sentía en competencia con sus camaradas antes que con los adversarios. Se percató de que, por primera vez desde hacía dos meses, llevaba un largo rato sin pensar en Veleda. Un instante después, se sintió incluso capaz de ahuyentar su pensamiento cuando se encontró con dos nuevos obstáculos: jinetes aún en el suelo a los que no les dio tiempo de montar, pues los mató con la espada antes de que pudieran reaccionar.

Aún tuvo tiempo de preguntarse si no habría desperdiciado cuatro años de su vida renunciando a lo que hacía mejor y a lo que deseaba hacer en realidad. Y todo por una mujer que, además, ni siquiera lo amaba. Había decepcionado a su padre, se había enemistado con sus camaradas y se había consumido en la ociosidad, en vez de secundar sus dotes y sus ambiciones.

Pero ahora, las cosas cambiarían. Su padre volvería a estar orgulloso de él. Y él, Quinto, de sí mismo.

Pero esta vez no hacía falta matar a un gran número de enemigos. Incluso aunque lo hiciera, nadie lo felicitaría. Ni siquiera su padre. Se trataba de encontrar a ese Induciomaro antes que los otros. ¡Entonces sí que recuperaría todo el crédito que había dilapidado en aquellos años!

Razonó. No tenía sentido tratar de convencer a los galos para que le señalaran a su jefe: sería una pérdida de tiempo. Debía ser capaz de reconocerlo solo. Pero ¿cómo distinguirlo de los otros nobles galos? Iban vestidos más o menos de la misma manera. Corría el riesgo de concentrarse en el objetivo equivocado. Entonces se acordó del enfrentamiento con Ariovisto.

La escolta.

El noble más protegido, aquel con la escolta más numerosa. Ese era Induciomaro.

Eso volvía las cosas más difíciles. No podía hacerlo solo. Sin embargo, si seguía adelante encontraría un río, como sucedió con Ariovisto. No un gran río como el

Rhenus, sino un afluente del Mosa, suficiente, no obstante, para detener al menos por un tiempo la retirada de los belgas.

No es que los belgas se estuvieran retirando todos. Probablemente no habían recibido ninguna orden, porque la rápida penetración romana entre sus unidades les impedía comunicarse. Cada uno, pues, seguía su propio criterio: había quien escapaba y quien trataba de organizar una defensa en un intento por otra parte frustrado, dado el desinterés romano en el enfrentamiento. Por un instante, Quinto se preocupó: si los romanos no conseguían eliminar a Induciomaro, muchos se encontrarían aislados entre las líneas enemigas y el río, y correrían el riesgo de ser masacrados.

Pero quizá justo por eso Labieno había hecho salir, en un segundo momento, también a la infantería. Su padre no era un estúpido. Es más, a veces tenía la impresión de que era mucho más hábil que César como general.

Vio entonces un pelotón de jinetes. Los primeros que encontraba todos juntos. Hasta ese instante, no había visto más de dos o tres a la vez, en desbandada y confusos. Se dirigían hacia el río, al galope, dispuestos en herradura. Eran la retaguardia y las alas de un solo hombre, que avanzaba en el centro.

Induciomaro, no había duda.

Quinto estaba pensando en cómo romper aquel cinturón protector cuando vio llegar, sobre el lado opuesto, a otro pelotón de jinetes. No eran romanos. Miró mejor. No eran tampoco galos. Reconoció a los guardias germánicos que César había enviado a su padre. Después de él, habían sido los más rápidos.

Habría querido unirse a ellos, pero atacaron de inmediato a la escolta. Eso, al menos, le dio ocasión de acercarse a los tréveros sin que casi ni se dieran cuenta, mientras ya estaban todos luchando contra los germanos. Entabló batalla contra dos guerreros, tratando de no perder de vista al que debía de ser Induciomaro.

Hacía mucho que no afrontaba con decisión un enfrentamiento. En general, lo evitaba. Al principio, se encontró en mala situación. Y no porque los adversarios fueran dos. Su pulso temblaba cuando su hoja golpeaba la enemiga, y más de una vez temió no tener la fuerza suficiente para sostener el impacto. Además, seguía controlando los movimientos de Induciomaro, que parecía desconcertado y no apoyaba a ninguno de sus hombres.

De repente, esa constatación le dio valor. Sus golpes adquirieron mayor convicción y dieron en el blanco uno tras otro. Quinto vio que los dos adversarios caían del caballo y el camino se abría ante él.

No perdió el tiempo. Espoleó el caballo hacia Induciomaro, que intentó girarse, quizá para alcanzar el río. Pero detrás de él aún se combatía, y no había espacio. Quinto tendió el brazo, la punta ensangrentada de su espada en busca del enemigo. El caballo de Induciomaro se encabritó sobre las patas posteriores, luego cayó, y en aquel momento el romano hundió la espada. La hoja alcanzó el costado del trévero y entre los anillos de hierro de la malla. Quinto oyó que el adversario se estremecía, no una, sino dos veces.

Sin embargo, él había golpeado una sola vez.

Entonces se percató de que otra hoja había penetrado en el busto de Induciomaro. En la espalda. Vio que la punta salía del pecho del galo, a poca distancia del punto en que había penetrado la suya. Miró hacia delante. Como él, también el otro no hacía ademán de apartar el brazo de la empuñadura.

Lo reconoció. Era el jefe de los germanos, Ortwin. Se quedaron mirando unos instantes, mientras a su alrededor los guerreros de la escolta, después de haber visto lo que le había ocurrido a su comandante, se rendían o se hacían matar sin oponer resistencia. Induciomaro ya estaba sin vida. Un reguero de sangre le salía de la boca. Sin embargo, las dos espadas clavadas en su cuerpo lo mantenían en la silla, en posición casi erecta.

Y ninguno de los dos guerreros parecía tener la intención de sacar su espada.

Quinto estaba convencido de que lo había atravesado primero. Quiso decírselo al germano, pero los otros romanos se encontraban lejos, y allí cerca solo estaban los compañeros del bárbaro: no había duda de qué versión sostendrían. Quizá también aprovecharían para quitárselo de en medio sin plantearse demasiados problemas. Pero no tenía intención de renunciar.

—Según parece hemos cumplido al mismo tiempo la orden de César... —manifestó el germano, anticipándose.

Quinto se asombró. No esperaba tanta disponibilidad de un bárbaro.

—Sí. Ambos hemos cumplido la orden de *Labieno*... —se limitó a decir, con una pizca de polémica. Pero aún no se creía que el germano tuviera la pretensión de compartir con él el mérito de la empresa.

—Y ahora, ¿qué hacemos? —soltó Ortwin.

Quinto se tranquilizó. La tensión que lo había acompañado se apagó de repente. Estalló en una sonora carcajada, que contagió también al otro, y a todos sus compañeros.

—Tengo una idea —indicó al fin.

La batalla, si es que podía definirse como «batalla» lo que había ocurrido, acabó. Los belgas y los tréveros habían desaparecido: Labieno había dado la orden de no perseguir a los fugitivos para no dejar el fuerte sin vigilancia. Romanos y galos regresaban en pequeños grupos, y ya se había difundido la voz de que Induciomaro había sido alcanzado y muerto.

El legado esperaba constatarlo con sus propios ojos. Y esperaba también el regreso de Quinto, al que había visto partir al galope, perseguido por los gritos de su centurión. Desde las escarpas, observaba la vuelta de sus hombres, escrutándolos uno a uno para vislumbrar la cabeza del jefe trévero o el rostro de su hijo.

Los hombres que se habían quedado en el fuerte y los supervivientes del enfrentamiento alababan a Labieno. Lo llamaban *imperator* para celebrar su gran victoria. Desde hacía meses se decía que la muerte de Induciomaro pondría fin a la guerra, y todos atribuían al legado el mérito de la empresa.

—Haz que se callen. No soy el comandante supremo. Y la idea fue de César. ¡Es él quien merece las celebraciones! Y, además, ¡aún debemos ver la cabeza de Induciomaro! —gritó Labieno, bastante irritado, a su asistente. Luego volvió a mirar afuera. Notó que el pelotón de los germanos de César se acercaba. Avanzaban en herradura, abiertos en la parte delantera. En medio, tres jinetes. Cuando estuvieron junto al muro, Labieno vio que el jinete del centro era un celta. Un celta de rango.

Induciomaro.

Lo habían hecho prisionero, pues. A su lado, casi pegados a él, por un lado, Ortwin, y por el otro, un romano.

Quinto.

Al reconocerlo, sintió un escalofrío. Si los germanos le permitían avanzar con ellos, significaba que había participado en la captura del jefe trévero. El pelotón cruzó el acceso del fuerte y Labieno, como todos, bajó de las escarpas y fue a su encuentro. El legado se abrió paso entre la multitud, hasta que llegó ante ellos.

Los observó. Induciomaro estaba medio desplomado sobre el cuello del caballo. Parecía desvanecido. Luego notó las espadas de los dos hombres que estaban junto a él clavadas en su cuerpo.

Estaba muerto.

Nuevos gritos alabándolo como *imperator* se elevaron en el fuerte. Ya no hizo caso. Tenía delante lo que necesitaba César: el cuerpo sin vida del jefe de la revuelta. Tenía delante lo que necesitaba él: un hijo que recuperaba el honor.

Estaba feliz.

—Hemos alcanzado y matado casi en el mismo momento al jefe de los tréveros —declaró oficialmente Ortwin—. Tienes hombres valientes entre tus filas, legado.

Labieno quiso hasta llorar. De alegría.

—¿Viste, padre? Celebran tus victorias. Tú eres el verdadero vencedor de esta guerra, ¡más que César! —añadió Quinto.

La infeliz consideración de su hijo hizo volver a Labieno a la realidad. Había que avisar enseguida al procónsul.

—Bajen de inmediato del caballo. Los... tres —ordenó. Quinto y Ortwin se decidieron finalmente a extraer las espadas del cuerpo del celta. Induciomaro cayó por su propio peso en la nieve mezclada con lodo. El yelmo le rodó lejos. Labieno aferró la cabeza por el cabello, se hizo dar una *spatha* de uno de los jinetes germanos y, con un golpe decidido, la cortó por el cuello. Luego se la ofreció a Ortwin.

—Los felicito a todos, y a ustedes dos en particular, por haber puesto fin con celeridad a esta amenaza —dijo—. Pero para que esta victoria sea efectiva y eficaz, César debe enterarse igual de rápido. Lleva esta cabeza al procónsul en Samarobriva. Parte de inmediato junto a tus hombres y no te detengas ¡por ningún motivo!

Ortwin no dijo una palabra. Tomó la cabeza, montó a caballo, hizo señas a sus hombres para que lo siguieran y desapareció más allá de la entrada.

—¡Estoy en forma, eh! —dijo Quinto, buscando la aprobación de su padre.

Labieno sacudió la cabeza. Era el fanfarrón de siempre. Pero al menos había vuelto a ser un soldado de Roma. Y de los mejores.

Los jefes miraban a César de manera torva. Todos, no solo algunos, como había ocurrido en la reunión de dos días antes. Tampoco aquellos a los que Aulo Hircio había corrompido parecían muy bien dispuestos con el procónsul. Muchos confabulaban entre sí.

Otro hombre habría temblado. César, no.

Representaba la autoridad de Roma en esa parte del mundo. Cuanto más difícil era la situación a la que se enfrentaba, más autoritario y seguro de sí mismo debía mostrarse. En caso contrario, lo que había construido en aquel quinquenio se habría resquebrajado. Pero ya no podía perder el tiempo. Debía decirles algo. No lo que les gustaría y que esperaban, pero sí algo que le permitiera tenerlos tranquilos al menos hasta finales de la primavera.

Fingió consultar los papiros y las tablillas que Aulo Hircio le pasaba. No quería asumir compromisos que luego no podría mantener. Por lo menos, no tenía la intención de exagerar: si hubiera desatendido alguno, habría podido justificarse aduciendo la precipitación de los acontecimientos. Pero una fama de poca credibilidad no lo ayudaría cuando volviera a dirigir su completa atención a Roma. La Galia debía convertirse en algo suyo, de un modo u otro, así como Oriente pertenecía a Pompeyo, y tenía aún años para conseguirlo.

Si solo hubiera sabido algo de Labieno. Cualquier cosa...

—Yo me marcho. ¡Esto es una tomadura de pelo!

Un galo ya tenía suficiente. Se levantó y salió de la estancia. César se encogió de hombros. Era un jefe menor. Su adhesión a la revuelta le haría tanto daño como la picadura de un mosquito. Al salir, el celta casi se tropezó con un *beneficiarius* que estaba entrando, sin aliento, y que se acercó a César.

—Procónsul, debes venir fuera de inmediato. Ortwin está a la puerta —le dijo al oído.

El nombre era la garantía de que, como mínimo, había alguna noticia. César se levantó.

—Honorables vergobretos, les pido que tengan un poco más de paciencia. Debo ausentarme un instante, pero les prometo que, en cuanto regrese, los pondré al corriente de mis deliberaciones.

Ignoró las protestas de los convocados y fue rápidamente hacia la salida, con lo que dejó también a Aulo Hircio preguntándose qué estaba ocurriendo. Una vez fuera del edificio, César vio a Ortwin y se precipitó de inmediato a su encuentro.

—¿Qué noticias me traes? —le preguntó dejando traslucir su ansiedad. Cosa que le ocurría raras veces.

—No te traigo noticias, sino un obsequio. Un obsequio de parte de Tito Labieno —le respondió el germano, ofreciéndole el saco que tenía en la mano.

César lo tomó y lo abrió. Sacó una cabeza.

—¿Es él?

—Es él.

El procónsul guardó el macabro trofeo, luego estrechó con una mano el hombro del germano.

—Ve a refrescarte. Lo necesitas, y con razón.

A continuación entró en el *praetorium*. Accedió a la sala de reuniones, donde encontró una gran confusión. Los delegados estaban todos de pie y, al verlo regresar, aumentaron el tono de sus protestas. Algunos se le acercaron y le gritaron algo a la cara, embistiéndolo con un aliento fétido de cerveza. César los ignoró y llegó a su puesto, observando divertido la mirada de Aulo Hircio.

Se sentó y esperó a que los galos se calmaran. No se calmaron. Entonces se puso de nuevo en pie, colocó el saco sobre la mesa, extrajo la cabeza y la mostró a todos.

De repente cayó el silencio.

Ahora que estaba seguro de haber obtenido su atención, habló:

—Quizá no todos han tenido la ocasión de conocer al jefe de los tréveros. Pues bien, este era Induciomaro. El hombre que creyó que podía desafiar con impunidad a Roma. Tuvo el fin que merecía y pueden estar seguros de que lo mismo le ocurrirá a Ambiórix, el traidor que ha procurado la muerte de mis dos legados. Los invito a considerar, pues, cómo castiga Roma a los traidores y cómo, por el contrario, premia a quien le es fiel. Deseo que, en el futuro, todos sepan adoptar el comportamiento más sabio. No tengo nada más que decir; por tanto, se cierra la sesión. Vuelvan a sus pueblos y trabajen por la paz.

Hizo señas a Aulo Hircio de que lo siguiera y luego salió de la estancia, dejando una vez más en el lugar a los convocados. Pero esta vez no hubo protestas ni gritos. Hubo silencio. Silencio atónito.

Tampoco Aulo Hircio sabía qué decir. Los galos habían sido derrotados. Pero también él había perdido.

XV

Nadie pensó en el saqueo. Excitados por el recuerdo de la matanza de Cénabo y de la fatiga soportada, no perdonaron a viejos, mujeres o niños. Al final, de un total de cuarenta mil hombres, llegaron ilesos donde Vercingétorix solo ochocientos, que se habían arrojado fuera de la ciudad, apenas oídos los primeros gritos.

César,
De bello gallico, VII, 28

RAVENA, FEBRERO DE 52 A. C.

La fila, fuera del *praetorium*, era interminable. Gente que esperaba desde antes del alba a que César se despertara: sobre todo, gente venida de Roma. Gente que había aguardado dos largos años para poder entrevistarse en persona con el procónsul.

Estaba en la ciudad desde hacía dos semanas. Nada más correrse la voz, a lo largo de la península, de que

César finalmente había atravesado los Alpes, en Roma había empezado el éxodo hacia la provincia Cisalpina.

Había pasado dos años en la Galia, sin concederse la pausa invernal, para reprimir los últimos focos de la revuelta iniciada por Induciomaro. En efecto, después de la muerte del jefe trévero, en primavera el testigo había sido recogido por Ambiórix, el responsable de la matanza de las cohortes al mando de Sabino y Cota, y muchas naciones debieron ser conducidas a la obediencia.

No es que hubiera disminuido la amenaza de una rebelión, al contrario. La repulsa de los galos por la dominación romana era cada vez más aguda, y obligaba a las legiones a imponer un verdadero régimen de ocupación. Pero para César había motivos igual de fundados para volver a Italia y ocuparse más de cerca de los problemas de la política romana.

Las cosas, en la Urbe, habían cambiado mucho desde los tiempos de la renovación, en Luca, del pacto entre César, Pompeyo y Craso. Para empezar, ya no había ningún pacto desde hacía varios meses. Para ser exactos, desde la muerte de Craso en Partia, en la batalla de Carras. Su desaparición había hecho más profundo el surco abierto entre los otros dos protagonistas desde la muerte de Julia, la hija de César.

A pesar de las nuevas ofertas matrimoniales de César, Pompeyo había elegido a la hija de Metelo Escipión: una primera señal de que el conquistador de Oriente no tenía la intención de seguir prestándose a un juego hasta entonces ventajoso sobre todo para el propio César.

Pero el vencimiento del nuevo quinquenio se acercaba: otros dos años y César volvería a ser solo un ciudadano.

A menos que..., a menos que consiguiera hacerse elegir cónsul.

—... Como bien sabes, querido Pompeyo, la vastedad de la Galia comporta una larga serie de compromisos y responsabilidades que no podré descuidar para dedicarme a la candidatura al consulado —dictaba César al *beneficiarius*—. Tendré que permanecer más allá de los Alpes hasta el último instante de mi mandato e incluso después, si es necesario. Por tanto, no será posible, para mí, estar en Roma para presentar mi candidatura a cónsul. De modo que te pido, en nombre de nuestra amistad, que te encargues de que se me permita una modesta prolongación del mandato proconsular y una derogación de la ley a fin de que, dentro de tres años, pueda plantear mi candidatura *in absentia*.

«Y de nuevo, muchos saludos al triunfo», pensó. Pero había mucho, mucho en juego, esta vez. Mucho más que cuando, de regreso de España, había tenido que elegir entre consulado y triunfo. Entonces no estaba Catón, con su grupo de constitucionalistas, esperándolo en la puerta para procesarlo. Y, además, aún vivía Craso para poder oponerse a Pompeyo.

Volvió a dictar:

—«Confío en que usarás la gran autoridad que todos te reconocen para apaciguar los ánimos para traer de nuevo ley y orden, después de los grandes tumultos posteriores al asesinato de Clodio por parte de Milón. Tumultos que han conducido, por lo que he sabido, incluso a la destrucción de la curia que tantas veces ha acogido nuestras discusiones...».

—Procónsul, Servilia Cepión pregunta por ti.

Un esclavo había entrado en el local, reclamando su atención.

—Servilia... ¿está aquí?

—Está aquí. Vino a la carrera desde Roma y dice que está demasiado cansada para hacer fila con todos los demás.

Había incluso senadores afuera, esperando a que César los recibiera. Senadores postulantes, como si fueran simples clientes plebeyos. Y se les dejaba esperando, como a todos los demás. Pero no a Servilia.

—Hazla pasar —ordenó después de algunos instantes de reflexión.

Servilia. César tuvo un estremecimiento involuntario. No la veía desde hacía siete años. La recordaba aún como una espléndida mujer en la plenitud de su madurez. Recordaba cómo la despidió, en la vigilia de su partida para la Galia, profundamente convencido de que la encontraría, a su regreso, inmune a las señales del tiempo, como había ocurrido después de su gobierno en España. Pero entonces había pasado menos de un año desde la última vez que la había visto. Ahora, las numerosas estaciones transcurridas debían de haber llevado a aquella mujer a una edad tolerable solo si se había vivido a su lado.

Y él, en cambio, no la había vuelto a ver. Se habían mantenido en contacto escribiéndose, claro. Pero él no había tenido modo de acompañar el inevitable declive de la mujer, de acercarse poco a poco a sus cincuenta y dos años. Y las numerosas mujeres celtas que habían calentado su cama en aquellos años, mujeres jóvenes, guapas y fogosas, lo habían llevado a preguntarse, a veces, cómo afrontaría el próximo encuentro con Servilia.

—¡Uf! ¡Viajar durante la temporada fría es horrible! ¡No lo habría hecho por ningún otro!

Servilia irrumpió en el local con una sonrisa que intentaba esconder el cansancio del viaje. El resultado fue una especie de mueca que lo cierto es que no contribuyó a atenuar la impresión que César tuvo de ella.

Había envejecido.

La escrutó mientras iba a su encuentro, temiendo que su rostro traicionara la decepción. Caderas anchas, mucho más anchas que antes. Papada caída. Pecho inexistente. Mejillas colgantes. Cabello ridículamente teñido.

Como era obvio, el largo y apresurado trayecto desde Roma la había extenuado. No iba maquillada como debería, y su elaborado tocado se hallaba en parte suelto. Pero ni siquiera un mayor cuidado, sospechaba César, podrían devolverle aquellos últimos, fatales siete años.

Deseó que no hubiera venido.

—¡Mi querida Servilia! ¡Qué grata sorpresa me das! ¡No hay persona a la que vuelva a ver más a gusto! —dijo, abrazándola.

De inmediato la boca de ella buscó la suya. César notó dos labios rugosos antes de sentir el contacto sobre los propios y percibir un desagradable aliento que se insinuaba, junto con la lengua, en su interior.

Ya no era el sabor que recordaba. Ya no era la suavidad a la que se abandonaba.

—¡Siete años! ¡Siete años sin verte! —exclamó Servilia alejando el rostro, con gran alivio de César—. ¡Aún me pregunto cómo lo he hecho para resistir la tentación de venir a la Galia!

—¡Eh! Aquel no es sitio para una dama de Roma...

César, por una vez, no sabía qué decir.

Ella lo examinó.

—Has cambiado un poco. Y no a peor, diría. Estás más seco, y las arrugas te quedan bien. Por otra parte, las privaciones de ese país inhóspito...

También él habría querido hacerle algún cumplido. Pero inmediatamente después, ella habría esperado también una demostración concreta de su entusiasmo.

—Tu fascinación está intacta —mintió.

—Lo sé. Sé que para ti es así. Por eso no tuve miedo de dejarme ver otra vez. Cuando para todos los demás sea solo una vieja arrugada, para César seré siempre la Servilia de hace veinte años.

—Eh... Sí. Pero, dime, ¿qué clima dejaste allí en Roma?

César trató de cambiar de conversación, sabiendo que ella se sentía siempre muy halagada cuando la implicaba en sus valoraciones políticas. Quizá Servilia no notara que, esta vez, se trataba de un pretexto.

En efecto, así fue. La mujer se sentó.

—Viajé tan rápido que apuesto a que soy la primera en comunicarte la noticia. Para poner fin a los desórdenes que siguieron a la muerte de Clodio, el Senado, a propuesta de Bíbulo, eligió a Pompeyo como cónsul único. *Consul sine collega.*

César esperaba, más bien, que lo hicieran dictador. Que fuera solo cónsul, aunque único, era algo bueno. Quería decir que no tenía la intención de superar sus funciones constitucionales. Claro que estaba sostenido por gente como Catón Metelo Escipión y Bíbulo: todos personajes que no amaban a César.

—Pero supongo que se habrá cuidado mucho de renunciar a su mandato proconsular en España... —dijo.

—Por supuesto. No es un simple cónsul. Es aún el procónsul de las provincias hispánicas, con la potencia militar, equivalente a la tuya, que deriva de ello. Es el primer hombre de Roma, más que nunca... —respondió Servilia.

—El primer hombre de Roma... —murmuró César, turbado.

Entró de nuevo el esclavo.

—Un mensaje urgente de Labieno, procónsul.

—Léelo tú.

Si bien ya no experimentaba por Servilia los mismos sentimientos de otro tiempo, aún era una querida amiga, y no tenía la intención de esconderle nada. Además, quería darle la impresión de que estaba muy ocupado, era un buen modo de eludir la intimidad.

—El mensaje está en código, César... —indicó el hombre después de haber desplegado el papiro.

Se trataba entonces del mensaje que esperaba. Se lo arrancó de la mano. Todos, hasta los secretarios habituados a escribir en código la correspondencia que dictaba César, tenían dificultades para descifrar en el momento ese tipo de escritura.

Todos, salvo César.

—La Galia se ha sublevado —decía el mensaje—. Pero no como habíamos previsto. Convictolitave de los heduos no tuvo tiempo de inducir a su pueblo a la rebelión y de arrastrar consigo a toda la Galia. La insurrección nació espontáneamente en Cenabum, entre los carnutos, que masacraron a todos los ciudadanos y comerciantes romanos. No sobrevivió ni uno solo. Y muchos vivían allí con sus familias. La noticia se difundió con tanta rapidez que antes de la medianoche ya llegó a los arvernios, a ciento sesenta millas de distancia. Entre los arvernios tomó el poder el joven Vercingétorix, a quien quizá recuerdes como comandante del contingente auxiliar enviado por su nación en la campaña contra los atrebates. Inmediatamente después de ser proclamado rey, Vercingétorix envió mensajes a varias naciones: se unieron enseguida senones, parisios, pictones, turones, aulercios, lemovicios, andios, una parte de los cadurcos y todos los pueblos a lo largo de las costas del Océano. Le confiaron el mando supremo y rehenes. Y él construyó un ejército que se dirige hacia las tierras de los bituriges. Otro ejército liderado por el cadurco Lucterio, en cambio, está marchando contra los rutenos. Los bituriges, que aún son aliados, pidieron ayuda a los heduos, y Cayo Fabio, de Bibracte, los autorizó a enviar un contingente de jinetes. Pero los socorros heduos se detuvieron antes del Liger, temiendo una emboscada de bituriges y arvernios juntos. Tengo razones para creer, en cambio, que Convictolitave, molesto por no poder desarrollar ya el papel que habíamos acordado con él, los disuadió. Quizá se plantea de veras la traición. O quizá solo espera a ver cómo se desarrollan los acontecimientos.

—Malas noticias, supongo —dijo Servilia, al ver que a César se le oscurecía la cara.

—Horribles —respondió César, desplomándose sobre la silla. Las cosas estaban yendo en la dirección que había deseado, pero no como había proyectado. Y era la primera vez que ocurría, al menos en la Galia.

Necesitaba una nueva revuelta, una revuelta general, que usar como pretexto para aplastar definitivamente toda resistencia y dejar, al término del mandato, una Galia pacificada y sumisa. Por este motivo, había corrompido al vergobreto de los heduos, Convictolitave, para que indujera a los suyos a romper la alianza con Roma. Los heduos eran uno de los pueblos más poderosos de la Galia, y si hubieran privado a Roma de su apoyo, calculó, casi todas las otras naciones se habrían envalentonado, secundando la rebelión. Tanto más si, como había proyectado, la defección hubiera tenido lugar en el período invernal, con el procónsul lejos, una circunstancia que habría dado aún más confianza a los insurgentes.

El movimiento de Convictolitave estaba previsto para el mes siguiente. Labieno tenía la orden de despejar a los romanos de las zonas más peligrosas pocos días antes para evitar que corrieran riesgos. Pero los carnutos se habían anticipado a Convictolitave. Se habían sublevado, y para los romanos que vivían cerca había supuesto su perdición. Una circunstancia que César no había sospechado, y que daría una pésima impresión en Roma. Una matanza de romanos tras siete años de gobierno no hablaba a favor de su política.

Y luego, estaba este Vercingétorix: alguien en condiciones de reunir bajo su mando a muchas naciones. Alguien que tenía experiencia de guerra con los romanos, que los conocía. Alguien que amenazaba con ser más hábil que los diversos Ariovisto, Viridomaro, Ambiórix, Casivelauno y Comio, que todos los jefes contra los que César había combatido en esos años. Había que evitar que obtuviera más éxitos a fin de que las otras naciones se vieran disuadidas a unirse a él. Había que ir de inmediato al norte, proteger la provincia y reunirse con Labieno.

—Debo marcharme, querida Servilia. Lamento que

hayas hecho este largo viaje en vano, pero la situación es de veras grave —se disculpó César, levantándose de golpe. Le dio un beso en la mejilla y salió del local para organizar la partida.

La mujer no dijo nada. Lo siguió con la mirada hasta que desapareció de su vista. Demasiado cansada para ir tras él, se quedó petrificada en la silla, reflexionando y maldiciendo su propia estupidez. ¿Cómo había podido pensar que César tendría tiempo para ella? Primero estaba siempre Labieno. Siempre había estado entre ellos, desde jóvenes. No dudaba de que César tuviera motivos válidos para dejarla así, plantada, pero ¿esa condenada carta no podría haber llegado un día más tarde? ¿Por qué Labieno era siempre tan endemoniadamente eficiente?

El legionario traspasó de lado a lado a la mujer que se había interpuesto entre él y su hijo. Luego el romano mató también al niño hundiéndole el gladio en el cuello mientras se arrodillaba, llorando, sobre el cuerpo exánime de la madre. Quinto miró a su alrededor. Por doquier podía observar escenas similares. Nadie pensaba en el saqueo, a pesar de la penuria de víveres que había sufrido el ejército en los últimos tiempos. Sus compañeros estaban desahogando sobre la población de Avaricum la frustración de un mes de durísimo asedio, además de vengar la matanza de Cenabum. Solo que estos eran bituriges, no carnutos.

Ningún oficial parecía tener la intención de detenerlos. También él, al principio, al entrar en la ciudad, había hundido el gladio en todo lo que se movía. Pero luego había empezado a distinguir a los guerreros de los inofensivos civiles, y había dejado que mujeres, viejos y niños escaparan, sin esforzarse por perseguirlos. A menudo, sin embargo, los había dejado marcharse solo para ver cómo acababan contra las puntas de los gladios de sus camaradas, que no habían vacilado en despedazarlos.

Se había convencido, por tanto, de que sus escrúpulos eran inútiles, y había vuelto a dar golpes a diestro y siniestro, sin distinciones. En la multitud, había concluido, los instantes que empleas en localizar la amenaza pueden costarte la vida.

También él, por otra parte, estaba exasperado. Exasperado, ante todo, por siete largos años de guerra. De la táctica de Vercingétorix, hábil para hacer tierra quemada en torno al ejército romano y consciente de las dificultades de aprovisionamiento de nada menos que diez legiones, el más grande ejército que César hubiera liderado nunca. Exasperado por el fallido encuentro con el jefe de los arvernios, acampado a pocas millas de distancia, al que César nunca había querido enfrentarse. Exasperado por un asedio durante el cual los galos habían frustrado todos los intentos romanos por superar los muros, destruyendo rampas, derrumbando galerías, rechazando asaltos, impidiendo la excavación de trincheras y elevando nuevos muros. Exasperado por la ambigüedad de los heduos, que hubieran debido encargarse del avituallamiento, pero que se estaban mostrando poco fiables. Exasperado por el frío y el mal tiempo de un invierno que no se decidía a dejar su puesto a la primavera.

Si no hubiera sido por su padre, aquel asedio no habría tenido nunca fin. Se decía que había sido César quien había ideado el golpe por sorpresa que había permitido a los romanos conquistar las escarpas: un ataque durante un temporal que había inducido a los bituriges a desguarnecer las defensas de la ciudad. Pero él estaba seguro de que había sido una idea de su padre y que César, como de costumbre, se había atribuido el mérito.

No es que el procónsul no hubiera estado a la altura, en aquella situación. César era terriblemente rápido a la hora de tomar decisiones y ponerlas en práctica. Habían pasado pocas semanas desde que Tito Labieno le avisó de la matanza de Cenabum. En aquel breve lapso de tiempo, César había provisto a las defensas de la provincia narbonense, invadido el país de los arvernios y reunido todas las fuerzas disponibles. Luego había pasado entre los lingones y los boyos, después entre los senones, cosechando la rendición de diversos centros importantes, conquistados o abandonados a los galos. Avaricum era el primer obstáculo verdadero que había encontrado.

Además de las enormes dificultades de aprovisionamiento que le habían acompañado desde la reunión del ejército, por supuesto.

—No podemos permanecer juntos, eso está claro —manifestó César mientras observaba a sus hombres, que seguían fluyendo a la ciudad conquistada.

Labieno estaba junto a él, a una altura desde la que podían ver, montados, lo que ocurría Avaricum.

—En efecto, no es posible. Para el aprovisionamiento, ahora ya no podemos contar tampoco con los heduos. Y si esta vez encontramos reservas de comida en Avaricum, podemos jurar que, después, Vercingétorix reanudará su táctica de tierra quemada por doquier. Por desgracia, reconquistar el control de los territorios no nos garantizará el avituallamiento...

—Yo pienso volver a Arvernia. Allí está el corazón de la rebelión. Debo arrastrar a esa zona a Vercingétorix y derrotarlo en su tierra. Pero deberás decirme tú dónde debería ir, que conoces mejor que yo la situación.

—Creo que es oportuno actuar también hacia el noroeste. Los senones están entre los más peligrosos, sobre todo ahora que tienen el apoyo de sus vecinos parisios. Desde allí, haríamos también una demostración de fuerza a los belgas: es verdad que la paliza que les dimos el año pasado debería haber sido suficiente para mantenerlos tranquilos. Pero debemos prevenir a toda costa el riesgo de que se unan también ellos a la revuelta; de otro modo, no bastarían ni veinte legiones. También en Lutetia los habitantes han masacrado a la guarnición local. Y se trata de una ciudad sobre una isla a lo largo de la Sequana y en medio de los pantanos: difícil de expugnar. Es un nudo viario fundamental, cruce de las comunicaciones entre la costa y el interior, del que es necesario recuperar el control.

—Así sea, entonces —sancionó César—. Dejemos que los hombres se refresquen y descansen algunos días en Avaricum. Luego convocaremos a los heduos para aclarar su posición y obligarlos a mandar tropas auxiliares. Por tanto, tú tomarás cuatro legiones, la tuya, la VII, la XI, la XII y la XV, y el contingente de senones leales liderado por Drapes, e irás a Agedincum para dejar todos los bagajes y los legionarios maltrechos. De allí proseguirás hacia Lutetia. Yo, con las seis legiones y con la caballería auxiliar restantes, paso el Elaver y voy a Arvernia. Cuando consideres normalizada la situación, reúnete conmigo.

La guardia germánica estaba en torno a ellos. César no había considerado que debiera mandar a sus guardias de corps a participar en la matanza. Los guerreros habían oído la conversación entre procónsul y legado. Sobre todo, Ortwin. Al oír citar a Lutetia, el germano había pensado de inmediato en Veleda.

Había habido una masacre también en Lutetia, pues. ¿Qué habría sido de ella? Si hubiera muerto, nunca se lo habría perdonado. Por otra parte, también podrían haberla perdonado: a fin de cuentas, estaba con los romanos contra su voluntad. Sabía que no podía ir también él a los territorios de los parisios. Pero había un legionario al que había aprendido a estimar. Un legionario que ciertamente habría ido con Tito Labieno.

No le hacía gracia la idea de revelar a un romano la existencia de Veleda. Pero no podía hacer otra cosa, y de ese soldado se fiaba. Sí. Le pediría a él que indagara, una vez en Lutetia, y descubriera el destino de Veleda.

Esperó a que César ya no necesitara su presencia, luego fue a buscar a Quinto Labieno.

Lutetia estaba a una sola jornada de marcha. *Veleda*, quizá, estaba a un día de camino. Pero era como si estuvieran a mil millas, en las condiciones en que se encontraban. Quinto no consiguió reprimir un teatral gesto de desesperación, que atrajo la atención de sus compañeros. No había manera de construir un camino sólido sobre aquel traicionero pantano que se extendía frente a ellos a lo largo de la ribera de la Sequana. Y no había manera de pasar al otro lado del río: los parisios y sus aliados aulercios habían cortado todos los puentes.

Al final, el ingenio de Tito Labieno había tenido las de ganar también sobre la inconsistencia del terreno, sobre el cual el legado había hecho extender cañizos y tierra de relleno encima del limo. En un primer momento, Quinto se sintió confiado en poder superar con facilidad el obstáculo. Pero no calculó bien la destreza de sus enemigos. Los galos, alineados más allá del pantano en plena orden de guerra, no se limitaban a observar los esfuerzos de los romanos.

La revuelta gala promovida por Vercingétorix había producido una novedad respecto de los años precedentes: la inclusión de arqueros en las armadas celtas. Y el jefe aulerco al mando del ejército de defensa de Lutetia, Camulógeno, estaba haciendo amplio uso de ellos. Para los romanos, era difícil construir el terraplén bajo la lluvia de dardos que les apuntaban continuamente.

Resultaba frustrante, además de peligroso. Los romanos lograban construir algunos pasos de camino sólido, luego debían aflojar el trabajo o incluso replegarse bajo los tiros enemigos sin haber consolidado aún los terraplenes de la plataforma. Antes de que pudieran reanudar el trabajo, parte de su construcción ya se disolvió en el limo subyacente, y debían recomenzar casi de nuevo.

El terreno pantanoso hacía imposible, además, el montaje de escudos protectores, que no tenían una base sólida sobre la que apoyarse. Los hombres se resguardaban como podían, formando precarios testudos. Sin embargo, la solución no permitía grandes progresos, ni evitaba las pérdidas.

Así, se dijo Quinto, nunca alcanzaría a Veleda. Admitiendo que aún estuviera viva. Cuando Ortwin le había encomendado la misión, en Avaricum, se quedó pasmado. Y le pareció irreal que pudiera ir a su encuentro. Después de un año, tenía la posibilidad de reencontrarse con ella sin haber hecho nada por buscarla. Era evidente: los dioses habían establecido que debía ser su mujer. Y de inmediato había vuelto aquella ansia que lo había atenazado desde que la había conocido, aquella necesidad de ella, de ocuparse de ella, y aquella prisa por volver a verla que le hacía olvidar cualquier otra cosa. Cualquier cosa, menos descubrir la forma más eficaz de encontrarla.

Creía que se había resignado a perderla. No era así. La sentía aún suya, todavía se sentía incompleto sin ella, tanto si lo amaba como si no. Por supuesto, se había cuidado mucho de revelar a Ortwin la naturaleza de su relación con la muchacha.

Tiró al limo la *dolabra* con la que había excavado hasta aquel momento y volvió atrás. Como de costumbre, oyó ladrar a Cayo Crastino, pero no le prestó atención: sabía que el centurión nunca iría a quejarse a Tito Labieno. Era demasiado orgulloso para implorar al legado que pusiera a raya a su hijo.

Corrió a la retaguardia para buscar a su padre. Lo encontró charlando con el cuestor de la XI, Marco Antonio, primo de César. Un energúmeno no mucho mayor que él y bastante nuevo en el frente, y, sin embargo, se las daba de experto en asuntos militares. Como si ya no hubiera bastantes sabiondos.

—¡No es posible continuar así! ¡La idea del camino sobre el pantano es ridícula! —irrumpió Quinto, sin ni siquiera pedir permiso para hablar.

—Pero ¿quién es este imbécil? ¿Cómo es posible?

Tampoco Marco Antonio tenía pelos en la lengua. Y él, al revés de Quinto, tenía la autoridad del grado, que se lo permitía. Y el parentesco con César.

Pero Quinto se jactaba del parentesco con Tito Labieno.

—Déjalo correr. Es mi hijo —informó el legado—. Estábamos precisamente diciendo que no es una solución viable. Tardaríamos demasiado, lo que daría ocasión al ejército de Camulógeno de reforzarse. Conviene cruzar al otro lado. Aquella aldea que pasamos, a unas quince millas de aquí, donde estaba el puente cortado: bien, habrá también embarcaciones. Si conseguimos adueñarnos de ambas orillas del río a aquella altura, podremos readaptar el puente que cortaron. Antonio está yendo allí con cuatro cohortes y la caballería auxiliar... Nosotros lo seguiremos mañana por la mañana. Todos cruzaremos el río en ese sector y daremos una bonita sorpresa a los galos.

—¡Yo quiero ir también! —gritó Quinto.

—¿Manda él? —observó Antonio, ahora más divertido que molesto.

—Es valiente, cuando quiere. Podría serte útil. De todos modos, ya habíamos establecido que dos cohortes fueran tuyas y dos mías, ¿no? Te asignaré también su unidad —dijo Labieno.

El comandante observó a su hijo volviendo feliz a su cohorte. Estaba contento cuando lo veía tan enérgico y lleno de iniciativa: sin aquella bruja, su hijo era verdaderamente su hijo.

Noche cerrada. En cierto sentido, era una ventaja. Los habitantes de Metlosedum no se percatarían de nada.

Casi dos mil infantes y un par de centenares de jinetes estaban junto a la aldea, y nadie, con toda probabilidad, tendría tiempo de dar la voz de alarma. Pero, por otra parte, no era fácil encontrar las embarcaciones. Debían de existir, por fuerza, reflexionó Quinto: no era posible que en una aldea fluvial los habitantes no hicieran uso de ellas. Y más ahora, con el puente cortado.

Antonio había dividido el contingente en dos grupos. Tres cohortes se alinearon en torno a las viviendas para truncar de entrada cualquier intento de reacción. Una cohorte y los jinetes sondeaba la orilla en busca de las barcas.

La cohorte de Quinto.

Había que actuar deprisa. Al alba llegaría el resto del ejército. Y Labieno esperaba poder transbordar a todas las legiones a la otra orilla. De otro modo, la armada de Camulógeno podría echárseles encima.

Quinto avanzaba escrutando la vegetación a lo largo de la ribera. A pesar de que sus ojos se estaban habituando a la oscuridad, no conseguía ver más que a pocos pasos de él, y a menudo debía adentrarse en el terreno pantanoso y entre los cañaverales para cerciorarse de que no había nada. Labieno había establecido un considerable premio en metálico para quien descubriera el escondite de las barcas; sus compañeros, por tanto, buscaban con idéntico entusiasmo. Quinto, sin embargo, no lo hacía por la recompensa. Su premio era Veleda, no le importaba nada más.

El dinero, por otra parte, era un excelente incentivo para los auxiliares galos. Drapes y los suyos, en efecto, se habían quedado con los romanos, a diferencia de sus compatriotas senones, por pura venalidad. Todos sabían que César, con tal de conservar un núcleo de caballería, les pagaba con generosidad. Su jefe, Quinto lo recordaba bien, era el que había pretendido a Veleda. Si hubiera sabido que ahora la tenía al alcance de la mano...

De pronto, se lo encontró al lado. Drapes y los suyos, aunque manteniéndose en la silla, se insinuaban entre los pelotones de legionarios y sondaban a su vez la ribera del río, usando largas lanzas para desplazar ramas y cañas, o solo para probar la consistencia del terreno. Su intromisión se estaba haciendo insoportable: a menudo cortaban el camino a los romanos, chocaban con ellos con los caballos o los desplazaban para alcanzar primero el margen extremo de la orilla.

Y no había manera de reaccionar. Antonio había dado la orden taxativa de mantener el silencio: los centuriones deberían tomar nota de cualquiera que hiciera ruido y pusiera en riesgo la acción. Estaban previstos severos castigos. Así, los romanos frenaban cualquier instinto de reacción y continuaban la búsqueda como si no pasara nada.

Quinto se vio superado por Drapes. Primero, sintió la cola del caballo hacerle cosquillas en el rostro; luego, una de sus patas chocó contra su pierna y le hizo perder el equilibrio. Cayó de rodillas en el limo, pero se levantó enseguida, totalmente embarrado. Su mano corrió al gladio incluso antes de darse cuenta y, en un instante, Drapes se encontró con la hoja apuntada contra el costado.

—Mantente en tu sitio, galo, y deja pasar antes a los romanos —amenazó Quinto, cuidando al menos de no levantar la voz.

Sintió a su vez una hoja que le presionaba la espalda.

—No seas tan idiota como de costumbre.

Era Cayo Crastino.

La sombría cara de Drapes se ensanchó con una sonrisa torva. Quinto no volteó hacia el centurión. Continuó mirando al galo. Hubo unos instantes de silencio.

—Ábreme camino, he dicho —se reafirmó el joven.

La hoja del oficial empezó a presionar más fuerte contra su loriga.

Y Drapes no se movía. Seguía mirándolo, divertido. Era evidente que tenía curiosidad por ver cómo era humillado por el centurión.

Pero Cayo Crastino solo podía ladrar, no morder.

Quinto levantó la punta del gladio. Dio la impresión de que quería retirarla del cuerpo del galo; en cambio, la empujó hacia el mentón de Drapes, apenas rasguñándolo. El celta se sobresaltó y sofocó un grito, más de rabia que de dolor; luego alargó el pie y dio una potente patada al romano, que lo hizo caer y rodar hacia la ribera.

Pero Quinto no llegó al agua. Acabó sobre una superficie dura, golpeándose violentamente la espalda. No tenía la intención de dejar que Drapes se saliera con la suya e intentó levantarse. Sus brazos se debatieron en busca de un apoyo, tirando lejos rama tras rama.

Notó que se encontraba en una especie de cascarón sólido. Se levantó de un salto y, con el rabillo del ojo, vio que tanto el centurión como el galo se acercaban a él. Intentó salir del cascarón yendo hacia otras ramas. Su pie se hundió hasta tocar un cuerpo sólido que flotaba sobre el agua.

—Esta vez me la pagas. No me importa quién sea tu

padre —dijo Cayo Crastino, con el rostro deformado por la ira.

—No. Esta vez me paga mi padre. Aquí están las embarcaciones. Las habían escondido cubriéndolas con arbustos...

XVI

Alcanzado el objetivo, César hizo tocar a retirada, y de inmediato la décima legión, con la cual se encontraba, detuvo los estandartes. Los soldados de las otras legiones, si bien no habían oído el sonido de la trompeta, porque se encontraban más allá de un valle bastante amplio, estaban sin embargo detenidos, siguiendo las órdenes de César, los tribunos de los soldados y los legados.

CÉSAR,
De bello gallico, VII, 47

—No temas. Funcionará —dijo César a Aulo Hircio, mirando cómo se alineaban al abrigo del campamento sus legiones, sin estandartes y con el equipo cubierto por ramas.

Aulo Hircio no lo dudaba. El plan estaba bien concebido, y César había demostrado que sabía dirigir con éxito, a menudo con la ayuda de la diosa Fortuna, incluso los proyectos menos sensatos. Pero este era sensato. Es más, era sensatísimo.

Lo que no parecía sensato era la pretensión de expugnar aquella fortaleza. Gergovia parecía la guarnición más inexpugnable de la Galia: situada en la cima de un monte de pendiente escarpada casi por completo, estaba además vigilada sobre el lado meridional, la única en parte accesible, por las tropas de Vercingétorix. Allí el joven arverno había situado los campamentos de las numerosas naciones de las que acababa de asumir el mando.

Durante demasiados días, César había esperado descubrir en las defensas adversarias un punto débil que le permitiera asaltar los muros con algunas probabilidades de éxito. Durante demasiados días había esperado que el bloqueo surtiese algún efecto sobre los asediados para percatarse, en cambio, de que el tiempo solo perjudicaba a los asediadores. El procónsul supuso que la conquista repentina de una altura justo enfrente de la pendiente meridional —aquella donde había situado el campamento en el cual se encontraban— le permitiría ejercer una mayor presión sobre Vercingétorix. Y, en cambio, el montaje de un segundo campamento, además del principal en la llanura, solo había duplicado los motivos de aprensión por la salida de los galos.

En cuanto al resto, solo malas noticias. El aprovisionamiento era insuficiente. Los heduos, que deberían tranquilizarlo, se estaban revelando poco fiables: César había debido ir en persona a recoger los refuerzos prometidos por el vergobreto, obligando a los legionarios a una marcha extenuante y conjurando una revuelta que, en todo caso, no había dejado de extenderse. Por último, Labieno no parecía capaz de llegar a Lutetia.

Desde luego, también en Avaricum parecía que las

cosas se habían puesto feas. Incluso peor, con Vercingétorix a las espaldas. Pero luego, la intuición de César se había demostrado acertada, y la ciudad había caído. No obstante, esta vez el procónsul parecía haber renunciado definitivamente a la conquista de Gergovia. Y se había replegado con una exhibición de su fuerza: una pequeña victoria campal antes de la retirada para no jugarse el prestigio. Ningún botín, solo lo mínimo indispensable para humillar al enemigo, tampoco ninguna persecución de los adversarios derrotados: solo una demostración de fuerza.

—Una acción sorpresa, no una batalla —había declarado a los legados.

¿Y no era esta, ya, una manera de admitir la derrota?

Lo cierto era que, como acción para poner de manifiesto su poder, resultaba muy ingeniosa. Parecía que el caudillo había puesto en ella todo el genio que no había podido emplear en la consecución de su principal objetivo. Había una zona elevada, al oeste de la ciudad, que hubiera sido un punto de observación aún mejor que aquel en que se encontraban. No por casualidad, Vercingétorix había decidido fortificarla, temiendo que los romanos se apoderaran también de ella.

El procónsul había decidido dejar que se lo creyeran. Así, en plena noche envió a gran parte de la caballería justo debajo de aquella colina, sin preocuparse de ocultar sus movimientos al enemigo. Poco antes del alba, además, hizo creer a los galos que otro contingente de jinetes se estaba disponiendo para el ataque, para lo que envió más hombres desde otro lado, como si quisiera preparar un asalto en pinza. Sin embargo, se trataba de un contingente ficticio: las unidades estaban constituidas por no combatientes que montaban simples mulos, con yelmos en la cabeza y algunos jinetes infiltrados en sus filas, para hacer creer que se trababa de verdaderos soldados. Por último, poco después había enviado al mismo sector una legión, que se ocultó en los bosques de la parte de abajo tras obligarlos a recorrer un tramo visible al enemigo.

Frente a esas maniobras, Vercingétorix ya no podía albergar ninguna duda: el objetivo del ataque era aquella zona elevada. En efecto, con extrema satisfacción, César había constatado, con las primeras luces del alba, que la colina se había llenado de soldados: el jefe arverno los había desplazado de los otros sectores para defender el más amenazado.

Exactamente lo que César esperaba.

Para entonces, la segunda parte del plan ya estaba en curso. En efecto, por la noche había empezado el traslado de cuatro legiones del campamento mayor, en la llanura, al menor, sobre la zona elevada orientada a Gergovia. Y este desplazamiento no podía verlo nadie. Los soldados se habían valido de una pasarela constituida por dos muretes paralelos que unía los dos campamentos. Además, César había querido que los legionarios se camuflaran al máximo: yelmos en la mano, jabalinas bajas, lorigas cubiertas de follaje para evitar cualquier reflejo cuando saliera el sol.

Y el sol había salido. Las últimas cohortes se habían amontonado detrás del campamento menor, a lo largo de la pendiente boscosa de la colina. Listas para la señal de ataque.

César echó un último vistazo a su verdadero objetivo: los campamentos galos sobre la vertiente meridional de la zona elevada de Gergovia. Se encontraban justo enfrente y estaban casi desguarnecidos, a juzgar por la escasa actividad que, a diferencia de otros días, se percibía.

El procónsul bajó el brazo. Nada de trompetas, de momento. Las haría sonar solo para el repliegue, cuando juzgase que el logro era suficiente. Lo suficiente para que su renuncia definitiva a Gergovia resultase digna.

Los legados vieron su gesto. Lo transmitieron a los tribunos detrás de ellos, los cuales, a su vez, alcanzaron a los centuriones, y toda la columna empezó a moverse en silencio.

Solamente la X legión permaneció inmóvil, siguiendo las órdenes de César, que la quería como reserva. Y la guardia germánica. Y la caballería hedua. A ambas, el procónsul les reservaba un papel de apoyo en un segundo momento.

—No se puede esperar que pasen inadvertidos durante mucho más tiempo... —murmuró Aulo Hircio.

—No. Claro que no —convino César—. Desde aquí y hasta los campamentos enemigos, entre el descenso de la colina, el fondo del valle y la remontada de la pendiente, habrá al menos una milla y media. Y muchos puntos están descubiertos, y son escarpados y difíciles. Pero dudo de que Vercingétorix tenga tiempo de desplazar a todos los guerreros que ha mandado a aquella zona alta al oeste. Y más aún porque ha entrevisto muchas tropas amenazándola, y no podrá estar seguro, hasta el final, de que ese no es el principal frente de ataque...

El descenso del ejército fue rápido, y también el avance en el fondo del valle. Pero en aquel punto el movimiento ya había sido avistado. César e Hircio notaron movimiento en los campamentos enemigos y en las escarpas de la ciudad. Algunas unidades galas tomaron posición junto a la muralla que protegía los campamentos exteriores, más o menos a mitad de la pendiente.

César levantó de nuevo el brazo. Le tocaba a Ortwin. El germano y sus hombres bajaron también hacia la llanura. Su tarea era proteger el flanco de las legiones contra eventuales agresiones desde la zona más elevada al oeste, amenazada por la maniobra de distracción.

Después vio que los primeros legionarios llegaban finalmente junto al murete de los campamentos enemigos. Una nueva señal del brazo. Partieron los heduos sobre el flanco opuesto al de Ortwin. Una vuelta larga, la suya, para poder llegar casi a toro pasado; no para proteger el flanco oriental de los legionarios, sino para ayudarlos en la ruptura.

Dejó escapar una sonrisa de satisfacción. La resistencia enemiga parecía débil. Los pocos galos que había a lo largo de la barrera no podrían de ningún modo resistir el choque de los legionarios. Por cada defensor había diez romanos y, en breve, muchos soldados estarían en condiciones de superar el obstáculo, por otra parte, modesto, que representaba el murete.

Cayó un campamento. Y otro. Y otro más. César vio las tiendas ardiendo, los carruajes precipitándose por la pendiente, sobre los cadáveres que los romanos en la subida habían dejado atrás. Y aún debían llegar los heduos. Con su apoyo, los romanos podrían incluso alcanzar la explanada de la cima, junto a las puertas de Gergovia.

Al cabo de poco, pensó César, haría sonar las trompetas para la retirada. Al principio había considerado esos tres campamentos de más abajo el objetivo de la acción. Pero hubiera sido todo tan fácil y rápido... No había nada malo en proseguir un poco más: cuantas más pérdidas infligiera a los galos, menos adversarios tendría que afrontar en los futuros enfrentamientos. Y cuanto más humillara a Vercingétorix, tantas más probabilidades tendría de minar su autoridad sobre las naciones galas.

—¿No los llamas? Quizá sea el momento... —dijo Aulo Hircio.

En la cima de la colina, las puertas de la ciudad se abrieron de golpe. No aquella que daba a la vertiente meridional ocupada por los campamentos y los legionarios, sino las de los laterales. Un río de gente salió en busca de algún tipo de refugio a lo largo de la pendiente, en los sectores más inaccesibles que los romanos habían evitado.

Las puertas de la ciudad estaban abiertas.

—No. Ahora no —dijo César.

No parecía que hubiera mucho que proteger, pensó Ortwin. Los legionarios seguían subiendo por la pendiente sin encontrar oposición. Los galos en los campamentos huían, algunos recién despertados, sobresaltados o medio desnudos, dejando que los romanos llegaran sin problemas justo debajo del muro de Gergovia. Se esperaba que César diera la señal de retirada, pero veía que legados y tribunos seguían conduciendo el asalto.

Miró hacia arriba. Las escarpas de la ciudad, más allá de las almenas, estaban medio vacías. Una invitación que los más osados no podían ignorar. Habría aprovechado para subir él mismo, si no hubiera debido mantener la posición. Lo hicieron algunos centuriones, a la cabeza de sus respectivas columnas de asalto. Un oficial hizo disponer un *contubernium* en testudo piramidal y subió encima hasta alcanzar las escarpas. Solo encontró a una mujer gritando, cuya cabeza rodó muros abajo.

Ya no había guerreros en las escarpas. Solo mujeres. Algunas tiraban abajo provisiones y joyas con la esperanza de que los legionarios se conformaran con aquel botín y renunciaran a entrar. Otras se arrancaban el vestido y mostraban los pechos, implorando piedad. Entre tanto, otros civiles seguían saliendo por las puertas laterales. En torno a la frontal, aún cerrada, se amontonaron más soldados romanos, que intentaban forzarla con palas, picos y herramientas diversas tomadas en los campamentos galos ya expugnados.

El destino de Avaricum estaba todavía demasiado fresco en la memoria de los galos: ante el riesgo de correr la misma suerte que los bituriges, los arvernios fueron presa del pánico.

Una vez más, parecía que César había sido besado por la Fortuna, esa diosa de la que semejaba ser su hijo predilecto.

—¿Quién lo iba a decir? —comentó Aulo Hircio, sorprendido él también por la facilidad con que los romanos estaban escalando los muros—. Aquí acabaremos conquistando la ciudad. Y tal vez también capturemos a Vercingétorix. Una acción casual podría determinar el fin de la revuelta...

—No cantemos victoria antes de hora.

César miraba hacia el oeste.

—Los galos en la zona alta se están moviendo. Pronto caerán sobre el flanco de los nuestros.

—Sí. —Hircio miraba, en cambio, hacia el lado opuesto, al este—. Pero, entre tanto, están llegando también los heduos.

—No son una garantía de éxito. Sea porque podrían no ser suficientes, sea porque son heduos, y ya no confío. Haz tocar retirada.

Hircio llamó la atención del *tubicen*, que tocó las tres llamadas. Más abajo otro *tubicen* repitió la señal, que fue recibida por aquel más avanzado, a espaldas de la formación de ataque. Tocó también él.

No sucedió nada.

Ni César ni Hircio tuvieron la impresión de que los soldados hubieran detenido su avance. Nadie, además, parecía querer volver atrás. Muchos daban vueltas entre las tiendas de los campamentos conquistados en busca de botín.

Y mientras los galos de situados más al oeste se acercaban. Y eran muchos. El doble, quizá el triple que los romanos. Tantos que, si se hubieran quedado en sus campamentos, los legionarios ni siquiera podrían haber trepado sobre la muralla.

César exhortó a Hircio para que renovara la señal. Las trompetas sonaron otra vez, pero sin resultado. El valle y la pendiente resonaban con el ruido de las armas y los gritos de los prófugos: era casi imposible que los soldados oyeran la señal. Y los legionarios habían subido tan cerca de la cima que corrían el riesgo de que su camino quedara cortado ante el regreso de los galos provenientes del oeste.

—¡Tito Sextio, toma cinco cohortes y corre al valle

para cerrar el camino al enemigo! —gritó César al legado de la XIII, que vigilaba el campamento—. ¡Hircio! Manda al menos tres mensajeros debajo de Gergovia. ¡Que alcancen a los legados de las primeras líneas y les adviertan de que se retiren!

—¡Legionarios de la X, síganme! —volvió a gritar, espoleando el caballo mientras descendía por la pendiente. Los soldados, ya alineados, saltaron casi al unísono. Descendieron por la ladera con tanta rapidez que alguno tropezó y cayó, rodando encima de sus compañeros. César ordenó detener el avance antes de haber alcanzado la llanura.

—Debo poder ver qué ocurre tanto abajo como arriba. Intervendremos si Tito Sextio es barrido —informó a Hircio, que, entre tanto, lo había alcanzado.

Cinco cohortes. Unos dos mil hombres. El legado los dispuso en una sola fila continua para cerrar la mayor porción posible de terreno. Pero estaba en la llanura. A lo largo de las pendientes del monte de Gergovia, muchas unidades de galos ya se habían filtrado más allá, lanzándose contra el flanco romano.

El flanco protegido por la guardia germánica.

Esas malditas puertas abiertas de Gergovia, pensó Aulo Hircio. Habían inducido a César a hacer una valoración errónea. Hubiera bastado con hacer sonar las trompetas solo un momento antes.

Un error que habría cometido cualquiera, en esa situación. Un error que deseaba que hubiera cometido Labieno. ¿Por qué aquel detestable legado nunca cometía errores?

Esperó que no fuera demasiado tarde para ponerle remedio. César había concebido aquella acción para mantener intacto su prestigio; en cambio, ahora corría el riesgo de perderlo todo.

Olor a humo en el aire. Tito Labieno no le dio importancia. Probablemente, los galos solo estaban ejecutando las directivas impartidas en su momento por Vercingétorix: la táctica de la tierra quemada en torno a Lutetia para cerrar cualquier posibilidad de aprovisionamiento a los romanos con vistas al asedio.

El legado había decidido formar parte de la vanguardia que alcanzaría la ciudad por vía fluvial en las balsas sustraídas a los habitantes de Metlosedum. Antonio había encontrado una cincuentena. Labieno las hizo atar de dos en dos y las empleó como barcazas para transportar a todo el ejército a la otra orilla. Luego, dejó a media legión reconstruyendo el puente cortado y vigilando la aldea, y ordenó al ejército que marchara en paralelo al río hasta Lutetia. Él, entre tanto, con toda la legión de Antonio hacinada en las barcazas —y también su hijo, que había descubierto las embarcaciones— fueron de avanzadilla descendiendo por la corriente para poder observar y valorar las defensas de la ciudad.

Pasó más allá del punto en que estaba acampado Camulógeno con su ejército. En la espesa bruma del alba, vio sobre la ribera lejana las pequeñas siluetas de los centinelas que vigilaban el campamento enemigo. Que los galos los vieran no tenía ninguna importancia. No era posible evitar que algunos habitantes de Metlosedum escaparan a la red de los legionarios de Antonio, y a aquella hora el jefe celta debía de saber hacía rato qué había ocurrido. Ahora, con el puente y la aldea bien controlados y un río dividiendo a los dos ejércitos, los galos ya no tenían la posibilidad de poner en aprietos a los romanos en su avance hacia Lutetia. Tampoco el ejército de rescate de la ciudad, por más cerca que estuviera, estaba en condiciones de impedir que Labieno la alcanzara.

Tito Labieno buscó a su hijo con la mirada. Estaba orgulloso de él. Quinto se había mostrado incansable toda la noche y aún estaba allí, de pie, sobre el borde de la barcaza, vigilante y concentrado, escrutando el horizonte. Parecía que quisiera ser el primero en vislumbrar el objetivo.

El olor a humo se hizo más intenso. Espesas nubes negras se condensaban en el cielo, sustrayendo al alba la claridad que debería difundirse. Pero a lo lejos se percibía claridad. Resplandores, sobre todo, quizá relámpagos que acompañaban un aguacero hacia el horizonte.

El viento que en sentido opuesto traía el humo hacía más lento el avance de las barcazas, ya terriblemente pesadas por la carga de hombres. El puente apenas se mantenía sobre el nivel del agua, hasta el punto de que los legionarios permanecían inmóviles para no caer en el río con todo el equipo.

El resplandor provenía de la isla. Todos se dieron cuenta de ello antes aun de vislumbrar los muros de la ciudad.

Superados por las llamas.

—¡Lutetia arde! —gritó alguien.

Labieno quiso continuar. Los soldados a los remos, hasta entonces no muy solicitados, empezaron a remolinear con presteza, hasta que la hoguera que envolvía Lutetia se manifestó en toda su magnitud.

A pocos centenares de pasos de la ciudad, todos los romanos pudieron ver que esta estaba perdida. No una, sino mil hogueras la rodeaban, lenguas de fuego que asaeteaban más allá de los batientes de las puertas, consumían las escarpas, agrietaban las torres.

Labieno hizo detener las barcazas. Era inútil proseguir: ya no había nada que conquistar. Luego vio el éxodo. Sobre la ribera opuesta a aquella por la que estaba avanzando el ejército romano, junto a Lutetia en llamas, se amontonaba la población. Viejos, mujeres y niños con sus enseres, escoltados por contingentes del ejército de Camulógeno.

Sintió que le aferraban el brazo.

—¿A qué esperas? ¡Ataquémoslos!

Era Quinto.

Su vehemencia lo honraba, pero, como de costumbre, revelaba su escasa sabiduría, pensó el padre.

—¿Y por qué motivo? ¿Para masacrar a la población inerme? A nosotros nos interesa barrer a los guerreros, y allí hay pocos...

—¡Precisamente por eso obtendremos una victoria fácil! ¡Y haremos un gran número de prisioneros!

Quinto parecía muy agitado.

—¿Y qué haremos con los prisioneros? Si ahora tenemos dificultades para aprovisionar a nuestro ejército, imaginémonos con miles de civiles a cuestas. ¡Y encima, antes aun de haber derrotado a Camulógeno!

—¡Pero sería una demostración de fuerza!

—De debilidad, si acaso. Antes o después deberemos reunirnos con César, ¿y tienes idea de la lentitud con la que nos moveríamos con toda esa gente a cuestas? ¿Quieres hacer de blanco de todas las poblaciones de la Galia entre la Sequana y el Liger?

Quinto no se resignaba.

—¡Pero al menos una acción de fuerza!

—No. Volvemos atrás. Acampamos con el resto del ejército y valoramos bien la situación, antes de dar algún paso del que podríamos arrepentirnos.

Quinto apretó los puños. Si hubiera dependido de él, habría alcanzado la ribera a nado. Pero no habría servido de nada. Habría muerto como un idiota, y no habría salvado a Veleda. Por una vez, estimó que valía la pena esperar.

Ortwin vio llegar a los refuerzos galos y se dispuso a resistir el choque. No se sentía asustado ni preocupado. Estaba previsto que, antes o después, los celtas acabaran enviando contra los romanos a todos aquellos hombres comprometidos en las fortificaciones de la zona alta occidental. Y estaba allí precisamente por ese motivo. Lo turbaba, si acaso, el retraso con que César parecía querer hacer tocar la retirada.

Vio las reservas dispuestas por el procónsul más abajo. Parte del ejército galo había sido bloqueado por ellos. En lo demás, debían pensar él y sus hombres. Pero no para permitir que los romanos entraran en la ciudad: la posibilidad de hacerlo, si alguna vez la hubo, ahora estaba excluida por la reacción de los galos en el oeste. Su papel era asegurar a los legionarios un repliegue seguro.

Pero el repliegue no empezaba, pensó mientras cruzaba la espada con el primer infante galo que había acudido a su encuentro.

Derrotó con facilidad al adversario, que había avanzado demasiado para poder contar con el apoyo de sus compañeros. Muy distinto se rebeló el segundo enfrentamiento. Los galos eran tres, todavía a pie. Intentaron rodearlo, pero Ortwin hizo girar el caballo; contaba con su propia espada y con los cascos del animal para mantenerlos alejados.

Luego, en un instante, enfundó la espada y aferró con la mano derecha una de las jabalinas que tenía empuñada bajo el escudo. La lanzó sobre uno de los tres enemigos y le dio en plena frente, apenas debajo del yelmo. Por un instante, valoró si usar también la otra jabalina. Pero prefirió reservársela para un momento posterior. Extrajo de nuevo la espada y dio mandobles a diestro y siniestro, obligando a uno de aquellos dos galos a retroceder hasta chocar contra un árbol. Solo entonces pudo alcanzarlo con la hoja, y le desgarró el pecho. El tercer adversario prefirió irse a buscar a un enemigo menos hábil. Pero acabó traspasado de inmediato por la espada de otro de los germanos de Ortwin, que no quería quedarse solo mirando.

Libre por un instante de la presión enemiga, Ortwin echó un vistazo a lo que ocurría a sus espaldas. Algo había cambiado. La orden de repliegue había llegado, aunque no con las trompetas. Se intuía por la actitud de los legados, los tribunos y los centuriones que intentaban frenar a sus hombres y empujarlos hacia atrás, a veces amenazándolos con los gladios. Sin embargo, parecía que muchos se negaban: quizá el anhelo de botín, quizá la ilusión de que la ciudad estaba aún al alcance de la mano, impulsaba a los legionarios a insistir en el ataque.

Luego vio movimiento más allá de la formación romana. Una nube de polvo se aproximaba.

Los heduos.

Existía el riesgo de que su llegada diera un nuevo impulso al deseo de la tropa de conquistar la ciudad, a despecho de las órdenes de César. Percibió otros adversarios cerca de él y tuvo que voltear para combatirlos. Eran muchos, esta vez. Tantos que se obstaculizaban mutuamente en los reducidos espacios entre un árbol y otro. La jabalina que había reservado le fue útil contra el enemigo más amenazante. Con los otros aún usó la espada, mientras sus compañeros acudían a apoyarlo.

Quiso mirar de nuevo tras de sí. Debía saber por cuánto tiempo debería mantener a raya a los galos.

Los romanos estaban derrotados.

Junto a ellos vislumbró solo a los heduos. No veía ningún motivo por el que debieran escapar. Replegarse, sí, pero no escapar. A menos que los heduos... no fueran heduos. Miró mejor a los jinetes galos: tenían el hombro derecho descubierto, como habían convenido para que los legionarios los distinguieran de los otros galos. Entonces, quizá se habían rebelado. No. No estaban atacando: también ellos parecían desconcertados por la actitud de los legionarios.

Sin embargo, los romanos parecían espantados. Notó que huían precisamente de los heduos. Estaba claro, ahora: en medio de la confusión, entre el polvo, los habían tomado por enemigos, a pesar de la señal de reconocimiento.

El problema más grave no concernía a los legionarios en camino: gracias a la barrera de los germanos y de las legiones, más abajo, con toda probabilidad conseguirían volver sanos y salvos a la retaguardia, a menos que se aplastasen unos a otros en el fragor de la batalla. El verdadero riesgo lo corrían todos los que habían avanzado demasiado, hasta abajo e incluso por encima de los muros.

Estaban aislados en las escarpas.

Y los galos volvían para defender la ciudad.

Había muchos graduados entre los romanos dentro y fuera de Gergovia: centuriones que habían liderado el ataque y se habían dejado arrastrar por el entusiasmo, y otros oficiales que, después de la orden de repliegue, habían ido a buscar a los soldados más audaces.

Pronto entendió que no tenían esperanzas. El número de los enemigos en el interior de la ciudad iba en constante aumento. De inmediato, vio que las escarpas se llenaban de galos. Los centuriones y sus subalternos combatían con vigor, pero estaban destinados a sucumbir. Los vio caer uno tras otro, precipitarse fuera de los muros, a veces encima de otros compañeros que aún combatían.

Se producían enfrentamientos también en la base del muro. Los refuerzos galos habían bloqueado la retirada de cuantos se habían demorado junto al recinto amurallado. También para estos últimos parecía que no había nada que hacer. Los vio atravesados por varias espadas a la vez, traspasados por varias lanzas, pisoteados por varios cascos.

Volvió a enfrentarse a los adversarios que tenía enfrente. Pero ahora su presión era más blanda. La mayoría de los romanos estaba a salvo; los restantes, en la cima, condenados. Los galos de refuerzo no tenían interés en romper la barrera y se estaban replegando también en pequeños grupos.

Había terminado.

Y no había sido una victoria.

XVII

Camulógeno mismo, el general enemigo, se encontraba entre ellos y los espoleaba. Mientras la victoria era aún incierta, los tribunos de la séptima legión, informados de cuanto ocurría en el ala izquierda, alinearon la legión a espaldas de los enemigos y atacaron. Ni siquiera entonces nadie abandonó su puesto, sino que todos fueron rodeados y muertos. A Camulógeno le tocó la misma suerte.

CÉSAR,
De bello gallico, VII, 62

«César abandonó Gergovia. Perdió el último asalto y tuvo que retirarse.»

Tito Labieno recibió un mensaje del procónsul y estaba comunicando el contenido a su estado mayor.

—¡César perdió en Gergovia! ¡Es increíble! —exclamó Marco Antonio.

—Han caído setecientos hombres y nada menos que cuarenta y seis centuriones, y solo en el último ataque...

—comentó con amargura Labieno—. Parece que los soldados no respetaron las órdenes de César. Se dejaron atraer por la perspectiva del botín y se demoraron en torno a los muros de la ciudad, en vez de regresar al son de las trompetas. Y eso no es todo. Los heduos se rebelaron de una vez por todas. César me escribe que está tratando de superar el Liger para alcanzar los almacenes de Noviodunum,[1] pero duda que encuentre con facilidad un paso...

—Debemos alcanzarlo. Ahora está casi aislado en territorio hostil. Los *exploratores* me dicen que los belóvacos se están preparando para atacarnos. Y solo están a setenta millas de aquí. Si se mueven ellos, se llevarán consigo a todos los belgas, quizá incluso a los remos. Y con el ejército de Camulógeno acampado en la orilla opuesta, estaríamos entre dos fuegos.

—Uniendo nuestras fuerzas, volveríamos a disponer de diez legiones y tendríamos más posibilidades de defendernos... —constató Antonio.

—Sí. En cualquier caso, debemos movernos. Hace diez días que estamos aquí parados, mirando a Camulógeno y los suyos. Las reservas de comida se están agotando y, ante todo, debemos alcanzar los almacenes de Agedincum.

—¡Pero Agedincum está en la ribera opuesta! En cuanto intentemos cruzar la Sequana tendremos a todo el ejército galo encima... —Antonio parecía receloso.

Tito Labieno se esforzó por infundirle confianza, como habría hecho César. En realidad, conocía desde hacía tanto tiempo al procónsul, y había compartido con él

1. Soissons.

tantas situaciones similares a aquella, que ya no sabía decir cuál de los dos estaba más en deuda con el otro en cuanto a ideas y tácticas. El plan que expuso a Antonio hubiera podido ser gestado perfectamente por la mente de César.

—Ya está oscuro. Fingiremos una retirada esta noche misma. Envía de inmediato cinco cohortes de la XV, con mucho bagaje, a Metlosedum. Que hagan el mayor escándalo posible, como si se replegara todo el ejército. Mejor dicho, para hacer más convincente el engaño, flanquéalos con algunas pequeñas embarcaciones, y recomienda a los remeros que levanten mucha agua en cada golpe. Las otras cinco cohortes permanecerán vigilando este campamento. Entre tanto, como máximo dentro del primer turno de guardia,[2] la caballería conducirá las barcazas durante al menos cuatro millas en dirección a Lutetia, en total silencio, y allí nos esperará. Nosotros, con todo el resto del ejército, partiremos a medianoche para alcanzar a las embarcaciones, que trasladarán a las legiones a la ribera opuesta en ese punto.

—De todos modos, tendremos que combatir, ¿no crees?

—Es probable que tengamos que abrirnos camino para Agedincum combatiendo. Pero lo esencial es pasar al otro lado y apuntar a los aprovisionamientos.

—Excelente plan. Si no fuera por una cosa —objetó Antonio—. En cuanto empecemos a desembarcar tropas al otro lado, se darán cuenta. Camulógeno situó centinelas a lo largo del río entre Lutetia y Metlosedum. Su ejército podría alcanzar con rapidez el punto de vado y ata-

2. 22 horas.

carnos incluso antes de que el traslado se haya completado. Sería un desastre.

—Precisamente por eso quiero que Camulógeno piense que se trata de un desplazamiento hacia Metlosedum. Además, verá las cohortes en el campamento y llegará a sus oídos el paso hacia Lutetia. Sospechará que tenemos la intención de atravesar el río en tres puntos y se verá obligado, al menos en un primer momento, a dividir el ejército en otras tantas secciones. Y solo cuando se percate del engaño volverá a reunir a sus tropas. Pero entonces ya estaremos todos en la ribera opuesta.

—De todos modos, necesitaremos la ayuda de la Fortuna... —concluyó Antonio, aún perplejo.

Con un gesto de la mano, Labieno lo invitó a seguirlo. El legado salió del pabellón y señaló el cielo, donde se estaban amontonando sombrías nubes negras.

—No. Bastará la de Júpiter Pluvio.

Imposible oír las órdenes de los oficiales. El chaparrón del agua era tan fuerte que cubría incluso el estruendo de las hojas que chocaban en el cuerpo a cuerpo. Quinto hundía, incansable, el gladio, convencido de que cada golpe en el blanco reducía la distancia que lo separaba de Veleda.

No sabía a cuántos adversarios le había dado, pero algo era seguro: ni siquiera la densa lluvia conseguía lavar de su gladio la sangre enemiga.

Con el paso del tiempo, reconocer a los enemigos en aquellas siluetas enfangadas se hacía cada vez más difícil: salpicaduras de lodo, caídas y luchas en el terreno pantanoso transformaban a casi todos los combatientes, de ambas formaciones, en burdas marionetas de arcilla.

No tenía idea de cómo estaba yendo la batalla. Porque al final habían tenido que combatir. Camulógeno se había dado cuenta de inmediato de la situación. Aunque había caído en las distracciones de Labieno y dividido el ejército a lo largo del río, también había sabido reclamar a todos los contingentes a tiempo para alinearlos haciendo una barrera ante el avance romano. Una formación más amplia que la de Labieno, y aún más profunda por los civiles, los habitantes de Lutetia, dispuestos en la retaguardia.

Así, inmediatamente después del paso de la Sequana, en la espesa bruma del alba marcada también por la lluvia torrencial, el legado debió alinear sus tres legiones en formación de batalla. Sobre la derecha de la suya, la VII; sobre la izquierda, Antonio con la XI; en el centro, la XII de Antistio Regino. La caballería auxiliar de los senones de Drapes estaba sobre las alas. Los romanos avanzaron arrojando los *pila* en cuanto los galos entraron en su campo de tiro: lanzamientos complicados por la lluvia que caía densa sobre los ojos de cada legionario, haciendo imposible apuntar.

Las jabalinas hicieron menos daño del habitual en las filas galas. Tampoco el primer ni el segundo tiro a disposición de los romanos abrieron brechas significativas entre los enemigos. Quinto había exigido estar en la primera fila, y, después del fallido resultado de la fase de los lanzamientos, percibió el desaliento de sus compañeros, acostumbrados a atacar alineaciones ya diezmadas. No obstante, los legionarios partieron al asalto con la habitual determinación, ni que fuera para no infundir confianza en los adversarios.

En el momento del choque, Quinto sintió que la alineación adversaria cedía. Cedía y progresivamente retrocedía. Le pareció que los romanos estaban imponiéndose, pero no podía estar seguro. Tampoco podía saber, dada su posición en medio de la refriega, si era así en todo el frente.

A cada instante, de todos modos, él ganaba algunos pasos. Sin embargo, no se producían fugas entre los galos. Caminaban hacia atrás, bajo el empuje romano, pero nadie daba la espalda al enemigo. Y a medida que retrocedían, se amontonaban. Vivos y muertos juntos, bloqueados en el sitio por el tumulto de los civiles a sus espaldas, que presionaban para impedir que una derrota de sus guerreros los expusiera a la agresión romana.

Quinto se vio superado por su centurión, Cayo Crastino. Esto lo indujo a forzar su propia acción, aumentando el número de golpes. Quería que aquel viejo testarudo se viera obligado a felicitarlo, por una vez. Su directo adversario fue constreñido a recular más y a dejarle espacio. El joven aprovechó para avanzar, siempre buscando con el rabillo del ojo a su superior.

Durante un instante, lo perdió de vista. Luego notó la roja cresta traversa levantándose del suelo. Había tropezado con un cadáver. Pero un galo ya estaba sobre él con la hoja lista para caerle sobre el cuello. Quinto opuso su escudo al adversario, que se estaba agachando, dio un paso para desplazarse de costado y alargó el brazo. Su gladio atravesó el cuello del galo que luchaba contra el centurión. Al extraer la hoja, atrajo a su víctima hacia sí, haciéndola caer sobre Crastino, en aquel momento aún arrodillado.

En el tiempo que tardó el centurión en quitarse de encima del cuerpo del galo muerto, Quinto se liberó también de su adversario, al que alcanzó en el costado con su implacable gladio.

Crastino no dijo una palabra. Pero su mirada admirada y sorprendida a la vez era una satisfacción que Quinto consideró suficiente.

—Los tiempos cambian, ¿eh, centurión? Hace seis años tú me salvabas la vida, y ahora... —dijo, esbozando una sonrisa.

No supo decir si Crastino lo había oído. La lluvia continuaba cayendo despacio y, a su alrededor, los combatientes gritaban y sus armas chocaban. De todos modos, vio que el centurión seguía avanzando y no quiso ser menos. Hizo girar su gladio y empujó el escudo contra los enemigos tantas veces que sintió que los brazos le pesaban. Sus piernas estaban igualmente cansadas después de haberse tambaleado en el fango de un suelo que la lluvia hacía cada vez más pesado.

Por suerte, la resistencia del enemigo se había debilitado. Algunos empezaban a escapar. Cuando Quinto conseguía traspasar a un galo, no siempre aparecía de inmediato otro a sus espaldas. Sus filas se iban disipando, pero la lluvia y la luz indistinta de un alba que no llegaba le hacían difícil entender qué era lo que esperaba.

Finalmente, ya no hubo nadie que fuera a su encuentro. Se mantenían todos a distancia, pero aún eran muchos. Se pasó una mano sobre los ojos para liberarlos de la lluvia y el sudor. Lo único que logró fue añadir sangre, que goteaba de la hoja sobre la empuñadura del gladio y, por último, sobre sus nudillos.

—¡Los civiles! —oyó gritar a un compañero.

Miró mejor. Sí, delante de él, ahora solo había civiles, inermes y temblorosos, apretados los unos contra los otros. Volvió a frotarse los ojos: no había combatientes entre ellos. Distinguió algunos viejos, mujeres y niños. Nada más, aparte de los carros.

Quizá Veleda estaba allí en medio.

Debía estar allí en medio.

Se precipitó hacia delante, sin preocuparse de que entre la multitud pudieran esconderse guerreros o que los civiles mismos estuvieran armados. Los alcanzó y empezó a escrutar a cada mujer. Y el rostro de cada mujer, cubierto de lluvia y lágrimas, le devolvía una mirada aterrorizada. Algunas cayeron de rodillas, suplicantes. Tuvo que aferrarlas por el pelo y levantarles el rostro para tratar de descubrir si alguna de ellas era Veleda. Otra se sacó los pechos y se le ofreció, señalando a un niño a su lado, para que el romano lo perdonase.

Quinto las apartaba con hastío, tirándolas al suelo: un castigo para aquellas que se parecían a Veleda pero no eran Veleda. Hubiera querido llamarla de viva voz, pero temía que ella siguiera escapando. Por momento, llegó a engañarse a sí mismo pensando que saldría de entre el gentío y le echaría los brazos al cuello, cubriéndolo de besos por haberla encontrado y salvado. Pero sabía que nunca lo haría, por orgullo, como era obvio, pero también porque no lo amaba.

—¡Empújenlos hacia su ala derecha, vamos! —oyó que gritaba un tribuno a caballo. Pero lo ignoró y siguió buscándola.

Sintió que alguien le agarraba un hombro.

—¿No oíste al tribuno? Vamos, ponte del otro lado y empujemos contra el ala opuesta. Marco Antonio está en dificultades —le gritó al oído Cayo Crastino.

—¿Qué? ¡No tiene sentido! —protestó.

—¡Ya lo creo que lo tiene! La XI, que está enfrentándose a Camulógeno en persona, no ha hecho progresos. Si les echamos encima sus civiles, los galos se sentirán más incómodos durante el combate y se verán obligados a ceder terreno. ¡No tenemos tiempo que perder!

Quinto no respondió. Le dio la espalda al centurión e intentó adentrarse de nuevo entre la multitud de los civiles. Pero el centurión lo aferró de nuevo, esta vez de la loriga.

—Es una orden de tu padre. ¿Quieres que nos maten a todos? Recuerda que los belóvacos aparecerán en cualquier momento. ¡Si nos encuentran combatiendo estamos perdidos!

Durante un instante, Quinto tuvo la tentación de liberarse de su brazo y desaparecer entre la multitud. Pero quizá él tuviera razón: no tendría sentido encontrar a Veleda y luego hacerse matar por parisios, aulercos y belóvacos. Lo siguió, echando un último y desesperado vistazo a la muchedumbre. Se dispuso con los otros en el ala extrema y empezó a empujar a los civiles hacia el centro.

No era una broma. Los galos no entendían qué querían hacer los romanos, y oponían resistencia. Las mujeres gritaban, chillaban y se agarraban al cuello de los legionarios, que así no podían empujar. Quinto debió quitarse varias de encima no solo para inducir a la masa de desesperados a moverse, sino también para despejar su campo visual: en efecto, no había renunciado a buscar con la mirada a la muchacha germana.

El joven empujó, empujaron sus compañeros, empujaron hasta los centuriones, hasta que ya no hubo modo de avanzar. Quinto supuso que debía esperar nuevas órdenes. Entre tanto, podía continuar buscando a...

Veleda.

¿Era ella?

Empapada de la cabeza a los pies, desesperada. Rubia como ella. Menuda como ella.

Estaban todos apretados los unos contra los otros. Ella, en cambio, estaba aislada. Como una germana en medio de los galos.

Debía ser ella.

No estaba lejos. Solo una decena de desesperados, en línea recta, entre Quinto y aquella a la que consideraba Veleda. Apartó al viejo que tenía delante y dio un paso en esa dirección. Pero una vez más sintió que una mano lo aferraba. Un apretón sólido, autorizado. ¿Por qué ese maldito Cayo Crastino debía obstaculizarlo? Volteó. Esta vez lo ignoraría.

Pero a quien se encontró delante no era Crastino.

—Fuiste uno de los más valientes, Quinto. Tu centurión me dijo que le salvaste la vida. Pero aún hay mucho que hacer —dijo Tito Labieno.

Quinto lo miró, fingiendo no entender.

—Los galos aún están activos en el ala derecha —prosiguió el legado—. Los civiles los limitan, pero no nos ayudan a derrotarlos. Y los belóvacos están al caer. Quiero enviar en apoyo de Antonio a toda la VII legión. Harán una conversión alcanzando el ala opuesta y atacarán a Camulógeno y a los suyos de lado. Con los civiles en el flanco opuesto y los auxiliares, que tengo la intención de enviar para evitar que huyan, no tendrán adónde ir, y acabaremos con facilidad con ellos.

—Padre, estoy cansado. Deja que la VII se quede

aquí con los civiles y manda a la XII... —intentó decir Quinto.

—No es posible. La XII está en el centro. La verían moverse. Ustedes están en el ala opuesta y Camulógeno no los verá hasta el último momento. Y, además, para una maniobra tan delicada quiero a mis hombres: confío más en ellos que en cualquier otro. *También* confío en ti más que en cualquier otro.

Quinto volteó la mirada hacia el punto en que había creído ver a Veleda. La muchacha aún estaba allí, sola, desesperada. Luego miró a su padre. Labieno esperaba mucho de él, y el muchacho había aprendido a obtener satisfacción del orgullo con el que, a veces, conseguía llenarlo.

A fin de cuentas, los civiles no estaban en peligro, de momento. La encontraría después, sin la presión gala y sin tener que demostrar nada a su padre.

Se unió a su centurión y lo siguió en la maniobra de conversión, junto a las demás centurias. Los galos contra los que luchaba Antonio no se lo esperaban. Quinto leyó primero la sorpresa y luego el pánico en sus ojos. Habían aguantado largamente la presión de la XI, incluso cuando los civiles habían limitado sus movimientos. Y ahora, veían aparecer por el flanco a otra legión, y de espaldas incluso a la caballería auxiliar de Drapes. Sobre el flanco opuesto tenían la masa de los civiles, enfrente de Marco Antonio. Estaban perdidos.

Quinto esperó que se rindieran. Terminaría de inmediato y él podría dedicarse a la búsqueda de Veleda. Pero entre ellos estaba el jefe. Un viejo e irreductible comandante que prefería morir antes que concluir su larga vida con una rendición. Lo vislumbró, a caballo, con una larga barba blanca y el yelmo coronado por una amplia crin, espoleando a sus hombres al contraataque para romper al menos un lado y abrirse una eventual vía de escape.

Vio cómo iban hacia él, con la vehemencia de quien sabe que ya no tiene nada que perder. Junto a sus compañeros, formó un muro de escudos para contener el choque. Un choque que, por fortuna para los romanos, no llegó compacto. Fiándose al instinto y a la desesperación, los celtas habían perdido cualquier atisbo de disciplina. Su ataque fue descoordinado, carente de cohesión, confuso: los guerreros entraron en contacto con la primera línea romana en pequeños grupos, uno tras otro.

Sin embargo, la vehemencia y la ferocidad con que combatían dificultaba la tarea de los legionarios, que al menos tenían la posibilidad de actuar sobre varios lados. Quinto, y con él sus compañeros, debían defenderse de una andanada de golpes antes de poder alargar el gladio más allá del escudo. Empujados por los gritos de los centuriones, los romanos volvían a avanzar, haciendo valer pronto su mayor cohesión.

Desde atrás del escudo, Quinto sentía su gladio hundiéndose en carne o, con la misma frecuencia, chocar contra otro escudo. Después de los primeros instantes de presión, pudo erguir la cabeza y mirar al frente. Una selva de cabezas, en gran parte sin yelmo, se amontonaba delante de sus ojos. Entre los galos, Camulógeno estaba derecho en su silla y blandía la espada en el aire para exhortar a los suyos. Sobre el lado vigilado por la caballería auxiliar de Drapes algunos galos empezaban a huir. Pero Drapes y los suyos no los bloqueaban en absoluto.

Le pareció extraño. Los senones no parecían nada activos: daban la impresión de no estar interesados en la batalla. Había muchos compatriotas entre las filas enemigas, y quizá esto los turbaba. No prestó demasiada atención: tenía otros problemas, empezando por los adversarios más inmediatos, que aún parecían tener la intención de vender cara su piel. Continuó hundiendo el gladio y empujando atrás a los galos con el escudo. Continuó enrojeciendo su hoja y hundiendo los pies en un terreno donde cada vez más la sangre se mezclaba con el fango. Continuó avanzando hasta estar a poca distancia de Camulógeno.

Vio al jefe galo moviéndose hacia su sector, abriéndose paso entre sus propios hombres, hasta que estuvo bastante cerca para poderlo observar. Era viejo de verdad: decenas de arrugas surcaban lo que de su rostro no estaba oculto por el yelmo. Tenía hombros poderosos, y los movimientos de sus brazos, aunque ralentizados por la lluvia, el cansancio y la edad, eran sin duda majestuosos.

Camulógeno llegó para ayudar a algunos galos casi rodeados por romanos, a poca distancia de Quinto. Empezó a pegar mandobles sobre los adversarios, mientras en torno a él los celtas se desmoronaban uno tras otro, arrollados por la superioridad numérica de los romanos. Luego cayó del caballo y desapareció también él. Decenas de gladios continuaron levantándose y abatiéndose sobre el punto en que había caído, hasta que un legionario levantó más allá de la línea de los yelmos de sus compañeros una cabeza con una larga barba blanca.

Quinto miró a su alrededor. Ahora ni siquiera él tenía más adversarios. Los celtas se disipaban, en general en la dirección vigilada por Drapes, que continuaba ignorándolos, dejándolos huir. Del ejército de Camulógeno quedaban en el campo de batalla solo los civiles. Los romanos se acercaron a los habitantes de Lutetia, con los auxiliares, inmóviles, sobre el flanco.

El joven se abrió paso entre sus camaradas: tenía más prisa que los demás. Su mirada ya buscaba la de Veleda. No se percató del movimiento que se producía junto a él hasta que vio caer delante, atravesado por una jabalina, al compañero que avanzaba a su lado.

Levantó instintivamente el escudo. Entre los civiles, por supuesto, se escondían guerreros. Luego oyó otro grito cerca de él, y otro más. Giró la cabeza. Otros dos romanos habían caído atravesados en el costado. La amenaza no provenía de los civiles.

Y entonces los vio. Drapes y los suyos blandían las jabalinas, listos para lanzar más. Y estaban tirando sobre los romanos. Levantó el escudo para protegerse y, como otros compañeros, se metió entre los civiles, esperando que los senones no se atrevieran a tirar sobre la multitud de compatriotas. De pronto, los habitantes de Lutetia fueron presa del pánico y empezaron a escapar en todas direcciones.

Los romanos se encontraron de nuevo expuestos a los golpes de los traidores. Y el resto del ejército no iba a llegar a tiempo para prestarles ayuda: los prófugos de Lutetia estaban obstaculizando las comunicaciones entre las diversas secciones del ejército romano, lo que comprometía la operatividad de los guerreros galos.

Los auxiliares volvieron a tirar a lo seguro. Cabalgaron entre las filas ya ralas de los civiles y se acercaron a los legionarios, los cuales, sin jabalinas y de pie, solo podían defenderse. Quinto recibió un golpe en el escudo, vaciló, perdió el equilibrio sobre el terreno blando y cayó hacia atrás en el fango. En torno a él se había hecho el vacío: solo algunos compañeros, expuestos como él a los golpes de los hombres de Drapes.

Y una muchacha, casi acurrucada en el fango.

No podía distinguir sus rasgos. Como los guerreros a los que se había enfrentado, también ella era un fantoche de arcilla. Tampoco podía acercarse a ella, pues sabía que los senones llegarían en cualquier momento.

Solo podía llamarla.

—¡Veledaaaa! —gritó, con todo el aliento que tenía en el cuerpo, esperando superar el rumor de la lluvia y de los cascos de los caballos, cada vez más próximos.

La muchacha levantó la mirada hacia él. Dos ojos claros se encendieron en un rostro enfangado.

Era ella, Veleda. Quinto no supo decir si la muchacha lo había reconocido: un instante después, tuvo otras cosas de las que preocuparse. Un pelotón de auxiliares se abalanzó sobre él y sus compañeros. Dos romanos cayeron bajo los golpes de los jinetes. Quinto opuso el escudo a un mandoble proveniente desde arriba, y reaccionó cortando los jarretes del caballo. El senón rodó a sus pies y él le plantó el gladio en el cuello. Antes de que pudiera extraer la hoja, dos jinetes se le echaron encima. Con el rabillo del ojo pudo ver a otro auxiliar que recogía a Veleda y la cargaba en su caballo, a pesar del intento, por parte de la muchacha, de evitar sus brazos.

Veleda no quería que se la llevaran.

Lo había visto y quería volver con él.

Fue esto lo que Quinto pensó mientras paraba el primer golpe de los dos nuevos adversarios. Paró otro, y otro más, antes de asestar un buen golpe en el muslo del más cercano. Pero el otro lo sorprendió de espaldas y le desgarró el hombro con un mandoble. Era el hombro izquierdo: le faltó la fuerza y Quinto dejó caer el escudo. De pronto, se sintió débil, pero continuó blandiendo su gladio para mantener apartados a los enemigos.

Vio alejarse al jinete que había raptado a Veleda. Decidió apoderarse de un caballo. Procuró hacer caer de la silla al jinete al que había herido en el muslo. Se lanzó contra él, pero el jinete lo esquivó. Quinto pensó que el senón caería, y en cambio se alejó definitivamente junto a su compañero, siguiendo al que iba con Veleda y todos los demás.

El joven volteó. Estaban llegando todos los demás legionarios. Y los auxiliares se estaban marchando. *Veleda se marchaba.*

Ellos eran la caballería de los romanos. No había más jinetes que pudieran perseguirlos.

Había encontrado a Veleda, solo para perderla de nuevo. Se desplomó en el suelo, sintiendo solo ahora que la herida le quemaba.

XVIII

Labieno, visto que ni el terraplén ni el foso conseguían contrarrestar el asalto enemigo, reúne a treinta y nueve cohortes, que había tenido la fortuna de poder retirar de los fuertes vecinos, y manda un mensajero a César para informarle de cuanto tenía la intención de hacer. César se apresura para tomar parte en el combate.

César,
De bello gallico, VII, 87

Aun teniendo que luchar contra la corriente, Ortwin no podía menos que observar, admirado, el paso del Liger por parte de las legiones de César. El procónsul había encontrado al final el modo de burlar a los heduos rebeldes y entrar en territorio senón. En efecto, los exploradores habían hallado un vado donde el agua llegaba al hombro de un hombre. El único problema era la fuerte corriente: un factor con el que los heduos contaban para que los romanos no consiguieran salir de su territorio.

Y así, César había decidido replicar el sistema con el que había logrado atravesar el Rhenus años antes. Solo que, esta vez, en lugar de una barrera de piedras enjaulada en un armazón de madera, haciendo de rompeolas estaban Ortwin y sus hombres, anclados mediante cuerdas a imponentes rocas arrojadas al fondo.

Unos pocos pasos río abajo cruzaba el ejército: miles de legionarios, uno tras otro, con los brazos levantados para mantener el armamento fuera del agua.

La idea de César había funcionado: desde hacía al menos tres horas las legiones estaban pasando a la otra orilla, bajo la mirada sorprendida de los exploradores senones que no habían podido hacer más que enviar mensajeros a sus jefes. Pero antes de la llegada de los refuerzos, los romanos completarían el traslado a la ribera opuesta. Y los senones no disponían, desde luego, de un ejército capaz de enfrentarse a seis legiones juntas.

Sin embargo, a pesar de la barrera río arriba, la corriente seguía siendo fuerte para los legionarios. No por casualidad, César había provisto una segunda barrera de jinetes más abajo. Su tarea era bloquear hombres, bestias de carga y carruajes arrastrados y, por el momento, el método se había demostrado eficaz. Ni un solo elemento de la armada se había perdido, hasta entonces, en aquella empresa que atestiguaba, una vez más, el genio del comandante.

César necesitaba un nuevo éxito. Después del fracaso de Gergovia, hasta los heduos se habían rebelado. Los hombres, escasos de suministros, se quejaban. Los veteranos parecían haberse dado cuenta, de repente, de que estaban en guerra desde hacía nada menos que siete años, incluso en invierno, y pretendían un poco de reposo, y hasta el licenciamiento. Los reclutas estaban turbados, y algunos consideraban demasiado ambicioso el objetivo de subyugar a toda la Galia. Las noticias corrían: se decía que todas las naciones se habían unido contra los romanos y esto, sumado al fracaso en Gergovia, había minado los ánimos. Entre quienes tenían miedo y quienes estaban solo perplejos, ya no había, en las filas de las legiones, aquella determinación que permitía a los soldados reaccionar ante cualquier dificultad y no perder nunca la confianza en la victoria.

Además, el fracaso de Gergovia había provocado muchas reivindicaciones en la tropa. Eran pocos los que querían cargar con la responsabilidad, y aún menos los dispuestos a atribuir a César el mérito de haber evitado la derrota. Muchos aseguraban que el procónsul había dado la orden de retirada demasiado tarde. El estado mayor sostenía la tesis de la indisciplina de los soldados y, como mucho, que las trompetas apenas habían sido audibles. Pero los oficiales eran reacios a castigar a los legionarios que manifestaban en voz alta su desacuerdo. Algunos, incluso, alababan a Labieno: estimaban que debía ser él, ahora, quien ejerciera el mando supremo, y veían en César las señales del declive y una progresiva falta de sentido común.

En cuanto a Ortwin, después de siete años de victorias a menudo increíbles, César le concedía un amplio crédito, a él y a sus hombres. Se necesitaba mucho más que un fracaso para resquebrajarlo. Sin embargo, el germano era consciente de que aquella temporada de guerra no terminaría sin una batalla decisiva. Con toda la Galia en armas, no era lícito esperar volver a los cuarteles de invierno sin un enfrentamiento frontal y resolutivo.

Tampoco César lo quería, por otra parte. Se aproximaba el vencimiento de su mandato y, por lo que Ortwin había llegado a conocerlo, nunca habría aceptado la idea de un fracaso. Aquel era el año en que se decidiría si la Galia iba a ser romana o si volvía a los galos. César no disponía de mucho más tiempo para hacer suya una provincia, y los galos, si eran derrotados, ya no encontrarían ni la fuerza ni un jefe que los mantuviera unidos contra el invasor.

Ortwin también había oído decir que los enemigos de César, en Roma, crecían día tras día. Observaba al caudillo y se preguntaba si estaba más preocupado por su futuro político o por su presente militar. Sin duda, el procónsul estaba frente a un nudo en su existencia: dentro de poco, se descubriría si los dioses habían decidido hacer de él un gran hombre, o solo uno de los tantos que habían intentado serlo.

El reclamo a los dioses trajo a Veleda a su mente. Había empezado a pensar de nuevo en ella desde que había sabido que los parisios habían masacrado la guarnición romana y germánica. Por eso, apenas se enteró del objetivo de Labieno, fue a buscar a su hijo, Quinto. Le propuso una notable compensación para que la trajera a salvo, pensando en reunir toda la paga de la guardia germánica. Pero Quinto no quiso nada: pocos soldados romanos habrían actuado de una manera tan noble, y esto acrecentó la consideración que ya albergaba hacia él.

Cuando después Ortwin supo de la destrucción de Lutetia por obra de los mismos parisios y de la victoria romana, la angustia por el destino de la muchacha se apoderó de él. Esperaba la reunificación con el ejército de Labieno para tener noticias, pero sin hacerse demasiadas ilusiones: con los peligros que corrían las legiones para atravesar los territorios enemigos, llevarse consigo a los prisioneros era la última de las opciones viables.

Uno de sus hombres le hizo notar que había pasado el último carro con equipaje. Todo el ejército romano estaba en territorio senón. Al final, tendrían algo con qué saciar el hambre. Y pronto el ejército romano se reuniría, gracias también a los nuevos auxiliares germánicos que César había pedido más allá del Rhenus para sustituir a los galos que lo habían abandonado. César y Labieno juntos nunca habían perdido, y pronto, Ortwin estaba convencido, volverían a ganar.

El jefe de los germanos esperó todavía un tiempo para estar seguro de que nadie quedaba atrás, y luego dio la orden a sus compañeros para que alcanzaran la orilla senona. Después, remontó la larga columna y alcanzó a César, retomando su papel de guardia de corps.

Un papel del que estaba orgulloso.

Si además hubiera estado seguro de que Veleda aún estaba viva y a salvo, se habría sentido orgulloso también de sí mismo por haberse ocupado de ella. De la muchacha que su rey le había confiado. De la mujer a la que siempre había amado.

No se iban con rodeos. Los soldados tenían hambre, y pocas ganas de discutir con los civiles de las aldeas que encontraban a lo largo del camino. César vio a dos legionarios saliendo de una cabaña con unas tinajas a la espalda. También allí habían encontrado algo que comer, por suerte. Inmediatamente después salió una muchacha, con un desgarro en el costado y un niño en brazos.

Un niño sin cabeza.

La muchacha se tambaleó mientras daba algunos pasos, luego cayó al suelo.

Hacía tiempo que había olvidado poner un límite a los excesos. Desde hacía años. Por lo que recordaba, solo en el primer bienio de mandato proconsular había hecho castigar sistemáticamente a los soldados culpables de haber provocado a la población gala. Después, había pensado que aquella no era una buena política, en ningún caso: dejar a los soldados libres para que dieran rienda suelta a su ferocidad contribuía tanto a conservar la devoción hacia su comandante como a convencer a los celtas de que rechazar el dominio de Roma no los beneficiaba en absoluto.

Había seguido castigando, eso sí, a los soldados culpables de alguna violación en los territorios sometidos de manera pacífica. Pero en todos los demás, a cualquier mínimo retraso en la entrega de los tributos y los aprovisionamientos debía corresponder un castigo, para dar a entender a los galos que había una estricta relación de consecuencia entre los dos hechos. Por otra parte, un régimen de ocupación demasiado blando podría inducir a los celtas a pensar que el amo era débil, y por tanto fácil de expulsar. Por último, si los soldados acuartelados podían desahogar su agresividad con los civiles, luego no se peleaban entre ellos ni manifestaban descontento con relación a los comandantes.

César prosiguió el trayecto a través de la aldea, donde las cabañas ya revisadas empezaban a arder. Su espléndido alazán movía el cuello dando saltos, molesto por la cortina de humo que se elevaba a su alrededor.

—Salgamos de aquí. No quiero encontrar a Labieno

en medio de las hogueras —dijo el procónsul a Aulo Hircio, que lo seguía de cerca.

La reunificación de las dos secciones del ejército estaba próxima, por fin. Una hazaña, también esta. César y Labieno pasaron entre una selva de enemigos, marcharon a etapas forzadas y con grandes dificultades de aprovisionamiento, pero al fin lo habían conseguido. Los romanos estaban de nuevo con sus filas completas con vistas al enfrentamiento decisivo, que Vercingétorix ya no podía aplazar.

En cuanto el pelotón de jinetes que acompañaba al procónsul se encontró fuera del área de la aldea, la nube de humo se disipó para ser sustituida de inmediato por la polvareda levantada por el ejército de Labieno en marcha. Del manto emergieron primero los estandartes de las unidades, luego las siluetas de los soldados. El ejército se detuvo y Labieno y Antonio se adelantaron. César permaneció en un margen de la aldea, esperándolos. Pero por detrás del procónsul aparecieron otros soldados. Poco a poco, solos o en pequeños grupos, superaron a su comandante supremo y corrieron al encuentro de Labieno, gritando su nombre:

—¡Labieno! ¡El invicto Labieno! ¡El vencedor de los parisios!

—¡La victoria es segura, ahora que volvió Labieno!

—¡Aquí está, el más grande comandante de Roma!

Los legionarios alcanzaron al legado, lo rodearon y continuaron elogiándolo. Labieno se vio obligado a aflojar el paso, pero no se detuvo. Respondía a los cumplidos de los legionarios manteniendo una actitud compuesta y pacata, casi embarazada. Antonio, en cambio, parecía incluso divertido.

Aulo Hircio miró a César. El procónsul se había sonrojado. Creyó incluso que temblaba. Pero permanecía imperturbable.

Era el momento de sacar tajada, se dijo. Si nunca había habido derrotas de Labieno de las que aprovecharse, sacaría partido de sus victorias.

—Parece que Labieno goza de una gran popularidad entre los soldados, ¿eh? —aventuró.

—Popularidad merecida.

—Nadie podría ponerlo en duda. Pero hay que preguntarse cuántos ejércitos pueden permitirse un comandante subordinado aclamado por sus hombres casi como un comandante supremo...

—La Galia es grande. Es una suerte que haya otro comandante, además del procónsul, en condiciones de obtener grandes victorias...

—Sí. Pero si el procónsul tiene una..., digamos, una racha de mala suerte, los hombres podrían confundir los papeles y no respetar la jerarquía. Incluso el directo interesado podría...

—¡Silencio! —zanjó César. Labieno y Antonio, mientras, habían llegado.

—Salud, procónsul. Los dioses te han conservado con buena salud, por lo que veo —empezó Labieno, polvoriento y lleno de fango seco en las piernas, desde las botas hasta las rodillas.

—Salve, primo. No te fue demasiado bien en Gergovia, ¿eh?

Antonio no tenía una gran propensión a la diplomacia. Además, su estrecho grado de parentesco con el procónsul lo empujaba a tomarse más libertades que cualquier otro.

—Salud a ustedes. Los dioses han querido engatusar a los galos para poner al descubierto a aquellos que, como los heduos, antes o después nos hubieran traicionado. De este modo, ahora pondremos orden en toda la Galia y de una vez por todas —respondió César dirigiéndose a su primo.

Luego desplazó la mirada hacia Labieno.

—Tu victoria sobre los parisios es de veras encomiable. Gracias a ti como mínimo conseguiremos mantener fuera de esta guerra a los belgas y a las naciones de la costa... —le dijo con convicción.

—Por desgracia, hemos perdido la posibilidad de usar Lutetia como base. Pero, al menos, también la perdieron ellos. Y perdimos también la caballería auxiliar de los senones. ¿Cuáles son los planes ahora?

Labieno trató de esconder el embarazo que sentía por las manifestaciones de los soldados yendo de inmediato al grano.

—Lucio César nos escribe desde la provincia que Vercingétorix tiene la intención de invadirla. Él solo tiene veintidós cohortes de reclutas; por tanto, es necesario prestarle ayuda. Si nos movemos rápido, podríamos encontrar al ejército de Vercingétorix de camino y tratar de resolver la cuestión en el momento. Mientras tanto, de todos modos, vayan a refrescarse. Supongo que sus hombres estarán hambrientos y cansados. Aquí hay comida para todos.

Luego César se dirigió a Aulo Hircio, al que encomendó la tarea de hacer acampar a las cuatro legiones de Labieno, e invitó a su tienda a los legados y a los cuestores recién llegados.

Hircio cabalgó hacia las unidades de Labieno. Habló con los otros comandantes subalternos y les ordenó que fueran también ellos al cuartel general de César. Luego fue a buscar a los agrimensores para que trazaran el perímetro de los nuevos campamentos. Aprovechó para tantear el humor de la tropa: quería captar si había diferencia entre la moral de los que habían ganado y los que habían perdido, y cuánta diferencia.

Lo notó de inmediato: los soldados de Labieno caminaban con la cabeza alta. Reían, y hasta cantaban. Escuchó sus conversaciones: eran optimistas sobre el resultado de la guerra y se mostraban entusiastas con su comandante. Si estaban cansados, además, no lo traslucían. Es más, parecían listos para combatir incluso de inmediato, sin preaviso.

Nada que ver con los soldados de César. En las seis legiones que habían seguido al procónsul, la exasperación era palpable. Las recriminaciones estaban a la orden del día, al igual que las disputas entre los más descontentos y los que se esforzaban por mantener la propia lealtad a César. Hacía tiempo que no había botín, y la tropa ya no estimaba que combatir en la Galia fuera una ventaja. Había quien deseaba ir a otros frentes, quien exigía otros comandantes, quien quería ambas cosas.

Se preguntó qué sucedería ahora, con el ejército reunido. ¿Los soldados de Labieno contagiarían su optimismo a los de César, o serían estos últimos los que influirían incluso a los más entusiastas? Y César y Labieno, ¿cómo iban a gestionar el conflicto latente que, de manera inevitable, estaba creciendo entre ellos?

Por su parte, se dijo Hircio, él trabajaría para que el surco que se estaba excavando entre los dos comandantes se acentuara. Siempre había deseado tener el puesto de Labieno, en la jerarquía y también en el corazón de César: ahora, por fin, las circunstancias le eran favorables. Pero además debía impedir, concluyó, que ese conflicto llevara al fracaso de la estrategia de César en la Galia...

Los batientes se abrieron. César notó que estaban cubiertos por flechas y jabalinas: un testimonio del gran y vano ataque de los galos, que se quebraba contra la doble muralla de los romanos después de una noche de feroces combates.

La noche de la que había surgido vencedor.

El ejército de rescate, formado por todas las naciones de la Galia, había sido derrotado. Alesia, la ciudad asediada, se había rendido. Vercingétorix, el jefe supremo de los rebeldes, se entregaría en cualquier momento. Todo había terminado.

Más allá del portón afloraron los rostros espectrales de los civiles mandubios que el jefe galo había expulsado días antes de la ciudad: el bloqueo romano lo obligó a decidir alimentar solo a los hombres aptos para las armas. Desde entonces, no había pasado un día sin que aquellos desgraciados se amontonaran a lo largo del valle, suplicando en vano a los legionarios algo de comer. Y cada día eran menos, pues morían por las penurias, el hambre y las flechas de aquellos romanos que, a veces, se divertían jugando al tiro al blanco fuera de la fortificación.

Al alba, antes de sentarse en la silla curul, en medio de los fascios y los lictores, los legados y los principales estandartes del ejército, César echó un vistazo fuera de la empalizada. Una ininterrumpida extensión de cadáveres se esparcía entre las pendientes del monte sobre el que surgía Alesia y la muralla romana. Mandubios muertos de inanición y guerreros atravesados por los *pila* romanos o por los cipos plantados en los agujeros excavados en torno a la muralla. Cadáveres de caballos que habían tropezado en los numerosos obstáculos que afloraban del terreno —como *gigli* y *stimuli*— que César hizo colocar frente a la fortificación. Y luego cañizos, escaleras y arpones abandonados, con los que los galos creyeron poder superar la muralla. Y, por último, civiles aún vivos que se arrastraban exhaustos entre los caídos, sin implorar la comida de los romanos: se la procuraban solos, ahora, a mordiscos, haciendo jirones las carnes de los muertos.

Subió a las escarpas también del lado opuesto, a lo largo de la muralla de la parte de la llanura que tan valientemente lo había defendido del enorme ejército de rescate. Aunque allí fuera ya no había más que muertos, cadáveres y heridos agonizantes a los que grupos de soldados romanos daban el golpe de gracia.

Había sido la noche más importante de su vida. Los dioses le habían permitido obtener una de las mayores victorias jamás conseguidas por un general romano. Quizá, una de las más espectaculares de todos los tiempos. Equivalente a las de Alejandro Magno, de Pirro o de Aníbal.

Y sin duda, superior a las de Pompeyo.

Con cincuenta mil hombres había dispersado a un ejército de centenares de miles de guerreros —nunca llegaría a conocer el número exacto— y conjurado el ataque simultáneo de la fortaleza que, no obstante, parecía tan inexpugnable como Gergovia. De asediador había pasado a asediado, atrapado entre dos fuegos; sin embargo, no solo había sobrevivido, sino que incluso había obligado a los jefes rebeldes a rendirse, poniendo fin a la revuelta.

Ahora estaba seguro: ninguna meta le estaba vedada. Los dioses le estaban preparando el camino para ser el primero en Roma.

Y, por consiguiente, el primero en el mundo.

Por último entró Vercingétorix. A caballo, rodeado por la guardia germánica que el procónsul le había enviado como escolta, el jefe galo se detuvo algunos instantes en el umbral del fuerte, escrutando a los civiles que caminaban penosamente hacia él. Pateó a un par de soldados, haciéndolos caer a lo largo del terraplén, en el foso ya lleno de cadáveres. El joven arverno volvió a moverse. Despacio, recorrió el corredor, entre dos filas de soldados en armas, que lo separaba del centro del patio, donde se encontraba el podio de César.

El procónsul lo escrutó durante todo el trayecto. El celta mantenía una actitud orgullosa, distante y altiva. Iba por completo armado: como si debiera conducir a los suyos a un combate. Cota de malla, amplio manto, espada, escudo y yelmo coronado por una amplia crin.

Era joven, pero parecía un viejo y experimentado guerrero. Aquel muchacho lo había puesto en dificultades. Casi había arruinado sus planes. Pero gracias a la ayuda de la Fortuna, César había logrado el objetivo que se había propuesto durante el invierno. No obstante, había corrido grandes peligros. Y había debido realizar una hazaña de veras memorable para recuperar el ascendente sobre sus propios hombres, que las gestas de aquel celta le habían arrebatado.

Se lo haría pagar. Con él, la clemencia que César se había impuesto mostrar en toda ocasión no tenía razón de ser.

Vercingétorix detuvo el caballo a pocos pasos del podio. Miró a su adversario a los ojos, sosteniendo su mirada penetrante durante largo rato. César se esforzó por reconocer en aquel rostro a uno de los auxiliares que había tenido a su servicio. Pero con aquellos amplios bigotes, las pecas y el largo cabello rojo, no le parecía distinto de tantos otros que habían combatido con él para luego traicionarlo.

El rey arverno espoleó apenas a su caballo y le hizo dar la vuelta completa a su puesto. Por último, bajó de la silla y avanzó hacia César. De inmediato, los guerreros germanos, lictores y legados se pusieron rígidos, llevándose las manos a sus espadas. El jefe celta puso su escudo a los pies del procónsul. Luego se desató el cinturón y lo colocó al lado, con la espada en su funda. Lo mismo hizo con el manto. Para terminar, se quitó la malla de hierro y se quedó solo con la túnica. Observó aún a César y, sin decir palabra, se inclinó a su lado, en el suelo, con la mirada fija más allá de la muralla, en los civiles muertos por inanición a los que no había sabido alimentar. En los soldados muertos a los que no había sabido liderar. En la ciudad caída que no había sabido defender.

No era ella. Tampoco esa. *Ella* no estaba. Quinto dio vuelta a la enésima celta prisionera y se abandonó al desconsuelo. César había decidido asignar a cada uno de los soldados, además de una considerable gratificación en metálico, un celta. Y muchos, no sabiendo qué hacer con él, lo estaban revendiendo en los mercados de esclavos que muy oportunamente se habían organizado bajo los muros de la ciudad justo después de su caída. Por tanto, el joven debía actuar deprisa: pronto muchos prisioneros iban a desaparecer. Así, daba vueltas por el fuerte y detenía a cualquier camarada con una muchacha al lado, para luego dejarlo marchar con un gesto de irritación, sin proporcionar explicación alguna.

Oyó que Drapes se había unido a los cadurcos, que no habían participado en la acción, ni en la ciudad ni en el ejército de rescate. Parecía que estaban ejerciendo presión sobre la provincia romana, más al sur. Pero no podía quedarse con la duda. Debía asegurarse de que Veleda no estuviera allí. Sin embargo, las mujeres vivas eran en verdad pocas: las privilegiadas, esposas, hijas o parientes de los notables de la ciudad, que no habían sido expulsadas con anterioridad. Todas las demás habían muerto o estaban moribundas entre los civiles abandonados a su suerte, ignorados desde hacía tiempo tanto por los galos como por los romanos.

Pensó que podría estar allí, entre los cadáveres de los alrededores de la muralla. Era improbable, pero no del todo imposible. Tuvo la tentación de pedir ayuda a Ortwin, pero luego cambió de idea: no le había revelado nada de lo que había sucedido en Lutetia, temiendo que también él se pusiera tras la pista de Veleda. Sin la ayuda de los germanos tendría menos posibilidades de encontrarla, pero al menos no correría el riesgo de tener que disputarla también con ellos. Que siguieran creyendo que estaba muerta, pues.

Salió de la fortificación que había sido su casa y la de sus compañeros durante casi un mes y se aventuró por la necrópolis a cielo abierto que la rodeaba. La herida sufrida en la batalla de Lutetia aún le dolía: no había podido ser útil durante los combates en torno a Alesia; ni tampoco podía mover el brazo izquierdo, que colgaba de una faja. Dio la vuelta a los cadáveres con los pies y con el brazo derecho, tratando de no prestar atención al hedor que lo envolvía. Luchó contra enjambres de moscas, contra el disgusto y las náuseas que le daban al ver la cabeza aplastada de un niño, un rostro al que los pájaros habían agujereado los ojos, un cuerpo descuartizado quizá por sus mismos compañeros de desventura, otro en el cual solo quedaba una sutil capa de piel para cubrir sus huesos.

De pronto, perdió el equilibrio y cayó dentro de un hoyo, rozando un palo punzante sobre el que había quedado atravesado un guerrero celta. La punta, ensangrentada y cubierta de jirones de carnes y vísceras, salía por la espalda de la víctima. Quinto se encontró entre el borde del orificio y el cuerpo inanimado, medio fuera y medio dentro.

—¿Qué estás haciendo entre tanta inmundicia?

Una voz desde lo alto. Un legionario le tendió la mano para ayudarlo a salir.

Gracias a su compañero, Quinto se puso de pie.

—Nada de particular..., eh... Quería ver si había alguien aún vivo para venderlo como esclavo...

—Ahora ya no queda nadie. Ya pasaron y remataron a los agonizantes. Pero... ¡tú eres el hijo del legado Labieno! ¡Tu padre es un gran hombre!

—No seré yo quien lo niegue...

—Con él se gana siempre... ¿Viste en Gergovia? Él no estaba, y César perdió. ¡Ahora están de nuevo juntos, y obtuvimos la mayor de las victorias! ¡Y gracias a él, sin duda!

—Me consta que fue la intervención de César en el campamento más alto la que determinó el resultado de la batalla. ¿No fue él quien auxilió a mi padre con una maniobra en pinza, mientras Labieno salió de la muralla con treinta y nueve cohortes para contraatacar?

—¡Eso son tonterías! —protestó el legionario—. ¡Yo estaba en esas treinta y nueve cohortes, y sé cómo fueron las cosas de verdad! Después de nuestro contraataque, los galos ya habían empezado a retirarse. Luego sé que Aulo Hircio, que hacía de observador en la torre del centro del campamento, transmitió a César una falsa solicitud de ayuda por nuestra parte. El procónsul llegó a toro pasado, y se atribuyó el mérito de la intervención decisiva. Pero la intervención decisiva fue la de tu padre, con su contraataque. ¡Mi enhorabuena, muchacho!

Quinto se quedó reflexionando. Durante un momento, olvidó a Veleda. Según parecía, César había arrebatado de nuevo a su padre los méritos de una victoria. Y esta vez se trataba de una victoria extraordinaria, de aquellas que se transmiten a la posteridad por los siglos de los siglos. No era justo. No era justo que su padre desperdiciara su propio talento al servicio de un hombre tan ingrato. Si llegaran a ser adversarios, no cabía ninguna duda: Labieno demostraría de una vez por todas su superioridad como comandante, como estratega y como táctico.

Si llegaran a ser adversarios... Pero su padre se obstinaba en ser el más fiable subalterno de aquel autócrata, del hombre más detestado de toda Roma, de un individuo capaz de atraer hacia sí a la gente no gracias a la estima, sino solo mediante corrupciones y favores, y de ganarse la adoración del pueblo solo gracias a los méritos ajenos. Muchos lo rumoreaban, en las filas del ejército: sin embargo, otros tantos, como Labieno, parecían amarlo *a priori* y sin reservas, aunque solo fuera porque los colmaba de premios y dinero.

Aquel legionario tenía razón. Era hijo de un gran hombre. Pero ¿puede ser verdaderamente un gran hombre el que combate por una causa equivocada?

XIX

Si bien aquí le llegaron las voces según las cuales sus adversarios presionaban a Labieno y estaba informado de que, por instigación de algunos, se trataba de provocar una intervención del Senado para privarlo de una parte del ejército, sin embargo, no quiso dar crédito a ninguna voz respecto de Labieno, ni se dejó inducir a actuar contra la voluntad del Senado.

AULO HIRCIO,
De bello gallico, VIII, 52

UXELLUDUNUM, 51 A.C.

—Cayo Caninio, hazme un informe detallado de la situación —dijo César, con el polvo aún sobre el manto. Acababa de llegar frente a Uxelludunum, acompañado por la guardia germánica y por el inseparable Aulo Hircio.

—Procónsul, las cosas han mejorado mucho desde

que enviaste a Cayo Fabio con las dos legiones. Con cuatro legiones estamos por fin en condiciones de vigilar la muralla con la que hemos circunscrito la ciudad. Sin embargo, no preveo que consigamos expugnarla en breve. Como ves tú mismo, las laderas del monte son tan empinadas como las de Gergovia, y tomarla por asalto es imposible. Además, sus habitantes nunca padecerán sed, porque disponen de un curso de agua a lo largo de la pendiente e incluso de una fuente justo bajo los muros.

—¿Y en cuanto a las vituallas? Hace bastante que bloqueas todas las vías de comunicación. Antes o después, deberán agotar las provisiones... —dijo César, escrutando el teatro de operaciones con ojo experto.

—Eh..., precisamente, ese es el punto. Supimos por los prisioneros que tienen suficientes provisiones como para resistir largo tiempo. Sus jefes, Lucterio y Drapes, salieron con dos mil hombres armados cuando solo tenía dos legiones disponibles para vigilar la zona. Y gracias a las amplias mallas de la vigilancia, lograron regresar varias veces con las vituallas antes de que los sorprendiéramos en un enfrentamiento y capturáramos a Drapes. Por desgracia, Lucterio se nos escapó, pero no regresará a Uxelludunum.

—¿Drapes?... ¿No es aquel senón que combatió con nosotros, para luego traicionarnos en Lutetia?

—Sí, en efecto. El punto es que, a pesar de carecer de jefes, los cadurcos parecen determinados a resistir hasta el final...

—Y no podemos permitírnoslo. No deben constituir un estímulo para los otros. En marzo vence mi mandato proconsular. Tengo solo seis meses más, y no hay tiempo que perder. Después de la victoria de Alesia, desde el invierno sofoqué los últimos focos de rebelión: los carnutos, los bituriges y los belóvacos no nos fastidiarán más. Labieno se encarga de los tréveros: tiene la orden de ajustar cuentas con ellos, a cualquier costo y con cualquier medio, y no dudo de que lo conseguirá. Y también aquí debemos actuar deprisa.

—Es una fortaleza inexpugnable. Y están bien provistos de víveres... No sé cómo podremos resolverlo...

—¿No has pensado que no debemos actuar sobre la comida, sino sobre el agua?

El legado de la X, Cayo Caninio Rebilo, se quedó desconcertado. Las miradas penetrantes de César incomodaban a menudo a sus interlocutores. Cuando estaban acompañadas por veladas palabras de reproche, era difícil conservar la firmeza de los nervios.

—Pero... tienen toda el agua que quieren... —balbuceó.

—¡Y nosotros se la quitaremos! Como puedes ver ahora —César señaló a algunos habitantes que descendían la pendiente y sacaban agua del río—, se sienten tan seguros que se alejan de los muros para tomar el agua. Ya veo que la conformación del terreno no nos permite desviar el río: hay demasiada roca. Pero podemos construir de inmediato un terraplén y poner una torre encima para disparar a cualquiera que avance demasiado.

—Pero, incluso admitiendo que el método funcione, siempre les quedará la posibilidad de sacar el agua directamente de la fuente, que está justo debajo de los muros. Y por más alta que sea la torre que construyamos, nunca nos permitirá amenazar ese punto.

Caninio intentaba demostrar que, si no había tomado

en consideración una hipótesis de ese tipo, era precisamente porque no resultaba viable.

—La treta es en realidad una distracción. Lo que nos interesa de verdad es sustraerles la fuente misma. Y podemos hacerlo cortando la veta de agua un poco más abajo. Haremos excavar unas galerías en la base de la montaña, protegiendo a los mineros con cobertizos móviles. Si el terreno no es demasiado duro, en pocos días deberíamos alcanzar el flujo e interrumpirlo. El tramo no me parece largo.

Caninio no pudo menos que exhibir una desenfrenada admiración. También para ablandar al comandante y hacer pasar a un segundo plano su propia negligencia.

—¡Excelente! ¡Genial! Pero sin duda intentarán obstaculizar las excavaciones.

—No deben saber de las excavaciones. Por eso las esconderemos con los cobertizos. Esta gente es supersticiosa, venera las fuentes de agua: cuando vean que el manantial se ha secado, pensarán que sus dioses los han abandonado. Y se rendirán de inmediato.

Luego César se dirigió a Aulo Hircio. Ya no tenía tiempo de ocuparse en persona de la correspondencia, que cada vez más a menudo delegaba en su asistente cuando no se trataba de cartas estrictamente privadas.

—Llama a los *beneficiarii* —le dijo—. Que escriban una carta a Marco Antonio. Quiero que presente su candidatura como augur con vistas a una posterior candidatura a tribuno de la plebe. Luego, que escriban a los principales *municipia* de la Cisalpina: quiero que apoyen su candidatura y la mía al consulado del año siguiente.

—Sí. ¿Cómo hacemos con tu consulado? No será fácil, si no conseguimos hacer elegir al menos a Servio Sulpicio Galba para el año próximo. Necesitamos un cónsul amigo para allanarnos el camino.

—Galba me escribe que son muchos los que se oponen a su candidatura. Demasiados, quizá. Y Pompeyo, según cuenta, se muestra evasivo al respecto: sin duda, no lo apoyará. El problema es que el actual cónsul Marco Claudio Marcelo respaldará a su hermano Cayo, y ambos son mis encarnizados adversarios. Para el otro cónsul, proponen a Lucio Cornelio Léntulo Crus, y tampoco de él puedo esperar ningún apoyo. Por lo menos, cualquier iniciativa contra mí por parte de Marco Claudio Marcelo quedará en nada, como mínimo este año: ¡los mil quinientos talentos que pasé al otro cónsul, a Emilio Pablo, servirán para algo! Pero no basta. Por eso quiero a Marco Antonio como tribuno de la plebe. ¡Si no puedo tener a los cónsules de mi parte, que al menos tenga los tribunos!

—Un solo tribuno me parece demasiado poco...

—En efecto. Me estoy encargando en persona de saldar las deudas con Cayo Escribonio Curión. Es un vividor y un libertino como Antonio, pero sabe cómo ganarse la admiración de la gente. Lo quiero a mi lado como tribuno, y después de haber sido liberado de sus acreedores no podrá menos que estarme reconocido. Pero que aún no se sepa que es uno de mis hombres. Mientras tanto, dispón que le sean acreditados sesenta millones de sestercios.

Aulo Hircio, en aquel punto, intentó abordar una cuestión que le interesaba en particular.

—César, también está el problema de..., eh..., Labieno...

César suspiró. Sí, aquel era un verdadero problema.

Tito Labieno respiró hondo y dejó sobre la mesa la carta que acababa de recibir de Roma. La enésima carta de Roma. De aquellos mismos senadores que, durante años, lo habían despreciado sin ninguna piedad, considerándolo solo un tosco provinciano y un recadero de César.

La enésima solicitud para que cambiara de partido.

Tamborileó sobre la superficie de la mesa, mirando un punto indefinido sobre la pared del *praetorium*, en el campamento de Noviodunum. Ahora lo halagaban aquellos viejos charlatanes. Le decían que había demostrado ser mejor comandante que César, que tenía un gran ascendiente entre los legionarios, y que su apoyo sería muy útil a la causa de la legalidad. Legalidad a la que César nunca había parecido querer tener en cuenta.

Días antes, incluso había recibido una carta del gran Pompeyo. No le proponía nada específicamente, no contenía ninguna demanda. Pero supuraba elogios por su actividad militar y alababa sus empresas en todo el período en que había actuado en la Galia. Y semejantes cumplidos militares, de parte del general que aún era el comandante más celebrado de la época, eran una clara señal de que el viento, con relación a él, había cambiado.

Lo incomodaba mucho que los rumores sobre estos contactos con la oposición se estuvieran difundiendo. Eran los mismos amigos de Catón y Pompeyo los que los divulgaban sin duda para comprometerlo, y él no podía hacer nada. Esperaban inducir a la sospecha a su comandante, ponerlos el uno contra el otro, a él y a César, y a este paso lo terminarían consiguiendo. ¿Creería, el procónsul, en su buena fe? ¿Toleraría las cada vez más frecuentes manifestaciones de afecto que los soldados le profesaban?

Se preguntó si las victorias que seguía coleccionando contra los galos no eran más una amenaza, para César, que una ventaja.

Oyó un golpe. Emitió un gruñido, como para autorizar la apertura de la puerta. En el umbral apareció Quinto.

—Me envía el centurión Cayo Crastino. Quería venir él a decírtelo, pero está ocupado con los auxiliares. El heduo Suro, el único noble aún en armas de su nación, alcanzó a los tréveros y se unió a ellos. Se disponen a dar batalla.

—Sí.

Labieno asintió, pensativo.

Quinto notó la tablilla bajo la nariz de su padre. Se acercó y trató de echarle un vistazo. Leyó pocas líneas, pero enseguida entendió de qué se trataba.

—¿Más mensajes de Roma?

Labieno no respondió. Siguió mirando el vacío.

—Deberías aceptar sus ofertas. César es un tirano, y pronto lo demostrará incluso con quien aún lo defiende.

Labieno dio un salto repentino.

—César adopta cualquier medio que le permita alcanzar los objetivos más ventajosos para Roma. No es un hombre que guarde las formas, porque no es un hombre como los demás. No siempre la legalidad es suficiente para asegurar la prosperidad de un pueblo. Es más, a veces la legalidad es solo un instrumento para las figuras de poca monta. Un lazo, un fardo para quien quiere de veras hacerse cargo del gran peso de cambiar las cosas...

—César, ante todo, quiere asegurar su prosperidad. ¿Tienes idea de lo que sucederá si consigue hacerse nombrar cónsul? Una vez en Roma, intrigará y corromperá para hacerse asignar un nuevo proconsulado de largo vencimiento. O encontrará el modo de hacerse elegir dictador y barrer cualquier oposición. ¡Y será como tener a un nuevo rey!

—¡Tonterías! También Pompeyo ha tenido un consulado larguísimo y no se ha aprovechado de él. Se ha hecho elegir cónsul *sine collega* y, no obstante, ha renunciado al cargo en cuanto los desórdenes han terminado. César haría lo mismo.

—¡Eres tú quien dice tonterías! ¿Piensas de verdad que César sabe detenerse? Mientras tenga a su servicio a gente capaz como tú será imbatible e imparable: donde no llegue él, llegas tú. Siempre ha sido así: juntos son imbatibles. Tomará todo lo que pueda. Solo tú, sosteniendo la causa de los representantes del orden, puedes limitar sus posibilidades y hacer que Roma siga siendo una verdadera república. Pásate a ellos, retira tu apoyo a César. Si no puede contar con una Galia administrada por ti, no podrá aventurarse en nada que amenace la República...

—Podría perder la autoridad en cualquier momento. Me escriben que el cónsul Marco Claudio Marcelo está proponiendo una ley que sustraiga a César el proconsulado galo antes incluso del vencimiento natural del 1 de marzo del año próximo... Y si lo consigue, yo tampoco contaré nada.

—Pero contarías como general, en el caso de que se llegue al enfrentamiento. Pompeyo es viejo y está cansado, y el Senado necesita buenos comandantes. Que tal vez arrastren consigo algunas legiones... En todo caso, aunque no logren quitarle el mandato antes del primer vencimiento natural, a partir del próximo mes de marzo César será solo un ciudadano. Y con todas las imputaciones que penden sobre su cabeza, pronto será procesado. De hecho, será un forajido: ¿quieres que te consideren el recadero de un forajido? No consigo imaginar nada peor para mi padre, y nada de lo que estar menos orgulloso... —concluyó Quinto, cruzando de nuevo el umbral de la estancia hasta desaparecer de la vista de su padre.

Labieno volvió a caer sobre la silla. Luego inclinó la cabeza sobre la mesa. Debía dar la orden de disponerlo todo para marchar contra los tréveros y los heduos rebeldes, pero sintió que le faltaban las fuerzas. Sabía que Quinto tenía razón. Pero también sabía que los adversarios de César no constituían la solución a los males que desde hacía tiempo afligían la República. Representaban la legalidad, cierto, pero una legalidad que ya no era capaz, y desde hacía tiempo, de asegurar el bienestar y la paz de Roma. Una legalidad que debía ser, sin duda, reformada por César o por cualquier otro que se revelara determinado y suficientemente audaz para hacerlo.

Los males extremos exigían también remedios extremos: si César desaparecía de la escena, algún otro debería surgir para reformar el Estado, desgarrado por conflictos internos y guerras civiles desde hacía casi un siglo. Y César parecía el único, de momento, en condiciones de hacerlo, a pesar de todo.

Pensó en Quinto. Era consciente de que había realizado hazañas memorables en aquellos años. Siempre a la sombra de César, sin duda, pero suficientes, estimaba, para ganarse la estima de su hijo. En cambio, Quinto no estaba orgulloso de él. Al menos no tanto como Labieno lo estaba de su hijo.

Y esa era una paradoja que le hacía daño.

César observó satisfecho la marcha de los trabajos. El gran terraplén en la base del monte sobre el que surgía Uxelludunum estaba prácticamente terminado: los legionarios casi habían acabado de rellenar de tierra el armazón de madera y nivelado la rampa sobre la que se erguiría la torre móvil. Esta, en cambio, ya estaba concluida: en el plano más alto, los legionarios habían situado las catapultas, con las que habían empezado a acribillar las zonas más bajas de acceso al río. Hacía al menos dos días que los cadurcos se ponían en fila para tomar el agua solo en el punto más alto e inaccesible. Sin duda, debían de estar sedientos.

El procónsul pasó junto a los mineros. Al abrigo de los cobertizos, demolían roca y pedrisco mientras se adentraban en las vísceras de la montaña. A menudo encontraban paredes demasiado duras para picar, y se veían obligados a cambiar de dirección en la excavación. El túnel avanzaba, por tanto, de manera curvilínea, pero esto no hacía mella de la confianza de César: tardarían más tiempo, pero antes o después alcanzarían la veta subterránea.

—¿Enviaste al nuevo vergobreto de los heduos esos donativos de los que hablamos? —preguntó César a Aulo Hircio mientras continuaba cabalgando entre los trabajos.

—Claro. Ayer.

—¿Y ese premio a los remos por no haber participado en la revuelta del año pasado?

—También.

—¿Y bajaste el importe del tributo a los lingones, para que ya no tengan de qué quejarse?

—Esperaba tu confirmación. Aún necesitamos dinero, todo sea dicho.

—Más necesitamos la paz. Ocúpate de inmediato. Y haz que las naciones aquitanas tengan la calificación de «amigos del pueblo romano». A nosotros no nos cuesta nada, y a ellos los hará sentirse importantes y solidarios con nuestra causa.

—Claro. Me ocupo.

La mirada de César cayó sobre la pendiente que coronaba el terraplén en construcción. Notó un barril que rodaba debajo de los muros. Le pareció extraño. Se quedó mirándolo hasta que alcanzó el terraplén. En el momento en que se rompió contra el armazón de madera, ardió. Volvió a mirar hacia arriba, otros barriles estaban rodando. Barriles llenos de material inflamable.

Y los legionarios aún no habían revestido la estructura de madera con las pieles.

El incendio estalló de inmediato. Algunos barriles se rompieron contra las pantallas y las murallas montadas sobre la estructura, pero otros alcanzaron su objetivo. Y poco faltó para que alguno de ellos llegara a la base de la torre.

César cabalgó hacia el terraplén. Los soldados habían dejado de trabajar y se afanaban en apagar el incendio. Algunos corrían a buscar las pieles, aún apiladas a poca distancia; otros se las arreglaban con la poca agua que conseguían hallar.

Luego, un grito:

—¡Atención! ¡Vienen!

César levantó de nuevo la mirada. Las puertas de la ciudad se habían abierto. Grupos de soldados se precipitaban pendiente abajo, siguiendo la estela de los barriles. Cuando tuvieron a los legionarios a tiro, empezaron a acribillar con jabalinas y flechas a cualquiera que intentara apagar el incendio.

—¡Quieren impedirnos apagar el fuego! ¡Hircio, llama a Caninio! ¡Dile que venga de inmediato con tres cohortes de refuerzo!

César alcanzó enseguida la torre en construcción. Si los soldados veían a su comandante a su lado, redoblarían sus esfuerzos. Pero no había previsto acciones bélicas: por tanto, carecía de sus escuderos, y también de los guardias de corps germánicos. Intimidó a un legionario para que le diera su escudo y luego avanzó de nuevo, hasta llegar a primera línea. Miró hacia arriba, sobre la torre móvil: los legionarios situados en la construcción estaban indefensos. Los galos entrarían en contacto con los romanos en pocos instantes, y no había manera de acribillarlos con los proyectiles de las catapultas.

De repente, una flecha se le clavó en el escudo. Un legionario que estaba junto a él buscando agua se dio cuenta. Como todos, había sido sorprendido por el ataque en ropa de trabajo, solo con la loriga encima como medida de precaución. Al ver al procónsul a su lado, se echó contra los enemigos, que ahora estaban comprometidos en el cuerpo a cuerpo con los legionarios más rápidos en tratar de apagar el incendio.

El soldado atacó a un galo que intentaba empujar hacia el terraplén un barril varado contra un saliente de una roca. Consiguió atravesarlo, pero de inmediato otro cadurco saltó frente a él. Esta vez se dejó sorprender y fue empujado hacia atrás. Perdió el equilibrio y acabó entre las llamas. En pocos instantes, César lo vio arder como una pira.

Cabalgó hacia su asesino para impedirle que hiciera rodar aquel barril. Hizo enojar a su caballo en las primeras pendientes del monte hasta que lo alcanzó. El galo se dio cuenta de a quién tenía delante y desvió enseguida su atención del barril; gritando de satisfacción, se dispuso a enfrentarse a él subiendo a un saliente de roca para estar a su misma altura.

Cuando César llegó a su lado, lo vio pegar un salto y lanzarse contra él. El procónsul extrajo de la funda el gladio y lo empuñó como un puñal; en cuanto el galo se le echó encima, atenuó el impacto con el escudo y lo atravesó con la hoja.

La sangre del celta agonizante brotó copiosamente desde las venas del cuello e inundó el rostro y la armadura de César. Su peso arrastró desde la silla al procónsul, que se encontró en el suelo con el cuerpo de su adversario encima. Oyó pasos en torno a él y otros gritos.

En galo.

Entrevió a otros cadurcos. Uno pasó sobre él blandiendo su espada. César opuso el cuerpo de aquel al que había matado, de modo que la hoja lo atravesase. Y no dio al adversario tiempo de extraerla: desde el suelo, alargó el brazo y alcanzó con el gladio el costado del galo, que se desmoronó en el suelo.

Por fin, otros legionarios llegaron en su ayuda. Entre el fuego y los enemigos, no habían podido acudir de inmediato. Tres de ellos, todavía sin yelmo ni escudo, hicieron de pantalla contra los otros galos, dándole ocasión, al menos, de levantarse. Entre tanto, los cadurcos se habían percatado de que el procónsul estaba en primera línea, y se dirigieron hacia él.

César vio que también otros legionarios acudían a socorrerlo. Uno de ellos, habiéndose dado cuenta del peligro en que se encontraba su comandante, dio la espalda a su contrincante para ir en su apoyo. Pero no dio más de dos pasos, de inmediato traspasado por el cadurco que tenía detrás. Otro legionario tenía un brazo herido, pero con el otro sostenía con firmeza el gladio. Otro más ya estaba entre las llamas. Sin embargo, emergió de la hoguera y se arrojó contra los galos que presionaban para romper la barrera de protección de César. En contacto con el desventurado, también los cadurcos comenzaron a arder, y los demás legionarios los remataron con los gladios.

César lo observaba satisfecho, incitando a los suyos: la entrega de la tropa hacia él no había disminuido, al contrario. Había sido dinero bien gastado aquel con el que siempre había tratado de asegurarse la fidelidad de la tropa. Con soldados tan dispuestos a sacrificarse por él, ninguna meta le estaba vedada. Ni en la Galia ni en Roma.

Ni donde fuera que quisiese llegar.

Acudieron también las cohortes de Caninio con el propio legado. Este se espantó al ver a César sucio de sangre, con su poco cabello enmarañado y la coraza polvorienta.

—¡César! ¿Estás herido? —gritó.

—No. Esta es sangre enemiga. Y ahora, rechaza estas avanzadillas. La prioridad es apagar el incendio.

—Hablé con los soldados —le comunicó Caninio, bastante agitado—. No es un fuego fácil de apagar. En los barriles hay una mezcla de brea, sebo y *scandulae*, ¿sabes?, esas tejas de madera de alerce partidas con hacha que usan para los tejados de sus casas... Es una mezcla letal, y se necesitaría una gran cantidad de agua. Pero no podemos alcanzar el río sin riesgos y ni interrupciones...

—Divide a los hombres en dos grupos. ¡Uno que se alinee en formación cerrada y mantenga a los galos lejos del otro, que deberá dedicarse solo al fuego!

Caninio obedeció, pero la presión de los cadurcos seguía obstaculizando a los romanos en su intento de llegar al río. Mantenerlos a raya era posible, pero los progresos resultaban demasiado lentos y el fuego continuaba estallando, agrietando gradualmente la estructura. Los cadurcos, ahora, parecían dispuestos a sacrificarse con tal de impedir que los romanos salvaran la construcción.

Además, los galos no tenían nada que perder. Combatían como posesos, presas de un demonio interior, provocando una caída tras otra en las filas romanas. Los romanos se obstaculizaban mutuamente, agolpándose en el espacio restringido entre la alineación enemiga y el terraplén en llamas. A algunos soldados los empujaron al fuego sus propios compañeros, que al luchar de frente no se percataban, cada vez que retrocedían algún paso, de que había compañeros luchando a sus espaldas.

—Así no funciona. Perderemos el terraplén —dijo César a Cayo Caninio.

—Podemos reclamar también a los hombres de Cayo Fabio. Pero el espacio es demasiado reducido. Acabarían provocando aún más confusión... —opinó el legado.

—Por eso solo quise tres cohortes... —repuso César, que observaba con atención toda la pendiente en torno a la ciudad—. Pero, querido Caninio, la idea de la confusión no está mal. ¡Hircio!

El asistente se presentó de inmediato. Estaba bastante ennegrecido por el humo. También él se hallaba entre los que intentaban apagar el incendio.

—Dile a Cayo Fabio que envíe de inmediato cuatro cohortes al lado opuesto del monte. Que las divida en dos grupos y las haga subir hasta donde sea posible, montando un gran escándalo. Los cadurcos deben creer que encontramos el modo de atacar la ciudad por varias partes.

Aulo Hircio subió a caballo y desapareció más allá del manto de humo que el incendio había ocasionado. Luego, solo quedó esperar. Esperar, y aguantar. Un tramo del armazón de madera cedió. La tierra suelta comenzó a desmoronarse, apagando al menos las llamas en aquel sector. Algunos soldados envueltos en llamas rodaron dentro, en un intento de liberarse del fuego. Pero con ello le ofrecían la espalda a algún adversario, que ponía fin a sus sufrimientos de la manera más drástica. Otros lograban resurgir de la tierra humeante llenos de ampollas por las quemaduras y volvían a combatir mientras podían mantenerse en pie. Se movían como espectros, y su sola presencia espantaba aún más a algunos adversarios.

Finalmente ocurrió algo. Un grito desde las escarpas de Uxelludunum. Luego otro. Luego otro más. Un eco lejano de espadas contra escudos. Las cohortes de Cayo Fabio habían logrado subir. El miedo a un ataque en pinza recorrió la ciudad. Los galos del terraplén oyeron los gritos de sus compatriotas, más arriba. Comprendieron, o por lo menos creyeron comprender, de qué se trataba. De pronto, el terraplén ya no parecía tan importante.

Preocupados por sus familias, los cadurcos empezaron a remontar la pendiente.

Algunos ofrecieron demasiado pronto la espalda a los romanos, otros fueron bastante rápidos como para esquivar sus gladios. Unos cuantos legionarios corrieron a perseguir a los fugitivos, pero César ordenó a los centuriones que los detuvieran. Todos los hombres disponibles debían ser enviados a apagar los incendios. Solo los soldados de la torre móvil recibieron la orden de reaccionar: las catapultas empezaron a tirar sobre los galos, al menos hasta que estuvieron fuera de su alcance.

—Haz que una estafeta avise a los hombres de Cayo Fabio. Pueden liberarse. Su trabajo ha terminado —ordenó César a Hircio. Entre tanto, Caninio vigilaba los trabajos de extinción, para lo que se habían dispuesto cadenas de hombres que desde el río se pasaban cubos de agua y los volcaban sobre las llamas. Otros usaban la tierra de la rampa para dominar el fuego, y otros más extendían sobre las llamas pieles empapadas en agua. Finalmente, las operaciones avanzaban a todo ritmo. Dentro de poco, pensó César, cualquier foco estará apagado. Valoró que se necesitaría una jornada, no más, para reparar los daños causados por la incursión enemiga.

Uno de los jefes de equipo de los mineros pidió hablar con el procónsul.

—Dime —dijo César.

—Procónsul, por fin encontramos un terreno que se desmenuza con facilidad. Supongo que, dentro de un par de días, quizá tres, llegaremos a la veta. Sé que querías que te avisáramos enseguida.

César se permitió una amplia sonrisa. Su estancia en

Uxelludunum casi había concluido, se dijo. Con todo lo que tenía que hacer en la Galia, era una suerte. La enésima.

—Hiciste bien —lo felicitó, poniendo una mano sobre el hombro del minero.

XX

Drapes, que como he dicho había sido capturado por Caninio, sea por la humillación y el
dolor de verse reducido a los grilletes, sea por
el temor a más graves suplicios, rechazó la comida durante algunos días y murió de hambre.

AULO HIRCIO,
De bello gallico, VIII, 44

—Ni rastro de los tréveros —informó a Tito Labieno uno
de los *exploratores* de regreso del reconocimiento—. Es
muy probable que estén apostados en la floresta, pero
no hay modo de descubrir dónde sin que perdamos el
contacto o caigamos en una emboscada.

El legado se sintió decepcionado por el escaso espíritu de iniciativa del explorador.

—Olvidas que los tréveros confían sobre todo en la
caballería. Y en el bosque la caballería no actúa. Sin duda
nos esperan más allá de la floresta, en la llanura que vi
indicada en el mapa. Su intención es atraernos lo más

lejos posible del fuerte y obligarnos a alargar nuestras vías de suministro. Si apostaron a alguien en el bosque, serán sobre todo infantes con la tarea de atacarnos por la espalda cuando nos enfrentemos a ellos en batalla campal, una vez en campo abierto...

El guía pareció bastante mortificado.

—¿Y... qué quieres hacer?

—Les haremos creer que caímos en la trampa. La infantería avanzará hacia el bosque, con cuatro *turmae* de caballería para proteger los lados, con la intención de convencer a los tréveros de que todo el ejército está yendo directo a la boca del lobo. Yo, con el resto de la caballería, rodearé la floresta y llegaré al valle desde el costado. Así, el enemigo, que cree que nos podrá atrapar entre dos fuegos, quedará, a su vez, sorprendido en una pinza...

No había nada que hacer: a pesar de que era un legado de legión, era la caballería lo que le agradaba liderar, sobre todo.

—Pero ¿cómo lo haremos para coordinar los movimientos entre las dos secciones del ejército? —le preguntó uno de los tribunos que cabalgaba a su lado.

—Las legiones procederán en línea recta, por tanto, harán un trayecto más breve. Pero yo con la caballería iré más rápido. En todo caso, como rodearé el bosque, el enemigo no lo notará. Tendré cuidado para que no me descubran e irrumpiré en la llanura solo cuando vea a la infantería involucrada en la batalla. Aunque no lleguemos al valle al mismo tiempo, no será un problema. Ustedes piensen en hacer alboroto y en atraer toda la atención sobre la infantería.

Después Labieno dio las últimas disposiciones a los legionarios, hizo un rápido gesto de saludo a su hijo

Quinto y se puso a la cabeza de la caballería. Según las indicaciones que le habían proporcionado desertores y prisioneros en los días anteriores, el rodeo de la floresta no comportaría un trayecto demasiado largo. Juzgó que, al galope, podría alcanzar el siguiente valle antes de la hora séptima.[1] Se mantuvo alejado del margen del bosque para que el ruido de los cascos no resonara entre los árboles, y se tomó todo el tiempo necesario: no quería comprometer la maniobra por las prisas.

Por otra parte, no temía que la infantería fuera víctima de alguna celada en el bosque: los tréveros habían demostrado incluso demasiadas veces que preferían los enfrentamientos en campo abierto. De todos modos, sin sus caballos, como guerreros valían la mitad. Sabía por los desertores que, desde las tierras de más allá del Rhenus, las tribus germánicas, después de haber sido largamente cortejadas, se habían decidido a enviar a algunos contingentes. Pero se trataba, también en ese caso, de jinetes: en cierta manera, era una nueva confirmación de la táctica que habían decidido adoptar.

Todo era azaroso, claro: pero no recordaba que él, o César, hubieran combatido nunca sin tirar los dados. Tampoco recordaba cuál de los dos había influido al otro eligiendo el riesgo calculado como táctica privilegiada. Combatían juntos desde hacía tanto tiempo que, respecto a sus proezas militares, no sabría decir quién era el deudor y quién el acreedor. Por eso, sentía fastidio frente a las ya frecuentes comparaciones que se hacían entre ellos, y amargura por los rumores, cada vez más insistentes, que los querían condenados a convertirse en ad-

1. Mediodía.

versarios. Incluso desesperación ante el pensamiento de que ello pudiera ser inevitable.

Arrinconó sus reflexiones cuando los exploradores le comunicaron que el valle estaba próximo. Avanzó hasta llegar a una zona entre el margen de la floresta y el límite de una altura boscosa, desde donde podía observar lo que ocurría en la llanura sin que lo vieran.

Los tréveros, los germanos y los pocos heduos aún rebeldes estaban allí, acampados en el centro del claro. A la espera. Como había previsto, para alinearse en la batalla solo esperaban a que la infantería emergiera del bosque. Estudió la situación. El valle estaba circunscrito no solo por la floresta, sino también por las alturas que se elevaban en torno. Decidió que la sorpresa resultaría más eficaz si la pinza era triple. Ordenó a un prefecto que tomara consigo a la mitad de los jinetes y fuera más allá de la altura junto a la que se encontraban. Que partiera al ataque *solo después* de haber visto que él daba vía libre al asalto.

El prefecto acababa de partir cuando los primeros legionarios empezaron a asomar por la floresta. Llegaron en pequeños grupos, a la carrera, como si los persiguieran: con toda probabilidad, supuso, la retaguardia de los tréveros los estaba empujando hacia delante y les impedía replegarse.

Todo iba como estaba previsto. No quería que se replegaran. Tenía la orden de acabar de una vez por todas con los tréveros, repetidas veces rebeldes, e intentaba concluir la partida. La pinza servía precisamente para impedir que algún jefe evitara la derrota con una fuga y renovara las hostilidades llamando a otros germanos o implicando a otras naciones.

Continuó esperando. Luego vio que los legionarios se

habían dispuesto en las habituales tres alineaciones, la tercera orientada hacia el bosque, para contener las escaramuzas de las que era objeto la columna. Calculó que el prefecto habría tenido tiempo suficiente para apostarse donde le había ordenado. También los galos y los germanos estaban alineados, ahora. Fueron ellos los que dieron inicio al combate, cargando con la caballería contra el muro de escudos de los romanos.

Los tréveros cubrieron con extrema rapidez el espacio que los separaba de los legionarios. De las primeras filas de las cohortes salieron los *pila*, que ralentizaron, pero no interrumpieron, la carga enemiga. Poco después, el impacto entre caballos y escudos resonó fragoroso en el valle, decretando el inicio de la refriega. Labieno vio a los jinetes enemigos agolparse el uno junto al otro para presionar a los legionarios y abrir pasos en su sólida alineación, que había resistido al choque.

Continuó esperando. Los tréveros debían llegar cansados al enfrentamiento con su caballería. Los vio retroceder y tomar impulso para una nueva carga. Entre tanto, los legionarios se reorganizaban y apretaban las filas, ensanchadas en algunos sectores debido a las pérdidas. Un nuevo asalto, un nuevo lanzamiento de jabalinas, un nuevo choque, un nuevo cuerpo a cuerpo.

Esta vez los tréveros no retrocedieron. Insistieron en la acción mientras su infantería avanzaba para penetrar en los pasos que la caballería iba fatigosamente abriendo.

Ese era el momento justo.

Ninguna trompeta para señalar el ataque. Solo el rumor de los cascos de su caballo, que Labieno espoleó al galope después de haber hecho señas a los soldados con el brazo. De inmediato se formó una cuña a sus espaldas. Apuntó directa al flanco adversario, justo a la intersección entre la caballería y la infantería.

Antes del impacto, recordó las numerosas admoniciones de César: desde hacía años le aconsejaba que evitara las refriegas. Un verdadero comandante, solía decir, debe observar la batalla desde una posición elevada para poder valorar la marcha y tomar de vez en cuándo las medidas más oportunas. En la refriega, en cambio, solo se tenía una visión parcial de la situación, y no había modo de interpretar al enfrentamiento. Avanzar a la cabeza de los propios hombres, sostenía el procónsul, podía ser necesario en situaciones desesperadas, cuando era preciso dar ejemplo para galvanizar a la tropa e inducirla a desplegar el máximo esfuerzo. Pero siempre que fuera posible debía ser evitado.

Lo que César, frío y racional, no conseguía entender era la ebriedad, el estremecimiento y la exaltación que él, Labieno, sentía cabalgando a la cabeza de sus hombres. En esto, quizá, radicaba la única diferencia que había entre los dos, por lo demás similares, en el campo militar: César aplicaba a la guerra los mismos criterios de cálculo que guiaban sus estrategias políticas. Labieno, una vez en la batalla, era puro instinto.

Luego alcanzó al más cercano de los tréveros, le cortó la cabeza con un mandoble de espada y solo pensó en combatir.

La maniobra salió a la perfección. Los legionarios lograron resistir sin dejar huecos en su alineación. El ataque de Labieno había debilitado el flanco de los tréveros, provocando el pánico en sus filas. El asalto final del prefecto había apagado en el enemigo el ardor residual y contenido cualquier intento de fuga. El número de los prisioneros era elevado, pero no eran los guerreros lo que interesaba al legado. Recorrió a caballo las filas de los derrotados, haciéndose indicar los jefes y los notables de mayor prestigio; los hizo sacar de las filas y reunir en el centro del valle.

No dio ningún discurso. Los combatía desde hacía seis años, les había infligido una larga serie de derrotas, pero siempre habían vuelto a levantar la cabeza, obstinadamente refractarios al dominio romano. Cada vez que había eliminado a sus caudillos, alguno de su círculo había salido para recoger el testigo: alguien capaz de devolver al campo de batalla a unos guerreros y a unos extraordinarios jinetes que hubieran sido mucho más útiles a la causa romana. Y el razonamiento valía también para aquel heduo rebelde, ejemplo terriblemente perjudicial para su pueblo.

Debía cortar la cabeza de aquella nación de una vez por todas para que el cuerpo no volviera a molestar a Roma.

Sus hombres sabían qué había que hacer. Grupos de legionarios vigilaban a los prisioneros, alineados a lo largo de los márgenes del valle hasta circunscribir su perímetro. Labieno permaneció montado en el centro de la llanura, frente al centenar de jefes que había hecho sacar del ejército derrotado.

César lo habría hecho con los lictores, pero él no era un magistrado y no tenía lictores. Por tanto, carecía también de hachas. Los legionarios que se hallaban en torno a los jefes enemigos tenían los gladios en sus fundas. En la mano empuñaban las espadas largas de doble filo de la caballería: se las arreglarían con ellas, en ausencia de hachas. Labieno hizo una señal de asentimiento. Los legionarios obligaron a los prisioneros a arrodillarse, los aferraron por el cabello e hicieron caer la espada sobre el cuello de cada uno de ellos.

Algunas cabezas rodaron por el suelo, otras quedaron colgando, cortadas solo a medias. Algunos legionarios debieron pegar varios mandobles antes de provocar la muerte de su víctima. Pero no hubo ni un lamento, ni un grito de dolor, y menos una exclamación de rabia por parte de los verdugos por no haber cumplido de manera eficiente su cometido.

Apenas algunos murmullos después, entre las filas de los prisioneros en los márgenes del claro. Murmullos sofocados por las jabalinas de los romanos, que punzaban a los vencidos mientras observaban desconsolados cómo sus jefes caían desplomados al suelo, junto a sus cabezas.

Solo entonces Labieno estimó que nadie le reprocharía que fuera en busca de su hijo. Estaba seguro de que no le había sucedido nada: de otro modo, alguien habría acudido a decírselo. Y también estaba seguro de que se había mostrado valeroso. Alcanzó la VII legión y buscó la cresta traversa de Cayo Crastino. No tenía duda de que cerca de él encontraría también a Quinto.

En efecto, vio a su hijo a poca distancia del centurión. Juntos, estaban atando a los prisioneros para devolverlos a Noviodunum. Desde allí, siguiendo las órdenes, los enviarían a sus aldeas, pero retendrían a algunos rehenes.

—Debes estar orgulloso de tu hijo, legado. ¡Ha combatido con valor! —le dijo Crastino en cuanto lo vio—. Lo alineé en primera línea y no me ha decepcionado. El suyo ha sido uno de los sectores que mejor ha aguantado.

—No lo dudo —comentó Labieno, y llamó a Quinto. Le habría gustado que también su hijo estuviera orgulloso de él. Pero parecía precisamente que el vínculo con César le privaba de la posibilidad de disfrutar de la completa estima de Quinto—. ¿Y bien? Te has vuelto tan aguerrido, ahora, que me asombra que haya quedado alguno de estos tréveros vivo... —trató de bromear.

Pero el hijo se ensombrecía cuando estaba frente a él.

—Cumplí con mi deber, como cualquier otro... —dijo.

Una declaración muy poco natural por parte de alguien que desde el principio se había mostrado tan fanfarrón. Las palabras de alguien que no tenía muchas ganas de hablar.

Labieno, sin embargo, no se rindió.

—Las cosas están mejorando. César derrotó definitivamente a Correo y a los belóvacos y ahora está junto a los cadurcos, en Uxelludunum. Parece que Caninio consiguió alejar de la fortaleza asediada a su jefe, Lucterio, y capturar a ese senón, Drapes...

—¿Drapes?

La expresión de Quinto cambió de repente.

—Sí. ¿Lo recuerdas? Era el jefe de la caballería auxiliar ya en la primera campaña contra los germanos. Fue el que nos salvó cuando saliste de las filas y acudiste en mi ayuda...

—Debo ir a Uxelludunum. De inmediato —declaró Quinto, resuelto.

—¿Cómo? Será una broma...

—Debo ir, y tú no me detendrás.

—No puedes ir. Te lo prohíbo.

—No me importa. Iré y punto.

—Dime por qué y quizá te deje ir.

Quinto permaneció en silencio algunos instantes.

—Drapes, o uno de los suyos, raptó a Veleda en la batalla de Lutetia. Quiero ir a buscarla.

Labieno pareció envejecer de improviso. Su cabeza se hundió entre los hombros, perdió su habitual determinación en la expresión.

—Creía que te habías olvidado de ella...

—Eso no ocurrirá nunca.

—Te prohíbo que vayas. Con mayor razón. Esa mujer te había envenenado. Desde que no está has vuelto a ser el soldado valiente que prometías ser.

—Valiente e infeliz. Pero esto tú no puedes entenderlo. Iré, cueste lo que cueste. Si quieres impedírmelo, haz que me arresten. Pero haré lo que sea por huir. Te provocaré una gran incomodidad, de un modo u otro.

Sí. Sería capaz de ponerlo en dificultades extremas. Y precisamente en un momento delicado, tanto con los galos como con César, en el que debía poder contar con toda la autoridad posible. Por otra parte, también él necesitaba aclarar cosas con el procónsul. Una aclaración en persona.

—Te lo concedo. Pero con una condición —repuso, al fin.

—¿Cuál?

—Iré contigo.

Los cadurcos salieron uno tras otro por la puerta principal de la ciudad, empujados por los legionarios a los que César envió a la fortaleza para asegurarse de que Uxelludunum quedara desierta. Bajaron la pendiente en columna, despacio, con la cabeza gacha y en silencio. Hombres, mujeres, viejos y niños, quizá familias enteras que no habían querido separarse ni siquiera en aquel instante.

Dos días sin el manantial de agua habían sido suficientes para provocar su rendición. Sin embargo, no era el agua lo que los había debilitado. Habían perdido la confianza. En efecto, los legionarios descubrieron las cisternas de la ciudad medio llenas, y gracias a ellas los galos habrían podido resistir aún durante algunas semanas. Pero una vez interrumpida la veta acuífera, los defensores habían sido presas del desaliento y el pánico, y no dudaron ni un instante en que era obra de los dioses. Si sus divinidades los habían abandonado, todo estaba perdido.

Desde su caballo, César observó con atención a los primeros cadurcos que llegaban al valle. Apenas levantaban la cabeza para mirar al procónsul que los había domado, el gran caudillo que había vencido a todas las naciones galas. Tenían todos los labios agrietados y el rostro quemado por el sol. Caminaban arrastrando los pies y con la actitud sumisa de quien ya está en el límite de sus fuerzas y se sabe derrotado sin apelación.

Y sin esperanza.

Era eso lo que miraba el procónsul: no quería darles esperanzas, ni ambiciones de revancha. Ya tenía bastante de revueltas. No había ido hasta allí solo para obtener otro éxito. No necesitaba otra victoria. Todas las que había conseguido en su largo proconsulado no habían logrado sofocar en los galos su espíritu de independencia.

No, no necesitaba otra victoria. Necesitaba un ejemplo.

Con un gesto del brazo, reclamó a la guardia germánica. Ortwin y sus guerreros se alinearon delante de él, conteniendo el flujo de prisioneros e indicándoles dónde ponerse a medida que alcanzaban la llanura. Los legionarios, entre tanto, se alineaban a los lados de la columna de los galos. Cuando la ciudad estuvo finalmente vacía, se dispusieron en círculo en torno a ellos. Algunos soldados encendieron y vivificaron un fuego, otros se colocaron justo detrás de los germanos, con el médico, algunos *capsarii*, un brasero ardiendo y un gran número de vendas.

Cuando estuvo seguro de que ya nadie podía escapar, Ortwin miró a César. Ante la señal de asentimiento del procónsul, el germano bajó del caballo, se acercó al más próximo de los prisioneros, un robusto guerrero al que las privaciones habían transformado en una sombra, y reclamó a uno de los subalternos. Este bajó a su vez del caballo, se acercó al cadurco, le aferró los brazos y los ofreció a su compañero.

Ortwin extrajo la espada. La blandió con violencia.

El galo lanzó un alarido desgarrador.

Sus manos cayeron al suelo.

El celta retrocedió, luego volteó, mostrando los muñones ensangrentados a la multitud de sus compatriotas. Otros gritos se elevaron entre los galos, de protesta por parte de los hombres, de terror en las mujeres, de estupor en los niños. Algunas mujeres se arrojaron al suelo, desesperadas, y se arrancaron los vestidos; otras trataron de empujar a los niños detrás de la cortina de legionarios que los rodeaba. Algunos guerreros se lanzaron contra los soldados, pero solo para acabar atravesados por sus *pila*.

Los romanos contuvieron a duras penas a la multitud que, en algunos sectores, se arrojó sin orden contra ellos. Algunos intentaron penetrar en la zona donde se había encendido el fuego con la esperanza de que las llamas impidieran que los romanos los detuvieran. Hubo empujones, una lucha sin exclusión de golpes: los romanos usaron los gladios tanto sobre mujeres y como sobre hombres desarmados, muchos de los cuales acabaron en el fuego, alimentando las llamas y extendiéndolas por un radio más amplio.

Solo entonces la multitud empezó a calmarse. Y a resignarse. Ortwin pudo continuar su trabajo. Aferró él mismo el brazo derecho de una mujer que estaba allí cerca y le amputó la mano. Luego ordenó a uno de los suyos que tomara a un niño. El germano lo arrancó de la madre, que imploró, llorando, que se lo dejara: entre tanto, otro guerrero le tomó el brazo y le cortó la mano. Ortwin hizo caer su despiadada espada sobre ambas muñecas del niño.

Aquellas eran las órdenes de César: a los hombres y a los niños varones se les amputaban ambas manos, a las mujeres solo la derecha.

Los germanos se dividieron en grupos de cuatro. Dos hombres mantenían firme a la víctima, otro cortaba. El cuarto la conducía al médico, que contenía la sangre de los muñones y los vendaba. Los *capsarii*, por su parte, devolvían al herido entre su gente, y algunos legionarios los mantenían separados de los que aún debían sufrir el tratamiento. También había quien se encargaba de recoger las manos cortadas y tirarlas al fuego, donde ardían los cuerpos ya carbonizados de los galos muertos entre las llamas.

En poco tiempo, los germanos, los *capsarii* y los legionarios se familiarizaron con sus respectivas tareas; se coordinaron entre sí y mantuvieron vivo y con perfecta eficiencia el despiadado mecanismo del que formaban parte. Pero los cadurcos eran miles: se habría necesitado todo el día para acabar.

—Aquí ya no tenemos nada que hacer —dijo César a Aulo Hircio cuando vio que las cosas avanzaban sin tropiezos—. Podemos volver al *praetorium*. Debo hacer algo para evitar esta deliberación del Senado sobre la que me escribe Munacio Planco. Si de veras establecen que tanto Pompeyo como yo debemos dar una legión para la guerra contra los partos que amenazan Siria, sin duda Pompeyo cederá aquella que me prestó hace dos años. Así me quitarán dos a la vez...

Inmediatamente después cabalgó hacia el campamento. La matanza ya no le concernía.

Quinto se separó de su padre en las inmediaciones de la muralla en la base del monte de Uxelludunum. Lo que ocurría en su interior no le interesaba. Al menos, mientras no supiera por Drapes en qué medida debía afectarle. Él y Tito Labieno, flanqueados por una *turma* de jinetes de escolta, habían recorrido la Galia de lado a lado, de noreste a sudoeste, galopando casi sin pausa durante una semana, cada uno motivado por una urgencia personal. Y una vez frente a Uxelludunum, a Labieno solo le importaba hablar con César. A Quinto, con el senón prisionero.

Provisto de un salvoconducto de su padre, Quinto se dirigió al campamento de la X, donde estaban los prisioneros. Los centinelas verificaron sus credenciales y lo llevaron hacia la barraca que hacía de prisión. Aparte de *praetorium*, *principia* y almacenes, era el único edificio de madera del campamento, y resultaba bien visible por su posición lateral entre las tiendas de los soldados.

El joven mostró de nuevo el salvoconducto a los guardias del presidio.

—Quiero ver al senón Drapes —les dijo, y amagó con entrar sin esperar respuesta.

Un soldado lo bloqueó y estuvo a punto de hacerle una zancadilla. Luego lo miró a la cara, notó su determinación y lo dejó pasar. Quinto entró en la barraca, donde una especie de antecámara se abría a un espacio lleno de jaulas, cada una de ellas lo bastante grande como para contener a una decena de hombres. Y estaban todas llenas.

El joven escrutó uno a uno a los prisioneros, que lo miraron a su vez. Alguno apartó de inmediato los ojos; otros le correspondieron, adoptando una actitud desafiante. Otros más lo insultaron. Pero ninguno de ellos parecía Drapes. Sin embargo, pensaba que lo conocía bien y que le resultaría inconfundible con aquel físico macizo.

Sacudió la cabeza y salió.

—¿Pueden indicármelo? —preguntó a los soldados.

Uno de ellos bufó y lo acompañó dentro. Pocos pasos después, le señaló a un galo acurrucado en el suelo, con la mirada perdida en el vacío. El único celta que no había devuelto ni siquiera un instante su mirada.

—No come desde hace días. Creo que sus compañeros le dan de beber de vez en cuando. De otro modo, no habría resistido tanto. Pero está en las últimas, en mi opinión... —informó el centinela a Quinto, dejándolo solo.

El muchacho observó mejor al senón. No. No habría podido reconocerlo. Ya no tenía nada del aspecto imponente que lo hacía destacar habitualmente entre las filas de sus hombres. Era todo piel y huesos; el cabello, la barba y los bigotes cubrían su rostro casi por completo y tenía los brazos abandonados a lo largo de las caderas, como si no pudiera sostenerlos. Su hedor se sentía desde fuera de la jaula. Era muy probable, pensó Quinto, que llevara tiempo sin levantarse de sus propios excrementos.

Drapes continuaba ignorándolo. Parecía ignorar, en realidad, también a los compañeros de celda. El romano trató de llamar su atención.

—¡Drapes! ¡Drapes! ¿Te acuerdas de mí?

Ninguna respuesta. En cambio, su voz suscitó algunos comentarios por parte de los otros presos.

Siguió llamándolo, pero el senón no se movió. Parecía no oírlo.

—Es inútil que lo llames. ¡No hace caso a nadie! —indicó otro galo.

—¡Está vivo, pero es como si estuviera muerto! —manifestó otro.

Lo intentó de nuevo. Pero esta vez, se jugó el todo por el todo.

—¡Drapes! ¡Estoy aquí por Veleda!

Un relámpago atravesó los ojos perdidos en el vacío del senón. Su rostro se giró despacio hacia él. Quinto no estaba seguro de que lo hubiera reconocido. Vio que abría la boca y trataba de articular algunas palabras. Pero no salió nada.

Habría querido entrar, sacudirlo hasta que le dijera qué había sido de la muchacha. Y estaba a punto de hacerlo.

—Pierdes el tiempo, romano. No hablará. Se ha cortado la lengua a mordiscos —informó un prisionero.

Quinto hizo un gesto de desesperación.

—¿Por qué? —consiguió decir.

—Ya ni siquiera era un guerrero antes de ser capturado —le explicó el prisionero—. Estaba siempre pegado a su mujer. Cuando terminamos en manos de los romanos, gritó los primeros días, asegurando que no podía estar lejos de ella. Luego, empezó a dejarse morir...

Veleda. Solo podía ser ella. Solo ella podía reducir así a un hombre. También él había estado cerca de acabar así.

Pero no le importaba. Estaba dispuesto a correr el riesgo.

—¿Y qué sabes de ella? ¿Dónde está ahora? —preguntó, tratando de no parecer demasiado ansioso.

—Se quedó en la ciudad, como todas las demás mujeres, como es natural. Y ahora que Uxelludunum cayó, se convertirá en una de sus esclavas, supongo. O de sus víctimas...

Quinto se precipitó fuera de la barraca. Debía correr de inmediato a buscarla entre los prisioneros. Confiaba en que César no tuviera la intención de hacerles lo que Labieno había hecho con los nobles tréveros. O, peor aún, lo que todos ellos habían hecho en Avaricum.

XXI

César, sabiendo que su bondad era universal-
mente reconocida, y que, por tanto, no corría
el riesgo de ver atribuida a su crueldad una
medida más severa, dándose cuenta, por otra
parte, de que sus proyectos no habrían podido
realizarse si rebeliones de este tipo se sucedían
también en otras regiones, estimó que debía
disuadir a los otros con un castigo ejemplar.

AULO HIRCIO,
De bello gallico, VIII, 44

Ortwin era una máscara ensangrentada. Desde hacía horas, bajo el sol aún ardiente, truncaba una mano tras
otra, y en cada corte salpicaduras de sangre lo alcanzaban por doquier. A veces trataba de limpiarse, pero no
hacía más que mezclar la sangre con el sudor que continuaba bajándole, copioso, por la frente. Estaba cansado,
asqueado. Nunca había pegado tantos mandobles en su
vida, ni siquiera en las batallas más encarnizadas. Pero

el trabajo debía concluirse antes de la tarde, y aún había mucho que hacer. César pretendía que no se salvara ninguno de los cadurcos a fin de que en los años sucesivos su sino siguiera constituyendo un ejemplo para los otros galos mucho después de su muerte.

Ahora ni siquiera miraba a la cara a sus víctimas. En un par de ocasiones, actuó incluso distraído, cortando ambas manos a una mujer o una sola a un hombre. En el segundo caso, de todos modos, sus hombres habían enmendado con rapidez el error.

También los cadurcos parecían haber aceptado su destino. Desde hacía algún tiempo, ninguno intentaba evitar la tortura. A lo sumo, alguna madre trataba de esconder a sus hijos, haciéndolos desfilar al fondo de la columna.

Por eso, le pareció extraño que la mujer a la que acababa de aferrar el brazo derecho procurara llamar su atención.

—Espera... —la oyó decir en su lengua, un instante antes de que la hoja cayera sobre su muñeca.

Pero era demasiado tarde para detenerse.

—Soy... germana... como tú... —susurró la muchacha con voz rota, derrumbándose al suelo, con la rodilla justo sobre la mano truncada.

Ortwin se detuvo. Le aferró el mentón y le levantó el rostro.

Veleda.

—Sustitúyeme —ordenó a uno de los suyos. Después, ayudó a la muchacha a levantarse y la llevó de inmediato al médico. Este le apretó un lazo en torno al antebrazo cortado, luego le guio el muñón sobre un brasero de tizones ardientes. La muchacha no gritó, pero se desvaneció. Ortwin la sostuvo antes de que cayera al suelo y la recostó en una especie de litera. El médico le aplicó unas hierbas sobre la parte cauterizada y, por último, la vendó.

El guerrero la tomó en brazos y la llevó a una distancia razonable del caótico ajetreo de soldados y heridos. La tendió sobre el terreno y se quedó mirándola, incrédulo, durante todo el tiempo en que la muchacha estuvo sin conocimiento. Siempre había sido muy delgada, pero ahora lo era aún más. El rostro, muy consumido, estaba agrietado por el sol; las ojeras testimoniaban las privaciones y los sufrimientos; tenía las mejillas más hundidas que nunca.

Parecía que solo le quedaran los ojos.

Sin embargo, aún era bella.

Y, sobre todo, estaba viva. *Viva.*

La vio recuperar el conocimiento. Esperó a percibir una chispa de lucidez en sus ojos antes de hablar.

—Soy Ortwin, señora. ¿Te acuerdas de mí?

Veleda lo miró. No reaccionó de inmediato. Aún estaba devastada por el dolor. Él se alejó, tomó un poco de agua de uno de los cubos de los *capsarii* y se limpió el rostro. Se acercó a ella y le sonrió.

—Ah... El que había hecho voto a los dioses de defenderme siempre... —dijo con un hilo de voz, exhibiendo el muñón.

—¿Cómo podía saberlo? Wotan es testigo: ¡no podía imaginarlo! ¡De otro modo, no lo habría hecho! —protestó Ortwin.

Sintió subir dentro de sí la vergüenza, la humillación y la desesperación.

—A esto te ha llevado combatir para César. No eres un guerrero, eres un verdugo. ¡Incluso de la hija de tu rey!

Veleda hizo una mueca: una mezcla de dolor por la herida y de desprecio por su compatriota. Pero evitó retorcerse o dejarse caer al suelo. No quería que el dolor la volviera ridícula ante quien había sido su súbdito.

Ortwin bajó los ojos. En otro tiempo, hubiera muerto por ella. Ahora quería morir, pero de vergüenza.

Veleda estimó que ya lo había mortificado bastante.

—No te preocupes. Por desgracia, en estos años, no he conocido a hombres mucho mejores que tú...

—Eso no me consuela... Quisiera poder hacer algo... ¡*Debo* hacer algo!

—Mejor que no. Ya has hecho bastante...

No podía evitar provocarlo.

Veleda se preguntó por qué.

Un germano, entre tanto, se había acercado a Ortwin. Algunos compatriotas habían reconocido a Veleda y habían revelado su presencia a sus compañeros.

—Está aquí ese romano que busca a la princesa... Nosotros no le hemos dicho nada —le comentó, señalándole a un joven que daba vueltas entre la multitud.

Ortwin lo miró. Era aquel valiente, Quinto, el hijo del legado Labieno. ¿Qué podía querer de Veleda?

—Aquel romano te busca. ¿Por qué?

Se lo preguntó directamente a la muchacha.

Ella lo contempló un instante. Tardó un poco en enfocar su mirada, velada por las lágrimas.

—Cuando te he hablado de hombres no mejores que tú, me refería a ese —contestó, al fin, retrayéndose instintivamente detrás de su compatriota.

Ortwin la miró, sorprendido.

—¿Quinto? ¿Has sido suya?

Ella no respondió. El germano comprendió que ella

no quería verlo. Llamó al guerrero que había ido a advertírselo.

—Llévala a nuestro campamento, dale un poco de agua y escóndela en la tienda.

—¿Cómo piensas arreglártelas? No podemos esconderla durante demasiado tiempo. Ni a ese romano ni a César... —respondió el hombre.

También ella lo miró, con aire interrogativo.

—Me inventaré algo —repuso, y lo envió lejos.

Pocos instantes después, Quinto Labieno estaba frente a él.

—Salud, Ortwin. Hacía bastante ya que no nos veíamos...

—Un año o más...

Ortwin se tomó su tiempo. Necesitaba pensar.

—Desde la campaña de Alesia, me parece...

—Sí.

Quinto, en cambio, daba señales de impaciencia.

—Tengo que preguntarte algo. ¿Sabes?, había una compatriota tuya entre estos prisioneros. ¿La has visto, por casualidad?

—¿A quién te refieres?

Ortwin sintió subir una ola de desprecio por aquel hombre al que, sin embargo, había admirado en el pasado. Había osado poner las manos sobre la princesa. La había hecho sufrir, y quién sabía cuánto...

Quinto se fue por las ramas.

—A Veleda, la hija de Ariovisto a la que me enviaste a buscar a Lutetia —dijo, al fin.

—¿Por qué la buscas?

—No es algo que te concierna. Órdenes del alto mando, de todos modos.

—Yo solo respondo ante César.

—Es una orden que podría venir directamente de César, si quisiera...

Luego, de pronto, Ortwin tuvo una idea. No era necesario llegar al enfrentamiento con aquel despreciable individuo.

—Ven conmigo —dijo, al fin, haciéndole señas de seguirlo.

Germano y romano rodearon la columna de los prisioneros y alcanzaron la gran hoguera en la cual se seguían echando las manos cortadas. Ortwin atrajo la atención de Quinto sobre uno de los cuerpos carbonizados en torno al fuego.

—Por desgracia, es uno de estos... —declaró.

El romano se quedó petrificado. Tardó en conseguir pronunciar una palabra. Y cuando lo hizo, fue con la voz rota.

—No te creo... ¿Cómo puedes estar tan seguro?

—La vi. La vi arder. Nos vio, reclamó nuestra atención y se arrojó al fuego. Quería que viéramos cómo muere una princesa germana...

Quinto se dejó caer al suelo, de rodillas. Primero observó aquellos cuerpos transformados en montones informes de carbones humeantes, luego inclinó la cabeza y lloró. Lloró largamente.

Ortwin lo dejó así. Se marchó sin hacer ni un gesto de consuelo, sin un saludo, y reanudó su trabajo de verdugo, que, de pronto, le pareció más nauseabundo que antes. Pero siguió adelante hasta el último cadurco de la larga columna, un niño rubio asustado iluminado por la tenue luz rojiza del ocaso que le ofreció las propias manos. Después, limpió la hoja de su espada, la enfundó y volvió al campamento, dispuesto a resolver el problema de Veleda.

—Creo que ya no tendré tiempo de redactar el informe de mi proconsulado —dijo César a Aulo Hircio—. Este año, y también el año próximo, no deberás limitarte a ordenar mis apuntes. Creo que serás tú quien escribirá también la primera redacción. Más aún, es mejor que empieces de inmediato. También este invierno tengo la intención de permanecer en la Galia, y pronto las campañas podrían ser demasiadas como para que pueda recordarlas en detalle...

Acababan de entrar en el *praetorium* del campamento de la X, que Caninio había cedido a su comandante supremo. El procónsul se había sentado frente a la pila de tablillas enceradas que había encontrado amontonadas sobre la mesa del *tablinium*.

—Claro, deberíamos evitar que este episodio del castigo a los cadurcos ofrezca motivos de reproche a tus detractores... —indicó Hircio.

—Mis detractores encuentran motivos incluso cuando no los hay...

César se encogió de hombros.

—Enfatiza el hecho de que no he temido parecer feroz, precisamente porque soy consciente de que me conocen por mi clemencia.

—Catón sacará a relucir el asunto de siempre, la matanza de los usípetos y téncteros, y considerará el corte de las manos una confirmación de tu ferocidad, en cambio...

—A Catón no le parecerá bien nada de lo que hago, por sus prejuicios. Pero estoy preparando un libelo en que lo pongo en ridículo... Servirá para convencer a algunos de que no es un personaje que se deba tomar muy en serio. Pero ahora, pensemos cómo resolver el problema del vencimiento del mandato. Después de marzo, deberé esperar más de un año para presentarme como candidato a cónsul. Y no puedo permitirme afrontar ese período como ciudadano. No, con esa ley sobre la corrupción que ha propuesto Pompeyo con valor retroactivo. Pero una prórroga del mandato, tras la muerte de Craso y sin el apoyo de Pompeyo, será imposible...

—En efecto, nunca te concederán una nueva prórroga. Permiten que te presentes *in absentia*, pero no que mantengas una magistratura... Parece una tomadura de pelo...

—Harán lo que sea para elegir un nuevo magistrado que me sustituya de inmediato y que releve mis tropas. Las tropas que yo he reclutado, adiestrado y pagado, sin tener en cuenta sus autorizaciones. ¡Hombres que se han formado bajo mi mando, convertidos en los mejores soldados de Roma gracias a mí, no desde luego gracias a esos viejos y engreídos senadores que no salen nunca de la curia y que ignoran incluso el olor del campo de batalla! No los cederé a ningún otro comandante, y menos precisamente a ellos, que carecen de experiencia militar pero creen que sabrían liderar a expertos veteranos. ¡Sin duda, mandarán a un idiota, a alguien que desmantelará todo lo que he construido en estos años!

—¿Y cómo piensas resolver el asunto? No veo soluciones... En cuanto decaiga el mandato, te procesarán por las violaciones que consideran que has cometido como cónsul. Estarás obligado a ir a Roma para defenderte y, una vez allí, te tendrán en su poder...

—Yo veo una solución, en cambio. Para empezar, si

debo devolver el mandato y ceder las tropas, Pompeyo deberá hacer lo mismo, y en el mismo momento. Por otra parte, si la *lex Pompeia Licinia* sobre la prórroga del mandato proconsular, acordada en Luca con Pompeyo y Craso, tiene un plazo definitivo para mí, no veo por qué no debería tenerlo para mi antiguo yerno. Es del todo arbitrario que le hayan concedido una renovación quinquenal del proconsulado hispánico. Sin que haya nada que hacer en Iberia, encima.

»Será esto lo que haré que propongan mis tribunos de la plebe. Curión podría también llegar a proponer que nos declaren a ambos, a Pompeyo y a mí, enemigos del Estado si no renunciamos a provincias y ejércitos: de este modo, nadie comprenderá que es mi agente. Pero mis adversarios no aceptarán, ya lo verás. Y tampoco Pompeyo renunciará con tanta facilidad a su poder y a su ejército. Y entonces, quiero que los tribunos veten la resolución que nombre a mi sucesor. Según la ley, pueden poner impedimentos hasta el final: así podré permanecer en el cargo como procónsul hasta que obtenga el consulado.

Un legionario atravesó el acceso del local.

—Procónsul, el legado Tito Labieno pide hablar contigo —anunció.

César, con el rostro inmerso entre pilas de tablillas enceradas, miró a Aulo Hircio y luego al soldado.

—¿Labieno está aquí?

—Está aquí fuera, procónsul, y espera a ser recibido.

—Quizá deberíamos valorar qué actitud debemos mostrar con él, antes de hacerlo entrar... —sugirió Hircio.

—No. Que entre —dijo César, pese al mal disimulado descontento de su asistente.

Tito Labieno apareció en el umbral, polvoriento y sudado. Su loriga era opaca y el yelmo, que llevaba bajo el brazo, tenía la cresta enmarañada. Parecía un hombre que acabara de combatir. Y, en cambio, su batalla más complicada estaba a punto de comenzar.

—Salud, César. Y salud también a ti, Aulo Hircio —empezó el legado. Hubiera querido añadir algo más, después de la pausa de los saludos, pero Hircio aprovechó para intervenir de inmediato.

—Salud a ti, Labieno. Deberías estar a muchas millas de distancia de aquí, sin embargo... Con los tréveros alborotados, no parece oportuno que quien tiene la responsabilidad de detenerlos esté en la otra punta de la Galia...

—Los tréveros ya no son un problema. Y tampoco aquel heduo irreductible. Los acabo de derrotar y de hacer prisioneros, y eliminé a todo el consejo de la nación —respondió Labieno, irritado—. ¿También tú, Hircio, hiciste algo útil para Roma, al menos en estos últimos tiempos? —inquirió, aludiendo a la aportación operativa del asistente de César, que consideraba casi nula.

—Basta ya los dos —zanjó César—. Me complace saber que los tréveros ya no constituyen un problema. Y no tenía dudas, por otra parte, de que resolverías definitivamente la cuestión. Hiciste bien en ajusticiarlos. También nosotros, aquí, hemos estimado oportuno aplicar la mano dura. Pero ¿qué te trae aquí, Labieno? Seguro que no veniste solo para anunciarme en persona la victoria sobre los tréveros...

—Deseo hablar contigo de cuestiones que conciernen a nuestra relación personal, procónsul. Y de qué papel desempeñaré en tus programas futuros, una vez terminado el mandato proconsular.

—Habla, pues.

—Dije que deseo hablar contigo.

Labieno echó un vistazo a Aulo Hircio.

César asintió.

—Hircio, ve a ver si los germanos terminaron de castigar a los cadurcos. Y ocúpate de que todas las reservas de comida de la ciudad sean confiscadas.

El asistente obedeció de mala gana. Al salir, lanzó una mirada malévola a Labieno, que le correspondió con una expresión igual de desconfiada.

—Y ahora, habla —dijo César al legado, en cuanto Hircio salió—. ¿Qué hay de cierto en estos rumores de tus contactos con Pompeyo, Metelo Escipión y Catón?

—Todo —respondió Labieno.

Quinto vagó hasta el atardecer por los alrededores de Uxelludunum. Se sentía sin ningún propósito, meta ni objetivo que le hiciera interesante la vida. Después de años de espera, búsquedas y desilusiones, había sufrido la burla más atroz. Había encontrado a Veleda, pero solo para contemplar sus restos carbonizados y humeantes. ¡Los dioses debían de estar en su contra para someterlo a semejante tortura!

Se preguntó qué sentido tenía seguir viviendo, y tuvo la tentación de imitar a Drapes, que había encontrado la fuerza para acabar con todo. También a aquel galo, Veleda le había hecho entender que no existía ninguna satisfacción, ni emoción, que igualara a su presencia. Él sabía incluso demasiado bien qué pasaba por la cabeza del senón: hacer el amor con una mujer, con cualquier otra mujer, derrotar al enemigo o ser premiado por un comandante nunca sería como poder mirar a Veleda, oler a Veleda, saborear a Veleda. Bastaba con que se encontrara cerca para que el mundo se iluminara tanto como para que pareciera oscuro cuando ella no estaba.

Y daba lo mismo si ella correspondía o no a sus sentimientos. Aquella mujer había nacido para ser amada, el resto no tenía importancia. No estaba obligada a amar. Respetarla habría significado no saber captar su aspecto esencial. Y no amarla bastante. Y él la había amado hasta el punto de superar el desprecio que ella parecía sentir por él. La había amado, a pesar de todo. Y haber vacilado, a veces, haberse sentido frustrado por su indiferencia, solo fue un testimonio de su debilidad.

Se esforzó por encontrar una buena razón por la que vivir. Para no abandonarse como Drapes. Por su padre, al menos, que siempre lo había sostenido y estimulado, si bien no lo había comprendido. Por su padre, al que consideraba el más grande general de Roma, a pesar de que era incapaz de poner su propio talento al servicio de una causa mejor que la del hombre al que había elegido servir. De un hombre que oscurecía su valor y su genio, explotándolos sin el más mínimo escrúpulo e impidiéndole obtener la fama que merecía.

Sí. Mientras estuviera al lado de César, Labieno sería un mensajero, a pesar de las extraordinarias hazañas que había realizado hasta entonces. Y probablemente se transformaría pronto en un forajido, pues no dudaba de que César violaría la ley, cualquier ley, con tal de ser el primer hombre de Roma. Algo que, de todos modos, no iba a conseguir. No tenía ninguna esperanza de triunfo allí donde muchos otros habían fracasado, y con él, caerían todos los que lo habían seguido.

Debía salvar a su padre. Esa era una buena razón para continuar viviendo.

Labieno salió del *praetorium* del campamento de la X legión. Tenía el rostro sombrío, un detalle que los soldados que estaban aún por ahí no dejaron de notar. La noticia de que el legado más célebre y más valiente de César, y al mismo tiempo el más discutido, había atravesado toda la Galia para hablar con el procónsul, se había difundido con sorprendente rapidez.

Había curiosidad sobre cómo se desarrollaría el encuentro. Todos sabían que, en Roma, César tenía muchos enemigos. Y ya era más que un rumor que estos estaban intentando atraer a Labieno de su parte. Los soldados se preguntaban qué haría el legado. Nadie le negaba una habilidad militar igual, si no superior, a la del propio César: Labieno era objeto de no menos admiración que el mismo procónsul. Y eran muchos los que pensaban que el papel de segundo al mando le quedaba pequeño.

Cuando los soldados discutían sobre los grandes caudillos vivos, los nombres que se daban eran siempre los mismos: Pompeyo, César y... Labieno. Y todos estaban convencidos de que lo que penalizaba al legado era su cuna: si hubiera sido patricio, como César, o alguien con grandes riquezas y patrocinadores, como Pompeyo, habría conseguido una gloria igual a la suya, o incluso superior. Si hubiera sido más ambicioso, decían, habría podido convertirse en un nuevo Cayo Mario, un *homo novus* de modesta extracción social, capaz de ascender a la cima del Estado gracias a sus empresas militares.

La mayoría de ellos estaban dispuestos a apostar que a César le fastidiaba su popularidad, y que incluso sentía envidia por su valor. Y consideraban obvia la irritación de Labieno ante las limitaciones que le imponía su subordinación a César.

En resumen, eran pocos los que no creían que, antes o después, los dos entrarían en conflicto.

Quizá ya había ocurrido, pensaban, después de saber que Labieno se encontraba en un tablero operativo que no le competía. ¿Qué otro fin podía justificar su presencia? Y una vez que salió del *praetorium*, Labieno se convirtió en objeto de atención por parte de todos los que se cruzaban con él. En cambio, él parecía no prestar atención a nadie.

Quinto fue el único con el valor de abordarlo. El muchacho lo había buscado por todas partes, y lo localizó un momento antes de que abandonara el campamento de la X.

—¿Has hablado con César?

Labieno se detuvo.

—Y tú, ¿has encontrado a esa mujer?

Quinto se ensombreció. Inclinó la cabeza.

—Está muerta.

El padre permaneció en silencio unos instantes.

—Hablé con César —contestó, al fin.

—¿Reivindicaste tus méritos?

—Nunca permitirá que nadie lo eclipse...

Quinto hizo un ademán de satisfacción.

—¿Qué te dije? Es una verdadera amenaza para la República.

—Eso está por verse. Mientras tanto, creyó en mi buena fe y me ofreció el gobierno de la provincia cuando tenga que presentar su candidatura al consulado.

—¡Y tú lo rechazaste, por supuesto!

—En absoluto. Por ahora, no tengo la intención de provocar ninguna ruptura. No es ni siquiera la intención de sus adversarios, de momento. Esperan sus movimientos, antes, para ver adónde quiere ir a parar. Catón necesita demostrar a los dudosos que César es capaz de cualquier fechoría, y no puede hacerlo si no infunde en él un falso sentimiento de seguridad. Si César considera que tiene las espaldas cubiertas, llegará hasta más allá de la constitucionalidad, y Catón, Cicerón y Pompeyo podrán entonces aislarlo y poner a todos contra él. Están seguros de que, limitándose a embridarlo con todos los lazos previstos por la ley, se revelará como lo que es: un destructor del Estado.

Quinto se dio cuenta de que aún no había aprendido a controlar su vehemencia. Y quizá nunca lo conseguiría. Reflexionar, valorar y elaborar una estrategia no formaba parte de su naturaleza. Por eso, probablemente, siempre sería una persona mediocre, un irresoluto. Un subalterno.

Pero su padre, no. Su padre poseía valor, inteligencia y astucia en cantidad suficiente para proyectarlo a las más altas metas. También era verdad que, por otra parte, había una figura relevante como Pompeyo que le cerraba el camino. Pero Pompeyo tenía menos prejuicios que César, era menos ambicioso y más viejo. Si lo ayudaba a ganar, Labieno podría recoger su herencia y convertirse él en el primer hombre de Roma.

Y quizá, ser el hijo del primer hombre de Roma lo ayudaría a olvidar a Veleda...

XXII

A su llegada, supo que las dos legiones que había entregado, y que, según la decisión del Senado, estaban destinadas a la guerra contra los partos, pasaron del cónsul Cayo Marcelo a Pompeyo y fueron retenidas en Italia. Después de este gesto, si bien ya no se podía dudar de qué se tramaba contra César, él, sin embargo, decidió soportarlo todo, mientras tuviera alguna esperanza de resolver el conflicto legalmente en vez de recurriendo a las armas.

Aulo Hircio, *De bello gallico*, VIII, 55

Ravena, diciembre de 50 a. C.

Servilia se sentía estúpida. Terriblemente estúpida. ¿Cómo se le había ocurrido reunirse con César? ¿Cómo había podido pensar que tenía novedades útiles, incluso preciosas, que comunicarle? Él ya lo sabía todo. Su eficiente red de informadores lo mantenía siempre al día, comunicándole noticias que ella nunca habría podido conocer.

Creyó que podría molestarlo en un momento en especial delicado de su carrera para demostrarle todo su afecto y su apoyo, a pesar del parentesco que la ligaba a Catón. Y había esperado poder justificar su irrupción haciéndose útil a sus ojos, aunque César no hubiera tenido tiempo ni ganas de concederse una incursión en su ya antigua intimidad.

Pero enseguida le había quedado claro que su amante estaba distante de ella. Y que no iba a recuperarlo con noticias para él obsoletas y ya conocidas. Tampoco César se había preocupado por satisfacerla o esconder su fastidio ante aquellos pueriles intentos de llamar su atención. Se había limitado a decir que Catón, su hermanastro, nunca permitiría que le llegaran informaciones útiles a César: su vínculo parecía tan sólido y antiguo que nadie, en la facción contraria, se había fiado nunca de ella.

No sabía si porque era vieja, o porque él ya se proyectaba en otros horizontes. La realidad, en todo caso, era que César ya no la amaba. Solo contaba eso, para ella.

Se pasó la mano por el rostro, preguntándose si unos simples surcos en la cara estaban de veras en condiciones de cambiar la disposición de ánimo de un hombre con relación a una mujer.

—Te sugiero que comas ese *savillum* —le indicó César, señalando el suflé cubierto de miel y amapola rallada con el cual estaban concluyendo la cena—. Aquí lo hacen incluso mejor que en Roma, te lo aseguro... —añadió con una sonrisa que a ella le pareció un poco forzada. Luego el procónsul se zambulló en la lectura de los mensajes, de los que incluso su sillón estaba inundado.

Antes de que Servilia pudiera responderle, entró uno de los guardias.

—Procónsul, han llegado Aulo Hircio y Escribonio Curión de Roma.

—Bien. Hazlos entrar —ordenó César al guardia, tomando una cucharada de dulce.

Los dos colaboradores de César entraron a la carrera. Estaban visiblemente agitados. Hicieron solo un rápido gesto de saludo a Servilia, sin tributarle el debido homenaje a una dama. Tampoco César les reprochó su falta.

Es más, el procónsul se levantó y se dirigió a su huésped ofreciéndole su mano.

—Mi querida Servilia, comprenderás que tenemos que hablar de asuntos muy graves y reservados...

—Claro, lo entiendo a la perfección. Me marcho de inmediato —contestó la mujer con la boca pequeña, alzándose y tomando, decidida, la dirección de la entrada. En realidad, no comprendía cómo César, que antes la ponía al tanto de todos sus secretos, se había vuelto tan elusivo. Pero no habría sido muy de patricia romana protestar.

—Quédate un momento en el peristilo o en la exedra —le pidió César, acompañándola—. Te mandaré llamar en cuanto haya terminado con ellos.

Servilia pensó que ya no la llamaría hasta muy tarde. Probablemente, lo mejor que podía hacer era irse. Allí estaba de más. Quizá ya estaba de más en la vida de César. Quien había sido su amante durante décadas ya no tenía tiempo para el amor. Su vida había llegado a un punto crucial, y era la hora de recoger los frutos de su

desmesurada ambición. Ella podía considerarse afortu-
nada por haber conseguido atraer su atención mucho
más allá de los primeros y confusos intentos de César de
tener el control de la República.

Lanzando una última mirada al hombre que había
amado por encima de cualquier otra cosa, decidió que le
demostraría lo equivocado que estaba: si las cosas se
precipitaban, como parecía que estaba a punto de suceder, ella se vería en condiciones de ayudarlo. De algún
modo, se ganaría la confianza de sus enemigos, incluso
de Catón, si era necesario, y un día, quizá, César le agra-
decería una ayuda que le permitiría defenderse, imponerse sobre sus enemigos e incluso tal vez salvarle la
vida. Entendería entonces que nadie en el mundo lo
amaba más que ella. Que no existía ninguna otra persona dispuesta a esperarlo, a comprometerse, a regalarle la
propia vida, a secundarlo con constancia, a renunciar a
sus propias ambiciones, más que ella. Superó el peristilo, decidida, y llamó a sus esclavos para que dispusieran
la carroza para el viaje de regreso a Roma.

En cuanto Servilia salió, Aulo Hircio se dirigió a su comandante en jefe.

—No ha funcionado —comenzó—. No han aceptado, como habías previsto. Ni siquiera tu propuesta más
complaciente de mantener solo dos legiones y las dos
provincias del Ilírico y la Cisalpina hasta el consulado.
Cuando llegué a Roma, el Senado acababa de decidir
que confiaría a Pompeyo el mando general de las defensas de Italia contra cualquier invasión: una clara medida en tu contra. Vi a Metelo Escipión, no a Pompeyo.

Me pareció inútil intentar tratar con él. Los cónsules y los senadores más conservadores se pasan el día adulándolo.

Curión, que llegó junto a Hircio después de concluir su mandato tribunicio, tenía algo que añadir:

—Intenté convencer a los cónsules para que suspendieran el anuncio de reclutamiento de Pompeyo. No ha habido nada que hacer. Y, con franqueza, incluso temí que me pasara algo...

César invitó a sus colaboradores a sentarse en los sillones del *triclinium* y a comer el resto del *savillum*.

—Era previsible que ocurriera esto —comentó—. Desde que Apio Claudio Pulcro devolvió a Italia las dos legiones que me han sustraído con la excusa de la amenaza de los partos, en Roma todos están convencidos de que ya no puedo contar con mi ejército. Elegí a Apio Claudio precisamente porque era el legado menos entusiasta respecto a mis cualidades como comandante. Y desde que empezó a circular el rumor de la cesión de las legiones, dejé de gratificar a su XV para que los soldados se quejaran y, una vez de vuelta en Italia, dieran la impresión de un descontento difuso entre mis tropas. Como es obvio, los despedí con un bonito premio final, pero estoy seguro de que lo consideraron solo una propina en comparación con lo que recibieron las otras unidades. Y pongamos que también Labieno, lo sé seguro, está presentando a mis adversarios un cuadro deprimente de la moral de los soldados y de mi ascendente sobre ellos. En este punto, Pompeyo y sus acólitos se habrán convencido de que no podré llevar hasta el final mis reivindicaciones... Se sentirán tan fuertes que se volverán inflexibles y acabarán por ser ellos los que pasen al bando equivocado y fuercen la constitución. Ya lo hicieron, por otra parte: cuando Curión propuso que tanto yo como Pompeyo renunciáramos a los mandos y ejércitos, los senadores votaron casi todos a favor. Sin embargo, los cónsules no ratificaron el voto, disolvieron la asamblea y me trataron como un bandolero. Y ahora les daremos un motivo más para provocarme...

—¿Qué más?

Hircio y Curión eran todo oídos.

—Curión, te espera otro viaje a Roma. Pero este debe ser rapidísimo, sin etapas. Quiero que lleves un mensaje al Senado. Hircio, redáctalo tú. Enumera mis méritos, pon de relieve mis hazañas y todo el lustre que he llevado a Roma. Pero, por favor, hazlo de modo que yo parezca soberbio. Después, renueva la oferta inicial de Curión: estoy dispuesto a dejar el cargo solo si Pompeyo hace lo mismo. Pero esta vez especifica que si Pompeyo no renuncia a su poder, yo iré de inmediato a Roma para vengar a la patria y a mí mismo.

—Lo entenderán como una declaración de guerra... —comentó Curión.

—Exacto —asintió César, complacido—. Y, lejos de aceptar, reaccionarán nombrando de una vez por todas a mi sucesor, dándome así todas las razones para reivindicar mis derechos. Pero, dado que saben que en Italia solo dispongo ahora de la XIII legión, pensarán que la mía es una amenaza carente de fundamento, y no procederán de inmediato a una movilización masiva. También porque estamos en invierno, y creerán que prefiero que llegue la primavera antes de tomar medidas. En cambio, yo estaré en Roma antes de que puedan darse cuenta. Incluso antes del tiempo que necesita cualquier otra legión para cruzar los Alpes. Y, sobre todo, antes de que puedan poner en marcha contra mí todos los efectivos disponibles: Pompeyo solo tiene las dos legiones que me ha sustraído, y no puede confiar del todo en ellas. Además, si quiere constituir un ejército capaz de enfrentarse a mí, debe reclutar gente donde pueda y traer unidades de España. Pero se necesita tiempo...

—Habrá una guerra civil... —murmuró Hircio.

—Es probable. Pero soy yo quien propuso licenciar a los ejércitos. A todos los ejércitos, de ambas partes. Para la posteridad, resultará que no me han dejado elección —respondió César.

Ortwin estaba convencido: algo gordo estaba a punto de suceder. Algo que cambiaría la vida de todos. También la suya. Y la de Veleda. El año apenas transcurrido había sido el menos relevante en el aspecto militar desde que estaba al servicio de César: el primero sin verdaderas campañas bélicas, sin revueltas ni batallas campales significativas. Parecía en verdad que el procónsul había logrado apagar de una vez por todas el espíritu de independencia de los galos.

En todo caso, no había podido dedicarse demasiado a su señora. De todos modos, César había viajado mucho, de un lado a otro de la Galia, y él había tenido que acompañarlo en cada ocasión. Durante sus desplazamientos, el caudillo había nombrado, confirmado, destituido o aprobado reyes y vergobretos, había adulado, premiado, gratificado, pero también castigado, humillado y gravado a hombres y naciones, y había distribuido, reclutado y adiestrado soldados para sus legiones.

César se disponía a afrontar una nueva empresa, un nuevo tablero operativo que, según las orientaciones del Senado y el pueblo romano, podría ser la misma Roma o una tierra lejana, incluso Oriente. Y él, estaba seguro, no se iba a quedar en casa. No estaría entre aquellos que esperan en la retaguardia. Estaría en primera línea, siempre. Si César no se lo ordenaba, se lo pediría él mismo. Se sentía parte de acontecimientos importantes, y estaba ansioso de descubrir qué le reservaban aún los dioses, y, si seguían estando de su lado, tendría la ocasión de vivir las gestas más épicas que estuvieran reservadas a un mortal.

Estaba feliz. Feliz por las oportunidades que la vida le había ofrecido: participar en los grandes acontecimientos que giraban en torno a César y cuidar por fin de la mujer a la que siempre había deseado proteger. De hecho, había seguido al más grande caudillo de la historia sin por eso traicionar a quien había sido su rey.

Veleda estaba con él desde hacía más de un año, totalmente de incógnito. Fuera de sus subalternos, en el ejército la creían solo una celta que, por un inocuo capricho, los germanos habían tomado como esclava. Por supuesto, era esclava solo en apariencia. Como otras mujeres, algunas de las cuales eran compañeras de los guerreros, seguía a los germanos o los esperaba en su cuartel general, ocupándose de la comida, el suministro y el alojamiento. Pero se trataba de una fachada.

En efecto, dentro de la pequeña comunidad germánica, todos los guerreros la trataban con el respeto debido a su rango, cuidando de que no le faltara nada y no se cansara de ningún modo. Ortwin era particularmente solícito con ella, pero los otros no lo eran menos. Si acaso, era ella, a veces, la que se mostraba irritada por la excesiva deferencia de que era objeto, y la que se hacía cargo de cometidos pesados y desagradables solo para demostrar que no valía menos que las otras mujeres del grupo.

Y todo esto a pesar de que estaba privada de una mano. La derecha, además. Ortwin la observaba mientras ella, testaruda, se obstinaba en hacer con la izquierda lo que antes hacía con la derecha. Levantar las cosas más voluminosas y pesadas apretándolas entre mano izquierda y muñón de la muñeca derecha. Idear sistemas para añadir apéndices a la muñeca cortada, por ejemplo, lazos y paletas. Desde niño había estado fascinado por Veleda, había amado cada gesto suyo, cada palabra, cada mirada, y ahora la amaba aún más, a pesar de la amputación. Es más, quizá precisamente esa amputación le confería una dignidad real aún más marcada y volvía su belleza aún más singular.

También estaba terriblemente orgulloso de ella. Hubiera sido una reina extraordinaria, y la mujer ideal de un jefe. Lo que más le impresionaba era su fuerza de espíritu, su inquebrantable confianza en el propio destino, la determinación por sobrevivir, como fuera, mientras esperaba días mejores: días que, según ella, antes o después la verían convertida en una reina. Por el momento, Veleda se conformaba con ser una vivandera cualquiera —y para ella ya era un esfuerzo, considerando su discapacidad— sin nunca quejarse o lamentar su propia condición.

En realidad, había una sola y sustancial diferencia entre ella y las otras. Todas eran la compañera de alguien, y algunas hasta habían tenido hijos. Todas, salvo ella. Ortwin nunca la había ni siquiera rozado, y los otros no pensaban que pudiera ser de alguien más que de su jefe.

Pero Ortwin estaba bien así. Nunca había intimado con una mujer, hasta entonces. En Alemania, era costumbre que los hombres se mantuvieran vírgenes hasta los veinte años. En la Galia, había vivido con el constante pensamiento de Veleda, y las otras mujeres no habían atraído bastante su atención. En el último año, solo ocuparse de ella ya lo satisfacía.

Por lo demás, era la guerra la que le daba las emociones que necesitaba. ¿Qué otra cosa ofrecía al hombre un placer comparable a la exaltación de un combate, la tensión al afrontar un peligro, la satisfacción de superar a un adversario valeroso? Encontraba extraño que los demás hombres tuvieran tanta necesidad de sexo: estaba convencido de que no daba tanto placer como un buen combate, y no tenía la intención de estropear, incluso profanar, su dedicación a Veleda intentando poseerla, acaso contra su voluntad.

Lo soportaba todo de aquella muchacha, sin reaccionar. En los primeros meses, ella lo había tratado con desprecio, incluso con hostilidad, para vengarse de la amputación de la mano. No había pasado un día sin que se lo echara en cara, mortificándolo, insultándolo y humillándolo, incluso delante de los otros. Luego, con el paso del tiempo, sus provocaciones se habían hecho menos feroces, también más irónicas. A veces hasta divertidas.

Ahora conseguían también reír juntos. Y esto lo hacía aún más feliz.

Las reflexiones de Ortwin sobre la fortuna que había acompañado su vida fueron interrumpidas con brusquedad. Una, o más bien dos figuras familiares, pasaron como flechas a caballo frente a él, en dirección al alojamiento de César.

Tito Labieno y su hijo Quinto.

Como hombre de César, le interesaba la presencia de Labieno. Muchos suponían ya al legado a punto de pasarse a Pompeyo, el otro célebre caudillo del que Roma podía presumir. Su visita preludiaba, sin duda, algún acontecimiento importante.

Pero como protector de Veleda, era Quinto quien atraía su atención. Aquel hombre podría causarle una infinidad de problemas si encontrara a la muchacha. Estaba seguro de que ninguno de los dos se quedaría mucho tiempo con ellos: en el ejército de César, eran pocos los que apostaban por que Labieno permaneciera al lado de su viejo comandante.

Se trataba, pues, de mantener escondida a Veleda durante algún tiempo. Luego ya pensaría cómo hacérsela pagar a aquel romano. No había podido protegerla, en aquellos años, pero no tenía la intención de renunciar a castigar a quien la había hecho sufrir. Y, por lo que sabía, Quinto la había hecho sufrir, quizá más que ningún otro. Lo encontraría, un día u otro, y lo mataría. Se lo juró a sí mismo y se lo juró a los dioses con la misma determinación con que había jurado pedir el licenciamiento a César, antes o después, para devolver a Veleda a su tierra, entre su gente. A la tierra, a la gente de *ambos*.

Apresuró el paso y caminó hacia el campamento donde se encontraba su alojamiento. Como de costumbre, Veleda no le hacía caso. Pero tenía la sensación de que temía lo suficiente a aquel hombre como para mostrar un poco de sentido común, por una vez.

—No. No lo hagan entrar. Saldré yo —ordenó César al guardia, en cuanto le anunció la llegada de Labieno.

Aulo Hircio abrió desmesuradamente los ojos.

—¿Cómo? ¿Quieres dar a ese traidor la satisfacción de ir a su encuentro?

—Quiero que nuestro encuentro sea público. Lo que tiene que decirme debe decírmelo ante todos. Frente a los hombres a los que también él ha liderado durante años —respondió César con un dejo de tristeza en la voz, saliendo del *praetorium*.

Aulo Hircio lo siguió, perplejo. Al menos, se dijo, podría asistir al acontecimiento que había estado esperando durante años. Difícilmente César lo habría hecho quedarse si el encuentro hubiera sido a puerta cerrada.

Labieno estaba aún montado en el caballo. Con él, estaban su hijo y unos pocos soldados más. En cuanto el legado vio que César iba a su encuentro, desmontó y se le acercó. Centenares de soldados habían abandonado sus ocupaciones y se agolpaban en torno a los dos comandantes. Nada de estandartes, nada de panoplias al completo, nada de alineaciones ordenadas: solo el amontonamiento curioso de soldados que habían aprendido a admirar a los dos comandantes.

Hircio notó que en las primeras filas estaba también Marco Antonio, recién llegado de Roma. El nuevo tribuno de la plebe había escapado de la Urbe sin haber podido impedir que el Senado nombrara el sucesor de César al proconsulado gálico. Hircio se apresuró para mantener el paso de César: no quería hallarse demasiado lejos cuando empezaran a hablar.

Fue César quien lo hizo primero. También eso le pareció a Hircio mortificante para el procónsul.

—¿Veniste a decirme algo desagradable, Labieno? —comenzó, permaneciendo a una cierta distancia de su interlocutor, a fin de que, a su alrededor, todos los soldados pudieran oírlos.

—Me temo que sí, procónsul. O debería decir solo «César». No eres más procónsul que yo. Ya no, al menos...

—La elección de Lucio Domicio Enobarbo fue forzada por el Senado y es una manifiesta violación de los derechos de los tribunos, como el mismo Antonio, aquí presente, puede confirmarte.

—Eres tú quien forzó al Senado con tus continuas pretensiones de prórrogas, excepciones y privilegios de los que ningún otro ciudadano de Roma ha disfrutado nunca.

—¿Ah, no? ¿Y Pompeyo, entonces? No tuvo más que encargos especiales y extraordinarios, desde pequeño...

—Los tuvo siempre como consecuencia de circunstancias extraordinarias, de acuerdo con el Senado y sin abusar nunca de él.

—Yo no pido dictaduras, consulados especiales ni mandos extraordinarios. Solo pido un consulado, diez años después del anterior, como la ley prevé. Es poco, y si no acepto volver a ser solo un ciudadano es únicamente porque tengo demasiados enemigos que podrían aprovecharse de ello. Y tú, Labieno, ¿decidiste pasarte al bando de mis enemigos?

—Yo decidí pasarme al bando de la República.

Un murmullo se elevó entre la multitud de los soldados, que crecía por momentos.

—Labieno, ¿cuántos años hace que combatimos juntos?

—Desde que tú me salvaste la vida y yo te la salvé a ti. Treinta y ocho años. Hace treinta y ocho años que combato a tus órdenes.

—¿Y no han sido suficientes para convencerte de mi buena fe?

—Han sido suficientes para convencerme de que, si hay una persona que puede detenerte, ese soy yo.

—¡Oigan, compañeros de armas! —César se dirigió a la multitud—. Labieno decidió abandonar a su patrono. ¡Al que debe su fortuna! Y lo está haciendo porque estima que puede mostrarse superior a mí. ¡Por pura envidia y frustración, entonces! No pienses que son las motivaciones políticas las que cuentan, en estas circunstancias. Si Labieno habla de ellas, es solo para cubrir de buenos propósitos un sentimiento banal, pueril y mezquino. Ninguno de ustedes, estoy seguro, lo seguirá por estas pobres motivaciones...

—Yo he mostrado el más absoluto respeto por mi patrono y comandante —protestó Labieno, dirigiéndose también él a los soldados—. Lo he hecho dejando de lado mis dudas desde el inicio de su conflicto con el Senado. Y ahora he venido a verlo, poniendo en riesgo mi integridad personal, para comunicarle mi inaplazable decisión. Estimo que la conciencia es más importante que la fidelidad a un patrono. Y no podría dar lo mejor de mí si tuviera que combatir también contra mi conciencia. Haría incluso daño a César. Si es necesario, combatiré contra él con la misma determinación de la que he dado prueba combatiendo para él.

—Bien, aprecio el valor que Labieno ha mostrado viniendo aquí —rebatió aún César—. No muchos de los hombres a cuyo lado quizá combatirá en el futuro sabrían hacer lo mismo. Aunque es bueno que lo sepan: a pocas millas de distancia de este campamento lo esperan sus mil quinientos jinetes germanos y galos, con los cuales tendríamos problemas si no le concediéramos regresar sano y salvo. De todos modos, yo respeto su valor, y no quiero mostrarme poco generoso por los años en que me ha servido como ningún otro habría sabido hacer. Que Labieno vaya, pues, con mis enemigos. No por eso lo privaré de la fortuna que bien ha merecido. Todos son testigos: ¡dispondré de inmediato que le sean transferidas a su nombre las ingentes sumas de dinero que le corresponden por sus extraordinarias gestas! ¡Y que le sean expedidos los bagajes personales que no pudo llevarse de su cuartel general!

Los soldados prorrumpieron en un grito de triunfo. Por César, cuya generosidad conocían bien, que en esa circunstancia era también de espíritu. Pero también por Labieno, como reconocimiento a sus indudables méritos. Parecía una fiesta, en vez de una declaración de guerra. Y el fin de una larga asociación.

—Me da igual lo que hagas —respondió Labieno, después de que los gritos de la multitud se aplacaron—. No volverás a comprarme. Dejé de secundar tus delirios de grandeza, y ya no tengo la intención de renunciar a la gloria que repetidamente me has sustraído. Si tenemos que enfrentarnos en el campo de batalla como adversarios, para ti seré el más implacable de los enemigos. Y si te encuentras a mi merced, no esperes piedad. No pretenderé clemencia, ni la ofreceré.

César no respondió. Él y Labieno se miraron un largo rato, en un silencio general que hacía de curioso contraste al júbilo de poco antes.

Por último, César asintió. El desafío estaba aceptado. Labieno asintió también y subió al caballo, rápidamente seguido por su hijo y por los pocos soldados que llevó consigo, y se marchó sin que nadie lo parara.

Pero Quinto detuvo un instante su caballo, volteó y gritó:

—¡No tengas esperanzas de adueñarte de la República, tirano! Podrías hacerlo contra Pompeyo, quizá, pero ¡no contra mi padre! ¡No contra el hombre que te permitió dominar la Galia! ¡Te aplastará, si lo intentas, como ha aplastado a todos tus enemigos!

Luego alcanzó a Tito Labieno y se puso a su lado.

César no le hizo caso. Su mirada había quedado fija sobre el legado que lo había acompañado y sostenido durante décadas. Hircio lo escrutó, esperando leer en su expresión odio, o al menos resentimiento, decepción y amargura, por la traición de la que había sido víctima. Y, en cambio, el procónsul no dejaba traslucir ninguna emoción, como era habitual en él. Hircio estaba seguro de que sufría: no podía ser de otro modo. *Debía* sufrir: acababa de perder a un hombre al que había considerado amigo durante décadas. *Debía* estar preocupado: había perdido a un colaborador que le habría sido útil en el momento más delicado de su carrera.

Sí. *Deseó* que sufriera, que estuviera preocupado, y deseó que Labieno se revelara igual de hábil como adversario. Solo sufriendo, solo maldiciendo y lamentando esa traición, César llegaría verdaderamente a odiar a

Labieno. Y cuanto más lo odiara, más depositaría su confianza y consideración en él. En Aulo Hircio.

El asistente se sintió orgulloso de sí mismo. Por fin lo había conseguido. Ahora él sería el segundo de César, su hombre de más confianza, y no le esperaban desafíos inferiores a aquellos vividos en la Galia. Claro, siempre estaba Marco Antonio, con quien César también contaba. Pero Antonio no era Labieno: cometía errores, y pronto revelaría sus propios límites.

No. Al fin, César recurriría siempre a él.

Feliz, dejó al procónsul y fue a su alojamiento para redactar el informe de aquella jornada memorable. Sería una digna conclusión del VIII libro de la guerra de las Galias.

Una vez dentro, se sentó de inmediato delante de la mesa, desplegó un papiro, mojó el cálamo en la tinta y empezó a escribir con un entusiasmo nunca sentido antes.

Nota del autor

Este, abandonando a César, había desertado y había comunicado a Pompeyo todos los planes secretos del adversario. Uno podría preguntarse con asombro cómo un hombre al que César siempre había tenido en gran honor, al punto de confiarle el mando de todas las tropas que se encontraban más allá de los Alpes cada vez que venía a Italia, pudo realizar semejante acción: el motivo está en el hecho de que este, entrado en posesión de riquezas y gloria, comenzó a comportarse con soberbia mayor a la que correspondía a su grado, y César, viendo que quería igualarse a él, ya no lo trató con el mismo afecto de antes. Labieno, pues, no tolerando este cambio y al mismo tiempo temiendo sufrir algún daño, cambió de bandera.

DION CASIO,
Historia romana, XLI, 4, 3-4

La cita que incluí al principio del último capítulo es el párrafo con que se cierra el VIII y último libro de *De bello gallico*, el redactado no directamente por César, sino por Aulo Hircio. En realidad, no se trataba de la conclusión de la obra, pues el texto nos llegó mutilado. Con toda probabilidad, los *Commentarii* terminaban precisamente donde empieza el *Bellum civile*, que se abre con la sesión senatorial del 1 de enero del 49 a.C., en la cual se leyó la carta-ultimátum de César.

En la reconstrucción histórica de ese período crucial que llevó a la guerra civil, falta por tanto el punto de vista de César sobre los últimos días de la crisis. No más de dos semanas, probablemente, durante las cuales, no obstante, debió de producirse la ruptura definitiva con Labieno. De hecho, César nunca habla en términos detallados de la defección de su principal lugarteniente, y falta una verdadera explicación de su cambio de bando. Quizá Hircio lo incluyera precisamente en los últimos capítulos del *De bello gallico*, aquellos que se han perdido.

En efecto, en el libro VIII, Hircio alude a los contactos de Labieno con los enemigos de César. En el *Bellum civile*, para ver citado al legado es preciso esperar al decimoquinto capítulo del primer libro, cuando ya es uno de los principales lugartenientes de Pompeyo. Por una carta de Cicerón a Ático (VII, 7, 6), sabemos que su cambio de bando era oficial ya al principio de la guerra civil, y que César había sido tan generoso como para expedir a Labieno dinero y bagajes. Por consiguiente, me parece obvio que los pasajes que faltan del *De bello gallico* hablan también, y quizá sobre todo, de él. No necesariamente lo que sabríamos, si hubiera sobrevivido este texto, sería la verdad. Pero al menos, quizá, conoceríamos la reacción de César a aquello que debió de parecerle una traición: la defección de un hombre del cual no había podido prescindir ni en su carrera civil ni en la militar, al menos durante los últimos quince años.

El «agujero» en las crónicas ha desencadenado, a lo largo de los siglos, una oleada de hipótesis sobre el papel de Labieno, empezando por la de Dion Casio, que reproduje al principio de esta nota. Sugestiva la de Syme que, en su *La revolución romana*, considera la común extracción picena de Labieno y Pompeyo como la prueba de su vínculo preexistente a la guerra civil. Pero, a mi modesto entender, un Labieno agente de Pompeyo desde el principio es una hipótesis que no se sostiene, si se piensa que fue hombre de César también como tribuno de la plebe, un quinquenio antes de servir en la Galia.

De todos modos, puesto que el debate está aún abierto, con esta trilogía añado una nueva hipótesis, que no me consta que haya sido tomada en consideración hasta ahora. Teniendo presente, por supuesto, que se trata en todo caso de una obra de ficción...

Agradecimientos

Quiero agradecer a Marco Lucchetti sus preciosas suge-
rencias, y a mi editora, Antonella Pappalardo, cuyas in-
tervenciones, contraviniendo todas las leyes de la naturaleza sobre las características del género femenino, son
siempre de una lógica irreprochable...

Gracias al grupo de reconstrucción Legio X Gemina
Pia Fidelis Domitiana de Roma. Y gracias también a
Giorgio Albertini por la realización del mapa de la edi-
ción original italiana.

Dramatis personae

Alejandro Magno: rey de Macedonia, hegemón de Grecia, faraón de Egipto y gran rey de Media y Persia hasta la fecha de su muerte en el 323 a.C.

Ambiórix: jefe de la tribu de los eburones, en el norte de la Galia, que combatió contra las legiones romanas mandadas por Julio César.

Ariovisto: líder de los suevos y otros pueblos germánicos aliados, considerado por el Senado romano como un rey, se enfrentó a Julio César en una batalla de las Galias.

Aulo Hircio: informador y colaborador que gozaba de la confianza del César. Era un hombre de letras, más que militar.

Calpurnio Pisón: rico y cortés político perteneciente a una noble familia romana de la *gens* Calpurnia; ejerció de abogado y se dedicó a las tragedias y a la poesía. Padre de Calpurnia, última esposa de Julio César.

Camulógeno: anciano aulerco (pueblo celta de la antigua Galia) y líder de la coalición del año 52 a.C. de los pueblos del Sécuana, según Julio César. Puso en marcha una política de destrucción, arrasando Lutecia al tiempo que intentaba atrapar a las tropas de Tito Labieno.

Catón, Marco Porcio Catón: político romano conocido también como Catón el Joven para distinguirlo de su bisabuelo, Catón el Viejo. Tenía diferencias políticas y personales con Julio César.

Cayo Caninio: político y general romano de la época final de la República romana. Sirvió como general del ejército de Julio César durante la guerra de las Galias.

Cayo Escribonio Curión: orador y político romano. Fue amigo de Pompeyo, Julio César, Marco Antonio y Cicerón. Hijo del también cónsul Cayo Escribonio Curión, oponente de Julio César.

Cayo Fabio: militar romano que sirvió como general del ejército de Julio César durante la guerra de las Galias y la guerra civil de la República romana.

Cayo Julio César: dictador de la República romana. Fue un político y militar romano del siglo I a. C. miembro de los patricios Julios Césares que alcanzó las más altas magistraturas del Estado romano y dominó la política de la República tras vencer en la guerra civil.

Cayo Mario: político y militar romano llamado «tercer fundador de Roma» por sus éxitos militares. Elegido cónsul siete veces a lo largo de su vida, algo sin precedentes en la historia de Roma. También destacó por las reformas que impuso en el ejército romano con las que autorizó el reclutamiento de ciudadanos sin tierras y reorganizó la estructura de las legiones, a las que dividió en cohortes.

Cneo Pompeyo Magno: político y general romano. Se casó con Julia, hija de Julio César, y tras la muerte de esta, con Cornelia, hija de Escipión. Luchó contra César por el liderazgo del Estado romano en la guerra civil.

Diviciaco: noble heduo (pueblo celta); el único druida cuya existencia histórica está atestiguada. Estrecho colaborador de los romanos, trabó amistad con Cicerón y ayudó a César durante la guerra de las Galias, y posiblemente acabó sus días en Roma.

Drapes: jefe de los auxiliares senones.

Iduciomaro: destacado aristócrata de los tréveros (Tréveris); era la cabeza del partido antirromano y rival político de su yerno prorromano, Cingétorix.

Julia: hija de Julio César y de Cornelia, estuvo casada con Pompeyo el Grande como parte de la política matrimonial de su padre.

Lucio Munacio Planco: político y militar de la República romana. Amigo de Julio César, sirvió bajo sus órdenes en calidad de general del ejército de César durante la guerra de las Galias.

Marco Antonio: militar y político romano conocido también como Marco Antonio el Triunviro. Fue un importante colaborador de Julio César durante la guerra de las Galias y la segunda guerra civil.

Marco Calpurnio Bíbulo: político y militar de finales de la República romana. Bíbulo era además amigo íntimo del influyente político republicano Marco Porcio Catón el Joven, y su yerno por su matrimonio con la hija de este, Porcia. Fue elegido cónsul junto a Julio César.

Marco Claudio Marcelo: cónsul y militar de la República romana. Hermano del también cónsul Cayo Claudio Marcelo. Fue partidario de Cneo Pompeyo Magno contra Julio César.

Marco Licinio Craso: relevante aristócrata, general y político romano. Brindó apoyo financiero y político a un joven Julio César.

Ortwin: fiel guardaespaldas de Julio César.

Publio Claudio Pulcro: político y militar de la República romana que luchó en la primera guerra púnica.

Publio Clodio Pulcro: político romano de la etapa final de la República. Tras la partida de César hacia las Galias, Clodio se convirtió prácticamente en el dueño de Roma.

Quinto Cecilio Metelo Céler: cónsul y general del ejército romano de Cneo Pompeyo Magno.

Quinto Cecilio Metelo Escipión: político y militar romano del siglo I a. C. Su hija Cornelia se casó con Cneo Pompeyo Magno.

Quinto Labieno: comandante romano, hijo del célebre militar pompeyano Tito Labieno.

Quinto Pompeyo: cónsul y militar romano en la Galia.

Quinto Titurio Sabino: general del ejército romano de Julio César en la Galia.

Quinto Tulio Cicerón: político y militar romano del siglo I a. C., hermano menor del célebre Cicerón. Como autor, escribió durante la guerra de las Galias de César cuatro tragedias al estilo griego.

Servilia Cepión: amante de Julio César y hermana por parte de madre de Catón el Joven.

Servio Sulpicio Galba: último emperador romano que perteneció a la antigua aristocracia republicana.

Sila, Lucio Cornelio Sila Félix: uno de los más notables políticos y militares romanos. Líderes posteriores como Julio César seguirían su precedente para alcanzar el poder político a través de la fuerza.

Tito Annio Milón: político y agitador romano de la etapa final de la República. Fue acusado de asesinar a Clodio.

Tito Labieno: miembro más importante de una familia romana y lugarteniente de Julio César durante la guerra de las Galias. Es el único general del ejército mencionado por César en los relatos sobre su primera campaña.

Veleda: *völva*, o profetisa sagrada, del pueblo germánico de los brúcteros (tribu germánica del noroeste de la actual Alemania).

Vercingétorix: hijo del líder galo Celtilo, de la tribu de los arvernos.

Yugurta: rey de Numidia que combatió contra el Estado romano.

GLOSARIO

A priori: por deducción desde principios lógicos, matemáticos o ideológicos, independientemente de la experiencia

Agedincum: Sens.

Avaricum: Bourges.

Beneficiarius: asistente.

Bibracte: Beauvray.

Caetra: escudo originario de la península Ibérica prerromana.

Caligae: sandalias de cuero usadas por los legionarios y miembros de los cuerpos auxiliares romanos.

Calo: mozo de cuadra.

Capita atque navia: cara o cruz.

Capsarii: médicos, normalmente encargados de los vendajes. Vendadores.

Cenabum: Orleans.

Cingulum: cinturón utilizado por los soldados del ejército romano para ceñir su túnica y colgar sus armas de filo.

Commentarii: notas para ayudar a la memoria.

Consul sine collega: cónsul sin compañero.

Contubernium: unidad de ocho legionarios (nombre de un grupo de unos ocho soldados, del latín «compartir la tienda»).

Cornicen: suboficial músico del ejército romano que transmitía las órdenes con un gran instrumento de viento que funcionaba a modo de trompa.

Cursus honorum: nombre que recibía la carrera política o el escalafón de responsabilidades públicas en la Antigua Roma.

Dolabra: hacheta.

Domus: casa, eran las viviendas de las familias de un cierto nivel económico.

Elaver: Allier.

Exploratores: equipos de exploración y reconocimiento del ejército romano, que a menudo montaban a caballo.

Focale: un tipo de bufanda utilizada por el ejército romano para la protección del cuello.

Framee: lanzas cortas con una larga punta de hierro que usaban los bárbaros.

Fucus: el extracto de alga.

Gens: agrupación civil o sistema social de la Antigua Roma.

Gigli: obstáculos que se ponían en el terreno de batalla para entorpecer (véase también *stimuli*).

Homines novi/homo novus: expresión usada en la Antigua Roma para designar a los hombres que eran los primeros de su familia en acceder al Senado romano o, más explícitamente, en ser elegidos cónsules.

Hora séptima: mediodía.

Hora tercia: las 8.30 horas.

Imperator: en su origen, era un epíteto que las tropas concedían a los generales victoriosos, pero se convirtió en un título habitual del *princeps*, de donde procede el término *emperador*.

In absentia: en latín, «en ausencia».

Insula (pl. *Insulae*): eran bloques de viviendas —normalmente en régimen de alquiler— de varios pisos en la Antigua Roma.

Lex domitia: ley romana del 104 a. C. que cambió el proceso de elección de los cuatro principales colegios de sacerdotes de Roma.

Lex Pompeia Licinia: ley romana introducida en el año 70 a. C. durante el consulado de Cneo Pompeyo Magno y Craso, con la que se restituyeron las tradicionales competencias del tribunado de la plebe.

Liger: Loira.

Luca: Lucca.

Lutetia Parisiorum: París.

Macheire: espadas curvas que usaban los bárbaros.

Magister: profesor, maestro.

Milites: indicaba al soldado del cuerpo de infantería auxiliar del ejército romano.

Municipia: plural de *municipium*, localidad o ciudad romana.

Noviodunum: Soissons.

Optio: lugarteniente del centurión. Suboficial del ejército romano, rango inmediatamente inferior al de centurión.

Ovatio: triunfo en tono menor.

Palla: es una prenda tradicional de la Antigua Roma que llevaban las mujeres. Se trataba de un manto o chal que se colocaba sobre prendas exteriores, como las estolas, y se recogía con fíbulas o alfileres, normalmente sobre el hombro izquierdo.

Paludamentum: una capa usada por los comandantes militares y, menos habitualmente, por sus tropas. El *paludamentum* era en general de color escarlata. Tenía forma rectangular y se sujetaba al hombro por medio de un broche metálico.

Par et impar: pares e impares.

Per discessionem: cuando se recogían los sufragios simplemente separando en dos partes a los votantes y no tomando el voto de viva voz.

Pilum (pl. pila): el arma básica del soldado legionario romano. Era del tipo de una lanza o una jabalina y medía alrededor de dos metros. Había dos clases de *pilum*, el pesado y el ligero.

Pomerium: frontera sagrada de la ciudad de Roma.

Populares: gente del pueblo.

Porta praetoria: era una de las puertas de acceso de la antigua ciudad romana Iulia Augusta Taurinorum (actual Turín).

Praetorium: despacho y alojamiento del comandante.

Principia: cuartel general.

Publicanos: recaudadores de impuestos.

Pugio: puñal usado por los soldados de las legiones de la República romana desde los alrededores del año 100 a. C. hasta el 100 d. C.

Ranunculus sardonia: es una planta natural de toda Europa, donde crece en lugares húmedos y arenosos. Si se come provoca una torsión de la lengua y los labios con una horrible mueca e incluso la muerte.

Río Dubis: Doubs.

Río Durius: Duero.

Sagum: era una vestidura militar que los romanos tomaron de los griegos o de los galos. El *sago* era una especie de manto cuadrado que no pasaba de las rodillas y se ponía encima de los demás vestidos ajustándose por medio de un broche.

Samarobriva: Amiens.

Savillum: suflé cubierto de miel y amapola rallada.

Scandulae: madera.

Sequana: Sena.

Sine collega: sin compañero o cónsul único.

Spatha: arma blanca empleada por el ejército romano durante el período de decadencia e invasiones bárbaras.

Stimuli: pequeños agujeros rellenos con puntas de acero y ocultos por pasto y hojas.

Super partes: hombres imparciales.

Tablinium: era una sala generalmente situada al fondo del *atrium* y opuesta al vestíbulo de la entrada, entre las *alae*; abierta a la parte trasera del peristilo, mediante una gran ventana o con una antesala, celosía o cortina.

Tiro: recluta.

Triclinium: una estancia destinada a servir de comedor formal en un edificio romano o grecorromano.

Tubicen: un trompetista, especialmente en el ejército, pero también en sacrificios o funerales.

Turma (**pl.** *Turmae*): escuadrones.

Turno de guardia: veintidós horas.

Vesontio: Besanzón.

Via principalis: vía principal.

Vienna: Vienne.

Vitignum: vara de vid.